中国皮影木偶戏剧本集成

主编 朱恒夫
副主编 刘衍青

"十四五"国家重点图书出版规划项目

华北东北卷·杨家将（上）

上海大学出版社
·上海·

图书在版编目(CIP)数据

杨家将. 上/朱恒夫主编；刘衍青副主编. —上海：上海大学出版社，2023.2
（中国皮影木偶戏剧本集成；1. 华北东北卷）
ISBN 978-7-5671-4635-8

Ⅰ.①杨… Ⅱ.①朱… ②刘… Ⅲ.①皮影戏－剧本－中国②木偶剧－剧本－中国 Ⅳ.①I238.7

中国国家版本馆 CIP 数据核字（2023）第 014312 号

责任编辑　庄际虹
封面设计　柯国富
技术编辑　金　鑫　钱宇坤

中国皮影木偶戏剧本集成
主编　朱恒夫　副主编　刘衍青

华北东北卷·杨家将（上）

上海大学出版社出版发行
（上海市上大路99号　邮政编码200444）
（https://www.shupress.cn 发行热线 021-66135112）
出版人　戴骏豪
*
南京展望文化发展有限公司排版
江阴市机关印刷服务有限公司印刷　各地新华书店经销
开本 710mm×1000mm　1/16　印张 22.75　字数 382 千
2023 年 2 月第 1 版　2023 年 2 月第 1 次印刷
ISBN 978-7-5671-4635-8/I·673　定价　98.00 元

版权所有　侵权必究
如发现本书有印装质量问题请与印刷厂质量科联系
联系电话：0510-86688678

总序：中国皮影戏的历史、现状与剧目特征

皮影戏是我国产生较早的戏剧种类之一，也是一门古老的传统民间艺术。它以羊、牛、驴皮以及纸等为基本材料，制作成能活动的形象造型即影人，由艺人手执竹扦在幕后操作，通过光线的透视，配以演唱及丝竹鼓点的伴奏，在影窗上展现各式的人物和故事。皮影戏是一种集文学、绘画、雕刻、音乐、表演于一体，融进历史、哲学、宗教、民俗、伦理等多种文化的民间艺术形式，是中华民族的艺术瑰宝。

一、皮影戏发展历程溯源

中国皮影戏源远流长，但其最早起源于何时，尚无文献典籍可考。皮影戏，历史上称为"影戏"，关于影戏产生的时间，众说纷纭。近人顾颉刚在《中国影戏略史及其现状》中说："影戏之性质与傀儡全同，不同者只其表现之方法，是以影戏亦必自始即模仿戏剧者，其兴起虽确知当后于傀儡，然或亦在周之世也。"[①] 他猜测周代就有了影戏。稍有一点根据的是"汉代说"。宋代高承《事物纪原》卷九《博弈嬉戏部》"影戏"条云："故老相承，言影戏之原出于汉武帝。李夫人之亡，齐人少翁言能致其魂，上念夫人无已，乃使致之。少翁夜为方帷，张灯烛，帝坐他帐，自帷中望见之，仿佛夫人像也，盖不得就视之。由是世间有影戏。"[②] 但是，这出"招魂戏"只是借灯光投影之术，没有"人影"的表演，也没有情节，所以还不是真正意义上的皮影戏。《稗史》亦说汉代就有了影戏，云：秦武王作角

---

① 顾颉刚：《中国影戏略史及其现状》，《文史》第19辑，中华书局1983年8月，第111页。

② （宋）高承撰：《事物纪原》，（明）李果订，金圆、许沛藻点校，中华书局1989年版，第495页。

抵，始皇作曼延鱼龙水戏，汉武帝益以幻眼、走索、寻橦（橦）、舞输（轮）、弄碗、影戏……①大概所说的"影戏"是从武帝"设帷招魂"之事推断而来。

在隋代的佛事活动中，似乎有弄影戏的迹象。《隋书·五行志》云："唐县人宋子贤，善为幻术。每夜，楼上有光明，能变作佛形，自称弥勒出世。又悬大镜于堂上，纸素上画为蛇、为兽及人形。有人来礼谒者，转侧其镜，遣观来生形象。或映见纸上蛇形，子贤辄告云：'此罪业也，当更礼念。'又令礼谒，乃转人形示之。"②用灯光照影作为幻术以惑人，也不等于后代的影戏。

近人多认为影戏产生于唐代。齐如山在《影戏——故都百戏考之四》中认为："此戏当然始于陕西，因西安建都数百年，玄宗又极爱提倡美术，各种伎艺由陕西兴起者甚多，则影戏始于此，亦在意中。"③力主戏曲源起于影戏、偶戏的孙楷第在《近代戏曲原出宋傀儡戏影戏考》中断言："余意影戏殆仁宗时始盛耳。若溯其源，则唐五代时，似已有类似影戏之事。"并进一步说与唐代的俗讲有关："说话与影戏，仅讲时雕像有无之异，其原出于俗讲则一也。"④

齐如山和孙楷第之说均属推测，缺少文献依据。一些唐诗倒是直接说明唐代已经有了影戏。中唐人元稹《灯影》云："洛阳昼夜无车马，漫挂红纱满树头。见说平时灯影里，玄宗潜伴太真游。"⑤很显然，彼时的洛阳已经有了皮影，玄宗与贵妃的故事是表演的内容之一。又，雍裕之的《两头纤纤》诗也对影戏作了描绘："两头纤纤八字眉，半白半黑灯影帷。腽腽膊膊晓禽飞，磊磊落落秋果垂。"⑥影帷即是今日的影窗，"晓禽飞"和"秋果垂"当是表演的一些场景。晚唐韦庄的《途次逢李氏兄弟感旧》诗云："御沟西面朱门宅，记得当时好弟兄。晓傍柳阴骑竹马，夜隈灯影弄先生。"⑦康保成认为："'夜隈灯影弄先生'就是玩影戏，'先生'即影偶。"⑧

---

① （清）赵吉士辑《寄园寄所寄》卷七"獭祭寄"，清康熙三十五年刻本。
② 《隋书》第三册，中华书局1982年版，第662—663页。
③ 齐如山：《影戏——故都百戏考之四》，《大公报·剧坛》1935年8月7日第12版。
④ 孙楷第：《近代戏曲原出宋傀儡戏影戏考》，《傀儡戏考原》，上杂出版社1952年版，第62、63页。
⑤ 《全唐诗》卷四一二，中华书局1999年版，第4580页。
⑥ 《全唐诗》卷四七一，中华书局1999年版，第5383页。
⑦ 《全唐诗》卷七〇〇，中华书局1999年版，第8131页。
⑧ 康保成：《佛教与中国皮影戏的发展》，《文艺研究》2003年第5期，第91页。

随着时间的推移，影戏艺术有了很大的提高，剧目也不断地增加。北宋张耒在《明道杂志》中记载："京师有富家子，少孤，专财，群无赖百方诱导之，而此子甚好看弄影戏，每弄至斩关羽，辄为之泣下，嘱弄者且缓之。"① 可见，此时的影戏剧目中有三国故事。此为高承《事物纪原》证实，该书云："宋朝仁宗时，市人有能谈三国事者，或采其说，加缘饰作影人，始为魏、吴、蜀三分战争之像。"② 影戏为人们喜爱后，玩皮影的人就多了，于是，便出现了著名的艺人。孟元老《东京梦华录》卷五《京瓦伎艺》云："……杂剧、掉刀、蛮牌董十五、赵七、曹保义、朱婆儿、没困驼、风僧哥、俎六姐。影戏丁仪，瘦吉等弄乔影戏。"③ 吴自牧《梦粱录》卷二十"百戏伎艺"条云："更有弄影戏者，元汴京初以素纸雕簇，自后人巧工精，以羊皮雕形，用以彩色妆饰，不致损坏。杭城有贾四郎、王升、王闰卿等，熟于摆布，立讲无差。其话本与讲史书者颇同，大抵真假相半，公忠者雕以正貌，奸邪者刻以丑形，盖亦寓褒贬于其间耳。"④ 由此可见，北宋的影戏已经发展到了相当成熟的水平，其成绩可以归纳为四点：其一，演唱不再随意，而是遵照脚本的内容，其内容相当于彼时开始流行的话本。可以讲述史书，三国故事更是其常演的剧目。其二，已经形成一批专业的艺人队伍，还分为"影戏"与"乔影戏"（"乔"字在当时作"伪装"解。瓦子诸艺中有一种"乔相扑"的表演艺术，就是扮演摔跤的样子，而不是真摔跤。"乔影戏"可能是由真人模拟影人的动作形式，做出种种滑稽的样子，以引人发笑。）两个品种。其三，有了人物的脸谱，并按照性格、品性分别饰以图案色彩。其四，演出水平极高，能使观众忘乎所以，以假当真。影戏艺术在北宋之所以能飞速发展，与当时城市的发展、市民人口的大幅增多有很大的关系。

至南宋，影戏的发展进入一个前所未有的辉煌时代。周密《武林旧事》卷二《元夕》记载道："又有幽坊静巷好事之家，多设五色琉璃泡灯，更自雅洁，靓妆笑语，望之如神仙。……或戏于小楼，以人为大影戏，儿童喧呼，终夕不绝。"⑤

---

① （元）陶宗仪等：《说郛三种》卷四十二，上海古籍出版社1989年版，第2003页。
② （宋）高承撰：《事物纪原》，（明）李果订，金圆、许沛藻点校，中华书局1989年版，第495页。
③ （宋）孟元老撰：《东京梦华录笺注》，伊永文笺注，中华书局2006年版，第461页。
④ （宋）吴自牧：《梦粱录》，浙江人民出版社1984年版，第194页。
⑤ （宋）四水潜夫辑：《武林旧事》，浙江人民出版社1984年版，第31页。

此大影戏，孙楷第认为是人扮演的，相当于"乔影戏"。周贻白认为是人的影子在表演。当时还有一种称为"手影"的影戏形式。南宋洪迈《夷坚志·夷坚三志》辛卷第三"普照明颠"条记载："华亭县普照寺僧惠明者，常若失志恍惚，语言无绪，而信口谈人灾福，一切多验，因目曰明颠。……尝遇手影戏者，人请之占颂。即把笔书云：'三尺生绡作戏台，全凭十指逞诙谐。有时明月灯窗下，一笑还从掌握来。'"① 悬挂三尺生绡做影窗，用手做出各种形状，投影到影窗上，即为手影。华亭为今日之上海松江，当时影戏在江南是比较普及的，宋代《吴县志》云："上元，影灯巧丽，它郡莫及，有万眼罗及琉璃球者犹妙。"②

南宋时，宋金对峙，经常发生战争，故影戏艺人常搬演金戈铁马的故事。张戒《岁寒堂诗话》云："往在柏台，郑亨仲、方公美诵张文潜《中兴碑》诗，戒曰：'此弄影戏语耳。'二公骇笑，问其故，戒曰：'郭公凛凛英雄才，金戈铁马从西来。举旗为风偃为雨，洒扫九庙无尘埃。'岂非弄影戏乎？"③ 当然，主要的演出内容还是历史故事，此时，"历史剧"已涉及汉、三国、唐、五代等朝代的人物和事件。由于艺人队伍进一步扩大，影人制作与影戏表演已经成了一个行业，于是，产生了"绘革社"这样专业的行业组织。

金元的影戏，文献记载不多。既然戏曲在彼时极为兴旺，作为戏剧的一种形式，影戏就不可能衰弱，只不过那时文人的兴趣主要放在人演的院本、杂剧上罢了。不过，有两幅壁画倒是露出了一点影戏的信息。一是金代山西繁峙岩山寺文殊殿壁画，其中有一个场景，我们不妨称之为"儿童弄影戏图"。画面上，有一影窗，前面三个儿童席地观看，后面有一人正在拽拉影人进行表演。还有一个儿童，在影窗的旁边，学着影戏艺人亦在拽拉着小影人。二是山西孝义出土的大德二年（1298）的元墓壁画。壁画上绘着男耕女织的场景，旁边有一人正手拿着影人在玩耍，墓壁上写着"王同乐影传家，共守其职"几个字④。显然，男耕女织是影戏所表现的内容，"乐影传家"则是影戏艺人标榜自己有着渊源的家学。

明代影戏资料目前见于文献的多为诗文和小说。瞿佑《影戏》云："灯火光中夜漏迟，风轮旋转竞奔驰。过来有迹人争睹，散去无声鬼不知。月地花阶频出没，

---

① （宋）洪迈：《夷坚志》第三册，中华书局1981年版，第1406页。
② 《吴县志》，民国三年乌程张钧衡影宋刻本。
③ （宋）张戒：《岁寒堂诗话》，中华书局1985年版，第13页。
④ 中国戏曲志编辑委员会：《中国戏曲志·山西卷》，中国ISBN中心出版社2000年版，第7页。

云窗雾阁暂追随。一场变幻如春梦,线索重看傀儡嬉。"① 瞿佑对影戏的兴趣很浓厚,多次写诗记述他观看的情景,田汝成辑撰的《西湖游览志余》卷二十也引了一首他的关于影戏的诗,云:"南瓦新开影戏场,满堂明烛照兴亡,看看弄到乌江渡,犹把英雄说霸王。"②《霸王别姬》是影戏的常演剧目,故徐文长所作的《做影戏》灯谜,也是以这个影戏剧目为素材,云:"做得好,又要遮得好,一般也号做子弟兵,有何面目见江东父老?"③

由于影戏在明代是一种普及性的表演艺术,所以,小说所描写的社会生活中亦有所反映。明末无名氏小说《梼杌闲评》第二回就描写了一个家庭戏班的演出情况:

> 朱公问道:"你是那里人?姓甚么?"妇人跪下禀道:"小妇姓侯,丈夫姓魏,萧宁县人。"朱公道:"你还有甚么戏法?"妇人道:"还有刀山、吞火、走马灯戏。"朱公道:"别的戏不做罢,且看戏。你们奉酒,晚间做几出灯戏来看。"传巡捕官上来道:"各色社火俱着退去,各赏新历钱钞,惟留昆腔戏子一班,四名妓女承应,并留侯氏晚间做灯戏。"巡捕答应去了。……侯一娘上前禀道:"回大人,可好做灯戏哩?"朱公道:"做罢。"一娘下来,那男子取过一张桌子,对着席前放上一个白纸棚子,点起两枝画烛。妇人取过一个小篾箱子,拿出些纸人来,都是纸骨子剪成的人物,糊上各样颜色纱绢,手脚皆活动一般,也有别趣。④

因皮影戏被人们高度认同,它的功能就不仅仅是娱人了,还可以同人戏一样酬神祭祀。明末张仁熙在《皮人曲》诗中有这样的描述:"年年六月田夫忙,田塍草土设戏场。田多场小大如掌,隔纸皮人来徜徉。虫神有灵人莫恼,年年惯看皮人好。田夫苍黄具黍鸡,纸钱罗案香插泥。打鼓鸣锣拜不已,愿我虫神生欢喜。神之去矣翔若云,香烟作车纸作屣。虫神嗜苗更嗜酒,田儿少习今白首。那得闲钱倩人歌,自作皮人祈大有。"⑤

明朝影戏初步形成了地方流派,河北、江苏、浙江、山东、陕西、山西、云

---

① (清)俞琰选编:《咏物诗选》,成都古籍书店1987年版,第116页。
② (明)田汝成辑撰:《西湖游览志余》,中华书局1958年版,第356页。
③ (明)徐渭:《徐渭集》,中华书局1983年版,第1066页。
④ 不题撰人:《梼杌闲评》,止戈、韦行校点,齐鲁书社1995年版,第12—13页。
⑤ 邓之诚:《清诗纪事初编》,上海古籍出版社2013年版,第192页。

南等地的皮影艺人结合当地的人文风俗、民间曲调，各自创新，形成了不同于他地的特色。

清代尤其是乾隆之后以及民国时期，影戏进入了中国影戏发展史上的高峰阶段，无论是技艺水平、剧目数量，还是艺人人数和观众人次，都是前所未有的。这与当时戏曲特别是花部戏的整体勃兴的大环境紧密相关。影戏的审美效果，不逊于人戏，富察敦崇《燕京岁时记》云："影戏借灯取影，哀怨异常，老妪听之多能下泪。"① 其普及程度，可以从日常的俗语中看出来，如《红楼梦》第六十五回云："见提着影戏人子上场，好歹别戳破这层纸儿。"②

根据清代各地皮影戏的历史流变及其皮影戏影人的造型特征，可以将我国皮影戏分为北方影系、西部影系和中南部影系三大系统。

北方影系：包括今河北、东北三省、内蒙古等地的皮影戏。这一影系的皮影戏始于金代。1127年金兵入侵中原时，曾经将包括皮影戏艺人在内的各类艺人掳掠到北方，北方的皮影戏由此发展而来，而以河北滦州（今唐山）一带为中心。

西部影系：涵盖陕西、四川、甘肃、青海、晋南、豫东、鄂西、冀中和北京西部等地。该系统的皮影戏是由北宋躲避靖康之乱而向西迁徙的中原皮影戏艺人带来，并经历代发展而形成。西部影系以陕西华县、华阴一带的皮影戏为主要代表。还有晋南皮影戏、川北皮影戏、陇原皮影戏、陇东皮影戏、环县道情皮影戏和青海皮影戏等。

中南部影系：包括中原地区及其以南地区的皮影戏。自北宋灭亡之后，中原地区的皮影戏艺人与其他各类艺人一起随着都城的南迁，到了临安（今浙江杭州），还有一部分艺人流落到江苏、湖北、湖南等地，后又陆续流转到广东、福建、台湾一带。这些地区加上中原地区的皮影戏，属我国中南部影系。中南部影系没有自己单独的唱腔，而是借用当地的戏曲、说唱、民歌小调的唱腔进行演唱。

清代文献中有关影戏的记载较多，尤其是方志中"民俗"栏目，可谓比比皆是。如清代乾隆年间进士李声振《百戏竹枝词·影戏》云："机关牵引未分明，绿

---

① （清）潘荣陛：《帝京岁时纪胜》；（清）富察敦崇：《燕京岁时记》，北京古籍出版社1981年版，第94页。

② （清）曹雪芹、高鹗：《红楼梦》，中国艺术研究院红楼梦研究所校注，人民文学出版社1996年版，第908页。

绮窗前透夜檠。半面才通君莫问，前身原是楮先生。"① 乾隆《永平府志》"岁时民俗"条云："通街张灯、演剧，或影戏、驱戏之类，观者达曙。"② 滦州学正左乔林《海阳竹枝词》有句云："张灯作戏调翻新，顾影徘徊却逼真。环佩珊珊莲步稳，帐前活现李夫人。"③ 清代澄海人李勋《说诀》卷十三云：潮人最尚影戏，其制以牛皮刻作人形，加以藻绘，作戏者于纸窗内蓺火一盏，以箸运之，乃能旋转如意，舞蹈应节，较之傀儡更觉优雅可观。④ 说者谓此惟潮郡有之，其实非也。

民国年间，战争不断，社会动荡不安，许多时候，老百姓在生死线上挣扎，这自然会影响皮影戏的演出。但只要局势稍微稳定，皮影戏就会活跃起来，而在兵祸较少的地方，它还得到了长足的发展。

民国二十三年（1934），高云翘对滦州的皮影做了调查，感慨地说："高粱地里，唱影的不绝，梆子或有一二，皮黄绝无。"⑤ 卓之在《湖南戏剧概观》中记述了20世纪30年代湖南一些地方的皮影戏情况："影戏班在湖南，地位远不及汉班（即今之湘剧）及花鼓班，大概用为酬神还愿之工具而已。是以无论在城在乡，到处皆得见之。平日常演于各寺庵内，惟每届旧历中元节，则居民多演以祀祖，该省戏班异常忙碌，甚至从黄昏起演至通宵达旦，可演四五本之多。"⑥ 1934年刊的辽宁《庄河县志》"民间文艺·影戏"条对本县的皮影戏有较为详细的介绍："有所谓驴皮影者，即影戏也。其制，酷似有声电影，不过彼为电灯机唱，此为油灯人唱耳。其法，以白布为幔，置灯其中，系以驴皮制人马牲畜、楼台建筑及飞潜动植等物，用灯幻照，俨在目前，并能活动自如，惟妙惟肖。司事者在幔歌唱，词多俚俗。农民凡有吉庆、酬神等事，多醵金演唱。"⑦

民国年间的影戏在与时俱进上，有三个方面的表现：一是灌制唱片，向全国

---

① 雷梦水等编：《中华竹枝词》，北京古籍出版社1997年版，第81页。该诗自注云："剪纸为之，透机械于小窗上，夜演一剧，亦有生致。"
② 《永平府志》，乾隆三十九年刻本。
③ 张工明编著：《滦县志诗歌集》，河北人民出版社2015年版，第151页。
④ 中山大学中国非物质文化遗产研究中心编：《中国非物质文化遗产第十一辑》，中山大学出版社2006年版，第113页。
⑤ 高云翘：《滦州影调查记》，《剧学月刊》第三卷第十一期，1934年。
⑥ 卓之：《湖南戏剧概观》，《剧学月刊》第三卷第七期，1934年。
⑦ 丁世良、赵放主编：《中国地方志民俗资料汇编·东北卷》，北京图书馆出版社1989年版，第152页。

发行，借此将地方皮影戏声腔与故事传播到全国。冀东的皮影戏艺人就曾经和胜利、百代、昆仑、丽歌、宝利等唱片公司合作，灌制了100多个剧目的唱段。二是借助新的印刷技术，刻印皮影戏的脚本。这当然是文人和出版商合作所为，出于射利的目的，但在客观上对于皮影戏的传播和帮助人们深刻认识其思想内容起到了积极的作用。三是自觉地将其作为救亡图存与革命斗争的工具。如日军占领嘉兴海宁时，皮影戏艺人张九元为揭露日本侵略者的暴行，唤起人们的抗日热情，创编了皮影戏《打皇兵》，演出后产生很大的影响。至于中国共产党建立政权的地区，影戏的政治功能则更为明显，从剧目的名称《田玉参军》《齐心杀敌》《土地改革》《送夫参军》《破除迷信》等，就可以看出它们的思想倾向性。

二、当代影戏的现状与分布

中华人民共和国成立后，因实行新的社会制度和倡导新的思想，无论是生产关系，还是意识形态，都发生了根本性的变化。作为一种艺术形式的皮影戏，在党的方针路线的指引下，在戏班组织、剧目编创、皮影绘制与表演形式上也进行了一系列的改革。新中国成立之初，皮影戏与戏曲的其他剧种一样，"改戏、改人、改制"。在"百花齐放，推陈出新"的政策的指导下，各地皮影剧团对传统剧目进行整理和改编，出现了一批思想性和艺术性较高的表现古代生活的剧目，如浙江海宁的皮影戏《蜈蚣岭》、陕西的碗碗腔皮影戏《快活林》、青海的皮影戏《牛头山》、湖南的皮影戏《梁红玉》《火焰山》，等等。配合不同时期的政治需要，编演了反映现代生活的剧目，如宣传新婚姻法的华阴皮影戏《小女婿》等。内容上的变革，一些地方在"文革"后期特别明显，仅在1972年至1976年间，唐山市皮影剧团就编演了《红嫂》《红灯记》《龙江颂》《智取威虎山》《沙家浜》《杜鹃山》《磐石湾》《山庄红医》《唐山人民缅怀毛主席》等。新中国成立之前的皮影戏班全部是民营的，而在新中国成立之后，能够留存下来的所有戏班都改成国有或集体所有制的剧团，艺人则成了"文艺工作者"。据《人民日报》1960年2月18日报道，至20世纪60年代初，我国的皮影戏班约有1 100多个，从业人员大约在6 200名。当然，地区之间是不平衡的。

自20世纪50年代之后，皮影戏在形式上发生的变革，成绩也是很突出的。例如湖南皮影戏艺人何德润、谭德贵与画家翟翙合作，让"影人比原来大出一倍多,变五分脸为七分身材七分脸,甚至由侧面改为正面。有的面部用赛璐珞着色剪制;有的服饰上嵌以彩色透明纸,又以新颖的灯光彩景和大影幕,使得影窗上的形象极其鲜艳生动。在操纵技术上,他们根据各种动物不同的典型动作,进行了特别的制作,利用卷棒、弹簧、拉线,使影人的表情可以活动自如:双眼可以开闭,嘴能张合;龟的四脚和鹤的头颈可以自由伸缩等。……在表现闪电雷鸣时,用两根炭棒相碰,闪出电光。在电唱机的转盘上,装上圆木板,板边装上一圈灯泡,通电后,灯亮木板转,轮番照射幕布上的火、水、云彩等道具,使影窗上的云、水、火都可以动起来,非常逼真"[①]。其他地方的影戏艺人,也发挥创造力,有许多推进皮影戏艺术发展的发明,像黑龙江皮影戏就使影人一步一步地走路和骑着自行车前进;唐山皮影戏增加了乐器,由原来的一把二胡,变成了扬琴、二胡、琵琶、三弦、大阮、笙、笛、唢呐等众多乐器,甚至小提琴也加入合奏,比起先前自然好听多了。

"文革"时期,皮影戏的繁荣景象戛然而止。剧团解散,剧目禁演,艺人转业,大量珍贵的皮影道具和文献资料被损毁,这种状况,除了个别地方,一直持续到1976年。

"文革"结束之后,各地皮影艺术迅速复苏,剧团重建,传统剧目解禁,新的剧目不断产生。仅1980年,湖南衡阳一个地区6个县就有大小剧团557个,从艺人员1150人。然而,随着电视的普及和娱乐形式的丰富,皮影戏与人演的戏曲一样,以不可遏制的趋势一天天衰萎下去,而市场的持续性的收缩又使得皮影戏进入了恶性循环,观众愈少,就愈加没有人从事这个行业,而人才缺乏,则会使皮影戏艺术不能与时俱进而得到观众的欣赏。于是,皮影戏艺术的前景便越来越黯淡。以辽宁凌源县为例,全县原有皮影戏班120个左右,进入20世纪90年代之后,不断缩减,现在可以演出的戏班仅存4个,艺人不到30位,而30岁以下的艺人又只有2位,其技艺和知名的老艺人则无法相比。

为了传承民族的优秀文化,保护像皮影戏这类古老的艺术形式,国家于2011年2月25日颁布了《中华人民共和国非物质文化遗产法》。自此之后,皮影戏便得到了中央和地方政府的高度重视,多种皮影戏进入国家级或省市级"非物质文化遗产名录",得到了财政经费的支持,减缓了衰萎的速度,有的还显示出勃勃的生机。

[①] 魏力群主编:《中国皮影戏全集》第1卷"源流",文物出版社2015年版,第160页。

如下表所示，现时的大多数皮影戏剧团主要分布在河北、陕西、甘肃、内蒙古、黑龙江、天津、北京、山东、河南、湖南、山西、浙江、广东、辽宁、青海、上海、湖北、重庆、福建、云南、江苏、安徽、江西等20多个省市、自治区，当然，有的地方多，有的地方少。

所属影系	省（市、自治区）	市（县、区、州）	剧团名称	主要演出区域
北方影系	内蒙古自治区	赤峰	阿鲁科尔沁旗皮影艺术团	内蒙古自治区、北京市等
			赤峰玉龙皮影文化艺术团	内蒙古自治区赤峰市红山区等
			宁城董家古装皮影戏	内蒙古自治区赤峰市宁城县等
			宁城龙雨皮影艺术团	内蒙古自治区赤峰市宁城县汐子镇等
	黑龙江	哈尔滨	哈尔滨儿童艺术剧院	黑龙江省哈尔滨市及周边地区
	辽宁	沈阳	浑南顾景恩皮影	辽宁省沈阳市浑南区及周边地区
		朝阳	凌源市旭日皮影艺术团	辽宁省朝阳市凌源市及辽西地区
			凌源英熙皮影文化产业有限公司	辽宁省朝阳市凌源市及周边地区
			喀左红星皮影团	辽宁省朝阳市喀左县洞子沟等
	河北	秦皇岛	青龙满族自治县百灵皮影剧团	河北省、北京市等
			青龙东方皮影剧团	河北省秦皇岛市青龙满族自治县大巫岚镇等
			卢龙县启明皮影团	河北省秦皇岛市卢龙县等地
			昌黎县向东皮影剧团	河北省秦皇岛市昌黎县及周边地区
		承德	平泉市皮影艺术团	河北省平泉市平房乡等
			河北省雾灵皮影艺术团	河北省承德市兴隆县及周边地区
			承德红星皮影剧团	河北省承德市及周边地区

续 表

所属影系	省（市、自治区）	市（县、区、州）	剧团名称	主要演出区域
北方影系	河北	唐山	圣灯皮影工作室	河北省唐山市乐亭县及周边地区
			滦南县皮影团	河北省唐山市滦南县及周边地区
			中国滦州皮影剧团	河北省唐山市滦州市小马庄镇等
			滦州禾丽皮影剧团	河北省滦州市
			周捞爷皮影艺术团	河北省唐山市
			迁西县燕昆皮影团	河北省唐山市迁西县兴城镇等
			郭宝皮影传承馆	河北省唐山市迁安市城区街道
			夕阳红皮影团	河北省唐山市遵化市
			天宇皮影团	河北省唐山市遵化市刘备寨乡刘南山村
		衡水	腾飞皮影戏班	河北省衡水市景县
		廊坊	庆升平乡村皮影民俗演艺文化基地	河北省廊坊市三河市
	天津	蓟州区	蓟州新城皮影队	天津市蓟州区
		宝坻区	海滨街道天锦园皮影队	天津市宝坻区
	北京	西城区	北京皮影剧团	北京市西城区
			小蚂蚁袖珍人皮影艺术团	北京市西城区
		通州区	韩非子剧社	北京市通州区
西部影戏	陕西	西安	黄河魂艺术团	陕西省西安市
			小雁塔传统文化交流中心皮影戏	陕西省西安市碑林区
			中国汪氏皮影艺术剧团	陕西省西安市

续 表

所属影系	省（市、自治区）	市（县、区、州）	剧团名称	主要演出区域
西部影戏	陕西	渭南	永兴坊皮影戏班	陕西省渭南市华州区胡磊村
			华县魏氏皮影剧社	陕西省渭南市华州区
			魏金全戏班	陕西省渭南市华州区
			陕西民间艺术演艺社	陕西省渭南市临渭区双泉乡
			白水县古调影子社	陕西省渭南市白水县尧禾镇麻家村
	山西	太原	清徐常丰皮影团	山西省太原清徐县柳杜乡常丰村
		吕梁	王政仁皮影剧团	山西省吕梁市孝义市高阳镇高阳村
			传统文化展演团	山西省吕梁市孝义市贾家庄村
			武俊礼皮影剧团	山西省吕梁市孝义市梧桐镇
		临汾	侯马市皮影剧团	山西省临汾市侯马市
	甘肃	庆阳	环县杨登义戏班	甘肃省庆阳市环县
		定西	甘肃通渭刘氏皮影班	甘肃省定西市通渭县常家河镇
	青海	西宁	大通县新艺皮影社	青海省西宁市大通回族土族自治县黄家寨镇东柳村
	重庆	巫山县	同兴班皮影剧团	重庆市巫山县罗坪镇
	云南	保山	腾冲刘家寨皮影剧团	云南省保山市腾冲市
		楚雄彝族自治州	表演者：额加寿	云南省楚雄彝族自治州禄丰县
		玉溪	表演者：王文跃	云南省玉溪市
中南部影戏	山东	青岛	西海岸金凤皮影艺术团	山东省青岛市西海岸新区薛家岛
			大嘴巴皮影班	山东省青岛市市南区
		烟台	所城皮影艺术团	山东省烟台市芝罘区

续 表

所属影系	省（市、自治区）	市（县、区、州）	剧团名称	主要演出区域
中南部影戏	山东	泰安	泰山皮影艺术研究院	山东省泰安市
		枣庄	山亭皮影徐庄镇邢氏庄户剧团	山东省枣庄市山亭区徐庄镇
			鲁南山花皮影剧团	山东省枣庄市山亭区山亭街道
			山亭皮影凫城镇韩氏庄户剧团	山东省枣庄市山亭区
		菏泽	定陶荣坤皮影艺术团	山东省菏泽市定陶区张湾镇
			曹县任家班皮影剧团	山东省菏泽市曹县庄寨镇
	河南	三门峡	灵宝西车道情皮影艺术团	河南省三门峡市灵宝市尹庄镇西车村
		郑州	河南精灵梦皮影艺术团	河南省郑州市惠济区良库工舍
		南阳	桐柏县皮影艺术团彭家班	河南省南阳市桐柏县吴城镇邓庄村
			桐柏县皮影艺术团蔡家班	河南省南阳市桐柏县月河镇林庙村
		信阳	平桥区杜光金皮影戏剧团	河南省信阳市平桥区平昌镇
			罗山皮影戏新秀剧团	河南省信阳市罗山县彭新镇曾店村
			罗山弘馨皮影戏剧团	河南省信阳市罗山县周党镇同兴社区
			光山县任长明皮影戏文化传播有限公司	河南省信阳市光山县泼陂河镇黄涂湾村
	湖北	孝感	孝感市皮影艺术团	湖北省孝感市孝南区朋兴乡丹阳古镇
			张望明戏班	湖北省孝感市云梦县义堂镇好石村
			余长永戏班	湖北省孝感市云梦县曾店镇
			湖北省云梦皮影队	湖北省孝感市云梦县城关镇
			陈红军戏班	

续 表

所属影系	省(市、自治区)	市(县、区、州)	剧团名称	主要演出区域
中南部影戏	湖北	孝感	大悟县九女潭皮影团	湖北省孝感市大悟县宣化店镇
			应城市皮影艺术剧团	湖北省孝感市应城市汤池镇方集村
			应城市皮影艺术团	湖北省孝感市应城市
		黄冈	红安县华河镇皮影队	湖北省黄冈市红安县华河镇金桥村
			红安县杏花乡秦昌武皮影剧团	湖北省黄冈市红安县杏花乡长兴村
			红安县七里坪镇典明皮影艺术团	湖北省黄冈市红安县七里坪镇典明村
			红安县城关镇易杨家皮影队	湖北省黄冈市红安县城关镇易杨家村
			红安县城关镇倪赵家皮影队	湖北省黄冈市红安县城关镇倪赵家村
			红安县二程镇赵氏皮影戏团	湖北省黄冈市红安县二程镇新街村
			红安传统戏剧皮影艺术队	湖北省黄冈市红安县华河镇陈河村
			红安县杏花乡兴旺皮影队	湖北省黄冈市红安县杏花乡秦家岗湾
			中南皮影戏团	湖北省黄冈市麻城市中馆驿镇马路口村
			李先耀皮影队	湖北省黄冈市麻城市铁门岗乡谭程村
			东山皮影艺术团	湖北省黄冈市麻城市盐田河镇栗花新村
		武汉	新洲区龙丘黄冈皮影队	湖北省武汉市新洲区三店街道
			黄陂区大余湾皮影戏馆	湖北省武汉市黄陂区木兰乡

续　表

所属影系	省（市、自治区）	市（县、区、州）	剧团名称	主要演出区域
中南部影戏	湖北	天门	天门市豪城传承基地	湖北省天门市
		潜江	周矶雷谭仙潜业余皮影队	湖北省潜江市
		仙桃	仙桃江汉皮影团	湖北省仙桃市
			仙桃市江汉皮影艺术剧团	
		宜昌	夷陵区分乡徐氏皮影	湖北省宜昌市夷陵区分乡镇南垭村
			秭归皮影戏太和班	湖北省宜昌市秭归县郭家坝镇百日场村
		襄阳	沮水乐艺术团	湖北省襄阳市保康县马良镇张家岭村
		十堰	房县兴隆皮影戏班	湖北省十堰市房县窑淮乡
		神农架林区	下谷坪堂戏皮影戏剧团永和班	湖北省神农架林区下谷坪土家族乡
		恩施州	巴东皮影协会（大顺班）	湖北省恩施州巴东县沿渡河镇
	安徽	宿州	泗县古韵皮影剧团	安徽省宿州市泗县草沟镇秦桥村
		合肥	安徽省马派皮影戏剧团	安徽省合肥市
		宣城	皖南皮影戏曲艺术团	安徽省宣城市宣州区水东镇
	江苏	南京	姚其德戏班	南京市夫子庙秦淮人家酒楼
	上海	黄浦区	上海市木偶剧团有限公司	上海市黄浦区
		徐汇区	康健街道艺术团桂林皮影戏班	上海市徐汇区康健街道
		普陀区	上海马派影偶剧团	上海市普陀区
		长宁区	上海长宁民俗文化中心青梦园皮影团	上海市长宁区民俗文化中心

续　表

所属影系	省（市、自治区）	市（县、区、州）	剧团名称	主要演出区域
中南部影戏	上海	闵行区	上海七宝皮影馆	上海市闵行区七宝镇
		松江区	泗泾镇非遗传承基地	上海市松江区泗泾镇
	浙江	湖州	安吉孝丰项家皮影艺术团	浙江省湖州市安吉县孝丰镇大河村
		嘉兴	乌镇皮影艺术团	浙江省嘉兴市桐乡市西栅大街乌镇风景区
			海宁皮影艺术团有限公司	浙江省嘉兴市海宁市盐官镇
			海宁市长陆皮影剧团	浙江省嘉兴市海宁市长安镇陆泽村
		杭州	表演者：马群	浙江省杭州市上城区中国美术学院
	湖南	长沙	湖南省木偶皮影艺术保护传承中心	湖南省长沙市雨花区湖南省木偶皮影艺术保护传承中心
			长沙庆明皮影艺术团	湖南省长沙市望城区白箬铺镇
		湘潭	湘潭升平轩皮影艺术团	湖南省湘潭市雨湖区鹤岭镇凤凰村
		株洲	攸县丫江桥皮影一队	湖南省株洲市攸县丫江桥镇双江社区
	江西	萍乡	上栗县天马皮影戏文化艺术团	江西省萍乡市上栗县上栗镇绿塘村
			萍乡市湘东区永发皮影演艺团	江西省萍乡市湘东区东桥镇界头村
	福建	厦门	厦门市弘晏庄木偶皮影戏传习中心	福建省厦门市思明区曾厝垵文创艺术中心
	广东	汕尾	陆丰市皮影剧团	广东省汕尾市陆丰市
		深圳	深圳百仕达皮影艺术团	深圳市罗湖区翠竹街道
			草埔小学皮影艺术团	深圳市罗湖区草埔小学
			深圳三只猴剧团	深圳市宝安区观澜街道
			杜鹃花皮影文化艺术中心	深圳市龙岗区

每个地方的皮影戏因其渊源、剧目、唱腔、影人制法和表演技艺的不同，便和他地的皮影艺术形态有了差异。我们以甘肃省环县道情皮影戏和浙江海宁皮影戏为例，来看看它们的特色。

环县道情皮影戏是秦陇文化与周边族群文化、道情说唱曲艺与皮影艺术相结合的产物，采取"借灯、传影、配声以演故事"的手段，融民间音乐、美术和口传文学为一体。其独特性主要体现在道情音乐唱腔和皮影制作及表演上。戏班演出时，前台一人挑杆表演，并承担所有角色的做、唱、念、白的工作，后台四五人伴奏并"嘛簧"，一唱众和，其腔调粗犷高亢。道情音乐为徵调式，分为"伤音""花音"，以坦板、飞板两种速度演唱，曲牌体与板式体并存。其伴奏乐器有四弦、渔鼓、甩梆子、简板等。演唱剧目有180多部，以表现古代生活为主。

海宁皮影戏。皮影戏自南宋从中原传入海宁后，与当地的"海塘盐工曲"和"海宁小调"相融合，并吸收了"弋阳腔""海盐腔"等声腔，曲调既高亢激越，又婉转悠扬。其唱词和道白用海宁方言。其开台戏和武打戏，以板胡、二胡伴奏为主，其主腔为【三五七】【文二凡】【武二凡】【文三凡】【武三凡】【回龙】【叫王龙】等；正本戏用笛子、二胡伴奏，其声腔有【长腔】【十八板】【当头君官】【日出扶桑】【深深下拜】【上上楼】等。其影人脸谱造型既接近于京剧，又不同于京剧，它按忠、奸、贤、义的不同性格和喜、怒、哀、乐的不同表情来加以夸张塑造。为了符合剧情发展，适应操作上的艺术需要，在表演剧目时，有时候同一个人物要换几次头面。海宁皮影戏剧目近300个，有大戏、小戏和文戏、武戏之分。其皮影的主要制作特点是"少雕镂，重彩绘，单线平涂"；脸形圆活，单眼侧面；少夸张，近实像，富"人情"味；整体以单手、并足（侧身）为主。

三、皮影戏剧目的内容与艺术特征

尽管皮影戏历史悠久，但是由于多种原因，宋、元、明三代的剧本都没有留存下来，现存最早的剧本大概产生于清代中叶。

很可能在早期就没有书写的剧本，即纸质剧本，但并不是说，皮影戏的演唱就没有剧本，剧本还是有的，只不过是无文字的。在新中国成立之前，每一个地区的皮影戏，都有不依文字剧本演唱的戏班。由于多数艺人不识字，演唱的内容全凭着师徒间口传心授。当然，由于内容是靠记忆的，所以变化较大。同一个故事，不同的戏班演出的不一样，就是同一个戏班，甚至是同一个人，在不同的时间、不同的地点演出的也不完全一样。随着粗通文墨之人的加入，开始有了叙写故事梗概的"搭桥本"（湖南称"过桥本""口述本"，湖北称"杠子书"，河北称"书套子"），文雅的说法叫"提纲本"，相当于戏曲的"路头戏""幕表戏"。艺人在把握了所演唱故事的主要情节后，需要当场发挥，既可以添枝加叶，也可以"偷工减料"。为了演唱得好，显示文采，艺人大都会掌握一些"赋子"，每出现相同的场景时，就套用一下，如有皇帝早朝的场景时，就唱这样的四句："金殿当头紫阁重，仙人掌上玉芙蓉。太平皇帝朝元日，五色云车驾六龙。"空守闺房而心情郁闷的年轻妻子上场时，则袭用这样固定的诗句："闺中少妇不知愁，性惯娇痴懒上楼。想到昨宵春梦恶，对花不语自低头。"当然，这些"赋子"不是文盲艺人编写的，而是文人所作。

到了明代，随着教育的普及，许多原致力于科考的读书人，因为长期困顿场屋、功名无望，便将智力、精力与时间投入到皮影剧本的创作上，于是，皮影戏的剧目发生了根本性的变化。之前的剧目，主要来源于曲艺、民间传说和戏曲，而自此之后，产生了大量的原创性的剧目。如清代乾隆时的陕西渭南县举人李芳桂，在几次春闱失利后，为当地碗碗腔皮影戏创作了十部剧本，即《春秋配》《白玉钿》《香莲佩》《紫霞宫》《如意簪》《玉燕纹》《万福莲》《火焰驹》《四岔捎书》和《玄玄锄谷》。又如清道光时人滦州乐亭县戴家河的高述尧，因为人耿直，得罪权贵，被革除了秀才的名号，于是，他在设塾教书之暇，为皮影戏班编写了《二度梅》《三贤传》《定唐》《珠宝钗》《出师表》《青云剑》等剧目。一般来说，文人编写的剧本，比起"提纲本"或艺人自编的戏，质量上要高得多。这些剧本情节曲折，且符合生活与艺术的真实；人物形象鲜明，其行动具有内在的逻辑性；文通句顺，富有文采，唱词合辙押韵，好念易唱。

自古迄今，皮影戏的剧本，当以万计，真可谓汗牛充栋。仅陇东环县皮影戏，据2004年的调查，现存剧本就有2 277本，内容不重复的剧本有188本。滦州皮影戏的传统连本大戏有415部，传统的单出剧目则为323卷①，这些还不包括新中国成立后编创的剧目。

皮影戏剧本从素材的来源上，可以分为五大类。

---

① 魏力群：《中国皮影艺术史》，文物出版社2007年版，第159—168页。

第一类是讲史，多改编自历史演义。从夏商周起，重要人物和重大事件都有演绎，如《大舜王耕田》《禹王治水》《姜子牙下山》《吴越春秋》《战渑池》《黄泉见母》《伐子都》《马陵道》《将相和》《刺秦》《鸿门宴》《霸王别姬》《貂蝉拜月》《未央宫》《苏武牧羊》《昭君出塞》《骂王朗》《白帝托孤》《打黄盖》《单刀会》《讨荆州》《洛神》《铜雀台》《姚献杀妻》《绿珠坠楼》《秦琼卖马》《陈杏元出塞》《罗成叫关》《唐明皇哭妃》《千里送京娘》《陈桥驿》《下南唐》《打关西》《杨家将》《打銮驾》《精忠报国》，等等。

讲史剧目众多的原因在于我国民众对历史有着浓厚的兴趣，他们通过"知古"来反映自己对今日政治的诉求，并通过历史经验获得为人处世的原则，也正因为此，皮影艺人创作排演历史剧便拥有了厚实的观众基础和市场竞争力。而对于统治者来说，颂扬历史上的忠臣孝子，批判奸臣逆子，为人们树立道德榜样，无疑有利于政权的稳定与阶级矛盾的缓和，所以，具有"风化"功能的历史剧也得到了他们的鼓励。

第二类是民间故事，包括神话与传说。如《嫦娥奔月》《哪吒闹海》《天河配》《孟姜女》《赶山塞海》《大香山》《郭巨埋儿》《雪梅吊孝》《白蛇传》《花木兰从军》，等等。

第三类是非历史演义的小说。但凡著名的小说如《封神演义》《水浒传》《西游记》等，皮影艺人都会将它们改编成剧目。当然，不是原封不动地照搬，而是选择其中精彩的人物故事，重新整理改编，如将《水浒传》中的内容编成《乌龙院》《鲁达除霸》《逼上梁山》《打店》《石秀杀嫂》《丁甲山》《三打祝家庄》，等等。既可以连起来演连本的梁山好汉故事，也可以单独演出其中的折子戏。

第四类是戏曲曲艺故事，即是从戏曲剧目和说唱曲艺的曲目中改编而来，如《六月雪》《西厢记》《赵氏孤儿》《白兔记》《十五贯》《绣襦记》《铡美案》《梁山伯与祝英台》《珍珠塔》《杨乃武与小白菜》，等等。"文革"后期，许多地方的皮影戏也将《红灯记》《沙家浜》《智取威虎山》《杜鹃山》《龙江颂》《平原游击队》等"革命样板戏"映上了影窗。

第五类是根据古今生活创编的剧目。文人编写的剧本多属此类，一些篇幅不长的单出戏也是无所依傍的原创剧目，如传统剧目中的《一匹布》《卖杂货》《偷蔓菁》《怕婆娘》《董烂子卖他妈》《老顶嘴》《二姐娃做梦》，现当代剧目中的《穷人恨》《赤胆忠心》《焦裕禄》《新任支书》，等等。

尽管皮影戏剧目多改编自历史演义、民间故事、戏曲剧目、曲艺曲目等，但有许多剧目改编的幅度很大，不但情节不一样，人物的形象也大不相同，如长沙皮影戏《盘貂》虽然改编自湘剧的《斩貂》，但两者比较，差异很大，念白、唱词迥乎不同。湘剧《斩貂》中的关羽出场时这样唱道："【引】雄心赤胆汉英豪，撩袍勒马破奸曹！丹心耿耿，社稷坚牢，万马营中逞英豪，斩华雄，谁人不晓？"而皮影戏《盘貂》的关羽出场时的唱词为："【引】赤胆忠心，不知何日会桃园，徐州失散好惨凄。兄南弟北各一偏，好似鳌鱼吞钩线，各人肝胆费心间。"湘剧《斩貂》中的关羽有着"红颜祸水"的成见，对貂蝉的所作所为，极度蔑视："（唱）【乱弹腔】一轮明月照山川，推去了云雾星斗全。坐虎椅，看几本《春秋》《左传》。《春秋》内，尽都是妖女婵娟。（白）我想权臣篡位，即董卓父子；妖女丧夫，即貂蝉也！"最后毫不留情地将她杀死。而皮影戏《盘貂》中的关羽在听了貂蝉用美人计引起董卓、吕布父子争风吃醋而致董卓丧命的介绍后，以肯定的语气评价道："若还不把美人计献，眼见这汉江山归了董奸。"他欣赏貂蝉的智慧，准备将她送给兄长刘备，给她更好的前程："貂蝉女她生来嘴能舌变，几句话说得某喜笑连天。但愿某大哥早登金殿，封你个班头女子靠君前。"

依据篇幅的长度，皮影戏又可以分为折子戏、连本戏、单出戏。折子戏是一部戏中的一折，多数有一个相对完整的情节，如《游西湖》《拜佛》《精变》《盗草》《水漫金山》《断桥》《合钵》《宝塔压白蛇》《祭塔》是连本戏《白蛇传》的折子，因全本《白蛇传》需要几天才能演完，若时间不允许，可以演出其中的一个或几个折子戏。连本戏规模较大，没有五六个演出单元时间演不完，有的需连演一个多月，如《封神榜》《西游记》《杨家将》《包公案》《施公案》《江湖二十四侠》等。折子戏和连本戏的关系是整体和部分的关系，将内容相关的折子戏连起来就是一个整体，分开来就是折子戏。单出戏是叙事完整但体量不大的戏，往往又称为"小戏"，如《打面缸》《小姑贤》《教书谋馆》《嘎秃子闹洞房》《八仙过海》《兰香阁》《聚宝盆》等。浙江海宁皮影戏选出一些武打的折子戏做"开台戏"，活跃演出的气氛，常演的开台折子戏有《闹龙宫》《闹地府》《闹天宫》《火焰山》《快活林》《蜈蚣岭》《潞安州》《凤凰山》《打石猴》《南天国》《金沙滩》《两郎关》《烈火旗》等。

皮影戏和戏曲，在叙事的立足点上不完全一样。戏曲完全为代言体，每个角色为所扮演的人物代言，而皮影戏受说唱艺术的影响，为代言体和叙事体的结合。

如滦州皮影戏《珍珠塔》中的一个片段：

  天子：（唱）天子一见吃一惊。这刺客，甚是凶。杀败侍卫，怎把朕容？忙把宫人叫，赶快撞金钟。聚起阖朝文武，救驾保护主公。惊慌失色逃了命。

  陈春：（唱）陈春追，抖威风，提刀前往，上下冲锋，（代白）昏君哪里逃生！

无论是皇帝还是陈春，他们的唱词，代言体与叙述体都是混合在一起的。

  皮影戏剧本歌唱多而念白少，唱词的语言通俗易懂，如同常语，但是合辙押韵。如滦州皮影戏《紫荆关》中的一段唱词：

  姑嫂二人寻车辆，庄稼地里把身藏。何处万恶贼强盗，行路竟敢抢女娘。

  不知何人来救护，你我得便逃了祸殃。也不知哥哥/相公怎么样？唯恐追贼受了伤。

  叹咱鞋弓袜又小，不能急快转家乡。恐怕贼人来追赶，汗透衣衫心发慌。

  北方的皮影戏唱词，所用韵辙一般有十三道，其名目是：发花、梭波、乜斜、一七、姑苏、怀来、灰堆、遥条、由求、言前、人辰、江阳、中东。之外，还有两道儿化韵的小辙。通常是偶句押韵，压在句末的字上。押平声韵的叫"正韵"，押仄声韵的叫"硬辙"或称"反辙"。南方的方言较多，之间的差别很大，因而南方皮影戏唱词的用韵各地不一样。以吴语地区为例，其唱词的用韵共有十一部，分为阳声韵四部，为东同部、江阳部、真亭部和寒田部；阴声韵七部，为支鱼部、灰回部、萧豪部、皆来部、歌模部、家蛇部和尤侯部。当然，皮影戏的唱词格律没有诗、词或昆曲的曲律那么严格，只要顺口易唱即可。

  每一个地方的皮影戏唱腔与流传于该地域的地方戏声腔有着紧密的关系。若皮影戏后起于地方戏，那它就会运用戏曲的曲调，其唱腔与当地戏曲剧种的唱腔基本相同。如陕西、甘肃、宁夏的许多皮影戏多是用秦腔的曲调演唱，长沙一带的皮影戏用湘剧曲调演唱。若是由皮影戏为基础发展起来的戏曲剧种，当然唱的就是皮影戏原先的曲调，如流行于河北唐山一带的影调剧所唱的【平调】【花调】【滦河调】【吟腔】【硬唱】就是当地皮影戏所唱的；现为戏曲剧种的碗碗腔是在皮影戏基础上发展起来的，主要曲调自然还是原先皮影戏所唱的。后一种情况说明，有一些皮影戏已经形成了自己的曲调体系，如滦州皮影的原始曲调为"九腔十八调"，九腔即【梅花腔】【柔腔】【琴腔】【一字腔】【小银腔】【小东腔】【西门腔】【凤凰腔】【纺车腔】，而每腔上下两句的曲调不一样，故成"十八调"；之后，吸收了戏曲和俚歌俗曲的曲调，渐渐由单调而变得丰富起来。

皮影戏剧目的主旨是鲜明的，传统剧目的思想性主要表现在三个方面：一是颂扬忠君爱国之臣的赤诚无畏的精神，二是高度肯定青年男女之间纯真的爱情，三是赞扬慈悲仁爱、行侠仗义、坚忍不拔的品质。而对那些少廉寡耻、自私自利、残忍酷虐、行奸贪婪之人，这些剧目则予以无情的批判。

皮影戏剧目大多故事情节丰富曲折，引人入胜，尤其是连本大戏，能让观众欲罢不能。如海宁皮影戏《聚宝盆》（又名《李金煌买鱼放生》）故事略云：

> 宋时，书生李金煌之父李天笙升为兵部尚书，但不久遭权奸何荣所害而被打入天牢。朝廷命杨文广率军抄家，杨同情李家，掩护其全家逃逸。金煌之叔李天帛与妻为武人，上首阳山为王；金煌与母亲逃至成都，落在瓦窑讨饭度日。其时，成都知府王天佑为官不廉，其女桂香力劝改邪归正，天佑怒，遣家丁上街找一叫花子，逼女嫁之。桂香恨，不带走王家一件衣物，匆匆随叫花子而去。叫花子乃李金煌也。金煌携桂香至瓦窑，见李母，一家相依相亲。桂香有一金钗，让金煌典当后买线绣花度日。不久桂香有孕，金煌欲为桂香煮鱼汤，上街买得鲤鱼一条，然见鱼可怜，放生而去。不料鱼乃是龙宫三太子。后龙王为酬答救子之恩，送来聚宝盆一只，恰逢桂香分娩，生子便名"得宝"。龙王又献大宅予金煌，使之顿成巨富，金煌感恩，改姓为教，人称"教百万"。李天帛为惩贪官，劫了绵迪县库银，朝廷命已升为总督的王天佑缉查。王与绵迪县令有隙，不但不查，反而耻笑他。县令怒，上告。王被罚银六十万两，无奈去教百万家借银，见到了女儿桂香，天佑认罪。后何荣与弟何延海奸事败露，李天笙获释封相；天帛归顺，为兵部侍郎；金煌亦得官，后李得宝被皇上招为驸马。

皮影戏剧目所叙述的故事大都具有传奇性，根本原因是为了迎合观众的审美需要。在旧时的中国，处于底层社会的劳动人民，生活极为单调，日出而作，日落而息，生产与生活是重复的、机械的，因而是乏味的。没有色彩的日子，必然导致身体的疲惫和心理的压抑，而传奇性的故事能如一剂"强心针"，为他们劳苦平淡的生活带来精神的抚慰与快感。另外，再平凡卑微的人都有追求"卓越"的心理，然而，"卓越"并非人人可以实现，但可以借助传奇性的人物和故事来表达自己"卓越"的理想，并获得间接的"卓越"感受。

连本戏的表演和唱白，较为严肃，而小戏因为贴近生活，角色又均为小人物，其言语举止幽默诙谐，或调侃，或自嘲，剧情轻松自如，具有喜剧的风格，如《王七怕老婆》《刘捣鬼》《老渔婆劝架》等。

新中国成立之后，皮影戏界为适应时代需要、拓展观众面，创作了一批短小精悍、生动活泼的童话寓言戏，代表剧目有《鹤与龟》《两个朋友》《野心狼》《东郭先生》《小羊过桥》《小猫钓鱼》《雀之灵》《两只公鸡》《狐狸与乌鸦》《三只老鼠》等。今天皮影戏之所以还有一些生命力，主要是靠为孩子们演出的这类剧目。

历史悠久、曾经遍布全国绝大多数省份的皮影戏，在城市化与现代化进程中，逐渐失去昔日的风光，但是，因受国家非物质文化遗产法的保护和对旅游经济的融入，它会在相当长时间内生存着，或者变更自己的功能，譬如皮影造型像书法、绘画一样成为家庭或一些场所的装饰品。就剧本而言，它们的生命力不会因为整个皮影戏艺术的衰萎而衰颓，反而会因时间的推移而不断地增强，因为它们汇集了千万个故事，能为今日文艺创作提供大量的素材；它们所反映的政治理想、宗教信仰、艺术趣味等会成为今人和后人了解民族过去的精神世界的信息库；它们表现的方言土语、民俗画面、社会活动、生产过程等具有宝贵的学术研究价值。就是作为普通的读物，它们至少也会像明清白话小说一样，给人们带来审美的愉悦。正是考虑到这样的意义，我们才选择它们中的一些精品，整理出版，以飨读者。

编 校 说 明

本丛书第1—10卷主要收录华北、东北地区的皮影戏剧目，对于剧本的编订整理遵循以下原则：

一、所收录的均是当地演出频繁且为百姓喜闻乐见的剧目，剧本以民间手抄本为底本。

二、编校整理时，一律保持剧本原貌，除注释某些较为难懂的方言、俗语外，主要是改正错别字、校补漏字等，在内容上不做改动。对于影响剧情内容的错讹则以按语的形式予以标注。

三、对于演绎历史故事的剧本，其历史人物姓名、地名仍用其称呼，以保持剧本原貌。

四、为便于读者把握剧情，在每个剧目的开篇处设有"故事梗概"，在每本戏的前面设"剧情梗概"，以总括主要情节、提示剧情进展。

五、由于皮影戏剧本的传承大多是口耳相传，手抄本中的很多人物身份及行当都没有标示清楚，为保持作品原貌，"主要人物及行当表"一仍其旧，缺失部分未予增加。

目　录

华北东北皮影戏概述 …………………………………………………… 1

杨家将（上）

主要人物及行当表 ……………………………………………………… 9
第一本 …………………………………………………………………… 11
第二本 …………………………………………………………………… 44
第三本 …………………………………………………………………… 70
第四本 …………………………………………………………………… 96
第五本 …………………………………………………………………… 122
第六本 …………………………………………………………………… 143
第七本 …………………………………………………………………… 169
第八本 …………………………………………………………………… 195
第九本 …………………………………………………………………… 216
第十本 …………………………………………………………………… 239
第十一本 ………………………………………………………………… 261
第十二本 ………………………………………………………………… 284
第十三本 ………………………………………………………………… 308

华北东北皮影戏概述

华北、东北的地域范围，为今日之河北、内蒙古、北京、天津、辽宁、吉林、黑龙江等地，而这一地域的皮影戏当以滦州为中心。

滦州，在今河北省唐山市，乐亭曾隶属于滦州，故外人将产生在这里的影戏称之为"滦州影""乐亭影"或"唐山皮影"等。

那么，这一地域的皮影来源于何处？据现有文献来看，当是中原一带。徐梦莘《三朝北盟会编》卷七十七"靖康二年正月二十五日乙卯"条记载道：

> 金人来索御前祗候、方脉医人、教坊乐人、内侍官四十五人；露台祗候、妓女千人，蔡京、童贯、王黼、梁师成等家歌舞宫女数百人。先是权贵家舞伎内人，自上即位后皆散出民间，令开封府勒牙婆媒人追寻之。……杂剧、说话、弄影戏、小说、嘌唱、弄傀儡、打筋斗、弹筝、琵琶、吹笙等艺人一百五十余家，令开封府押赴军前。开封府军人争持文牒，乱取人口，攘夺财物，自城中发赴军前者，皆先破碎其家计，然后扶老携幼，竭室以行。亲戚、故旧涕泣，叙别离相送而去，哭泣之声，遍于里巷，如此者日日不绝。①

由此可见，至迟在金代时，北方就有了皮影戏。元蒙时期，皮影戏已经成了皇室欣赏的一种艺术形式。瑞典学者多桑（C. d'Ohsson）在他的蒙古史中说："有汉地人在窝阔台前作影戏，影中有各国人。其间有一老人，长髯，冠缠头巾……"②

然而，北方的"滦州影"却没有在金元明清的文献上出现过，直到了民国年间，才有一位叫李脱尘的皮影艺人说他从别人那里得到了一本《影戏小史》，他在此基础上写成《滦州影戏小史》。此书问世后，多被研究皮影的学者引用，佟晶心在《中国影戏考》中引述云：

---

① [宋]徐梦莘撰：《三朝北盟会编》（影印本）上册（靖康中帙五十二），上海古籍出版社 1987 年版，第 583—584 页。

② [瑞典]多桑著，冯承钧译：《多桑蒙古史》（上册），中华书局 1962 年版，第 206 页。

我国自影戏发端于前明嘉靖年，首创者为永平府属滦县人黄素志君。黄君，一生员也，博学而兼精雕刻、绘画。因连仕不第，遂游学关外（即山海关），至辽阳，设帐教读，启蒙该地幼童。惟黄先生素崇佛教，每见社会人心不古，奸诈邪淫，五伦反覆，思挽救之，始有影戏之作。初编制之影戏脚本为《盼儿楼》，系述周昭王误信偏妃之言致使夫妻父子离散，若许苦痛因而生焉，百姓小民更遭涂炭。黄君作影辞毕，复思如何现身说法以使芸芸众生易于了解，遂用厚纸刻成人形，染以颜色。然纸质易坏，屡经修改未获良法。黄君之弟子裴生，敏慧异常，每见先生雕刻，己则思维。后见先生屡次失望，便思以羊皮刮净毛血而刻之或能奏效。因以其意见述之乃师，黄先生采其言，试用果较纸人美观而坚实。后思忠奸邪正、君子小人宜如何分别方能使人一目了然，后于《孟子》书中得之，以眼目之形状分之。大概凡奸人必目似瓜子形，丑角眼外有白圈，即用外表以辨明其内心也。①

但一些学人对于有无黄素志其人持怀疑态度。但无论如何，"滦州影"在明代已经成熟，是一事实，因为在1958年，唐山专区文教局发现了一本标明为"明万历己卯年（1579）手抄"的连台本乐亭影卷《薄命图》，该本行当齐全，唱词有"十字赋"、七字句、"三赶七"等②。

　　因"滦州影"剧目数以百计，剧旨积极向上，故事内容丰富，情节传奇曲折，人物形象鲜明，唱腔悦耳动人，所以不断地向外扩展，几乎传播至整个华北、东北。自民国年间皮影艺术进入学术研究领域之后，所有的学者都一致认为华北、东北的皮影戏的源发地在滦州。

　　顾颉刚说："而负盛名之滦州影戏，则河北东部及东北各地尚为其领域。"③

　　江玉祥将影戏划分为七大系列，其中"滦州影戏，包括河北东部皮影、北京东城皮影、东北皮影、内蒙古皮影"④。

　　秦振安认为："滦州影系，以河北省之滦州（即今之昌黎、滦县、乐亭三县）

---

① 佟晶心：《中国影戏考》，《剧学月刊》第3卷第11期，1934年11月。
② 庞彦强、张松岩主编：《燕赵艺术精粹：河北皮影·木偶》，花山文艺出版社2005年版，第24—25、36页。
③ 顾颉刚：《中国影戏略史及其现状》，《文史》第19辑，中华书局1983年8月，第135页。
④ 江玉祥：《中国影戏》，四川人民出版社1992年版，第196页。

为中心。活动范围，遍及河北全境、北京及天津两特别市和东北各省。"①

魏力群通过调查后得出这样的结论："清代道光年间至二十世纪三十年代，许多乐亭人到东北各城镇做生意，也就将家乡的影戏带到了东北。起初，这些影戏只在东北农村和小城镇流动演出，后来，乐亭县'翠荫堂班''王华班'等，先后应大商号之邀赴东北大城市沈阳、哈尔滨、营口等地进行职业演出，并获得巨大成功，使乐亭影戏很快风靡东北三省，为东北当地原有影戏充实了新的内容和形式，又结合当地风俗及语言条件的影响，形成了不同的演唱风格和流派。"②

一些地方志也证实了学者们的说法。吉林省《怀德县志》云："光绪末年，河北省乐亭县移民杨德林等人迁来秦家屯，他们组织皮影戏班，并于乐亭县购进全部影箱、影卷，使皮影戏在怀德落了户。王老箭、于和、孙建、孙跃等为当时四大皮影名人。……艺人除在本地坐堂演出外，还到梨树、双辽、长岭、农安、黑龙江等地演出。"③ 因此，我们将华北、东北的皮影戏合成一卷。

华北、东北皮影经历了影经、流口影与翻卷影三个阶段。影经相当于故事提要，艺人在此基础上充实细节；流口影的内容相对于影经要固定一些，是师徒之间、艺人之间口耳相传的；到了翻卷影，才有了文本。之所以有影经与流口影，是因为彼阶段艺人们多是文盲，不具备阅读文本的能力。到了清代中叶之后，不能翻阅文本的艺人，说唱的随意性太大，无法保证表演的艺术质量，基本上是不受欢迎的，因而艺人多成了识字之人。

经过几百年数代艺人的创造，华北、东北的皮影戏影卷繁富，有上千个之多。其中大多数采用了其他文艺形式的故事，有的改编自章回小说，如《封神榜》《凤岐山》《伐西岐》《前七国》《后七国》《五雷阵》《吴越春秋》《六国封相》《反樊城》《重耳走国》《临潼斗宝》《楚汉相争》《九里山》《白莽山》《东汉》《三国》《瓦岗寨》《隋唐》《江流记》《二度梅》《小西唐》《中西唐》《大西唐》《薛丁山征西》《罗通扫北》《薛刚反唐》《打登州》《破孟州》《天汉山》《绿牡丹》《西游记》《五色英雄会》《刘金定救驾》《杨家将》《天门阵》《牤牛阵》《岳飞传》《五虎传》《九龙山》《十粒金丹》《三侠五义》《金鞭记》《飞龙传》《水浒传》《济公传》《大

---

① 秦振安编著：《中国皮影戏之主流——滦州影》，台湾省立博物馆出版部1991年版，第31页。
② 魏力群：《冀东乐亭皮影戏》，《神州民俗》2013年第206期。
③ 怀德县志编纂委员会编著：《怀德县志》，吉林文史出版社1996年版，第769页。

明英烈》《香莲帕》《于公案》《彭公案》《施公案》《刘公案》，等等；有的来自戏曲，如《蝴蝶梦》《昭君出塞》《狸猫换太子》《渔家乐》《灵飞镜》《蕉叶扇》《五龙图》《目连救母》《党人碑》《宝莲灯》《雷峰塔》《六月雪》《百花亭》《混元盒》，等等；还有的源自民间故事、宝卷、评书、鼓词、弹词等文艺形式。

到了清末之后，创作新影卷成了风气。如创作了《二度梅》《三贤传》《定唐》《珠宝钗》《出师表》和《青云剑》六大部影卷、达百万字之多的高述尧，为清嘉道时人，县诸生，居于乐亭城北关帝庙于庄（今代家河于庄），满族。他博学多才，屡试不第后，在家设塾教学。因性嗜影戏，谙熟音律，便在教学之余，创编影卷。他对影戏唱词结构进行了规范化的整理，摒弃了一些"杂牌子"，规范了"大、小金边"的格律，扩大了"硬辙"的使用范围。所编影卷，艺人视为范本之作①。在高述尧之后，华北、东北许多地方的文人热衷于影卷的创作，如清末辽宁锦县大齐屯齐二黑撰写了《五峰（锋）会》，其女又续写了《平西册》；辽宁凌源北炉乡平房村举人任善树（字老玉）撰写了《十粒金丹》；辽宁喀左县李杖子村皮影艺人李文然（1912年生）于二十世纪三十年代编撰了《丝绒带》《鲛绡帐》《万灵针》等。

新中国成立之前的传统影卷在内容与艺术上有三个特点：一是剧旨宣扬忠孝节义，二是情节曲折离奇，三是染上了地方特有的文化色彩。当然，编创者都是站在底层大众的立场上，以他们的伦理观、价值观来衡量是非，并表现他们的生活理想。如歌颂"忠君"的品质，很多故事中的"君"，尽是明君，而绝不是昏君，这明君等同于国家，"忠君"实际上就是忠于国家。而对于昏君，不管是哪朝哪代的，影卷都是大加挞伐。再如对女性形象的描写，虽然也以男性的视角写她们愿意在一夫多妻的婚姻中生活，但她们对于男人的选择却是主动的、积极的、高标准的。

新中国成立之后，为了迎合时代的需要，华北、东北的皮影戏的影卷内容发生了显著的变化。首先在剧旨上，体现出主流意识，即揭露封建社会的黑暗和统治阶级的残酷无道、歌颂劳动人民高尚的品质、宣扬爱国主义精神等。其次多以现当代的社会生活为题材，以革命战争时期的英雄和社会主义建设时期的工农兵为主要人物。再次以神话、童话为题材，充分考虑儿童的审美趣味。作品如《九

---

① 张军：《滦州影戏研究》，大象出版社2010年版，第148—149页。

件衣》《芦荡火种》《女游击队员》《焦裕禄》《红管家》《大闹天宫》《乌龟与兔子》《嫦娥下凡》，等等。

影卷的唱词结构形式有七字句和"十字锦""五字赋""三赶七""大金边""小金边""楼上楼""赞"等，总的来说，较为自由，编创者可以根据叙事、抒情与表现人物性格的需要而选择某种表达形式。

皮影戏艺人在表演时以"影卷"为脚本，依字来建构唱腔。唱词须合辙押韵，一般来讲，有十三辙，即中东、衣期、言前、灰堆、梭波、遥迢、麻沙、人辰、由求、包邪、姑苏、江阳、怀来等。编创者会根据不同行当、人物性格和情节需要，尽量选用适合的辙口。旦行较多使用"衣期""包邪""灰堆""由求"等，生行多用"江阳""中东""言前"等。由于韵母所含的字有多有少，含字多的叫宽辙，含字少的叫窄辙，也叫险辙。如"包邪"辙，平声字少，仄声字多，有文字功底的人才能够运用得恰到好处。押平声的叫"正辙"，押仄声的叫"硬辙"或"反辙"。

以"滦州影"为中心的华北、东北皮影戏，所唱的曲调有平调、悲调、花调、侉调、梦调、游阴调、还阳调、凄凉调等调式。"平调"是基本唱腔，男、女腔皆可用，它既能用于抒情性的唱段，又可用于叙事的唱段。"花调"是在平调基础上通过装饰、加花等手法发展而成，唱腔华丽，用于表现欢快、活泼、诙谐的情绪，在传统剧目中，为彩旦、花旦、小旦和丑专用，板式运用上只有大板和二性板。"凄凉调"也叫"路途悲"，用于表现悲哀凄凉的情绪，女腔专用，唱腔速度慢，擅长抒情和叙述，多用于怀念、回忆和痛苦之处。"悲调"一般为大板、二性板，速度缓慢，男、女腔皆有，用于表现声泪俱下、悲恸欲绝的感情，曲调如泣如诉，线条起伏很大，源于当地妇女失去亲人悲极痛哭的音调。"游阴调"传统上是人死后到阴间变成鬼魂时专用的唱腔，因为用途的局限性，很少演唱，也没有严格的规范。"滦州影"还有一个特殊的唱法，即用手指掐捏着喉头，控制声带而发出声音的歌唱。[①]

华北、东北的皮影戏，近年来一直处于衰落的状态。但由于许多地方将它们列为"非物质文化遗产"而得到传承，政府和业界正在按照"创新性发展、创造性转化"的精神，努力探索，让它能与时俱进，从而重新获得观众的喜爱。

---

① 刘荣德、石玉琢编著：《乐亭影戏音乐概论》，人民音乐出版社1991年版，第137—237页。

杨 家 将

（上）

杨明忠　张长娟　整理

【故事梗概】宋太宗即位，辽国（剧中称北国）兴兵入寇，朝廷在天齐庙设擂招帅。在擂台上，国丈潘仁美之子潘豹连伤多人，商人任堂惠路见不平，上台比武，但不是其对手。任堂惠与杨六郎相貌相似，杨七郎误认其为六郎，于是上台劈死潘豹。六郎兄弟及其父杨继业一同被潘仁美告到御前，幸得八王救助。经过雄关、五台山、幽州之战，杨氏父子击退敌军。辽国又在金沙滩设下双龙会，杨大郎替天子赴宴，在厮杀中中箭身亡。二郎、三郎亦阵亡，四郎、八郎流落番邦，五郎战败出家。天子闻讯病倒回朝，以潘仁美为元帅、杨继业为先锋，留下镇守。因为潘仁美的陷害，杨继业兵困两狼山，碰李陵碑而死。闯出重围的六郎、七郎，也被潘仁美所害。六郎死而复生，在辽国奸细王强的帮助下，回京告了御状。天子命呼丕显代天巡边，呼丕显智擒潘氏父子。朝廷先命御史冯秀冈审理该案，冯秀冈收受潘妃贿赂，偏袒潘仁美，被八王打死；又命县令寇准审理，他假扮阴曹，让潘仁美在惊惧之下一一招供。天子不欲严惩潘仁美，经寇准设计，六郎杀死潘仁美全家。

主要人物及行当表

杨继业：宋名将
佘太君：杨继业妻，风盔
杨大郎：杨延平，杨继业长子，武将
杨二郎：杨延定，杨继业次子，武将
杨三郎：杨延广，杨继业三子，武将
杨四郎：杨延辉，杨继业四子，武将
杨五郎：杨延德，杨继业五子，武将
杨六郎：杨延昭，杨景，杨继业六子，武将
杨七郎：杨延嗣，杨继业七子，武将
杨八郎：杨延顺，杨继业八子，武将
柴郡主：杨延昭之妻，八王义妹，旦
杜金娥：杨七郎妻，旦
张金定：杨大郎妻，旦

赵美荣：杨四郎妻，旦
杨八姐：杨继业女，旦
杨九妹：杨继业女，旦
杨宗保：杨六郎长子，武小生
杨宗勉：杨六郎次子，武小生
杨排风：杨府使女，旦
任堂惠：商人
任道安：道人，任堂惠之叔
柴宗训：云南王，柴郡主之兄
岳　胜：宋将
孟　良：宋将
焦　赞：宋将

天番王：耶律也先，辽国国主

萧太后：辽国女主
耶律碧琼：辽国公主，旦
耶律玉琼：辽国公主，旦
萧金克郎木：辽军都督，反丑将
萧天佐：辽保国都督
萧天佑：辽定国都督
闫　荣：辽护国军师
哈尔密奇：辽国副军师
韩　昌：辽国驸马
韩匡思：辽国大都督，金棍大将军，丑
苏天豹：辽扶国都督
苏达天：苏天豹长子，岐沟关大都督
苏达尔：苏天豹次子，昊天关大都督
苏锦平：苏达尔之女
苏达夫：苏天豹三子，盖天关大元帅
万花夫人：苏达夫之妻，番旦，武装青面

八　王：赵德芳，宋太宗之侄

王　袍：首相
赵　普：左丞相
郑　印：汝南王
高君保：平南王
呼延赞：铁鞭王
呼延丕显：呼延赞之子
潘仁美：东阁太师，国丈
潘　豹：潘仁美之子，丑
潘　龙：潘仁美之子，丑
潘　虎：潘仁美之子，丑
潘　林：潘仁美之子，丑
潘　桂：潘仁美之子，丑
冯秀冈：西台御使
寇　准：下口县知县
陶　仁：京营副将，王勤外甥
王　强：兵部司马，辽国细作，奸面生
谢经武：王强女婿，新科状元

第 一 本

【剧情梗概】宋帝赵光义即位后,辽主兴兵侵宋,率兵犯界,雄关总兵谷近忠大败,急写哀表求主发兵增援。天子在天齐庙设立擂台比武,胜者挂印为帅,败者随征。国丈潘仁美之子潘豹在擂台上打死许多前来比武之人,任堂惠路见不平,上台比武,然败于潘豹。杨七郎在路上听闻潘豹打死人之事,欲要为冤死之人报仇,也赶到擂台处。因任堂惠与杨六郎相貌相似,七郎误以为是六哥在台上教训潘豹,便上台将潘豹劈死。杨七郎让任堂惠速速离开,让自家兄弟杨六郎来顶罪。潘仁美向天子告状,天子得知此事,要杀杨家父子三人,幸得八王相救,才保住了性命。

众　将：（诗）塞北逞英雄,上阵全凭刀钢锋。
　　　　　　　扶保狼主称帝业,要把大宋一扫平。
闫　荣：（白）吾军师闫荣。
韩　昌：驸马韩昌。
萧金克郎木：萧金克郎木。
萧天佐：萧天佐。
萧天佑：萧天佑。
萧天齐：萧天齐。
土金秀：土金秀。
土金牛：土金牛。
豹铁头：豹铁头。
合：　　狼主升帐,小心伺候。
　　　　（出红面番王,坐）
天番王：（诗）塞北沙漠逞豪强,六国三川孤为王。
　　　　　　　帐下雄兵有百万,要拿大宋锦家邦。
　　　　（白）孤天番王耶律也先,建都幽州,帐下雄兵百万,战将千员,粮草充足,定要夺取大宋江山。今日探子报道,宋天子平了南唐,连年用兵苦争战,兵力必衰,又且赵匡胤一死,赵光义继位,大料人心未服,趁此机会飞将行兵,南下夺取大宋江山易如反掌。各位都督、酋长,孤王欲兴兵灭宋，不知众位意下如何？

闫　　荣：（白）不可呀，不可！（跪）千岁不可轻易出兵灭宋。

天番王：军师怎说不可？

闫　　荣：千岁听臣细奏。

（唱）俯伏殿下呼千岁，为臣有本犯天颜。

宋朝人马雄又广，怎奈大宋有魁元。

哪个不知天波府，杨家父子虎一般？

出兵打仗常取胜，外邦闻知心胆寒。

还有高家弟兄俩，一杆枪杀得南唐纳贡还。

汝南王郑印无敌之将，斩收马旗只当玩。

百阵不输呼延赞，万马营中他占先。

这些人，南边番来南边挡，北边番来北边拦。

又有那文官王袍与赵普，天下奇才谋略全。

这些人文能安邦武定国，四面八方不敢犯边。

千岁发兵夺疆土，怕的是画马不成犬一般。

倘若一朝兵失败，岂不惹的人笑谈？

天番王：（白）依军师怎样才好？

闫　　荣：（唱）若依为臣愚拙见，按时而动保安全。

咱兵暂且不要动，差一位文武双全将魁元。

先带三万人共马，攻取大宋雄州关。

探探大宋强与弱，见机而作保万全。

然后大兵一齐进，彼弱我强胜不难。

大宋如有智勇将，邦兵守住三重关。

不可突然轻易为，知己知彼是实言。

为臣拙见是如此，我主亲自细详参。

天番王：（白）好。

（唱）连连点头说有理。

（白）军师所奏真乃知己知彼之论，孤家敬服，依卿所奏归班。

闫　　荣：千岁。

天番王：往下便叫萧金克郎木、萧天齐、豹铁头上殿。

合：　　　千岁。（三人跪）千岁千岁千千岁，宣着为臣有何调用？
天番王：萧金克郎木，孤封你为扫南大元帅，萧天齐、豹铁头为左右先锋，带兵三万取雄关，去打探虚实。可战则战，可守则守，不可粗心大意，小心宋朝奸计，休仗血气勇敢，挫了我国锐气。孤王操练人马，静听佳音。
合：　　　千岁放心。
天番王：休长他人志气，灭自己锐气。
合：　　　不是臣等夸口，管保马到成功。
天番王：好，如此，元帅接令。
萧金克郎木：得令。
天番王：你看都督去，大小番官，操兵练将，准备厮杀，任你大宋兵多将勇，怎知我国亦有能人。（下）
萧金克郎木：（内白）带兵三万攻取雄关，小番们，杀奔雄关，不得有误。
卒：　　　哈。（下）
　　　　　（正将升帐，四将站）
众　臣：（诗）头戴金盔身穿甲，飞阵惯使刀枪马。
　　　　　　　百战百胜立奇功，堵挡番将雄关把。
宋国臣：（白）俺先锋官宋国臣。
武兴邦：守备武兴邦。
张德胜：张德胜。
王立功：把总王立功。
合：　　　元帅升帐，小心伺候。
　　　　　（出三军帅）
谷近忠：（诗）熟读武子十三篇，六略三韬在胸中。
　　　　　　　上阵全凭刀一口，震动番国将与官。
　　　　（白）本镇雄关总兵谷近忠，奉旨镇守雄关，堵挡番兵犯境。探子报道，北国竟敢伐兵犯界，一定来者不善，善者不来，定有一场杀战。我已派人远探，为何不见到来？
　　　　　（卒上）
卒：　　　报元帅得知，祸从天降。
谷近忠：有何祸事？速速报来。

卒： 元帅听报。
（唱）报报报，报与元帅得知道。
北国发来兵，人喊马也叫。
领兵番将官，萧金克郎木。
长得像凶神，狼牙唇外冒。
红发脑后飘，哇呀哇呀地叫。
手使大金锤，力大无穷妙。
人人见着惊，金锤不住绕。
萧金克郎木是名号，萧天齐与豹铁头，左右先锋开着道。
坐骑卷毛兽，四蹄跑又跳。
手使把飞刀，金光把眼绕。
眼看到关城，不敢不来报。

谷近忠：（白）再探。

中　军：得令。（下）

谷近忠：（唱）坐正心焦躁。
（白）好个番王，真乃大胆，竟敢兴兵造反，其情可恼。自古道兵来将挡，水来土掩。众将官，抬枪带马，杀出城去。带马。
（豹上）

豹铁头：俺豹铁头，带兵来至城下，你看城门大开，一将来也，待俺迎将上去。
（豹铁头杀张德胜死）（萧天齐杀王立功死）（谷近忠杀番将两员）
（萧上）

萧金克郎木：好个宋将，杀败我国两员大将，其情可恼，报名上来。

谷近忠：住口，好个番奴，竟敢起兵犯境，自取灭亡。劝你撤四面人马，好好纳贡与我国，不然恼怒我主，带来天兵勇将灭你国，兵死将亡，悔之晚矣。

萧金克郎木：宋将少说大话，吓唬与我，看紫金锤打你，来来来。
（宋帅败下，宋国臣、武兴邦全败，忠上）

谷近忠：番将厉害，难以取胜，暂且收兵回城。众将官，乱箭齐发，保护城池，紧闭关城，免战牌高悬。
（萧上）

萧金克郎木：你看宋将大败，乱箭齐发，天色已晚，暂且收兵，明日再来攻城。

　　　　　众番兵，就此收兵回城。
谷近忠：（内白）众将官，将马带过。（上，坐）一场好杀，一场好战也。
　　　　（唱）败回城，心胆寒。
　　　　　　　浑身热汗，湿透衣衫。
　　　　　　　番将真厉害，杀法真齐全。
　　　　　　　力大锤沉马快，连伤大将几员。
　　　　　　　立功与那张德胜，战死疆场为国身捐，
　　　　　　　自本帅，做将官，
　　　　　　　百战百胜，敢承敢担，
　　　　　　　奉旨到此地，镇守这雄关，
　　　　　　　堵挡北国鞑虏，以防北国犯边。
　　　　　　　不想今日北国番，想破此关进中原。
　　　　　　　方才在，城外边，
　　　　　　　疆场大战，地覆天翻。
　　　　　　　番将实骁勇，无奈败回关。
　　　　　　　急写哀表求救，求主发兵增援。
　　　　　　　想罢提起毛竹管，笔走龙蛇写得全。
　　　　　　　写完封好按上印，眼望帐下便开言。
　　　　（白）宋国臣上帐听令。
宋国臣：在。
谷近忠：你将这道急表，不分昼夜，送进京城，下到左丞相赵普府中，求天子急发救兵，本帅同武兴邦送你闯出城去，千万小心在意。
宋国臣：小将谨遵将令。
谷近忠：武将军，随本帅杀出城去，护送宋国臣，闯过番营进京，急速回城，外面带马杀出去。
　　　　（番卒上）
卒：　　报都督得知。
萧金克郎木：何事？
卒：　　宋将开城闯营，不敢不报。
萧金克郎木：众番兵，随本都杀出营去，捉拿宋将。

（飞马大杀一阵，宋国臣闯出）

谷近忠： 众将官，宋国臣闯出番营，不可久留，急急回城。

（萧上）

萧金克郎木： 宋将败回城去，趁此想要攻城，宋将乱箭齐发，难以攻城，又见一将闯出重围，必是搬兵求救。须得另想妙计，等宋兵到来，定破此关。众番兵，收兵回营。

（升殿，十臣站。）

众　臣：（诗）殿上衮衣明日月，砚中旗影动龙蛇。
　　　　　　纵横礼乐三千字，独对丹墀日未斜。

王　袍：（白）首相王袍。

赵　普： 左丞相赵普。

郑　印： 本爵汝南王郑印。

高怀德： 东平王高怀德。

高怀亮： 征南王高怀亮。

呼延赞： 铁鞭王呼延赞。

杨继业： 令公杨继业。

潘仁美： 东阁太师潘仁美。

冯秀冈： 西台御使冯秀冈。

陈秀章： 本部参议陈秀章。

合：　　圣驾临轩，分班伺候。

（出天子）

天　子：（诗）金钟三下紫门开，文东武西两边排。
　　　　　　四面八方来进贡，群臣共贺在金阶。

（白）朕大宋天子赵光义，兄长赵匡胤驾崩，朕继位后平服南唐，八方畏服进贡，真是刀枪入库，马放南山，一片太平世界。今设早朝，内臣，传朕口旨，晓喻文武百官，有本早奏，无事散朝。

内　侍： 遵旨。阶下文武老先生听着，圣上口旨传下，哪家大臣有本出班早奏，无本就要散朝啦。

赵　普： 慢散朝纲。

内　侍： 何人有本？

赵　普：赵普有本。
内　侍：随旨上殿。
赵　普：吾皇万岁。（跪）万岁万岁万万岁，臣接得雄关总兵谷近忠表章一道，不敢自专，请主御览。
天　子：侍臣呈表上来。
内　侍：遵旨，请主御览。
天　子：闪过，赵爱卿归班。
赵　普：万岁。
天　子：不知表章是何言语，代朕拆开一观。
　　　　（唱）拆开本章铺玉案，从上而下看其详。
　　　　　　　上写雄关总镇拜，诚惶诚恐奏君王。
　　　　　　　为臣奉旨守要路，日月操练众儿郎。
　　　　　　　忽有远探来报道，北国起兵犯边疆。
　　　　　　　一路烧杀与抢掠，黎民百姓不安康。
　　　　　　　番兵围困雄关地，臣与番兵占疆场。
　　　　　　　番将都首萧郎木，杀法厉害把人伤。
　　　　　　　头阵死了张德胜，二阵立功疆场亡。
　　　　　　　为臣奋勇出了马，与番贼大战倒海翻江。
　　　　　　　番兵将多咱将少，寡不敌众难逞强。
　　　　　　　无奈败兵回城内，写表进京奏吾皇。
　　　　　　　盼主急选能征将，急来雄关挡犬羊。
　　　　　　　迟误恐怕城难保，关城攻破祸起萧墙。
　　　　　　　表不多言顿首拜，哎呀，表章看完脸气黄。
　　　　　　　用手一指北国骂，番贼叛朕太猖狂。
　　　　　　　朕要不把尔国灭，誓不为君在汴梁。
　　　　　　　眼望阶下开言问，哪位爱卿领兵平北方？
　　　　　　　天子之言还未尽，
王　袍：（唱）王袍见驾奏吾皇。
　　　　（白）吾皇万岁。为臣有本奏陛下，万岁不必犯惆怅。
天　子：丞相有何条陈奏来？

王　　袍：万岁，

　　　　　（唱）现有高郑呼杨四家将，哪怕外邦众犬羊？

　　　　　　　何惧番国兵与将？马到成功平北方。

天　　子：（白）朕想呼、杨、高、郑几家国公出征南唐，回朝不久，人困马乏，怎好又去出征呢？

王　　袍：（唱）万岁既然想到此，何不挂榜选贤良，

　　　　　　　召集天下英雄士，领兵前去镇犬羊？

天　　子：（白）老丞相，雄关急表求救，常言说救兵如救火，哪能容得招贤纳士？日期长了，唯恐误了国家大事，雄关难保。

王　　袍：（唱）我主要怕误大事，莫非急选高郑呼杨。

　　　　　　　为国哪怕劳累苦，这几家都是保国忠良。

　　　　　　　我主上裁想一想，是否可行自主张。

　　　　　　　奏罢俯伏不言语。

天　　子：（唱）天子座上把口张，依卿所奏归班站。

王　　袍：（白）万岁。

天　　子：（唱）天子才要传圣旨，

潘仁美：（白）万岁。

　　　　　（唱）仁美出班呼吾皇。

　　　　　　　上了朝堂忙跪倒，手捧牙笏呼吾皇。

　　　　　（白）万岁万岁万万岁，潘仁美见驾。

天　　子：老国丈，有何国事要奏来？

潘仁美：万岁，臣方才听丞相所奏，平北元帅一事，臣斗胆冒犯天颜，有一主意可以两全其美。

天　　子：老国丈有何妙计？可以两全其美，可以奏来。

潘仁美：万岁，依臣拙见，呼、杨、高、郑几家千岁，按兵不动，原因是出征南唐，人困马乏，应当休养，此乃万岁仁德之心。如要招贤纳士，又恐耽搁日期，雄关难保，事难两权衡。老臣愚见，莫如吾主发一道旨意，在天齐庙前立一擂台，晓喻天下英雄到擂台比武，如有全才文武之士为帅，次者随征。一则不劳各家国公出征，二则又能召集少年英雄，这岂不是两全其美。

天　子：好，老国丈真乃高见，但不知何人可以上擂呢？

潘仁美：万岁，臣三子潘豹，力大无穷，武艺惊人，何不命他立擂比武。如果他武艺出众，叫他挂印为帅，扫平北国，岂不为好？

天　子：好，就选三国舅上殿。

潘仁美：为臣领旨。

天　子：好，老国丈真乃忠心为国，与朕分忧，真乃保国忠良。

潘仁美：（内白）圣上有旨，宣潘豹上殿。

潘　豹：（内白）吾皇万岁，（上，跪）万岁万岁万万岁，臣子潘豹见驾。

天　子：抬起头来。

潘　豹：万岁。

天　子：呀，好哇，果然是威风凛凛，杀气腾腾，相貌惊人。哦，三国舅，朕命你天齐庙立擂，考取天下奇才，强者为帅，弱者随征，勿负朕托。

潘　豹：万岁万岁万万岁。

潘仁美：万岁，臣还有本。

天　子：国丈，还有何本奏来？

潘仁美：万岁，臣想既是考取天下文武全才，在朝的王公大臣及大小官员，全都不能上台打擂了，不知圣意如何？

天　子：卿言有理。朕出旨晓喻百官不准上台打擂，如有不遵旨者，按抗旨论罪，散朝。

**众　　**：吾皇万岁。

潘仁美：（内白）家将，将轿停住。（上，坐）老夫潘仁美，方才在金殿趁势保举我三子立擂，不许呼、杨、高、郑几家打擂台，料别人不是我儿潘豹对手。倘若有幸挂了帅印，才随老夫之意，一是在朝高大，二则兵权在手，我想呼、杨、高、郑几家国公也得听我调用。那时兵有兵权，势有势力，我女儿又在宫中，甚是得宠。老夫真是一人之下，万人之上，谁敢不尊？哈哈哈，待我将潘豹唤来，嘱咐一番，我儿潘豹哪里？

潘　豹：（内白）来了。（上）爹爹在上，孩儿有礼。

潘仁美：儿哪，你听为父嘱咐与你。

（唱）满面带笑呼爱子，细听为父讲原因。

咱们家现为皇亲国戚府，你姐正宫是贵人。

>
> 天子面前甚得宠，一家大小沾皇恩。
> 就恨杨家兵权重，权高势大目无人。
> 因为咱的势力弱，没有兵权掌三军。
> 今日趁势保举你，立擂为名安马军。
> 要你留神加仔细，台上千万加小心。
> 如遇硬敌英雄汉，请他下台敬酒樽。
> 叫他为服咱门下，岂不添了膀臂人？
> 遇弱打下擂台去，死活凭他不用云。
> 这回要挂元帅印，光宗耀祖天下闻。
> 我命潘龙与潘虎，你弟潘桂与潘林。
> 带领御林军五百，护守擂台防歹人。
> 明日你就去上擂，先事可要养精神。

潘　　豹：（白）是，儿遵命。
潘仁美：（唱）不言仁美府中事，

　　　　　（摆大帐）

杨继业：（唱）再把继业云一云。（上，坐）

　　　　　（诗）坐在银安叫家将，快快擂鼓警众人。

家　　将：（唱）家将答应不怠慢，大鼓擂得惊动人。

众　　人：（唱）惊动阖府男女将，披挂整齐有精神。
> 银安出鼓必有事，当先来了佘太君。
> 迈动小足上前殿，柴氏郡主随后跟。
> 又来媳妇与九妹，大郎延平随后跟。
> 延定延广不怠慢，延辉延德抖精神，
> 六郎延召也来到，八郎延顺也来临。
> 一齐开言忙忙问，父亲聚将何事云，
> 莫非哪方又造反？快对儿们说原因。

杨继业：（唱）令公带笑开言道，夫人儿们听我云。

　　　　　（白）夫人、儿们不知，今日上朝，闻听雄关告急，表章进京，北国番主造反。只因咱杨呼高郑众家大臣用兵太久，人困马乏，不忍叫咱几家出征，在家休养几日，以备后路。潘仁美保他儿子潘豹立擂，设在天齐庙挑选英雄，朝中武将一律不准上台打擂，如有私自上擂，其祸不小，故此将阖府众将人马召来，嘱咐一番。

杨六郎：爹爹，儿有一拙见，可免七弟惹事，趁他不知此事，何不命他带领家将回山后火塘寨祭祖？回来就躲过擂台一月之期了。

杨继业：好，我儿此计甚妙，但不知七郎哪里去了？

杨六郎：他在花园练武，功夫过大，他在花亭困着了，刚才来时也未惊动他。

杨继业：快把七郎叫来。

杨六郎：是。（下，内白）七弟，随我来，父亲前殿叫你。

杨七郎：（内白）是，来了。（上）爹爹，叫儿前来有何教训？

杨继业：咱父子征南，归朝已久，父有心命你带领二家将回家祭祖。明日五鼓启程，不知我儿可愿去？

杨七郎：孩儿焉敢违命？

杨继业：好，杨洪吩咐准备酒宴，与七郎饯行，我儿随父来。

杨七郎：来了。

（小旦出，抱孩子）

徐素娥：（诗）夫妻和美家业盛，富贵荣华过百世。

（白）奴徐素娥，自幼配夫周春，过门以来所生一子名唤青郎，今已三岁。不幸公爹去世，婆母年过七旬，我与丈夫同年二十九岁。丈夫是武举出身，武艺精通，为人仗义，好管不平，我几次劝他总是不听，哎哟，叫人真是有点担心。

（周春上）

周　春：娘子在房？

徐素娥：夫君来了，请坐。

周　春：这边有座。娘子，方才拙夫在街闲游，行人言说北国造反，宋天子出旨命潘豹天齐庙立擂，强者为帅，弱者随征。我想潘家父子为人不正，我要上台打擂，把潘豹打倒，与众人出气。如若侥幸胜了潘豹，挂了帅印，岂不光宗耀祖吗？

徐素娥：咳，说话不加思量，你打不得擂呀！

（唱）佳人闻听吓一跳，满脸带笑把话说。

　　　休怪为妻多言语，还是应当细思索。

潘家势力有多大，京中哪个不晓得？
女儿宫中伴圣驾，皇亲国丈尊重多。
儿子都是国舅们，弟兄五人是一窝。
京中谁不把他怕？惹他难免把头割。
夫主莫要仗勇气，能狼哪如众犬多？
不用说打擂难取胜，明是胜了落个什么？
你要失机败了阵，不是筋断就骨折。
打擂本是凶险事，为妻怎么不惦着？
再者说上有白发高堂母，下有婴儿三岁多。
放着太平日子你不过，自取其祸罪难脱。
如果有个好和歹，抛下老小怎么活？
非是为妻多言语，千万不要把事多。

周　春：（白）住口！
（唱）妇道人家见识短，少要胡言信口说。
我意已决定要去，会会潘豹小奸贼。
说罢带怒出房去，

徐素娥：（唱）佳人吓得直哆嗦。
（白）夫主回来，夫主回来，喊破嗓子不回转。
夫哇，拧性之人头一个，素娥着急流下泪。

周春母：（唱）媳妇喊叫为什么？
满面流泪有何事？对着为娘快说说。
（白）媳妇有何事故？对娘说说。

徐素娥：哎，母亲，娘，你老不知，原是这般如此，故此喊叫。

周春母：哎呀哎呀，这还了得，媳妇不用着急，为娘找张表叔与二大爷把他找回来，免出意外，媳妇在家，我去去就来，哎苦哇。
（放擂台，众人同周春站）

（潘龙与潘桂、潘林站台后，豹台前喊）

潘　豹：呀呔，台下军民人等听着，我国舅潘豹，今奉天子旨意，在此立擂，有本事者上台比武三合。我潘豹拳打南山虎，脚踢北海蛟，站在擂台上，敢称将英豪。拳脚盖世界，不服把手交。若有不服者上台来，与三国舅比武，三合见着高低上下。

壮士甲：呔，少废话，狠言莫夸海口。（上台）

潘　豹：你叫什么东西？

壮士甲：某家无人敌。

潘　豹：你上得台来，敢与我交手么？

壮士甲：不敢交手也不来！

（开拳对打，壮士伤，抬下）

壮士甲：哎哟哎哟哎哟。

潘　豹：（笑）哈哈哈，好个无用的东西，这样本事也敢上台，真不知羞丑。

（又一壮士上台）

周　英：呔，不要逞强，我周英来也。

潘　豹：呔，小辈，我劝你早点下台，免得人前现丑。

周　英：少要胡言，看拳打你。（打踢周英下）

潘　豹：台下众人，哪个敢与三国舅比拼三合？

（唱）一连又打两三个，立在台上抖威风。

哪个大胆再上擂，试试谁输与谁赢？

依我看，都是一些无能辈，谁敢前来比雌雄？

不是老爷说大话，自幼早就练武功。

运气运过三年半，十八般武艺样样通。

打遍天下无敌手，敢称天下大英雄。

如有不服快上台，可知道三爷不是省油灯。

不是潘豹说大话，

周　春：（唱）气坏周春小英雄。

将身一纵把台上，大叫狗子少胡行。

仗势欺人真无理，蔑视天下众英雄。

我今定要教训你，看你倒是有何能。

一边说着拉架势，饿虎扑食奔前胸。

潘　豹：（唱）潘豹一见忙躲闪，照着周春下绝情。

周　春：（唱）周春一见不怠慢，单手托天架势精。

潘　豹：（唱）这边毒蛇来出洞，

周　春：（唱）那边童子抓老鹰。
潘　豹：（唱）一来一往三十趟，不分谁输与谁赢。
众　人：（唱）台下众人齐喝彩，都说是今日里有对头兵。
潘　豹：（唱）潘豹败中要取胜，故意脚慢手也松。
周　春：（唱）周春一见心欢喜，上前来抓不留情。
潘　豹：（唱）迎面一拳虚招架，扫堂腿倒踢得精。
周　春：（唱）说声不好着了重，掉下擂台蒙了眼。
　　　　　　　口吐血水绝了气，

（李二、张五上）

李二、张五：（唱）跑来了李二张五人二名。
　　　　　　　走上前来忙抱起，双眼落泪大放声。
　　　　　　　一步来迟未赶上，竟自被打一命倾。
　　　　　　　可恨狗子太心狠，打擂不该下绝情。
　　　　　　　既然圣上招贤士，不该把人性命倾。
　　　　　　　咱们快些抬回去，报与素娥得知情。
　　　　　　　二人抬尸心酸痛，
潘　豹：（唱）潘豹吩咐回府中。
　　　　　　　洋洋得意回了府，
任堂惠：（唱）再说云南一英雄。
　　　　　　　进京来探知心友，

（白）俺任堂惠，乃是云南人士，自幼跟随叔父学习武艺，百般精通，只因前期三年，往京贩马，误被贪了嫌疑，遭了官府，被铁鞭手呼延赞将我拿进公堂，说我来路不明，定是偷盗马匹贼寇。当时就要定罪，多亏天波府六郎杨景赶到，把我救了。他看我是条好汉，与我结为生死之交。今已三年，甚是想念，故来京城探望。离城只有五里之遥，途中纷纷传言说什么国舅潘豹立擂打死不少英雄好汉。真乃奇怪，既然天子出旨立擂招贤，就不该伤些人命。久闻潘家父子其恶无比，定是仁美纵子行凶，借天子旨意，欺压百姓。我今先不到杨府拜访六哥，先到擂台下看个动静。如若潘豹真是欺人，我就上台与他见个高低上下。定是这个主意，只得进城便了。

　　　　　（诗）先不去看知心友，去到擂台见雌雄。
杨七郎：（内白）杨忠、杨孝，催马快走。
杨忠、杨孝： 哈！
杨七郎： 奉父命回家祭祖，尽孝义还要尽忠。
　　　　　俺杨延嗣奉了父亲命令，去上火塘寨祭祖，今已二十多天，想念双亲，还有众家兄弟，因此急急回转京都。家将们，催马。（二家将马上）
　　　　　（唱）吩咐家将急催马，今日赶到汴梁城。
　　　　　　　　心急懒观路上景，恨不一时到府中。
　　　　　　　　正然走，抬头看，远远看见汴梁城。
　　　　　　　　来来往往人如蚁，男女老少闹哄哄。
　　　　　　　　扬鞭打马把城进，做买做卖看不清。
　　　　　　　　催马正然往前走，（旦内哭：苦哇苦哇）
　　　　　　　　忽听对面有哭声，但只见众人抬着棺一口。
　　　　　　　　后跟一女泪盈盈，披麻戴孝哭得痛。
　　　　　　　　怀抱一个小儿童，心中不解其中意。
　　　　　　　　叫声家将去打听，
　　　　　　　（杨忠上）
杨　忠：（唱）杨忠答应不怠慢，走上前去问分明。
　　　　　（白）棺木之中死的何人？
　　　　　（徐素娥上）
徐素娥： 壮士何人？奴家再说不迟。
杨七郎： 我是天波府杨延嗣。
徐素娥： 原来他是七郎。
　　　　　（唱）原来还是七郎到，急急跪倒地流平。
　　　　　　　　提起我家这件事，铁石人鬼也伤情。
　　　　　　　　丈夫周春是名讳，公爹早就一命倾。
　　　　　　　　上有高堂老婆母，一家四口过秋冬。
　　　　　　　　丈夫生得太烈性，专打人间抱不平。
　　　　　　　　潘府豹子立了擂，打败许多壮英雄。
　　　　　　　　夫主要去打潘豹，奴家解劝他不听。

　　　　　带怒前来把擂打，被潘豹打下擂台。
　　　　　断气身亡死得苦，一家老小真苦情。
　　　　　婆母年高七十岁，娇儿幼小三岁今。
　　　　　一家老小怎么过？怎不叫我痛苦情？
　　　　　佳人说罢又哭起，

杨七郎：哎呀！

　　　　（唱）气坏七郎小英雄。
　　　　　好个潘豹贼狗种，竟敢立擂来逞凶。
　　　　　少爷几天不在京内，耗子母狗成了精。
　　　　　有语开言尊嫂嫂，人死不能再复生。
　　　　　贤嫂不必心过痛，某家上擂走一程。
　　　　　说罢上马就要走，

杨　忠：（唱）杨忠拦路说慢行。

　　　　（白）少爷暂且慢着，咱们回家祭祖，今日回来还没到家，又去打擂，要有差错，小人担待不起。

杨七郎：胡说，潘豹依仗皇亲势力，伤害天下英雄，个个抱怨，其情可恼。若不给他个厉害，还要伤人。你今再多嘴，吃我一顿好打。

杨　忠：是是是，小人不敢。

杨七郎：我就去也。

杨　忠：少爷转来，少爷转来。少爷性如烈火，不敢拦挡，你去跟着少爷到擂台下观看观看，我急回府报知老爷，咱俩各办其事。

杨　孝：是。

徐素娥：你看七爷去了，但愿打死潘豹，与我丈夫报仇，方解心头之恨。（众抬棺材下）哎，苦哇。

　　　　（摆擂台，多人站，豹台上）

潘　豹：咑，台下人听着，今日立擂已经二十八天了，只剩两天就要满期。如有不服者，速上擂台，若无人敢来比武，少爷就要挂帅印了。

众　人：哎呀，死的人可真不少哇，就没一个人敢上台，把这个小子整死，他好似立擂降灾，这是拿人命闹着玩呢。

　　　　（唱）台下边，众人言。

　　　　　　一起抱怨，喊声连天。
　　　　　　哪是来立擂，来选将英贤？
　　　　　　明是勾魂小鬼，拿着人命闹玩。
　　　　　　这些日打死人几百，众人死得好可怜。
　　　　　　你一语，我一言。
潘　豹：（唱）潘豹台上，大抖威严。
　　　　　　我奉天子旨，立擂选英贤。
　　　　　　擂期一月之限，今已二十八天，
　　　　　　并无一个英雄汉，都是一些匹夫男。
　　　　　　哪一个，敢上前，
　　　　　　比武三合，试试脚拳。
　　　　　　不是夸海口，没人胜过咱。
　　　　　　天下无敌好汉，敢称盖世奎元。
　　　　　　三爷我打遍天下无对手，有不服者快上前。
任堂惠：（唱）气坏了，小魁元。
　　　　　　任爷堂惠，怒发冲冠。
　　　　　　豹子休无礼，小视天下奇男。
　　　　　　有何本领比武，看看谁能占先？
　　　　　　谁胜谁败当场看，台下众人观一观。
　　　　　　当元帅，非等闲。
　　　　　　兵书战策，文武双全。
　　　　　　何为韬与略，你就讲一番。
　　　　　　兵书一篇不懂，怎能挂帅当先？
　　　　　　血气之勇中何用，千军万马怎敢担？
潘　豹：（唱）呀，心中怕，用目观。
　　　　　　吓了一跳，热汗直蹿。
　　　　　　上下仔细量，正是杨家男。
　　　　　　原是六郎郡马，为何来到台前？
　　　　　　圣旨不许他打擂，莫非私自到台前。
　　　　　　忙赔笑，把话言。

　　　　　　　郡马老爷，细听周全。

　　　　　　　天子有圣旨，莫非不了然。

　　　　　　　不许胡杨打擂，高郑休上台前。

　　　　　　　郡马你来是何意，圣上知道会责怪。

任堂惠：（唱）哈哈笑，少胡言。

　　　　　　你莫害怕，细听周全。

　　　　　　我本任堂惠，家住在云南。

　　　　　　我到京中访友，巧遇来到台前。

　　　　　　口出恶言太狂傲，伤害人命礼不端。

潘　豹：（唱）哼，听到此，心放宽。

　　　　　　不是郡马，家住云南，

　　　　　　吓了我一跳，心中直急扇。

　　　　　　精气一时倍长，不由喜在心间。

　　　　　　不是杨家六郎到，何惧一些愚与贤？

　　　　　　（对打）

众　人：（唱）台下边，人如山。

　　　　　　你言我语，低头交言。

　　　　　　还是杨郡马，打擂出府间。

　　　　　　潘豹遇见对手，必败郡马手间。

　　　　　　郡马看看要败样，看他打法不像先。

　　　　　　众人喊，震地天。

　　　　　　郡马败在，潘豹手间。

　　　　　　只有挡着力，还手力不全。

　　　　　　正是众人发吵嚷，

杨七郎：（内唱）七郎呐喊叫连天。

　　　　　　　　说声闪闪我来也，一纵身跳到台前。（上）

众　人：（唱）听得众人一声喊，往上一看吓一蹿。

杨七郎：（白）台上正是六哥，被潘豹打败，幸我来得凑巧，六哥不要怕，小弟来

　　　　　　也。（上台，任下）

潘　豹：杨七郎你太也无礼，圣上有旨，不许你杨家打擂台，今天而来，这是你

目无君王，只怕你大祸临头，悔之晚矣。

杨七郎：住口住口，天子不许我杨家打擂，莫非说叫你打死天下英雄不成？你打死无数好汉，死伤之家，悲哀之声震耳。像你这人终究是祸，我今天打死你，要与死者报仇雪恨，看拳打你。

潘　豹：谁还怕你不成？来。

（对打，七郎劈死豹）

众　人：还是七郎武艺高强，这回可真解恨，好好好，劈得好！劈得妙！

卒　：报大元帅。

元　帅：怎样？

卒　：三爷被七郎劈成两半。

元　帅：哎呀，气死人也，你弟兄快些拿人。

（四子对，七郎用豹尸打下）

任堂惠：哎呀，可不好了，七郎劈死潘豹，救了我的性命，众官兵一起围裹，捉拿七郎，我焉能袖手旁观？如果不管，怎对得起六哥之意？待我上马，帮着七郎，杀退官兵便了。（乱杀阵）

（仁美上）

潘仁美：气死我也！杨七郎十分骁勇，又有一位骑马的，杀得军兵四散，四子大败，料难拿住。不免上殿面奏天子做主，一定跟杨家算账，与我儿报仇。家将，带马上朝。

（任、七郎对上）

杨七郎：六哥，你看官兵四散，你我快些回府。

任堂惠：哦哦哦，七郎，我非六哥，我乃是云南人，姓任名堂惠。因三年前来京贩马，遇了官司，多亏六哥相救，我二人结为生死之交。今日我待拜望二老，正遇潘豹立擂，我一怒上台，幸亏七弟上台解救，劈死潘豹。七弟领我进府，大料潘仁美必然奏之天子，定要加罪于你。我上殿前去领罪，与你无关。

杨七郎：不要！不要！潘仁美是天子宠臣，说一不二，你是平常百姓岂能与大臣斗？依我主意，你趁官兵未到，急急出城，我回府见父，说明原因也就罢了。如果天子出旨问罪，你像六哥，既有六哥与他打擂，我们就不怕了。因为我六哥本是郡马，关系六嫂柴郡主，就无性命之忧。实在紧急，快快出城去吧。

任堂惠：好，后会有期，你我两便。

（任急下）

杨七郎：堂惠兄去远了，就此回府便了。

（杨六郎步上）

杨六郎：（诗）闻听家将报，前去探吉凶。

（白）俺六郎杨景，方才家将报道，七弟回来并没回府，竟自打擂去了。父亲大怒，命我叫他急速回府。呀，你看那边，七弟来也。

（七郎上）

杨七郎：六哥为何到此？

杨六郎：七弟回来了，快与我回府，不知擂台怎样了？

杨七郎：小弟劈死潘豹，救了任堂惠，放他逃回云南去了。

杨六郎：哦哦哦，他从何处而来？

杨七郎：原是如此这般。现在潘仁美上殿去了，这贼定要无事生非，定说六哥上台打擂，天子必拿咱们问罪。不知六哥有何高见？

杨六郎：既然如此，就绝不能露出任堂惠了，咱弟兄回府，请父决定吧。

杨七郎：走，回府。

（杨继业出，坐）

杨继业：（诗）报逆子不听家训，私上擂惹祸招灾。

（白）我杨继业，家将回报，七郎私自上台打擂。方才命六郎前去叫他回府，为何不见到来？

（六、七上）

杨七郎：爹爹在上，孩儿拜揖。

杨继业：七郎，我命你回家祭祖，既然回来，为何私自上擂？岂不知圣上有旨，不许呼、杨、高、郑上台打擂，有不遵者，按抗旨治罪？

杨六郎：爹爹，不必愁恨了，如今事已至此，木已成舟，七弟把潘豹劈死了。潘仁美上殿，面奏天子，请爹爹快想办法吧。

杨继业：哎，也只好绑了七郎上殿请罪，任凭发落，别无计策。

杨六郎：孩儿也要上殿认罪。

杨继业：你无罪过，去之何意？

杨六郎：爹爹不知，因任堂惠相貌与孩儿一样，潘仁美必然说孩儿打擂，天子不能不问我罪。

杨继业：那不就屈了儿了？

杨六郎：为友舍身，乃为正理。丈夫行侠，刀斧临身，何惧之有？

杨继业：好好好，齐上绑，身穿罪衣，随父上殿领罪。

杨六郎：是，儿遵命。

杨继业：家将们，将你两个少爷一起绑了。

家　将：是。（绑）

杨继业：随我上朝面圣。

（杨孝、杨忠上）奉了太君命，午门探消息。

杨　忠：方才太君吩咐下来，说是老爷绑了六郎、七郎上殿认罪去了，吉凶不定，命你我去到午门打探消息，只得走走。

杨　孝：有理，你我弟兄急急前往。

（诗）急急奔午门，秘密探虚实。

（摆朝，文武官站）

众　臣：（诗）金钟三下响，文武上朝堂。

五更朝天子，三呼拜吾皇。

王　袍：（白）本相王袍。

赵　普：左丞相赵普。

呼延赞：铁鞭王呼延赞。

郑　印：汝南王郑印。

冯秀冈：下官西台御史冯秀冈。

合：　　圣驾临朝，分班伺候。

（出天子，坐）

天　子：（诗）金鸡报晓曙光寒，文武东西列朝班。

（白）朕大宋天子赵光义，因为北国造反，朕命三国舅在天齐庙立擂，选拔天下奇才，今已二十多天，但不知召集了多少英雄好汉，叫朕十分牵挂。

（仁美急上）

潘仁美：哎呀万岁，快与为臣做主吧！

天　　子：太师，朕命你监管擂台，为何这样狼狈，满眼是泪？这是为何？
潘仁美：哎呀，万岁，容臣细奏。

　　　　（唱）眼含痛泪呼万岁，我主听臣奏其详。
　　　　　　　为臣奉旨监管擂，尽心昼夜选贤良。
　　　　　　　今日到了二十八日，忽然大祸起萧墙。
　　　　　　　三子眼看没对手，不想来了杨六郎。
　　　　　　　臣子与他讲情理，并不理会当耳旁。
　　　　　　　臣子说圣旨不许杨家打擂，他就大怒气昂昂。
　　　　　　　他说是，什么圣旨不圣旨，定要打擂分弱强。
　　　　　　　臣子无奈动了手，打得他浑身是汗心内慌。
　　　　　　　臣子才要住手脚，因为他是郡马郎。
　　　　　　　不忍把他踢下去，怕的是郡马面上无光。
　　　　　　　不想七郎也上擂，不容分说把手扬。
　　　　　　　臣子并未加防备，被他劈死一命亡。
　　　　　　　万岁想立擂乃是奉圣旨，抗违圣旨罪难当。
　　　　　　　又且打死皇国舅，明明白白藐视君王。
　　　　　　　令公父子实有罪，纵子行凶抗王章。
　　　　　　　万岁要不正国法，只怕后来更难搪。
　　　　　　　自古杀人得偿命，何况皇亲国舅郎？
　　　　　　　奏罢连连又叩首，

天　　子：（唱）天子听罢脸气黄。
　　　　　　　好个大胆杨继业，不该纵子逞豪强。
　　　　　　　朕当初也曾出过旨，明明故意抗君王。
　　　　　　　喝叫金瓜众武士，去拿令公上朝堂。
　　　　　　　一并七郎和郡马，一起拿来正王章。

潘仁美：（白）为臣领旨。

　　　　（唱）说声领旨下金殿，来到午门看其详。
　　　　　　　原来继业自来了，随我上殿见君王。

　　　　（内白）令公带子上金殿。（继业带二子上，跪）

杨继业：（唱）跪伏阶下拜吾皇。

（白）万岁万岁万万岁，臣杨继业，带子见驾，特来请罪。

天　　子：好个大胆的佞臣，纵子行凶，抗违圣旨，打死国舅，该当何罪？

杨继业：哎呀，万岁，为臣知罪，特来领罪。

天　　子：住口，朕早已晓谕，不许在朝官员上台打擂，你也知道，为何知法犯法？目无王章，抗违圣旨，纵子行凶，打死国舅，你还有何话说？

杨继业：万岁，听臣细奏。

（唱）连连叩头忙启奏，为臣我怎敢抗旨？

那日回家聚众将，七儿八九女姣流。

一并府中众人马，当面嘱咐讲缘由。

唯有七郎性情暴，所以才命他祭祖山后游。

路途遥远难回转，混过擂期免担忧。

不想刚到二八日，凑巧回来正碰头。

并未回府私去打擂，劈死国舅一命休。

为臣绑子来请罪，求我主额外施恩把情留。

天　　子：（白）七郎回家祭祖，并未回府这倒罢了，六郎为何还上擂台打擂？

杨六郎：（唱）万岁，这次不关我父事，为臣我私自出府街上游。

背父私自去打擂，望我主按律正法莫把情留。

为臣情愿去偿命，早已豁出肩上头。

天　　子：（唱）天子闻奏将头点。

（白）杨七郎你劈死国舅，还有何说？

杨七郎：万岁，我打死国舅，叫我偿命理知当然。但是潘豹奉旨立擂，为的是召集天下英雄与国出力报效，他不该打死无数英雄好汉，我为不平才上擂台将他劈死。今天随父自来请罪，生死早已置之度外，杀剐任凭与你，但是我死也不服气。

天　　子：好个大胆杨七郎，见了朕还敢如此冲撞，今派武士将他父子三人绑赴午门，开刀问斩。

武　　士：领旨。（绑下）

（王、赵上）

王袍、赵普：刀下留人。（跪）万岁万岁万万岁。

王　　袍：臣王袍。

赵　普： 臣赵普见驾。

天　子： 二位丞相有何本奏？

王袍、赵普： 万岁，杨家父子立功如山，南征北战，今虽有罪，当看昔日之功啊！

（唱）想当初，太祖曾把河东下，去征刘王到高平。

老将杨滚来要阵，太祖催马来交锋。

太祖大败逃性命，将马陷在淤泥坑。

杨滚举刀就要砍，一时红光往上升。

杨老将军跳下马，一锤换代拜弟兄。

杨老将收兵回了火塘寨，太祖才得平河东。

内外一起为王化，高峰山头又一功。

后来太祖登龙位，收了那韩氏素梅入了宫。

醉打韩通圣上怒，带酒斩了结拜朋。

酒后贬了苗光义，惹得江山不太平。

豪王闻之造了反，太祖爷带领着五王八侯御驾亲征。

寿州城池遭了困，遇见狗道于道红。

（白）那于道红将五王八侯擒去，眼看太祖有性命之忧，多亏了，

（唱）火山杨老将日战三关救了驾，用计哄住于道红。

冯茂中了他的宝，才将五王八侯救回营。

人马得胜回了汴京地，盖了天波府无佞庭。

老将送到火塘寨，亲封杨滚宋国公。

父子九人九匹马，外国闻知胆吓崩。

扫灭番贼为王化，你才稳坐九龙廷。

回朝休息才几日，北国又来起战争。

只因打擂劈潘豹，要把杨家问典刑。

七郎并不知底细，他才上擂比雌雄。

常言不知不怪罪，圣上龙主细调停。

再说潘豹无能才被打死，就不死挂了帅印也不中。

七郎既然劈潘豹，武艺精通大有名。

潘豹死了又把七郎斩，如同灭了两盏灯。

外患未除内先乱，恐怕忠臣不进京。

　　　　依臣看扔下死的活的救，赦了杨家大罪名。
　　　　杨家舍身感恩惠，忠心无二保江山。
　　　　一旦因小大事误，文武灰心了不成。
　　　　我主上裁想一想，
天　子：（唱）天子座上气冲冲。你二人休胡讲。
　　　　（白）你二人休要保护杨家。常言道，有功者赏有罪罚，杨家有功早已修了天波府，位高禄厚，也就足矣。金殿上不许你二人胡言乱道，快快下殿去吧。
王袍、赵普：万岁。七郎犯罪当斩，那郡马六郎也斩得么？
天　子：郡马为何不当斩呢？自古道天子犯法与民同罪，况且他私自上擂，分明抗违圣旨，怎么斩不得呢？
王袍、赵普：万岁斩了郡马，把柴皇姑放与何处？
天　子：住口！你二人哪是保本？分明与朕分诉，要朕的好看。不许再奏，再要多言，一律问罪，下殿。
王袍、赵普：是是是。
呼延赞、郑印：万岁，我二人有本。
天　子：二卿有何本章奏来？
呼延赞、郑印：我二人冒犯天颜，保杨家父子不死。
天　子：罪当不赦，定斩不饶。
呼延赞、郑印：请万岁看我二人之面，饶过他们吧。
天　子：住口！你二人莫非与杨家一党不成，不许多言，再要多言，一律问罪。
郑　印：可恼哇可恼，你要问谁罪过？你要斩哪个？真是无道昏君。
　　　　（唱）小郑印，气昂昂。
　　　　　　双眉直立，大声高扬。
　　　　　　无道昏君主，执拗理不当。
　　　　　　不管曲直乱讲，就要斩杀忠良。
　　　　　　真是一个学一个，要一太平就发狂。
　　　　　　偏信着，你岳丈。
　　　　　　听信你那，尖嘴娘娘。
　　　　　　你与赵太祖，真是一个娘。

　　　　　　我父功高天下，一旦丧了无常。
　　　　　　我问你，赵家江山谁人打，动不动的斩忠良？
　　　　　　快下来，别装腔。
　　　　　　按班轮流，该我头上。
　　　　　　柴王坐完了，赵家也摊上。
　　　　　　郑家没坐一日，我也要当皇上①。
　　　　　　说罢才上前拽。
呼延赞：（唱）慢着，呼爷进前两手忙。
　　　　　　忙拉住，把口张。
　　　　　　郑少千岁，不可莽撞。
　　　　　　昏君既不准，再说也勉强。
　　　　　　咱且不与他讲，午门保护法场。
　　　　　　看他哪个敢动手？闹他个搅海翻江。
郑　印：（唱）对对对，先饶你，老昏王。
　　　　　　二人下殿，步履忙忙。
天　子：（唱）天子失了色，连吓带惊慌。
　　　　　　两个鲁夫刁恶，叫朕没有主张。
　　　　　　叫声内臣听朕旨，
　　　　　（白）内臣，快宣陈秀章上殿。
内　臣：万岁有旨，陈秀章见驾。
陈秀章：（上）万岁万岁万万岁，臣陈秀章见驾。
天　子：陈爱卿，领朕旨意，去到法场监斩杨家父子。
陈秀章：哎呀，万岁，臣眼见呼、郑二家千岁直奔法场，只怕是不叫斩呢。
天　子：有朕旨意，哪个敢拦？快去。
陈秀章：是是是，为臣领旨。
天　子：可恨杨家父子，又有鲁夫遭殃，散朝。
　　　（杨忠、杨孝急上）

----

① 民间传说，柴荣、赵匡胤、郑恩（郑印之父）发迹之前结拜，约定取得天下后轮流当皇帝，赵匡胤登基后为保住皇位，借故斩了郑恩。

杨　忠：（唱）探得凶险事，回报太君知。

　　　　（白）你我奉了太君命令，探听主人父子吉凶。方才听说父子三人，绑出午门，定要问斩，这得急急回府，报与太君知道，也好搭救他父子三人性命。

杨　孝：有理。

（佘太君、柴皇姑出，坐）

佘太君：（诗）无意之中起是非，父子三人不见回。

　　　　（白）老身佘太君。

柴郡主：贵家柴郡主。

佘太君：媳妇，你公爹带领六郎、七郎上殿领罪去了，不知吉凶怎样，叫老身放心不下。

（八姐、九妹上）

杨八姐、杨九妹：母亲与嫂嫂万福。

柴郡主：妹妹来了，请坐。

杨八姐、杨九妹：这边有座。哦，嫂嫂，爹爹与六哥、七哥上朝去了，半天也不见回来，咱派人打听打听才是呀。

佘太君：我早已命杨忠、杨孝去了。

（杨洪急上）

杨　洪：哎呀，回禀老太君，可不好了。

佘太君：杨洪为何这等惊慌？

杨　洪：太太与夫人不知，老爷与二位少爷上朝见驾，天子大怒把他父子三人绑去午门，午时三刻就要斩首。

柴郡主：哦哦哦，杨洪，看辇伺候。

杨八姐、杨九妹：六嫂留步，看辇何用？

柴郡主：哎，妹妹，我马上去到南清宫见了八王，求他上殿保本。

杨八姐、杨九妹：嫂子此言之差矣。哎，爹爹与哥哥，绑在法场眼看性命不保，还去求什么人？救命要紧。杨洪，外面抬刀备马。

柴郡主：二位贤妹，备马抬刀何故？

杨八姐、杨九妹：前去救人。

柴郡主：二位贤妹，岂不是造反吗？

杨八姐、杨九妹：就是造反，又能怎样？

（唱）父子三人绑法场，你还唱那太平腔。

一步去迟难保命，你我面上有何光？

杀了仁美贼老狗，省的上本害忠良。

恼一恼闯到金銮殿，把他那三宫六院一扫光。

劈了潘豹有何罪，怎就三人把命偿？

叫他江山不姓赵，换了国号姓了杨。

说罢带怒就要走，

佘太君：（白）慢着！

（唱）女儿不可太猖狂。

杨家本是忠良将，哪能造反抗君王？

不可任性快回避，再要多言把脸伤。

你姐妹快快回楼去，

杨八姐、杨九妹：（白）是。

（唱）八姐九妹回绣房。

佘太君：（唱）太君就把媳妇叫，快去上輦步履忙。

只好在府听音信，提心吊胆心内慌。

不言杨府求救事，

陈秀章：（内唱）再表监斩陈秀章。

芦棚以外下了马，

（内白）左右将马带过。（上场，坐）

（唱）身披红袍做监斩，今日要把犯人提。

（白）下官陈秀章，奉旨要斩杨家父子，左右把犯人绑上来落桩。

卒：哈。（绑上三人）

杨继业：哎，苍天呐苍天，可叹我杨家南征北战，东挡西杀，为国尽忠，今日落得如此下场。

（唱）令公绑在无情地，仰面长叹好几声。

暗暗叫声臣的主，怎不看看汗马功。

劈死潘豹虽有罪，也不该父子三人把命丧。

听信仁美他的话，保国忠良看得轻。

　　　　　　杀我父子不要紧，忠良寒心谁尽忠。
　　　　　　看起来伴君如同羊伴虎，虎要发威羊命倾。
　　　　　　我杨家南征与北战，临死落个不善终。
　　　　　　倒不如逍遥在林下，无能为本度秋冬。
　　　　　　做一日官来一日害，吃一天俸禄一天惊。
　　　　　　老令公想到痛处流下泪，
杨六郎：（唱）六郎心中也伤情。
　　　　　　只为朋友身被斩，性命只怕活不成。
　　　　　　暗暗叫声柴郡主，你稳坐家中好太平。
　　　　　　怎不去见八王主，求他保本上龙庭？
　　　　　　六郎痛恨柴郡主，
杨七郎：（唱）七郎怒吼天地崩。
　　　　　　爹爹六哥休悲痛，我倒有个好调停。
　　　　　　主子既然忘汗马，何必苦苦再尽忠？
　　　　　　君要不正臣投外国，父子不合各奔前程。
　　　　　　君若视臣如草芥，臣视君王如贼兵。
　　　　　　什么叫做抗圣旨？什么叫为国尽忠？
　　　　　　无道昏君保他何意？莫如反了回转河东。
　　　　　　无拘无束多自在，不受怕来不担惊。
　　　　　　恼一恼挣断绑绳反了吧，先把刽子手一刀倾。
　　　　　　然后再上金銮殿，推倒昏君掀倒龙。
　　　　　　杀了仁美贼老狗，三宫六院加火烘。
　　　　　　叫他知道咱厉害，江山成了随风灯。
　　　　　　七郎还要往下讲，
杨继业：（白）住口。
　　　　（唱）令公断喝说住声。
　　　　　　逆子正然来讲话，（响炮）追魂大炮响三声。
　　　　　　刽子手才要把手动，
卒：　　（唱）军校跑来报一声。
　　　　（白）回禀监斩爷可不好了。

陈秀章：何事这样惊慌？

卒：　　今有汝南王郑印、铁鞭王呼延赞，带领府中无数人马，闯进法场，御林军拦挡不住，你看你看，来了来了，快跑快跑。

陈秀章：这还了得，刽子手，快快开刀。

（郑印、呼延赞上）

郑印、呼延赞：监斩官，且不要开刀，我们已差人去到南清宫，请八王千岁去了，等人马到来，去见天子，必然保下本来。如保不下来，再开刀问斩不晚。

陈秀章：我说二位千岁呀，怎么跟我闹起玩来了？我本是奉旨监斩犯人，到午时三刻，追魂炮响，就得施刑。你请你八王千岁，我斩我的犯人。刽子手开刀。

郑印、呼延赞：哇呀呀呀，狗官哪狗官，有我二人在此，看你们哪敢施刑？

陈秀章：哎哟哎哟，我是奉圣旨而来，误了时辰，我担罪不起。

郑印、呼延赞：你若见了圣上，就说我二人不叫你开刀就是哩。

陈秀章：要依二位千岁这么一说，这监斩官就不用做了。

郑印、呼延赞：你爱做不做，谁叫你做来？不叫你开刀，你敢把孤王怎样？

陈秀章：我我我，手中有圣旨，你敢违抗圣旨么？

郑　印：哇呀呀呀，你拿圣旨吓唬哪个？

（唱）小郑印，气昂昂。

抓过圣旨，踢倒公堂。

扯个丝丝碎，扔在地当央。

上前一把抓住，（抓住官）任脚蹬住胸膛。

犯罪不过犯到底，先杀你这陈秀章。

陈秀章：（唱）哎呀哎呀，吓坏了陈秀章。

身子乱抖，体似筛糠，

尊声少千岁，太也礼不当。

我本不是私至，奉旨来到法场。

这样无理糟践我，天子知道罪难当。

郑　印：（唱）哇呀哇呀，心起火，气满腔。

早知有罪，敢做敢当。

　　　　　　不怕天与地,哪怕老昏王?
　　　　　　定追你的狗命,叫你去见阎王。
　　　　　　恶狠狠地打几下,孤王拳头叫你尝。
陈秀章:(唱)哎呀,浑身疼,泪汪汪。
　　　　　　心中怕打,哭叫爹娘。
　　　　　　必得苦哀告,不敢逞刚强。
　　　　　　若是仍使硬的,脑袋准得离腔。
　　　　　　口呼千岁饶了我,有事咱们慢商量。
刽子手:(唱)刽子手,在一旁。
　　　　　　不言不语,也不躲藏。
郑　印:(唱)郑爷开言道,你们听其详。
　　　　　　钢刀快快给我,要把狗官开膛。
陈秀章:(唱)哎呀,别给别给,千岁息怒饶了我,你是我的祖先堂。
　　　　　　正是秀章苦哀告,军校跪倒禀其详。
军　校:(白)禀千岁,八王来到法场。
郑　印:留下你这狗头,回来算账。呼千岁,你我快接八王千岁。
　　　　(下,内白)千岁千岁千千岁。
八　王:二卿平身,快快到法场,先把令公父子绑绳松了。
郑印、呼延赞:是。(同上阶)
八　王:老令公,孤王救护来迟,你父子多有受惊了。
杨继业:多亏千岁驾到,救得我父子三人性命,恩同再造。
八　王:不要客气,你父子先到午门朝房等候,我去上殿面圣,定保令公父子无事。
杨继业:多谢八王千岁。
八　王:御林军看辇伺候。
　　　　(摆朝内场)(陈急上)
陈秀章:万岁万岁万万岁,快与为臣做主吧。
天　子:陈爱卿,朕命你去斩杨家父子,为何这般狼狈不堪?满面是血,却是为何?
陈秀章:万岁呀,原是这般如此,郑千岁大闹法场,他不叫为臣施刑,还把为臣

　　　　　一顿好打，撕了圣旨，踢倒公堂，万岁快与为臣做主吧。

八　王：（内白）陈秀章，你敢妄奏，真该万死。（上）万岁，侄儿见驾。

天　子：皇侄平身，内臣看座。

八　王：臣谢座。

天　子：皇侄今来见朕，有何事故？

八　王：万岁，侄儿在宫中听得外面喊叫，杀杀杀，斩斩斩，不知杀的何人？斩的哪个？故来见驾，问明其故。

天　子：皇侄不知，原为北国造反，朕接到雄关总兵急表，朕想派呼、杨、高、郑几家功臣挂印出征，又想他们平服南唐不久，劳碌过度，朕实在不忍再令他们出征。那时太师奏本在天齐庙立擂，招取英雄，胜者挂印，弱者随征。朕遂下旨，命三国舅潘豹立擂，一月为期，如无胜过潘豹，命潘豹挂印为帅。不成想杨继业纵子行凶，三国舅被劈死，擂台被损，误了国家大事。朕一怒出旨，将他父子三人斩首。

八　王：万岁，侄臣赞成皇叔，怜悯功臣，不忍叫呼、杨、高、郑前去出征，这是皇叔仁慈，你立擂招取天下英雄，是你恩贤，不瞒昧英雄，大显我主仁德哪！万岁。

　　　　（唱）万人等敬着我主，能保江山代代传。

　　　　　　事因北国又造反，立擂为了来招贤。

　　　　　　不但是朝中功臣有责任，就是农民当帮拳。

　　　　　　七郎打擂是私去，令公在府哪知全？

　　　　　　纵然罪大及当斩，当也看看正与偏。

　　　　　　如果要把杨家斩，谁能去挡北国番？

　　　　　　杨家忠勇中外晓，又且保主已多年。

　　　　　　大功小功无其数，杨家几辈是忠贤。

　　　　　　就打着不看忠良看罪过，杨家父子染黄泉。

　　　　　　现在北国来犯界，何人挂印去当先？

　　　　　　如果攻破雄关地，来夺宋朝锦江山。

　　　　　　不能保住三宫和六院，连咱叔侄性命完。

天　子：（白）依皇侄怎样才好？

八　王：（唱）依臣看，赦了杨家三父子，叫他戴罪去雄关。

　　　　以大降小带兵将，去灭北国外凶顽。
　　　　平灭反叛回朝转，皇叔那时再封官。
　　　　叔父若能这样做，文武群臣都心甘。
　　　　你为宋室仁明主，锦绣江山万万年。
　　　　外国番邦都朝贺，皇叔急出玉皇宣。
　　　　不但人民齐朝贺，番邦也来拜天颜。
　　　　有道须是国不乱，国内不乱外不犯边。
　　　　君臣和睦外不反，刀枪入库马放南山。
　　　　五谷丰登粮多收，君民同乐多喜欢。
　　　　到那时皇叔再出一道旨，兵将回家看老年。
　　　　一家老幼团圆会，欢聚一堂笑声喧。
　　　　势必感谢皇恩大，何惧北国来犯边？
　　　　那时忠臣效死力，就连士兵勇猛也向前。
　　　　请皇叔要听侄的话，千万赦了继业男。
　　　　侄臣说的对不对？

天　子：（唱）天子座上笑开颜，朕准皇侄你的本。
　　　　（白）皇侄所奏有理，朕准奏也就是了。皇侄替朕传旨，晓喻杨家父子戴罪领兵，不分昼夜，急赴雄关，扫灭辄房，战胜番国，回朝定加升赏，不许再奏。
八　王：是是是，为臣领旨。
　　　　（陈秀章爬出来）
陈秀章：哎呀，万岁呀，挨了这样痛打，请圣上与为臣做主吧。
天　子：哎，卿哪，你还看不出来吗？你不要哀求啦。
陈秀章：那我这打就算白打啦？
天　子：陈爱卿不要求啦，快快回府养伤去吧，不要再说啦。
陈秀章：是是是，哎哎哎，这叫我说个啥也？算了吧。
天　子：侍儿吩咐散朝。
侍　儿：散朝啦！

（完）

第 二 本

【剧情梗概】谷近忠奉旨镇守雄关,辽将萧金克郎木率兵杀谷近忠破关。杨六郎、七郎前来援救,六郎大败于萧金克郎木而逃至寺庙中,被任道爷所救,辽将萧金克郎木被擒。七郎杀死两员大将,夺回雄关。杨令公遵旨将萧金克郎木放回国。天子决定亲自到五台山降香还愿,八王极力劝阻不成,便派将领随驾保护。不想萧金克郎木得知此事,报知辽王,辽王派大军围困五台山。天子惊慌,派将领征战不成功,遂派呼延赞闯出番营求救八王。呼延赞被辽将韩昌活捉,被押解回国。路上正好碰到前来打探消息的杨六郎和杨七郎。他们将呼延赞救出,回雄关去寻救兵。

(摆场,升帐,二将站)

众　人：(诗)马跑起征云,刀枪如麻林。
衷心扶社稷,赤胆保宋君。
宋国臣：(白)俺参将宋国臣。
武兴邦：俺守备武兴邦。
合：　　总兵升帐,小心伺候。
(谷近忠坐)
谷近忠：(诗)银甲气辉雪露冷,宝刀光射斗牛寒。
镇守雄关挡要路,扶保大宋锦江山。
(白)本镇雄关总兵谷近忠,奉旨镇守雄关,阻挡番兵。不想北国发来人马,统兵元帅萧金克郎木手使紫金锤,力大无穷,前日出战,被他杀得大败而逃,紧闭城门不敢出战,写去急表求救,至今未有消息。兵微将寡,粮草不足,番兵四面围住,只怕此城有些难保了。
(探子上)
探　子：报元帅得知,可不好了。
谷近忠：何事慢慢地报来。
探　子：听报。
(唱)探子战兢兢,连把总兵唤。

　　　　　　　只说不好了，怕是城要陷。
　　　　　　　番兵四面攻，不只有几万。
　　　　　　　盖地又遮天，来得真不善。
　　　　　　　大炮连攻城，还带放火箭。
　　　　　　　守将和兵丁，死者有一半。
　　　　　　　吓得城中人，哭得忙又乱。
　　　　　　　也有把命逃，也有爹妈唤。
　　　　　　　守城将兵丁，丢了刀与箭。
　　　　　　　看看攻破城，总兵怎么办？

谷近忠：（白）再探。

探　子：得令。

谷近忠：（唱）总兵闻此言，急得浑身颤。
　　　　　　　救兵不到来，军心又离散。
　　　　　　　紧守又不能，只得舍命战。
　　　　　　　叫声二将军，随我杀反叛。
　　　　　　　急急下中军，

宋国臣、武兴邦：（唱）二将不怠慢。
　　　　　　　　　　一齐上马行，刚到城门看。
　　　　　　　　　　番兵紧攻城，关中人马乱。

　　（豹铁头上）

豹铁头：（唱）闯来豹铁头，带领兵一万。
　　　　　　　攻破西北方，关城天地陷。
　　　　　　　乱杀宋军兵，大刀如雪片。

　　（谷近忠上，对豹铁头）

谷近忠：（唱）来了谷近忠，二人大交战。（杀）
　　　　　　　杀得汗直流，心中忙又乱。
　　　　（白）呀！不好。（谷近忠下，又上），番兵攻城，只怕此城有些难保。

豹铁头：哪里走！

谷近忠：番贼休要赶尽杀绝。看枪！
　　　　（唱）怒冲冲，把马催。

     大叫番贼，休要发威。

     恶敌来犯界，于理太也亏。

     钢枪分心挑刺，犹如闪电星飞。

     恨不一枪刺番将，怎奈力尽不能为。

豹铁头：（唱）豹铁头，大刀挥。

     喝叫老儿，少要发威。

     城池业已破，快把我国归。

     汝乃手下败将，目下把你命追。

     只得俯首称杰俊，你要不听命就没。

谷近忠：（唱）冲冲怒，骂番贼。

     搅乱犯境，把我城围。

     就是城破了，至死不从贼。

     大战三十余趟，只觉力气发微。

     勉强复又来招架，

   （白）呀！不好。（谷近忠死）

豹铁头：（唱）老儿刀下一命亏。吩咐一声把城进。

   （白）诸番兵，老儿已死，往里杀！

（宋、武上）

宋国臣、武兴邦：哎呀！可不好了。老帅战死，你我逃出城来。大料此城难保，你我急急逃走，才是有理。

（萧马上）

萧金克郎木：一阵夺了城池，宋兵四散，番兵们封了仓库，人马移入元帅府。二位将军。

萧天齐、豹铁头：有。

萧金克郎木：咱今得了城池，宋兵逃走，何不带兵趁势追杀？

萧天齐、豹铁头：有理。番兵们，杀杀杀！杀他片甲不留。

（杨六郎、七郎上）

杨六郎、杨七郎：（诗）援兵来助阵，已奔雄关城。

杨六郎：（白）杨延昭。

杨七郎：杨延嗣。

杨六郎：七弟，咱们奉了父命先行，大兵在后。前面即是兴隆镇了。

杨七郎：六哥，天气不早，人马何不那里住下，用过战饭，再奔雄关有何不可？

杨六郎：有理。众将官人马一奔兴隆镇。

（探子上）

探　子：报少将军。

杨六郎：何事？

探　子：得知前面来了一队宋兵，不知何故？

杨六郎：这等命他前来回话。

探　子：是。二位随我来。

宋国臣、武兴邦：来了。二位将军可好，小将有礼。

杨六郎：你是何处官兵？这等狼狈。

宋国臣、武兴邦：原是如此，你们是谁？

杨六郎：我们是杨老爷麾下，奉旨去助雄关。

宋国臣、武兴邦：原来是救兵到了，二位将军不知，现下城池已破，总兵阵亡。番兵敌将，十分厉害。我二人力竭，战他不过。萧金克郎木有万夫不当之勇，后面追赶来了。

杨六郎：二位将军贵姓？

宋国臣：我宋国臣。

武兴邦：我武兴邦。

杨六郎：二位将军，不知我乃六郎杨延昭，这是七弟杨延嗣，奉父命为前部。既然番兵夺了城池，不可怠慢。七弟。

杨七郎：在。

杨六郎：你带兵五百去夺城池，不可有误。

杨七郎：是，小弟去也。

杨六郎：二位将军暂入兴隆镇歇息，我带人阻挡番兵。

宋国臣、武兴邦：将军可要多加小心，番兵厉害。

杨六郎：不劳嘱咐。你看番兵来也，待我迎将上去。

（萧金克郎木上）

杨六郎：番贼休要逞强，我已等待多时了。

萧金克郎木：来这宋将报名上来。

杨六郎：哪有姓名与你？看枪。

呀！不好。（下，又上）番兵厉害。哎呀！厉害！我一时难以抵挡，有心败进兴隆镇去，又怕糟害百姓，还是落荒而逃。

（唱）累得大汗如雨下，两手难使点钢枪。

番将后面赶来了，加鞭打马落了荒。

不管高低不平路，心中害怕急又忙。

这个番将真厉害，力大无穷世无双。

说声不好又赶上，（对杀）勉强招架又一枪。

（上，又下）枪杆被他打歪了，枪碰利刃实难搪。

不顾交战死里跑，

萧金克郎木：（唱）番将大笑喊声扬。

小小宋将想逃走，除非今自投爹娘。

都督今日不杀你，枉在北国称豪强。

急催坐马赶下去，

杨六郎：（唱）六郎吓得面焦黄。

大概今日难逃命，眼见面前土山岗。

隐隐树林像座庙。何不那里藏一藏？

缰绳一抖土山去。一座山门在路旁。

急急下马将门叩，

道　童：（唱）谁呀？来了道童问其详。

（白）是谁叩门哪？

杨六郎：我是逃难的，番兵后边赶我。请师傅快快开门，救救我吧！

道　童：如此你等等。（下，内白）禀师傅，门外一人说是被番兵追赶，无处逃走，要在这里避一避。

任道安：这等，待我看来。

（道爷上）

杨六郎：老师傅，我这边有礼了。

任道安：哼哼哼！你不是我侄儿任堂惠么？莫非连叔叔也不认识了？

杨六郎：道叔，因何这样称呼？在下不懂。

任道安：你不是我侄儿吗？你从哪里而来？

杨六郎：我是杨令公之子六郎杨景，任堂惠是我结拜兄弟，如此说了一遍。

任道安：原来这等，你被何人追赶？

杨六郎：我奉父命去上雄关解围，不想一步来迟，番贼夺了关城。我与番将大战，被他杀得大败而逃，望求道叔救命吧！

任道安：原来如此，我是任堂惠的叔父，名叫任道安，在此出家。你既与我侄儿结拜，又有救他之恩，我焉有不救之理？童儿，将你杨将军领进禅堂，我在此阻挡番兵。

杨六郎：师傅，那番将十分厉害。

任道安：无妨。不是出家人夸口，慢说一个番将，哪怕他千个番将，我也不放心上。童儿，将我宝剑取来。

道　童：是。（将剑取到）（闪过了）

杨六郎：师傅，这把宝剑与别的不同。

任道安：侄儿不知此剑厉害，削铁如泥，切金断玉，其轻如绵，迎风一晃，硬如钢铁，无论什么兵器，只要碰上，即为两断。我自幼受过异人传授，一身软硬功夫。因出家为道，身入空门，并未施展。童儿把马拉入庙内，请你杨少爷禅堂歇息，我在此等待番将。

杨六郎：叔父，我在此观阵，看一看师傅的剑法手段。

任道安：你看，番将来也，你在山门观看，我去捉他。

杨六郎：是。（下）

萧金克郎木：你这老道，手持宝剑，莫非与我对阵不成？

任道安：非也。我且问你，此处乃是清净之地，不许别人搅乱，你为何带兵乱喊乱叫，所为何事？

萧金克郎木：我乃北国大都督萧金克郎木，奉我主旨意，攻取雄关城。带兵追赶宋将，明明跑到你这里，劝你早早献出，不然杀进庙去，一个人也不留。

任道安：哼！你说的吗？哼！倒也厉害。我们出家人奉公守法，并没有宋将在此，别处搜索去吧。

萧金克郎木：明明在你庙内，还敢支吾？番兵们，四面围住庙宇，进去搜拿宋将。

任道安：住手！好个番贼。休要无礼！你也不知出家人的厉害。

萧金克郎木：好个老道，竟敢插足与我动刀，好大的胆子！

任道安：住手！番贼，休要发威！听出家人劝你，
（唱）微微冷笑叫番将，不要发威逞豪强。
　　　出家人从来不惹事，独守经卷在庙堂。
　　　你走你的我不管，不应侵犯我边疆。
　　　此间乃是清静地，不许别人乱嚷嚷。
　　　什么宋将我不懂，来此惊吓理不当。
　　　要听我的良言劝，带兵急急回北方。
　　　各守疆土方为好，两不相犯守边疆。
　　　别看抢了关城座，救兵一到就灭亡。
　　　螳螂挡车不量力，怎能抗杨挡宋王？
　　　四面八方来进贡，各国拱手来投降。
　　　不信你看南唐主，无故侵占取灭亡。
　　　别说大宋有能将，出家人你也难以搪。
　　　不是对你夸海口，没把番贼放心上。
　　　恼一恼来怒一怒，叫你片甲不归乡。
　　　道爷还要往下讲，

萧金克郎木：（唱）气得番贼面焦黄。
　　　你这老道真焦闹，出言不逊欠思量。
　　　要不把你活擒住，枉在北方逞豪强。
　　　休怪都督不仁义，怨你自己惹遭殃。
　　　看顶搂头打下去，

任道安：（唱）道爷不慌也不忙。
　　　将身一闪躲过去，轻轻跳到他身旁。

萧金克郎木：（唱）番将狠狠又一下，恨不一爪把他伤。

任道安：（唱）用剑一迎当啷响，金爪刃断落当央。

萧金克郎木：（唱）哎呀一声说不好，手擒爪杆心内慌。
　　　才要圈马想逃跑，

任道安：（唱）轻轻一跳到身旁。
　　　叫声番贼下来吧，（道爷将萧拉下马来）随我进庙莫惊慌。
　　　吩咐一声快上绑，（绑上萧）

杨六郎：（唱）这才喜坏杨六郎。

　　　　　　叔叔果然艺绝妙，活捉萧金克郎木。

　　　　　　才要上马把番兵赶，忽听大炮震天堂。

　　　　　　山坡以下人呐喊，莫非番将围山岗？必是来了番兵将。

　　　　（白）哎呀，不好！山下炮响，人喊马嘶，必是添了番兵。叔父，随我杀贼便了。

任道安：有理。徒儿，好好看守番贼，绑进禅堂。

道　童：是。

　　　　（绑萧下）

任道安：你我前去杀贼。

　　　　（杨继业上）

杨继业：俺杨继业奉旨去助雄关，方才在兴隆镇问明其故。番将追赶杨景去了，七郎前去攻城，我急急带兵来救六郎。人马来到山下，呀！番兵四散，是何缘故？众将军奋勇杀贼。

杨六郎：爹爹，怎知孩儿在此？

杨继业：如此这般，听得雄关二将说明，才知我儿被番兵追赶，故而带兵前来。我儿怎脱此难？

杨六郎：孩儿被番兵杀得大败而逃，来到此处，多亏这位任道爷搭救，擒了番兵，救了儿的性命。

杨继业：好哇！如此说来，多亏道爷，道爷可好？我这里有礼了。

任道安：好说不敢。此处不是讲话之地，请到高山一叙。

杨继业：不可！现在雄关已被番贼夺去，七郎前去，恐怕不能取胜，等我杀退番兵，再来致谢。

任道安：国事紧急，贫道也不敢相留。我看六郎侄儿武艺虽好，但兵法战策尚不完全。贫道斗胆，欲要传授兵法。等破了番兵之时，叫他常常来往，不知尊意如何？

杨继业：多得道爷费心，等破了番兵，叫六郎前来拜任叔为师。

任道安：好！番将现在庙内，请元帅带去发落。

杨继业：好！六郎带领兵卒押着番将，赶奔雄关。

杨六郎：是。

杨继业：众将官杀奔雄关。道爷请。
任道安：元帅请。
（探子上）
探　子：报都督得知。
萧天齐：何事？
探　子：宋将堵城骂阵。
萧天齐：这等先放城门，捉拿宋将。
（七郎对萧天齐）
好个不知死活的宋将，报名上来受死。
杨七郎：番贼，问我听真，我乃杨令公之子七郎名叫杨延嗣。知我厉害，快快将关城退出，下马投降，饶你不死。你叫何名？
萧天齐：我乃北国狼主驾下正印先锋萧天齐，小小的宋将，敢来抢关，看刀！
（七郎刺死萧天齐）
杨七郎：番贼被我一枪挑下马来，众将官，杀！
（豹铁头上）
豹铁头：宋将，哪里走？
杨七郎：来这番贼，报上名来。
豹铁头：我乃北国酋长豹铁头，杀我大将可是你吗？
杨七郎：然也。
豹铁头：敢称"然也"二字，看刀！
杨七郎：看枪！（七郎活擒豹铁头）
众将官攻城。
（唱）单手举起贼番将，一手提起点钢枪。
吩咐三军把关抢，一拥而上不要慌。
众宋兵：（唱）宋兵宋将齐动手，各举刀枪似虎狼。
众番兵：（唱）番兵一见用箭射，
杨七郎：（唱）七郎呐喊震天堂。
要射你们只管射，拿住主将把箭挡。
豹铁头：（唱）豹铁头连连说别射，快快开关急要忙。
只要救了我的命，就算我的重生爹娘。

众番兵：（唱）番兵一见不敢射，怕把自己首领伤。
　　　　　　　开放城门放宋将，跪下叩头愿投降。
杨七郎：（唱）七郎吩咐快快起，投降免死不可伤。
　　　　　　　愿意当兵在我国，不愿你们回北方。
众番兵：（唱）我们情愿当兵。
杨七郎：（唱）好！叫声番将听我讲，只你开关这一场。
　　　　　　　我今无物可送你，与你个肉饼你尝尝。
　　　　　　　说罢用力砸下去，
　　　　（七郎砸死豹铁头）
众番兵：（唱）吓得番兵面焦黄。
杨七郎：（唱）你们不用心害怕，我有一言讲其详。
　　　　（白）你们不要害怕，与你们无事。众将官出榜安民，等候大兵到来，再做主意。
　　　　（探子上）
探　子：报少爷得知，老元帅人马到来。
杨七郎：好！待我迎接。（下，又上）爹爹在上，孩儿迎接人马入城，打入帅府。
　　　　（升帐，继业坐）
杨继业：（诗）一阵破了贼番将，恢复关城立奇功。
　　　　（白）本帅杨继业，多亏任道爷活捉番将，救了六郎。七郎你怎么得了城池？
杨七郎：孩儿枪刺萧天齐，砸死豹铁头，番兵投降，放开城门。
杨继业：好！我儿奇功一件，待我急写捷表，进京报捷。将番将羁押在牢狱，听天子发落。六郎你时常到任道爷那里，求他教你兵法之事。
杨六郎：孩儿遵命。
杨继业：众将官各守巡地，不得有误。掩门。
　　　　（八王出，坐）
八　王：（诗）叹君王信奸宠佞，恨权臣蛊惑圣聪。
　　　　（白）本御芦花王爷赵德芳，杨七郎劈了潘豹。本御上殿保本，保下杨家父子，以大降小，去助雄关，六郎、七郎随军听用。单等立功赎罪，本御再保他官复原职。我想潘仁美仗他女儿为昭阳正院，权高势大，压文

　　　　　欺武，将来恐怕有安恶心为虎之患。怎奈天子信他，文武不敢多言。本御久不临朝，昨日天子宣我入朝，说是要上五台山降香，命我管理朝政。我想五台山离北国太近，倘若番王知道，番兵围山，其祸不小。不免今日上朝，再看原因。

陈　林：禀千岁，有保国将军石守信要见千岁。

八　王：石守信乃是开国元勋，忠义可嘉。今见本御必有大事，命他进来。

陈　林：是。千岁有旨，石将军觐见。

石守信：（内白）来了。（上）千岁在上，石守信参见，

八　王：将军免礼，请坐。

石守信：告坐。

八　王：将军来见本王，有何事故？

石守信：千岁可知当今天子要上五台山降香，不久就要起身吗？

八　王：从前不知，因本御久居王府，不理朝政，普天闹事不入耳。昨日圣上宣召合议，上说降香，命我管理朝政，本御今日正要面君。

石守信：千岁，臣屡受皇恩，早揣一片报效之心。今日千岁临朝，故此来见。

　　　　（唱）潘仁美，太专权。

　　　　　　满朝文武，不敢多言。

　　　　　　观其怀异志，心中必生奸。

　　　　　　指鹿为马之患，唯恐反掌之间。

　　　　　　内有正宫是他女，外边他又掌兵权。

八　王：（唱）潘仁美，本不端。

　　　　　　本御早就，心中了然。

　　　　　　圣上偏听信，本御无法拦。

　　　　　　如今他保圣驾，降香去把愿还。

　　　　　　莫非他有别心意，将军可知内里缘。

石守信：（唱）并不知，难再言。

　　　　　　只因那座，五台高山，

　　　　　　四外多峻险，又与北国连。

　　　　　　常言凤不离阁，古语龙不离潭。

　　　　　　倘若北国知此事，大兵围山祸塌天。

八　王：（唱）将军你，理当然。

　　　　　　　　只恐圣上，恶正喜偏。

　　　　　　　　旨意已传下，谏本只怕难。

　　　　　　　　当今昏庸不醒，枉费义胆忠肝。

　　　　　　　　今日面启寻机谏，看看天子有何言。

石守信：（唱）尊千岁，请听言。

　　　　　　　　臣愿保主，紧随驾前。

　　　　　　　　还有张光远，延威本领先。

　　　　　　　　三人情愿保驾，哪怕临阵当先。

　　　　　　　　主存臣死我尽晓，古代相传臣了然。

八　王：（唱）将军勇，不虚传。

　　　　　　　　本御就此，去上金銮。

　　　　（白）随我来。

石守信：来了。

八　王：（唱）下了银安殿，銮驾过街前。

　　　　　　　　到了午门以外，下辇直走金銮。（摆朝）

　　　　　　　　等候天子临宝位，前后辈分来站班。

众　臣：（唱）潘仁美，来站班。

　　　　　　　　左右丞相，上了金銮。

　　　　　　　　来了张光远，延威罗家男。

八　王：（唱）八王站班候宣，等候见君相拦。

众　臣：（唱）又来老将呼延赞，郑印也来上朝班。

　　　　　　　　高怀德，不消闲。

　　　　　　　　二爷怀亮，相随后边。

　　　　　　　　龙凤门开放，御庭绕香烟。

天　子：（唱）天子登了宝位，开口又把旨传：

　　　　　　　　哪家有本出班奏，一言未尽人答言。

黄门官：（唱）黄门官走上金銮殿，手捧本章跪平川。

　　　　（白）万岁。接得雄关杨令公表文一道，不知何故，请主御览。

天　子：侍臣，呈上来。

侍　　臣：领旨。请主御览。（献过表章）
天　　子：爱卿回班。
黄门官：万岁。
天　　子：不知是何本章，待朕一观。

　　（唱）天子拆开令公的本，从上而下看分明。
　　　　　上写微臣三顿首，拜上我主有道龙。
　　　　　微臣奉旨雄关去，不敢拖延日夜行。
　　　　　不想番兵断去路，抢去雄关一座城。
　　　　　谷总兵战死把忠尽，帐下二将逃出城。
　　　　　败兵跑到兴隆镇，后边追兵赶得凶。
　　　　　番国的都督萧金克郎木，武艺超群力大无穷。
　　　　　萧天齐与豹铁头，都是北国大有名。
　　　　　追得二将无有路，六郎七郎把他迎。
　　　　　七郎带兵把关抢，六郎大战番将兵。
　　　　　杀得六郎大败了，赶到一座土山峰。
　　　　　土山有一老道士，虽是出家武艺精。
　　　　　救了六郎活捉番将，现今打入牢狱中。
　　　　　七郎抢关得了胜，砸死豹铁头抢回关城。
　　　　　枪挑萧天齐落了马，大得全胜抢回关城。
　　　　　番兵番将降无数，粮草器械堆满城。
　　　　　等主发落番国将，是斩是放是进京。
　　　　　表不多言是如此，天子看罢喜心中。
　　　　　杨家父子天兵将，真是马到就成功。
　　　　　传旨叫声二丞相，
　　（白）王、赵二位丞相上殿。

王袍、赵普：万岁。
天　　子：今有杨家父子捷报进京，活捉番将萧金克郎木，枪挑萧天齐，砸死豹铁头，依朕看来，番国再不敢小视中国了。擒住的番王可怎么发落呢？
王袍、赵普：万岁。依我二人所见，莫如把番将放回本国。他国必然感念我主仁德，义不可杀，二则他也知道咱朝的厉害。

天　　子：丞相所奏有理，杨家父子可怎么封赏呢？

王袍、赵普：杨家父子立此大功，应当官复原职。

潘仁美：不可呀！万岁。杨家本是戴罪出征，今日立功，将功补过，乃为正理。

天　　子：老国丈言之有理，旨意下：将番将放回本国，叫他们与番主也知我存好生之德，叫他年年进贡，永不许犯界。再要有野心，朕定发兵灭你之国。杨家父子戴罪立功，令公为雄关总兵，二子现为参将，有功再加升赏。阵亡谷近忠赏棺埋葬，亲赐谕旨以表其忠烈，子孙吃总兵俸禄，不许再奏，退朝。

众　　人：万岁。

天　　子：八王上殿。

八　　王：万岁。臣来见驾。

天　　子：皇侄。朕因征南唐王时许下心愿，如得胜还朝，亲上五台山降香了愿。今日南唐已平，又胜北国，天下太平无事，正好前往五台山降香了愿。命皇侄全朝监理国政，勿负朕托，待朕回朝，再谢皇侄之功。

八　　王：万岁委用，不敢不尽心治国。臣有本冒犯天颜，奏文如下：

（唱）臣闻五台山一座，四面围裹山山坡坡。

乃是四面受敌处，又且路远一千多。

圣上要去把香降，道路险峻沟与河。

一劳军力国有损，二来主耗民财农力薄。

得发饷银同治室，赏赐与民正是同乐。

我主浩荡宽恩大，臣下无不感圣德。

万乘之君非轻动，臣与军民托心窝。

天　　子：（白）朕是降香了愿，又非征杀，无需挂怀。

八　　王：我主一定把香降，臣替陛下去拜佛。

天　　子：朕在南唐已经许下心愿，亲自烧香了愿，哪能叫别人代替，必是朕亲自前去，方见真心诚意。

八　　王：万岁。

（唱）万岁执意要前去，倘有差错待如何？

天　　子：（唱）文有文策，武有武略。大概无妨，皇侄不要过虑。

八　　王：（白）万岁。

（唱）微臣冒死触圣怒，陛下开恩纳臣说。

想当初因太祖文王囚羑里，只因亲身入朝歌。

七载囚笼受苦难，医其子命不得活。

周宣欲转力征羌国，兵败贻笑于列国。

我朝太祖南唐被陷，被困寿州是出阵柯。

就是亲身入重地，冒死苦奏主休驳。

潘仁美：（唱）仁美双膝忙跪倒，千岁亲王言太多。

连呼万岁万岁万万岁。

（白）万岁，亲王启奏阻拦，具是不利之语。

八　王： 潘仁美，本御哪里是不利之言？

潘仁美： 文王囚羑里，宣王亲身入羌国，太祖寿州被困，皆是不利之言。天子在南唐许下心愿，现在太平世界，正好焚香，显示我主仁德。你今提出三代君主之事，焉得不是枉奏？

八　王： 住口，我乃拦阻君王不要亲入险境，五台山近临北国，若叫番邦知道，此时发兵困山，那时怎了？

潘仁美： 我主降香求佛，保佑国泰民安，又且北国新败，怎敢再犯边界？你怎尽说不利之言？

八　王： 你迷惑天子降香，皆是不祥之兆。

潘仁美： 住口！你是一派强词夺理。

八　王： 潘仁美，你尽是巧辩是非，句句说的不利之言，你是迷惑圣上。

潘仁美： 八王，你是仗着位高欺我。

八　王： 潘仁美，你是权大压人。

潘仁美： 你是位高欺人。

八　王： 你是权大压人。

天　子： 住口，你二人不许咬口辩词论理，吉凶只有天定。去与不去，朕自主张，再要争论是非，一律问罪。

八　王： 是。

潘仁美： 是。

潘、八： 臣等遵旨。

天　子： 旨意下，决定再无更改，朕必得亲去降香，便见吉凶，那时方知你哪家才高，待朕回銮之后，自有公论。

八　王：万岁定要前去，臣也不敢再奏，我主容臣保举几家大臣，不离圣上左右，臣才放心。

天　子：皇侄保举何人？

八　王：铁鞭王呼延赞、石守信、郑印、张光远、罗延威。他五人可是开国元勋，忠勇之将，前去保驾，臣无异议。臣随后带兵十万，与高怀德、高怀亮屯兵营州，以防不测。石守信能以护国，赵宰相扶保太子监理朝政，望乞吾皇恩准。

天　子：好！此乃皇侄细心，朕当准奏。

八　王：万岁。

天　子：旨意下，潘太师为帅。呼延赞、石守信为先锋，张光远、罗延威、郑印为近御护卫将军，其余潘国舅四人为后部，俱然随驾。皇侄带领高家弟兄，带兵十万屯扎营州，以防不测。太子权朝，赵宰相辅佐，后日启程。在朝之臣，各任其所，勿负朕托。

众　人：万岁。

天　子：散朝。

（萧金克郎木上）

萧金克郎木：（诗）牢狱脱去金勾吊，摇头摆尾再不来。

（白）萧金克郎木，带兵伐宋，不想被擒，准死无生。谁想昨日把我放回本国，真是两世为人。昨日在路上听说宋天子亲至五台山降香，带兵不多，不免急急回国报知国王，急急兴兵围困五台山，捉拿宋天子，免我本身之罪。急急回国便了。

（番王升帐，六将站）

众　将：（诗）谋略惊天地，威名震中原。

雄心满四海，与主定江山。

闫　荣：（白）我乃军师闫荣。

韩　昌：我乃驸马韩昌。

耶律布哥：我乃耶律布哥。

耶律布底：我乃耶律布底。

萧天佐：我萧天佐。

萧天佑：我萧天佑。

合：　　王爷升帐，在此伺候。

（番王坐）

天番王：（诗）开疆展土数强胡，创成事业镇北都。
　　　　　　　称王定霸夺天下，并吞大宋做京都。
　　　　（白）孤天庆凉王耶律乜先，都督萧金克郎木为帅，带领三万人马攻取雄关，探看大宋虚实，早有探子报道，说是已经占了。好叫孤家十分喜悦。

（卒上）

卒：　　报千岁，今有大都督回北，在外候旨。

天番王：都督单身回国，必有大事，命他觐见。

卒：　　千岁有旨，命你觐见。

萧金克郎木：来了。（萧金克郎木上，跪）千岁在上，臣参见。

天番王：都督带兵侵宋，怎么单人回国？快快说来。

萧金克郎木：千岁，微臣丧师辱国，全军尽没。二位酋长阵亡，兵死无数，微臣被擒，料定必死，不想宋天子将我放回，叫我禀告千岁永不许犯界，年年进贡称臣，不然大兵一到，苗草不留。

天番王：哎呀！气死孤也！
　　　　（唱）番王听罢心起火，用手一指骂连声。
　　　　　　　好个混蛋真无礼，出口大言理不通。
　　　　　　　三万大军一齐灭，又杀我国二英雄。
　　　　　　　孤家若不把仇报，枉在北国称豪雄。
　　　　　　　带怒才要拔令箭。

萧金克郎木：（白）千岁。
　　　　　　（唱）萧金郎叩头千岁称。
　　　　　　　　　微臣半路听一信，宋天子目下离开京。

天番王：（白）他往哪里所去？

萧金克郎木：（唱）五台山上把香降，随驾无有多少兵。
　　　　　　　　　千岁何不叫人马，围困五台高山峰。
　　　　　　　　　四面都用兵把守，叫他插翅难飞腾。
　　　　　　　　　硬要降书与顺表，不然一定不容情。

趁此机会当下手，

天番王：（白）好！真是天助我成功。

（唱）都督韩昌听将令，孤家封你作元戎。

带领天佐与天佑，还有土家弟与兄。

率领番兵整十万，四面埋伏五台山中。

单等宋王天子到，四面埋伏莫放行。

韩　昌：（白）微臣遵旨。

天番王：（唱）复又开言传旨意，

（白）番兵听真，接我令箭一支，晓谕盖天关苏连火灰守关城，阻挡宋兵，快去。

番　兵：是。（下）

天番王：其余大小番官，俱在幽州镇守，不得有误。

（诗）挖下深坑擒虎豹，安排香饵钓金鳌。

韩　昌：（内白）众番兵围困五台山。（马上）俺大都督韩昌，番兵们一起五台山埋伏，不得有误。

（唱）吩咐一声行人马，绕过三关奔五台。

埋伏高峰捉宋主，谁要违令把头摘。

番　兵：（唱）番兵答应说遵命，一齐奋勇展其才。

人马行走非一日，这日到了五台崖。

韩　昌：（唱）韩昌吩咐扎营寨，离山八十人马埋。

身不漏形等宋主，一声令下围五台。

不言番兵安排妥，

天　子：（唱）再表天子出京来。

文武保驾随左右，（天子众人马上）浩浩荡荡奔五台。

石守信：（唱）石守信开路头里走，

呼延赞：（唱）呼延赞马上把口开。

（白）石将军，你我奉旨保驾，前头开路，听说五台山四面高峰陡崖，中间平坦，离北国交界很近。圣驾到此，真呈险地之势，险峻需防。圣上不听谏阻，也只好多加小心。今日之事，倘若有变，全仗将军了。

（唱）今日事，非等闲。

　　　　　　　天子降香，临近北番。

　　　　　　　仁美陪圣驾，莫非暗有奸。

　　　　　　　叫人心中纳闷，圣上听信他言。

　　　　　　　但愿平安勿有事，有难同赴是忠贤。

石守信：（唱）老将军，是魁元。

　　　　　　　不愧世代，宋朝为官。

　　　　　　　石某心敬服，义胆与忠肝。

　　　　　　　我今既保圣驾，何惧刀砍箭穿？

　　　　　　　正然说话抬头看，远远望见五台山。

呼延赞：（唱）吩咐声，众将官。

　　　　　　　周围四面，察看一番。

　　　　　　　离山二十里，到处细细观。

　　　　　　　以防番兵奸细，等候天子上山。

卒：　　（唱）军卒答应不怠慢，（搜介）霎时之间全搜完。

　　　　　　　忙跪倒，禀一番。

　　　　　　　二十里内，并无别员。

呼延赞、石守信：（唱）心内尽放稳，与主来请安。

　　　　　　　　　才要请主上庙，

（和尚上）

了　然：（唱）来了和尚了然。

　　　　　　　跪倒马前将头叩，迎请圣驾到大殿前。

　　　　　　（白）五台山僧人叩头，接驾捻香。

石守信：你这和尚叫何名字？

了　然：小僧了然。

石守信：闻听有位长老，号称乾天长老，怎不前来接驾？

了　然：小刹长老在山居住，轻易不与人见面。

石守信：早知五台山僧人无数，怎么你一人接驾？

了　然：早上有上司答信，晓谕本地官员，出得告示，僧人早散各处化斋或去远方，不准在庙混乱，恐惊圣驾，只有几名知识僧人伺候捻香，已备御炉真香，以示虔诚，迎接圣驾。

石守信：如此小心伺候。

了　然：是，知道。

　　　　（唱）回身退步进庙内，

石守信、呼延赞：（唱）石呼二将上山岗。

　　　　　　　　　提剑迈步留神看，并无夹带与行藏。

　　　　　　　　　急忙出庙接圣驾，伺候天子进庙堂。

天　子：（唱）天子下了逍遥马，宫官太监代系缰。

　　　　　御林军兵随圣驾，保驾众官使刀枪。

　　　　　近御太监随驾后，其余官员站两旁。

　　　（摆天殿，僧人立，远、威、赞、信、印、美六人站）

天　子：（唱）大宋天子入天殿，挺身站立来捻香。

和　尚：（唱）和尚撞钟与击鼓？

众　臣：（唱）众臣随驾拜佛堂。

天　子：（唱）焚香已毕忙传旨，大家一起入禅堂。

众　臣：（唱）众臣遵旨出了殿？

　　　（僧上）

乾坤长老：（唱）乾坤长老接出禅堂。

　　　　　　（白）贫僧拜见。

天　子：平身。

乾坤长老：万岁。

天　子：（唱）长老平身莫施礼，造扰宝刹礼不当。

　　　　　朕发饷银修庙宇，重画金身现天光。

乾坤长老：（唱）万岁请入禅堂内，此处讲话理不当。

天　子：（唱）太宗迈步禅堂入，（下，又上，进禅堂）才要围坐饮茶香。

　　　　（响炮）呼听大炮重声响，心内惊慌着了忙。

　　　　才要命人前去看，

御林军：（唱）御林军跪倒脸吓黄。

　　　　　口呼万岁说不好，

　　　　（白）万岁，可不好了！

天　子：有何不好？快快说来。

御林军： 今有番王将五台山团团围住，乞万岁定夺。

天　子： 再探！哎呀！可不好了。

　　（唱）天子吓得哒哒颤，木雕泥糊一样般。

　　　　　半晌开言众卿叫，悔朕不听皇侄言。

　　　　　悔不该亲身入险地，悔不该不信忠直言。

　　　　　不想今日真有变，想不到北国来围山。

　　　　　将臣有何良策计，保朕回朝得平安。

众　臣：（唱）一齐开言呼万岁，事已至此后悔难。

　　　　　还有大兵三万整，吩咐众将把守山。

　　　　　多架弓箭与大炮，火炮打来乱箭窜。

　　　　　等候明日大交战，讲不起的战一番。

　　　　　杀退番兵是万幸，杀不退番兵设机关。

　　　　　命一将军闯出去，急往营州把兵搬。

　　　　　那时里外夹攻打，何然不出五台山？

天　子：（唱）天子闻奏说罢了，就依卿家你们言。

　　　　（白）事到如今，悔之无益，众将们，人不离马，马不离鞍，各守山口，多加小心。候等天明再议。

众　人： 我等遵旨。

天　子： 哎呀！可不吓死朕也！

　　（六郎、七郎马上）

杨六郎、杨七郎： 奉了父帅令，去上五台山。

杨六郎： 我六郎杨延昭。

杨七郎： 我七郎杨延嗣。

杨六郎、杨七郎： 奉父帅之命去上五台山，探听天子降香之事。爹爹恐怕番国知道天子降香，前来围困，怕圣上受惊，命咱弟兄探听虚实，天子无事回城，如有变，杀敌救驾，也显杨家尽忠。天气尚早，马上加鞭。

　　（唱）六郎打马头前走，七郎紧随后边行。

　　　　　可叹圣上不谨慎，不该降香出京城。

　　　　　龙要离潭遭虾戏，虎要离山必遭凶。

　　　　　　可恨奸贼潘仁美，权高势大把主蒙。
　　　　　　自从打擂劈潘豹，两家仇恨解不清。
　　　　　　多得贤王八千岁，保咱父子活性命。
　　　　　　戴罪立功雄关守，一阵杀散众番兵。
　　　　　　活捉番将放回国，情愿两国息刀兵。
　　　　　　不想天子把五台山上，只怕少吉又多凶。
　　　　　　番邦若是知此事，兵围五台了不成。
　　　　　　但愿天子勿有事，你我弟兄转回城。
　　　　　　弟兄说着往前走，

天　子：（唱）太宗坐在禅堂中。（众臣站，天子坐）
　　　　　　早膳已毕传口旨，叫声文武众公卿。
　　　　　　一起随朕到山顶，看看四外多少兵？

众　人：（白）遵旨。
　　　　（唱）文武备驾不怠慢，仁美保驾也随行。
　　　　　　郑印也随相保护，石爷守信不消停。

天　子：（唱）君臣上了高峰顶，瞧见番兵叠叠层层。
　　　　　　刀枪剑戟明又亮，兵山将海一般同。
　　　　　　看罢不由心害怕，开言叫声潘爱卿。
　　　　　　国丈快快传将令，吩咐众将去出征。

潘仁美：（唱）仁美执令开言道，
　　　　（白）天子圣旨传下，哪位将军见一头阵去杀番将？

众　将：有有有！有我张光远、罗延威、潘龙、潘虎、潘林、潘桂愿往。

潘仁美：多加小心！

众　将：不劳嘱咐，军卒马来。（同下）
　　　　（潘氏四人与番将战，四人全败）（张光远、萧天佑对上）

萧天佑：好个宋将，不知死活。我国大兵三十多万，将山围个水泄不通，想要出去，比登天还难。依我劝你，快叫天子献了降书顺表，免得费事。不然杀上山去，人鸦不留！

张光远：番贼野心不退，无故生事。我朝乃仁义之国，前者尔等犯我雄关，被杨家父子杀得全军尽没，活捉萧金克郎木，我主有好生之德，将他放回。

理应各守疆土，两不相犯。我主降香，尔等围困，是何道理？我劝你早早撤兵回国，乃是正理，不然我主一怒，发来倾国人马，直捣幽州，巢穴扫平，那时悔之晚矣。

萧天佑：少发狂言，看刀！

张光远：来来来。

（杀，张败，罗又败）

天　子：（山上）哎呀呀！好一场大战也。

（硬唱①）天子用目往下观，瞧见山下大交战。
真是对手两相逢，二将刀枪如闪电。
石将真乃有威严，番将武艺也不差。
杀得番将乱缩头，番兵以多来交战。
将遇良才各用工，棋逢对手今日见。
我国将军一个人，只怕单丝不成线。
开言叫声众贤臣，快往山下去助战。
只见郑印到疆场，背过守信去交战。
番营又来将一员，雉尾飘飘多威严。
座下骑的马青鬃，手使钢叉寒光现。
他与郑印把手交，各显其能二马窜。
只见番将他败逃，又见番兵放乱箭。
害怕吩咐快鸣金，唤回郑印免遭难。

（白）潘爱卿，快些鸣金。

潘仁美：遵旨。众将官鸣金收兵。

众　人：哈！收兵啦！

（天子上，坐）

天　子：众位爱卿，只怕咱君臣难以出山了。

王　袍：万岁，依臣之见，不如差一大将，闯出重围，去上营州搬兵。八王现在那里，叫他带高家弟兄前来救驾，何愁番兵不退？

天　子：丞相言之有理，不知何人可以闯出重围？

---

① 硬唱：指与正常唱腔相反，上句落字为平音，下句落字为仄音。

王　袍：依臣，别者不行，非老将军呼延赞不可。
天　子：好，丞相高见不错！哦！呼老将军。
呼延赞：万岁。
天　子：你领旨意，前去营州搬兵，命八王急来救驾。
呼延赞：微臣领旨。
天　子：好！丞相高见。呼老将军去了，但听回音便了。
　　　　（内打五更，呼马上）
呼延赞：奉了皇王旨，营州去搬兵。老夫呼延赞，天交五更闯营便了。
番　卒：（内报）报都督得知，有一宋将闯营。
韩　昌：（内白）这还了得？众番兵一起围裹上去。
呼延赞：番将快快闪路！
韩　昌：宋将何名？
呼延赞：你千岁爷铁鞭王呼延赞。
韩　昌：你就是呼延赞么？
呼延赞：正是。
韩　昌：久闻你名，今日见面。
呼延赞：番贼何名？
韩　昌：你督爷韩昌。知我厉害，快快下马投降，免得费事。
呼延赞：休得胡言，看鞭打你。
韩　昌：来来来。（杀，韩败）呀！这个老儿果然名不虚传，真乃厉害，不能力取，番兵们，下上绊马索。（下索，呼落马）番兵们，把老儿绑了。哈哈！他乃宋朝有名上将，不可斩首，将他押送北国，凭主发落。酋长哈利绿听令。
哈利绿：（上）在。
韩　昌：你带兵五百，将老儿宋将押回本国，可要多加小心在意。
哈利绿：是。（下）
韩　昌：众番兵各守阵地。
哈利绿：番兵们。
番　兵：有。
哈利绿：（上）押着囚车，急急前行。

（白）我酋长哈利绿，奉韩都督之命，押着囚车解宋将急急回国，众番兵，急急趱行。

（唱）马上得意心畅快，真是美差好乐哉。
又不冲锋与打仗，不用害怕与惊骇。
宋将天子把围闯，不知哪会儿摘脑袋。
吩咐声兵卒快赶路，洋洋得意乐满怀。
不言番兵路上走，

（六郎、七郎马上）

杨六郎、杨七郎：（唱）弟兄二人马催开。
阳关大路用目望，前面尘土把日埋。
一队番兵有几百，马上一将对面来。
何不上前问一问，哪条大路奔五台。
将马一催离且近，何处兵将说明白。
说明来历放你走，不然把你脑袋摘。

哈利绿：（唱）你这两小子快住口！

（白）你这两小子瞎咧咧啥，看瞎眼的东西，竟敢冲闯我的马头。我乃北国大将酋长哈利绿，奉令解押宋将呼延赞回国，凭主发落。你这两小子，横眉立目的，莫非是拦路劫财的强盗？快此闪开，饶你不死。

杨六郎：哦！原来还是番将。哼！我对你实说了吧。我俩也不是哨兵，也不是强盗，是做买卖的。

哈利绿：做啥买卖的呢？

杨六郎：独一家的买卖。

哈利绿：到底是啥买卖呀？

杨六郎：你是解宋将，我们是接宋将的，与你们是一样的。

哈利绿：得咧！你们也不像北国的打扮哪。快闪开吧！

杨六郎：你是解囚车的，我们是劫囚车的。将囚车里面宋将留下，万事皆休，饶你不死。如若不然，要你的狗命。

哈利绿：哎呀，闹了半天，你们还是劫囚车的。看枪取你吧！

杨六郎：来来来。（杀哈死，辛跑）你看番将一死，兵卒四散逃跑，只得将囚车打开。

杨七郎： 六哥说得有理。(打开囚车，扶呼出)
呼延赞： 原来还是二位贤侄前来救我。你们从何处而来？
杨六郎： 我二人奉父帅之命，因天子上五台山降香，我父恐有不测之事，命我弟兄二人前来探听，正遇番将解送叔父，故此劫杀相救，不知叔父因何被擒？
呼延赞： 叫二位贤侄不消问了。天子被困五台山上，屡次闯山不能出去，无奈命我闯营，去到营州求救。不想被韩昌所擒，解送北国，多亏二位贤侄解救，方得活命。
杨六郎： 叔父，你我相见，真乃三生有幸。依侄的拙见，不用去上营州求救，先到雄关，见了我父商议求救，岂不是好？
呼延赞： 贤侄不知，可恨韩昌将我带的圣旨撕坏，如何是好？完了！
杨六郎、杨七郎： 无妨，即无圣旨，叔父与我父乃是一殿称臣，又是至近亲友，何用许多？
呼延赞： 好，就依贤侄之言，到雄关求救要紧，急急赶路。
杨六郎： 叔父随我们来。
呼延赞： 来了。

（完）

第 三 本

【剧情梗概】天子五台山降香被辽军围困,镇守雄关的杨继业带领六郎、七郎前去营救。大郎放心不下,命五郎暗中保护。杨继业冲击番营,然因人单力薄,被敌人围裹,在危急时刻,得六郎、七郎营救。然待他们进入天子大营时,却被潘仁美治抗旨不遵之罪,八王赶来,赦其无罪。高君保等人与辽将厮杀,番王之女苏锦平心恋高君保,见机鸣金收兵,并献计两边交换人质。

(升帐,六子站)
众　　将:(诗)马挂鸾铃将挂袍,杜鹃枝上月儿高。
　　　　　　　男儿要挂封侯印,将军常悬带血刀。
杨大郎:(白)俺杨延平。
杨二郎:杨延定。
杨三郎:杨延广。
杨四郎:杨延辉。
杨五郎:杨延德。
杨八郎:杨延顺。
合　　:父帅升帐,在此伺候。
(继业出,坐)
杨继业:(诗)征伐全凭孙武策,布阵智略武侯心。
　　　　(白)本帅雄关总镇杨继业,奉旨镇守雄关,杀得番兵不敢犯界。听说天子五台山降香了愿,五台山离北国太近,恐番邦知道,其祸不小。我乃外臣不好阻拦,已命六郎、七郎秘密哨探,不知有何动静没有。
(六郎、七郎上)
杨六郎、杨七郎:父帅在上,儿们交令。
杨继业:你们探得事情如何?
杨六郎、杨七郎:原是如此这般,天子被困,不能出山,有呼延赞叔父奉旨去搬援兵,却被韩昌擒住,正在押送北方,半路被孩儿救下,一同前来见父。

杨继业：这等，待我亲身迎接。

（唱）听说来了呼延赞，急忙下帐前去迎。

（白）有迎。

呼延赞：（唱）呼延赞下了马，看见继业老令公。

杨继业：（对上）（白）千岁哪里？千岁驾到，未去远迎。

呼延赞：（白）好说。

（唱）败军之将多惶愧，怎敢劳动老英雄？

杨继业：（唱）你我之交休客套，请进大帐把礼行。

宾前主后把帐上，（下，又上。全礼）礼毕归坐各西东。

千岁多有受惊了，吩咐摆宴来迎风。

呼延赞：（唱）多亏贤侄把我救，不然老命活不成。

杨继业：（唱）乃是千岁洪福大，此是小事有何功？

呼延赞：哎，

（唱）天子困在五台山上，里无粮草外无救兵。

保驾人马也不少，哪能叫圣驾受怕惊？

屡次三番把山闯，怎奈番将杀法能？

杨继业：（唱）千岁欲要何处去，莫非竟到雄关城？

呼延赞：（唱）奉旨去上营州去，要见八王贤主公。

杨继业：（唱）常言救兵如救火，事不宜迟当急行。

呼延赞：（唱）圣旨被我失落了，落在韩昌他手中。

杨继业：（唱）圣旨有无没关系，千岁不会慌胡明。

呼延赞：（唱）北国离咱五台近，将军何不就起兵？

杨继业：（唱）此处乃是咽喉路，脱离此关有罪名。

呼延赞：（唱）勤王救驾功劳大，何用将军犯叮咛？

杨继业：（唱）恐怕天子来怪罪，又怕仁美把事生。

呼延赞：（唱）天子正在危急处，恨不一时去救兵。

杨继业：（唱）如此千岁营州去，我就去上五台峰。

呼延赞：（唱）话不多言我就走，各办其事要急行。

杨继业：（唱）令公送出又急回转，手持令箭又开声。

（白）大郎延平听令。

杨大郎： 在。

杨继业： 你与延定、延广、延辉、延德、延顺，你弟兄六人护守城池，以防番兵。为父带着延昭、延嗣，我三人不带兵将去上五台山救驾。

杨大郎： 父帅不带兵如何交战？

杨继业： 儿啦，你哪里知晓，此城兵不过五千，守城还怕不足，哪能带走？况且围山番兵二十余万，就是带去一两千兵，也是空送性命。为父此去，有死没有一生，也是枉送性命，咱父子不过一图亡身，送个尽忠而已，只要你小心城池。六郎、七郎，随父来。

杨六郎、杨七郎： 来了。

杨大郎： 你看父帅去了，叫人放心不下。五弟听令，你暗暗由小路而走，跟随父帅前去，不要与父见面。你看他们闯进山去，回来报信；要被番兵困住，你便拔刀相助。

杨五郎： 得命，众将官就此掩门。

（呼延赞马上）

呼延赞： （诗）心忙急似箭，打马跑如飞。

（白）本御呼延赞，方才见了八王，立即发兵，高家弟兄作为前队，我与八王断后，人马起队。

八　王： （内白）众将官，放炮起兵，杀奔五台山不得有误。（过场）

（继业马上）

杨继业： 本帅杨继业，带领二子五台山救驾，他弟兄在后。昨日住在客店中，此处离五台山只有三十里之遥，天交半夜，我背着六郎、七郎偷着出店，也有两个时辰，天已东方大亮，来到五台山下。呀，番营果然人马无数。哪怕他兵山将海，抖擞精神，闯营便了。

卒： 报都督得知，有一老将闯破连营四座。

韩　昌： 这还了得，马来。

（韩上，对继业）

杨继业： 番贼闪路，饶你不死。

韩　昌： 老将何名？

杨继业： 本帅杨继业，来将何名？

韩　昌： 本都督韩昌，久闻老将军乃是天下奇才，何必保着昏王？又不得信任，贬到雄关，有何好处？听本都督一言相劝。

（唱）开言带笑呼老将，久闻大名如沉雷。
　　　杨家父子谁不晓，东挡西杀有神威。
　　　外邦没有不敬仰，你为何保着昏君糊涂锤。
　　　将军本是何等将？受人管辖不明白。
　　　自古丈夫当自立，受宋之禄理太亏。
　　　现在天子不中用，以大降小乱胡为。
　　　君要不正臣投外，择主而侍算英魁。
　　　天宣王子多忠义，赏善罚恶清危危。
　　　不久要把大宋灭，六国三川哪不晓得？
　　　宋主困在高山上，要想出去费累赘。
　　　眼下要献降书表，保他何意有何为？
　　　要依我劝降北国，何愁你裂土分茅占奇魁？
　　　要是执迷不醒悟，事到临头必吃亏。

杨继业：（白）住口！

（唱）休要胡言信口讲，野心不退狗番贼。
　　　宋朝有我杨家在，想要侵占眼熬瞎。
　　　恶狠狠地催战马，双手抡刀用力挥。

韩　昌：（唱）韩昌急急来招架。

（白）好个老儿，良言逆耳，着刀！

杨继业：来！来！来！（杀，韩贼上）

韩　昌：哎呀！好个杨继业老儿，果然名不虚传，久战难以取胜，番兵们一起围裹，不要放走宋将。

（众番将杀，继业败，又上）

杨继业：哎呀哎呀，可不好了，番兵以多为胜，杀得我刀沉马慢，实难招架，圣上哪圣上，为臣不能尽忠了。

（唱）上马挥刀吁吁喘，累得浑身汗透衣。
　　　刀也沉来马也慢，眼发黑来头发迷。
　　　眼望五台呼我主，为臣不能保社稷。
　　　指望前来救圣主，不想被困在这里。

　　　　　　　　杀得无力难救驾，不是刀砍就斧劈。
　　　　　　　　缚鸡之力全没有，招架之功也不及。
　　　　　　　　我本宋朝有名将，不能落在贼手里。
　　　　　　　　才要拔剑想自刎，（内喊）又来番将把我欺。
　　　　　　　　勉强又杀二番将，（二番死）番兵四面围裹齐。
　　　　　　　　齐呼声六郎七郎子，你二人怎知为父把你们离？
　　　　　　　　后悔不该抛你们俩，自己闯山丧身躯。

韩　　昌：（内白）大小番兵一起放箭。

杨继业：（唱）乱箭齐发如雨下，射落雕翎更着急。
　　　　　　　　不言令公身被困，
　　　（六郎、七郎马上）

杨六郎、杨七郎：（唱）再表六郎和七郎。
　　　　　　　　店中不见生身父，心中着急上征驹。
　　　　　　　　随后追至山坡下，眼见番营喊声急。
　　　　　　　　必是父帅遭了困，你我快些杀进去。
　　　　　　　　二人大喊杀入队，声音好似响雷劈。
　　　　　　　　乱杀一阵番兵死，遇着枪的枪下死，
　　　　　　　　遇见剑的剑下亡。（又杀）也有马踏如泥烂。
　　　　　　　　又杀枪挑人举起，也有枪挑在半空里。
　　　　　　　　番兵番将齐叫苦，哪里来的二顽皮。
　　　　　　　　哭爹叫妈各逃命，

韩　　昌：（唱）韩昌闻报来对驹。

杨七郎：（唱）迎面正遇七郎到，（杀）二人大杀对了驹。（败，上）
　　　　　　　　七郎败中要取胜。
　　　（白）好个番贼，杀法骁勇，救父心急，不免用断喉枪刺他便了。
　　　（又来刺，韩败，番全败下）（六郎上）

杨六郎：你看番兵大败四散，你我去见爹爹。

杨七郎：有理。（同下）
　　　（继业上）

杨继业：呀！番兵四散，这是哪里来的救兵？

(六郎、七郎上)

杨六郎、杨七郎：父帅受惊了，孩儿救护来迟，多多有罪。

杨继业：何罪之有？为父要不是我儿解救，早已命尽。韩昌大败，不可追赶，急急上山朝见天子便了。

杨六郎、杨七郎：是。

(仁美立山头)

潘仁美：山下杀声震耳，未见虚实，不敢擅动。呀！那边跑来三匹坐马，上山而来，原来是杨继业父子。他一没有圣旨，二没有本帅军令，撤离城池，明明目无本帅，抗违军令，擅离职守。又想，哼，我两家又有杀子之仇，今日不报，等待何时？军卒将杨家父子绑了。

卒：是。

潘仁美：众将官，大殿伺候。

众将官：哈。

(升帐，仁美坐)

潘仁美：左右，将杨家父子绑上来。

卒：哈。

(绑上三人)

杨继业：元帅，为何将我父子上绑？

潘仁美：杨继业呀杨继业，你奉旨镇守要路，干系不轻，一没有圣旨，二无本帅将令，擅自离开州地，倘若番兵攻破关城，直抵营州，汴梁危急，国家倾之即。你明明不遵圣旨，抗我军令，要你何用？刀斧手，将他父子三人推出门外，斩首报来。

卒：哈。(推下)

杨继业：哎，冤枉冤枉。

(天子、王袍急上)

天　子：元帅，为何将他父子斩首？

潘仁美：万岁，他没有圣旨，又无军令，私离境地，应该斩首，以正军规。

天　子：元帅，他虽没有将令，必是听说朕当困在山中，他心不安，前来救驾，看朕之面，饶过他们吧。

潘仁美：万岁，何必苦苦保他？朝中有他不多，无他不少，留他何用？刀斧手开刀。

卒： 哈。

八　王：（内白）高怀德、高怀亮。

高怀德、高怀亮： 有。

八　王： 护住桩橛，不许开刀，待本御去见天子，问明来历。

高怀德、高怀亮： 是。

（八王上）

八　王： 万岁，臣救护来迟，望乞恕罪。

天　子： 皇侄何罪之有？

潘仁美： 千岁在上，为臣参驾。

八　王： 元帅平身。

潘仁美： 千岁。

八　王： 万岁，臣见了呼王求救，立刻起兵走到山前，杀声震耳，不知何故，但见番兵四散，趁此机会闯进山口。刚进山门，又见绑了杨家父子，不知身犯何罪？开刀问斩。

天　子： 皇侄不知，杨家父子没有军令，擅离关地，私来救驾，潘元帅说他私离关城，恐怕有失北国，因此正法。朕我正在讲情，元帅不允，皇侄就来啦，你看这事怎么办呢？

八　王： 哼，元帅，杨家父子忠心救驾，杀退韩昌，本来有功，你说没有圣旨军令，你当想个何罪呢？（不语）哼！

潘仁美： 哎呀，千岁，为臣不敢求救，乃是呼老将卷捧圣旨而去的呀。

八　王： 哦，元帅，你定不知呼延赞奉圣旨求救，去闯番营被番兵擒住，翻去圣旨押送北国，多亏杨令公忠心耿耿，差二子来探虚实，巧遇解救才到了雄关，叫杨继业带兵救驾。令公不肯，唯恐关城有失，才领二子自闯贼营，杀退番兵。虽无圣旨，也有呼老将军口旨，今立下大功，反而有罪。依我看，你不是为了没有圣旨军令，明明你是公报私仇，是也不是？

潘仁美： 哎呀，千岁，屈死为臣了。

天　子： 皇侄不要冤屈元帅了，听朕传旨。

八　王： 万岁。

天　子： 旨意下，杨家父子救驾有功，私离阵地，不究之罪，镇守雄关有功，另加升赏。明日一起下山镇守雄关，四面攻打番营，杀他个片甲不留。盼咐厨下备宴与皇侄、众将接风，与杨家父子庆功。

八　王：万岁万岁万万岁，

天　子：（诗）幸喜忠良来救驾，我朕才得身安宁。

（五郎马上）

杨五郎：（白）俺五郎杨延德，奉兄长之命，去上五台山救驾，不想走错道路，被番兵冲散，误入五台山后，巧遇乾元长老，救我做了门徒，赐我僧衣僧帽，说日后自有用处，不叫我闯山，叫我回关。师命难违，这得回关便了。

（韩昌马上）

韩　昌：俺大都督韩昌，带兵困住五台山，眼看宋天子无救，不想杨家将来到，杀得我国兵将七零八落，这得悄悄回国便了。

（天子出，众将官员齐站）

天　子：（诗）军威振动集五台，定与番邦见胜衰。
　　　　　殿下俱是安邦将，文忠武勇两边排。
（白）朕大宋天子，一时不明，烧香了愿，却被番将困住，多得杨家父子及皇侄来到，杀败番兵，朕心方安。今日升帐，定与番将见个高低上下。

（卒上）

卒：报万岁得知，番兵昨夜撤走，不知哪里去了，四面并无一军一卒。

天　子：起过，哈，这也奇怪了。众卿，番贼撤走，莫非又有什么诡计不成？

八　王：万岁，为臣看来，番贼必是见咱救兵到来，难以取胜，暗暗逃走回国。万岁，咱们何不急急回朝，乃为正理？

潘仁美：万岁，为臣愚见，番兵退兵，是惧咱国军威，何不行兵，直捣幽州，要来降书顺表，乃是一个好机会。万岁不可错过。

天　子：好哇，元帅之言，正合朕意。番邦累累欺人，正当如此，叫他知道咱的厉害。朕意已决，旨意下，杨家父子有功，暂回雄关候用，再做定夺，其余大小将官俱各随征。皇侄与丞相陪驾，潘仁美为兵马都招讨，呼延赞、石守信为前先锋，郑印、高君保为二路先锋，张光远、罗延威为第三路救应，高怀清、高怀亮为御前护卫，潘氏弟兄为运粮官。其余大小将官各任其职。只歇兵三日，兵伐北国，不得有误。

合： 遵旨。

（升番帐，四人站）

众　人：（诗）赫赫威名在北番，人马飞阵吾当先。

　　　　　　一人能有万夫勇，不怕死来不怕天。

哈利宝：（白）俺哈利宝。

赤必立：赤必立。

马尔山：马尔山。

众　人：今有元帅升帐，在此伺候。

（番帅出）

苏达夫：（诗）英雄赫赫震北番，出世以来不怕天。

　　　　　　全凭叉马无人挡，奉令把守盖天关。

（白）本帅盖天关大元帅苏达夫，奉郎主旨意，在此镇守以挡宋兵。昨日韩都督撤兵回国，命我势必把守，严守五台山，事败恐大宋发兵犯界。我弟兄三人具有万夫不当之勇，爹爹苏天豹，久居幽州，郎主十分敬重。宋兵不来便罢，他要来时，叫他片甲不归，显本都督厉害。夫人万花公主乃是大罗国王之女，刀马无敌，更有法术惊人，脸似兰花，眼似铜铃，口如火盆，力大无穷，这也不在话下。

（卒上）

卒： 报都督得知，今有宋兵无数，离城十里，安营下寨，请令定夺。

苏达夫：再探。

卒： 得令。

苏达夫：呀！这还了得，番兵们，趁他安营未稳，给他个措手不及，杀他个片甲不留。

（守信对哈利宝）

哈利宝：呔！来者宋将，报上名来。

石守信：番将问我听着，我乃大宋开国将军石守信，番贼何名？

哈利宝：我乃酋长哈利宝，看刀。

石守信：来来来。（杀哈死）番将被我一枪挑于马下。众将官，杀。

（赫又上）

赫尔熊：宋将少要逞强，看我赫尔熊擒你，看刀。（赫死）

石守信： 众将官。杀。

   （呼上）

呼延赞： 石将军，少歇片时，看我呼延赞杀斩番将。

石守信： 多加小心。

呼延赞： 不劳嘱咐。

   （赤必立上）

赤必立： 宋将伤我两员大将，看我擒你！

呼延赞： 来来来，（杀赤死）番将废命，众将官，杀。（下）

   （呼对马）

马尔山： 呔，宋将伤我三员大将，报名上来。

呼延赞： 你爷爷呼延赞，番将何名？

马尔山： 你老爷马尔山，看枪，来。（杀马死，下）

卒： （内报）报都督得知，四位酋长，俱各阵亡。

苏达夫： 哎呀，这还了得，带马过来。

   （苏上，对呼）

呼延赞： 番贼何名？

苏达夫： 宋将要问，听了。

   （唱）心大怒，晃钢叉。

     大骂宋将，真把野撒。

     伤我四员将，真正气死咱。

     都督哪个不晓？闻名北国不假。

     苏达夫就是我，报上名来好祭叉。

呼延赞：（唱）哈哈笑，把话发。

     无名小辈，你把口夸。

     爷爷呼延赞，威名震中华。

     铁鞭王爷是我，闻我这名吓傻。

     小小番将何本领？献关投降免的杀。

苏达夫：（唱）大声喊，天震塌。

     好个宋将，该剐该杀。

     伤我四员将，是你本领佳。

今日把我遇见，试试本都钢叉。

说罢狠狠往下刺，二马盘旋响乒乓。

呼延赞：（唱）用枪架，怒气发。

来回几趟，暗自惊讶。

番将杀法勇，居然名不弱。

大战五十余趟，好像地动天塌。

呼爷败中要取胜，（下，又上）马尾钢鞭手中拿。

（白）你看番将力大叉沉，等他赶来，用鞭打他才是。

苏达夫：哪里走？

呼延赞：看打。

苏达夫：哎呀。（死）

呼延赞：你看番贼被我打死，众将官，杀。

卒： 报呼爷得知，番兵大败回城，城上乱箭齐发，不能前进。

呼延赞：这等，打得胜鼓回营收兵。

（出番旦，武装，青面）

万花夫人：（诗）生就奇行异相，青面红发獠牙。

三尖两刃丈八，卷毛战马长跨。

（白）我乃万花夫人，自幼聘与苏达夫为配。老爷镇守此关，有万夫不当之勇，我夫妻同心合意扶保郎主江山。听说韩都督兵围五台山，兵败回国，恐怕宋兵临境，老爷升帐，操兵演将去咧。宋兵不来便罢，他若来时，叫他知道我的厉害。

卒： 报夫人得知，可不好了。

万花夫人：有何不好？报来。

卒： 听报。

（唱）报子战兢兢，连把夫人叫。

宋兵来攻城，人欢马又叫。

都督带领兵，出城放大炮。

头阵就败了，四将脑袋掉。

都督气不平，他与宋将闹。

宋将使计策，都督不知道。

枪里又加鞭，都督冒了泡。
脑子崩出来，吧嗒马上掉。
宋兵要攻城，乱箭往下落。
抢来都督尸，宋兵归旧道。
夫人快想法，怎样挡住道。

万花夫人：（唱）闻听报子言，不由魂吓掉。
吩咐快抬尸，番兵齐喊号。
抬尸放流平，夫人直声叫。
（白）呀！老爷怎么样了，可不痛死人也。（倒）

卒： 夫人醒来，夫人醒来。

万花夫人： 哎呀！
（唱）人不数尽难以死，半晌还阳战打撒。

卒： （白）夫人醒来，夫人醒来。

万花夫人：（唱）哭声老爷死得苦，一旦之间染黄沙。
奴无儿来又无女，这可把奴活气杀。
哎呀！好个万恶贼宋将，咱俩哪世做冤家。
丈夫之仇要不报，枉称英勇女娇娃。
倒要试试宋朝将，怎样一个厉害茬。
吩咐外厢快带马，急忙披挂咬住牙。
怒气冲冲往外走，

卒： （白）来来来，大家把老爷装殓起来。（抬下）
（万花上）

万花夫人：（唱）上马出城把鞭加。
疆场一上来要阵，报事儿郎听根芽，
快叫那个黑老将，出马受死把皮扒。

宋兵：（白）候着，
（唱）军卒急忙报一遍。

呼延赞：（唱）呼爷延赞火性发，提枪上马直对面。
（万花对）
（白）来者番奴，报名受死。

万花夫人： 你夫人万花公主，昨日伤我夫主，可是你吗？

呼延赞： 然也。

万花夫人： 好，不要走，看刀，来来来。（万花败）看这将真乃骁勇，等他赶来，用飞石打他便了。

呼延赞： 哪里走？

万花夫人： 看打！

呼延赞： 呀！不好！

万花夫人： 宋将被石打得大败而逃，番兵们，杀！

（赵对万花）宋将报名上来。

赵不肖： 我乃宋营教练赵不肖，你用什么暗器，打败我国上将，看枪！

万花夫人： 来来来。

（杀万花败）等他赶来用毒药钉打他便了。

赵不肖： 哪里走？

万花夫人： 看打。

赵不肖： 呀！不好！（死）

万花夫人： 宋将已死，攻杀！

万花夫人： 番兵们，杀！

（石对万花）宋将何名？

石守信： 我乃宋朝天子驾下称臣，官拜前部先锋石守信。番婆何名？

万花夫人： 我乃万花公主，可恨宋将伤我夫主，其情可恼，不要走，看刀！

石守信： 住口，番婆你休发狠言大话，爷爷教训与你。

（唱）枪一指，把话发。

番婆坐稳，细听根芽。

可恨你国主，无故动征杀。

扰乱大宋边界，恶心要犯中华。

惹恼我主心大怒，要把你等一起杀。

万花夫人： （唱）微微笑，把话发。

我当怎么，这样凶煞。

伤我四员将，又把夫主杀。

太也心毒意狠，奶奶不是善茬。

　　　　　　　要不把你全军灭，誓不罢休转邦家。

石守信：（唱）一声喊，马一撒。

　　　　　　来回几趟，暗自惊讶。

　　　　　　番婆刀马勇，进退更灵活。

　　　　　　刀沉气壮力大，真乃名不虚发。

　　　　　　狠狠拧枪刺下去，被她挡过难胜她。

万花夫人：（唱）宋将勇，好枪法，

　　　　　　战他不过，要想方法。

　　　　　　不可再交战，（下，又上）暗器把他拿。

　　　　　　五神爪抓在手，单手又把刀压。

　　　　　　照着宋将撒出去，

石守信：（唱）石爷一见甚惊讶。

　　　　　　拔宝剑，响哗啦。

　　　　　　对准锁链，只听咔嚓，

　　　　　　爪绳砍两段，飞爪掉地下。

　　　　　　大叫番婆休走，看你还有何法？

万花夫人：（唱）万花一见说不好，宋将果然眼尖利。

　　　　　　伸手忙把毒钉取，

　　　　　（白）好个宋将破了我的神爪，叫人气恨难消，不免用毒药钉打他才是。

石守信：番婆打来毒药钉，伸手接住。番婆发来毒药钉，还上打你。

万花夫人：呀，不好。

石守信：番婆败走，紧闭城门，众将官，打得胜鼓，收兵回营，不得有误。

万花夫人：（内白）番兵们，紧闭城门，多加火炮，保护城门。

　　　　　（唱）披头散发上大帐，怔了一会打声哎。

　　　　　　气得浑身出躁汗，疼得叫人哼又哎。

　　　　　　又哭一声我夫主，说不出话来泪满腮。

　　　　　　指望与你把仇报，仗着刀马把宋将战。

　　　　　　头阵打败呼延赞，第二阵几个宋将丧尸骸。

　　　　　　三阵来了石守信，果然英雄是将才。

>
> 我用毒钉把他打，被他接住回里摔。
> 未加防备着了中，败进城来无安排。
> 我的大仇不能报，累得我浑身无力泪下来。
> 这可叫我怎么好，哎，只见着伤痛难挨。
> 只怕我命要难保，夫主哇，我同你一起去赴望乡台。
> 眼望北国呼郎主，我夫妻一命呜呼赴泉台。
> 再不能北国逞英勇，再不能临阵把将怀。
> 哎呀，疼痛难忍伤崩裂，身子无主往后栽。（死）

侍　女：（白）坏了，

（唱）随营侍女心无主，一起近前扶起来。

（白）你看夫人已死，城中无主，只得与老爷尸首，埋在一起。宋兵并未困城，今夜三更天晓，与大家出城逃走，投奔昊天关那里便了。

（石守信出，升帐）

石守信：（诗）足智多谋枪马能，文武双全破番兵。

（白）俺石守信，昨日一阵连伤二将，呼老将军重伤，番贼十分厉害，我二人大战八十回合，不分胜败，番婆甩来飞爪被我砍断爪绳，飞爪落地，又打来毒钉，被我接住打回，番婆中钉，大败而回，闭了关内，两下收兵，今日定与她见个高低上下。

卒：　　报将爷得知，小人探得明白，城内番兵，连夜逃走，番女已死，城无主将。百姓开放城门投降，乞令定夺。

石守信：这等，人马不可突然而入，派精细兵丁进城搜检，若是真情，急急回报。

卒：　　是。（下，又上）报将官得知，番兵逃走，百姓投降，乃是真情。

石守信：好，请呼老将军带队入城歇兵，命军校急急报入大堂，奏知万岁与元帅，请大兵以入关城。

卒：　　得令。

石守信：（诗）一阵关城破，歇兵往外征。

（仁美升帐，众将站）

众　将：（诗）旌旗映日月，号炮震山川。

上阵全凭武，马到灭狼烟。

张光远：（白）张光远。
罗延威：罗延威。
郑　印：郑印。
高君保：高君保。
合　　：元帅升帐，在此伺候。
潘仁美：（诗）大权在手掌生杀，万人之上一人下。
　　　　　　将令一出山摇动，赫赫威威保宋家。
　　　　（白）本帅潘仁美，方才圣上传下旨，呼延赞、石守信取了盖天关，天子大悦，令我起兵北征，呼石二人有功，今日只得北进，手拔令箭，往下便叫郑印、高君保听令。今有呼延赞、石守信，取了盖天关，大获全胜，你二人带领本部人马换回石、呼二将歇兵，你二人取昊天关，不得有误。
郑印、高君保：得令。
潘仁美：众将官，炮响起兵，一奔盖天关。请驾起来盖天关驻扎，不得有误。
　　　　（唱）将令传出下大帐，伺候圣驾不敢停。（下）。
众　臣：（唱）文武百官不怠慢，各跨征驹上走龙。
天　子：（唱）天子上了逍遥马，
众　臣：（唱）保驾官员前后行。
　　　　　　三声大炮惊天地，忙了儿郎马步兵。
　　　　　　真乃人如下山虎，马如蛟龙一般同。
　　　　　　人马滔滔如流水，饥餐歇饮往前行。
　　　　　　这日到了番城外，
呼延赞、石守信：（唱）呼石二人忙欢迎。
　　　　　　侍立两旁接圣驾，
天　子：（唱）天子马上笑盈盈。
　　　　　　卿家英勇真无比，取城不费几日功。
　　　　　　快些一齐入城内，摆宴好与卿庆功。
呼延赞、石守信：（唱）二人遵旨把恩谢，头前引路进关城。
　　　　　　不言宋兵把功庆，
番　兵：（唱）再说北国残败兵。
　　　　　　不分昼夜逃性命，去奔昊天一座城。

　　　　　　　压下番兵且不表，
番　　将：（唱）再表番将把帐升。
　　　　　（摆场，众将站）
众　　人：（诗）忽尔豪雄来伺候，耶律赤兔进帐中。
　　　　　　　又来小将苏黑塔，伺候爹爹把帐升。
苏达尔：（坐帐）（唱）苏达尔上了中军帐。
　　　　　（诗）威震一方志气高，强兵猛将压宋朝。
　　　　　　　全凭手中混铁槊，远近闻名魂胆消。
　　　　　（白）本都督昊天关大都督苏达尔，镇守昊天关，所生一儿一女，儿名苏黑塔，女名锦平，夫人赫连英，俱各武艺高强。夫人与女儿俱有暗器，夫人一十二口飞镖，百发百中，女儿有一飞爪，百步能取敌人下马。我儿苏黑塔，力大无穷，手使一对铜人，重有一百八十余斤，又使百步穿杨箭。本都督依仗他们冲锋打仗，真是百战百胜。大哥苏达天镇守岐沟关，三弟镇守盖天关，我父苏天豹在狼主驾前为臣，我弟兄在外镇守。皆因宋天子五台山降香，韩都督困山失机，回转幽州，大料宋兵绕不过这三座关口，等他来时，杀他个片甲不归，方显本都督厉害。
卒：　　　报都督得知。
苏达尔：何事？
卒：　　　今有盖天关败兵来投。
苏达尔：呀，盖天关败兵来报，必有不祥，叫他进来问话。
卒：　　　都督有令，令你二人觐见问话。
二　番：来了，都督在上，小人叩头。
苏达尔：你二人为何来此？莫非是盖天关有失不成？
二　番：都督呀，报。
　　　　　（唱）二人忙叩头，口中说事坏。
　　　　　　　都督请听明，听我说明白。
　　　　　　　宋朝发大兵，前哨到关外。
　　　　　　　前部一先锋，十分真厉害。
　　　　　　　都督把马出，领兵去挡塞。
　　　　　　　头阵失了机，却被宋将害。

　　　　众将一起忙，都督气个坏。
　　　　上阵去挡他，杀有半天外。
　　　　宋朝一将官，长得真古怪。
　　　　手使丈八枪，他会假装败。
　　　　暗抽马尾鞭，咔嚓可就坏。
　　　　都督中了鞭，打中天灵盖。
　　　　脑袋开了花，没了魂与魄。
　　　　奶奶去报仇，立刻到城外。
　　　　大战宋将兵，飞石打得快。
　　　　宋兵着了伤，奶奶把营踏。
　　　　连杀二将官，眼看营盘坏。
　　　　又出一将官，没有四旬外。
　　　　威风杀气高，枪急马又快。
　　　　大战百十合，奶奶要使坏。
　　　　五爪神挠手，也被人家坏。
　　　　又打毒药钉，宋将真不赖。
　　　　伸手接住了，能耐不能耐？
　　　　反又打回来，中了我奶奶。
　　　　大败转回城，疼得脚乱踏。
　　　　毒气扫心中，一命归阴界。
　　　　城中无将官，逃跑出无奈。
　　　　特来见都督，可是怎分派？

苏达尔：（白）起来。

卒：　　得令。

苏达尔：（唱）闻听气不平，心中不自在。

　　　　（白）好个宋将，真乃撒野，杀弟之仇，我定要报，不报此仇，誓不为人！

卒：　　报都督得知，宋将前来要阵。

苏达尔：再探，番兵们，看我的混铁槊伺候。

忽尔豪熊、耶律赤兔：都督万安，割鸡焉用牛刀？我二人出马，生擒宋将献于

　　　　　　帐下。

苏达尔：二将要去，可要多加小心。

忽尔豪熊、耶律赤兔：不劳嘱咐，番兵们，马来。

苏达尔：你看二位酋长出马去了，小番在城头擂鼓助威。

　　　　（上，熊对郑）

忽尔豪熊：小小宋将报名上来，你老爷刀下不死无名之辈。

郑　印：番贼要问，听着，我乃汝南王郑印，你叫何名？

忽尔豪熊：老爷忽尔豪熊，知我厉害，早早献头。

郑　印：胡说，看枪，来！（熊死）番贼已死，众将，杀！

　　　　（兔上，）

耶律赤兔：慢走，我来擒你。

郑　印：番将报名。

耶律赤兔：哈哈哈，原来是小小顽童也来上阵，你祖宗耶律赤兔，看你乳牙未退，胎毛未干，前来出丑，回去免伤性命。

郑　印：胡说，看枪。（兔死）番兵被我一枪挑于马下，众将官杀。

苏达尔：呀！宋将真乃骁勇，连杀两员酋长。苏黑塔听命，带兵出城擒拿宋将。

苏黑塔：得令。（君保对塔）好个宋将，伤我大将可恼，报名上来。

高君保：你爷爷高君保，番贼何名？

苏黑塔：我苏黑塔，知我厉害，快快下马受绑。

高君保：番贼少发狠言大话，看枪！

苏黑塔：小小宋将，你是不知都爷的厉害哟。

　　　（唱）哈哈笑，把话学。

　　　　　　小小幼儿，敢把身包。

　　　　　　少爷无敌将，钢叉双手挠。

　　　　　　常打上将落马，你还未退乳毛。

　　　　　　不该兴兵犯交界，杀尽尔等不费劳。

高君保：（唱）丑番贼，少发刁，

　　　　　　少爷年幼，本领强高。

　　　　　　小银枪一杆，叫你赴阴曹。

　　　　　　说着心中起火，拧动梨花一条。

　　　　　　枪急马快杀一处，二马交加喊声高。
苏黑塔：（唱）这宋将，不草包，
　　　　　　力气不够，枪法奇妙。
　　　　　　门路人难测，饶过将门学。
　　　　　　枪马手疾眼快，钢叉将腰架着。
　　　　　　幸亏我的力量大，
高君保：（唱）这番将，是英豪，
　　　　　　钢叉太重，向我来交。
　　　　　　见他怪门路，躲闪才为高。
　　　　　　要是硬把他碰，震得两膀发焦。
　　　　　　大战足有百十趟，不分谁低与谁高。
苏黑塔：（唱）来将勇，真雄枭。
　　　　　　力战难胜，另想良谋。
　　　　　　百步穿杨箭，取他命一条。
　　　　　　说罢跳出圈外，（下，又上）伸手弓箭来掏。
　　　　　　照着宋将发出去，
高君保：（唱）君保眼快一弯腰。
　　　　　　箭躲过，差分毫。
　　　　　　心中大怒，大骂番毛。
　　　　　　不该暗算我，不算本领高。
　　　　　　少爷英雄好汉，不能暗使阴谋。
　　　　　　急忙取出镖一口，假意大喊说看镖。
苏黑塔：（唱）苏黑塔，用目梢。
　　　　　　才要躲闪，并没有镖。
　　　　　　他是说假话，故意使巧招。
　　　　　　大胆并无防备，急急追赶不饶。
高君保：（唱）君保这才打出去。
苏黑塔：（白）哎呀，不好。
　　　　（唱）未加防备中了镖。
　　　　　　不敢交战败回去，

高君保：（唱）君保勒马把话说。

（白）你看番贼中我一镖，打得抱鞍而逃，天色已晚，不必追杀。众将官，打得胜鼓收兵回营，不得有误。

（番闪）

苏达尔：众番兵，将你少爷搀入后帐，用医调治，好好保护城池。哎呀哎呀，可有些不好。

（唱）坐在大帐一声叫，不由叫人暗发愁。
　　　　哎，连打哎声无主意，这场麓战丢了羞。
　　　　粗心大意往前赶，未加防备丢了丑。
　　　　谁知小儿使暗算，诡计多端使计谋。
　　　　未加防备用镖打，此镖厉害兵将愁。
　　　　不防中了镖一口，打得叫人发糊悠。
　　　　宋兵宋将真厉害，杀得我将不敢出头。
　　　　二将出马到疆场，两战三合一命休。
　　　　苏黑塔出马去交战，中镖大败回里游。
　　　　宋兵宋将甚是勇，十分厉害叫人愁。
　　　　何人可把宋将挡？叫人无法暗发愁。
　　　　不住哎声暗叹气，无法可使皱眉头。

（苏达尔妻女上）

苏夫人、苏锦平：（内唱）母女二人房中坐，忽听哎声有人愁。
　　　　想是你父败了阵，你我前去看缘由。
　　　　说声遵命往外走，（上）来在大帐看缘由。
　　　　瞧见老爷多愁闷，走上前来用手凑。
　　　　爹爹这是怎么样，为何长吁气倒抽，
　　　　对我娘俩快快讲，

（白）老爷/爹爹，为何长吁短叹，莫非打了败仗不成？

苏达尔：哎，夫人女儿不知，原是这般如此，二将阵亡，苏黑塔中镖大败，宋将十分厉害，因此愁闷。

苏夫人、苏锦平：老爷/爹爹，何必如此心窄？胜败乃是军家常事，请放宽心，等明天我母女出马会会敌将。

苏达尔：夫人女儿，宋将十分骁勇，不是好惹的。

苏夫人、苏锦平：老爷/爹爹，休长他人威风，灭咱自己志气，明日要不擒拿宋将，誓不回关。

苏达尔：好，全仗夫人、女儿了。

苏夫人：（诗）宋将骁勇叫人愁，不拿宋将不干休。

（白）老爷请。番兵们掩门。

（内打五更）

苏锦平：（内白）小番们闪放关门，杀出城去。（骑马上）

奴苏锦平，奉父帅之命，出马临敌，看看什么样的宋将这等厉害。奴家不服，一怒出马，定擒你宋将。小番们，上前叫阵。

小　番：得令。

苏锦平：守营军校听着，报将进去，叫宋将出来受死。

宋　兵：候着候着，报千岁得知，关外番兵叫阵。

郑　印：这等闪放关门，带马来。

（郑对锦）

苏锦平：来这宋将，可是昨日斩我大将，伤我哥哥就是你么？

郑　印：然也。

苏锦平：敢称"然也"二字，报上名来。

郑　印：你老爷郑印，丫头何名？

苏锦平：你姑娘苏锦平，看刀。

郑　印：慢着慢着，小丫头，别忙，我原有话对你说说。

苏锦平：黑贼有话快讲。

郑　印：听了。

（唱）郑印笑哈哈，听我说一遍。

你国男子多，也有千千万。

为何在城猫，不敢来交战？

打发小丫头，出马真讨厌。

年龄又不多，长得真好看。

来到疆场中，真乃不体面。

倘若被人拿，不由你方便。

     那有多害羞,你可怎么办?

     劝你快回去,另把别人换。

     要是不听说,咱俩干一干。

     郑爷还要说,

苏锦平:(唱)佳人颜色变。

     大骂小宋贼,信口胡扯淡。

     双手托大刀,搂头往下劈。

郑 印:(唱)郑印用鞭迎,二人大交战。

苏锦平:(唱)战了十几合,宋将真不善。

     只得变方法,叫他难逃窜。

     圈马败下来,飞爪手中攥。

  (白)宋将骁勇,等他赶来,用飞爪抓他便了。

郑 印:哪里走?不好。(掉下马)

苏锦平:番兵们绑了。(绑下)番兵们,往上攻杀。

  (君保上)

高君保:呀!不好了,郑千岁被擒,待我杀上前去。

苏锦平:方才擒了一位宋将,那边又来一位直奔我来。哎呀哎呀,我的娘亲呐,好一个俊俏人物哇。

  (唱)勒马擎刀对面看,这个长得真齐全。

     头戴银盔如雪亮,身穿铠甲透光寒。

     坐骑走阵白龙马,丈八银枪两手端。

     左挎弯弓右带箭,鞍鞒挂着打将鞭。

     面如团粉一般样,方面大耳甚威严。

     不亚唐朝罗士信,又赛三国吕奉先。

     好像哪吒三太子,强如宋玉与潘安。

     北国人儿千千万,哪有这样美貌男?

     要和此人成婚配,就是受罪也不嫌。

     可恨两国正征战,奴在北来他在南。

     有心当面提亲事,爹爹后面把阵观。

     无奈勉强催战马,慢慢吞吞刀懒端。

高君保：（白）番女看枪！

苏锦平：你待着吧。小将快些把名报。

高君保：你少爷高君保，

苏锦平：哎，

（唱）他一说我心一忽闪。

才要答言提亲事，真不凑巧说话难。

苏达尔：（唱）苏达尔上前开言语，女儿你且闪一边。

为父擒拿这小将，

苏锦平：咳，

（唱）说声丧气把马圈。

苏达尔：（唱）幼儿报名快受死，

（白）幼儿何名？

高君保：你少爷高君保。

苏达尔：昨日镖伤我儿，可是你么？

高君保：然也。

苏达尔：好个小冤家，看槊打你！

高君保：番将骁勇，等他赶来，走马活擒，对换郑印。

苏达尔：哪里走？（杀）

高君保：是你过来吧。（活捉住）

苏达尔：呀！不好。

高君保：军校们，绑了（绑）

（苏夫人上）

苏夫人：宋将快将我家都督放回，饶你不死。

高君保：番婆，快把我国郑印放回，放你家都督逃生。

苏夫人：不要多言，看刀，

高君保：接枪。

（杀一阵，鸣金）。

苏夫人：宋将住手。

高君保：番婆，莫非惧战不成？

苏夫人：非是惧战，你看城上鸣金。乃是军中号令，非是惧战。

高君保：这是你城上鸣金，非是少爷怕你，明日取你人头。

苏夫人：好个小将，不但本领高强，嘴还是一句不让一句，只得回城，再做道理，搭救都督才是。

（锦平出，坐帐）

苏锦平：奴苏锦平，方才阵上与小将想谈谈婚姻之事，可恨爹爹冲动，又被小将擒去。正要前去相救，母亲心急上阵，与小将动手，我在城头观阵，恐怕我母暗用金镖，万一伤了小将，怪可惜的呀。因此，我鸣金收兵，各自回营，等个机会，我再出马，与那小将面谈。

苏夫人：（内白）小番们，接马。（上）

苏锦平：母亲来了，请转上座。

苏夫人：便座可以。儿啦，为娘正要捉拿宋将，你为何鸣金呢？

苏锦平：母亲，儿想宋将奸滑无比，我哥哥百步穿杨，也未成功，反中他一镖，万一母亲再上了他的当，受了伤，败在他手。况我父又被擒拿，死活不定。倘若激怒宋将，杀了我父，咱母女依靠何人？儿方才想了一计，能救我父回城。

苏夫人：我儿有何妙计，能救你父回？快快说来。

苏锦平：母亲听了。

（唱）我父虽然被擒去，大料宋将不能杀。

苏夫人：（白）你怎见得呢？

苏锦平：（唱）咱城现有他国的将，也是世袭国公家。

乃是汝南王之职，不比我父官职弱。

咱要杀了他国将，我父一定也被杀。

奴家有个两全计，不知母亲可应答。

苏夫人：（白）何为两全之计？快快说来。

苏锦平：（唱）咱们拿了他一个，他们也把爹爹拿。

咱怕我父死在那里，他也怕把他将杀。

不如两国对换将，各人保住各人家。

母亲你老要愿意，立刻差人把话答。

不知说得对不对？

苏夫人：（白）好，女儿高见果不差。

（唱）胜如世上真男子，可称智勇女娇娃。
为娘就把书来写，笔走龙蛇如栽花。
写完用印忙封好，叫声番卒听根芽。
（白）命你把这封书字送进宋营，你可敢去？

卒： 小人敢去。
苏夫人：好，书字在此，快快拿去。
卒： 是，得令。
苏夫人：女儿你看番卒去了，这得等候回音才是。
苏锦平：传去书信上宋营，但愿我父回关城。母亲请。

（完）

第 四 本

【剧情梗概】宋天子御驾亲征。高君保用所擒番将苏达尔和番军交换郑印。苏锦平对高君保暗许芳心，不顾父亲苏达尔反对私自开城。高君保遂攻破昊天关。之后张光远、罗延威二人攻打岐沟关。苏达天父子三人不敌宋将，于是派苏黑豹回国送信。番国军师闫荣设下计谋，命苏家父子诈败，引诱宋天子入幽州城。宋天子中计，番兵将幽州城围得水泄不通。城内无粮，宋将无法突围，无奈之下，宋天子派呼延赞去雄关让杨家父子来营救。

（高君保出，升帐）

高君保：（诗）闷悠悠独坐大帐，好叫人愁上加愁。

   （白）高君保，番贼擒去汝南王郑印不知生死，我擒来番将并未斩首。已差人御营报信，天子必然出兵来助，可恨那个番女十分厉害，此关只怕有些难破了。

（卒上）

卒： 报将爷得知，今有番营差人下书，现在帐外。

高君保：叫他进来。

卒： 是，上前觐见。

番　卒：来了。宋国将军在上，小人叩见。

高君保：你到此何事？

番　卒：前来下表。

高君保：左右呈上来。

卒： 是，请爷过目。

高君保：闪过，待我看来呀。原是走马换将之事。好哇！你且回去，就说看书行事，不可失信。

番　卒：是。

高君保：众将官绑看番将，以待两国交换。

   （唱）盼咐已毕下大帐，营门以外上能行。（上马）

     众将须要加仔细，莫中他的计牢笼。

催马来到番城下,众将快把番将拥。
摆开一字长蛇阵,专等敌人把事行。

(卒上,绑苏达尔)

苏达尔:(唱)番将被绑长吁气,又是欢喜又是惊。
喜得对换能活命,又怕宋将有别情。
番将暗自心害怕,

高君保:(唱)且不言君保等在城。

番　兵:(唱)再表番营升大帐,(摆场,苏夫人升帐)大小番兵不消停。
来了番将苏黑塔,伺候母亲把帐升。
随后来了人一个,刀马无敌苏锦平。
一起上帐来伺候,大帐来了赫连英。

(苏夫人坐)

苏夫人:(唱)今与宋将两对换,换回老爷转关城。
手拿令箭往下叫,叫声黑塔与锦平。
你们上帐齐听令,为娘言语要记清。
你姐弟排队出城外,小心在意要用功。
可要提防敌人计,莫中他人鬼吹灯。
快快绑出小宋将,前呼后拥出关城。

苏黑塔、苏锦平:(白)是,儿们遵命。(下)

苏夫人:(唱)吩咐已毕下大帐。

(二苏又上)

苏黑塔:(唱)炮响三声出了城,苏黑塔当先领军队。
　　　　(白)咄!南朝宋将听真。今日两国换将,乃各得保其身,不必破敌交锋。必须秉公,必要公平,不许巧使暗器。

(高对上)

高君保:君子一言,何用多说?快将我国郑千岁放出来。

苏黑塔:你们也将我国都督放出来。

高君保、苏黑塔:如此两下对换,众将照令而行。

众　将:得令。
　　　　(唱)两军儿郎齐呐喊,各推敌犯出阵来。

|||几个兵卒拥敌将,钢刀不离番将脑袋。
苏黑塔:(唱)黑塔一见双眉皱,看见了绑着爹爹口打咳。
　　　　　　叫声爹爹苦了你,
苏达尔:(唱)番将闻听头不抬。
苏锦平:(唱)锦平押看宋小将,刀押脖子走上来。
郑　印:(唱)郑印大怒高声骂,哪怕把咱脑袋摘?
高君保:(唱)君保出马到对面,抓过郑印回阵来。
苏黑塔:(唱)黑塔也把父亲抢,各回本队喜心怀。
苏锦平:(唱)锦平小姐临军随,手提大刀把阵排。
　　　　　　惦看昨日那小将,心里未把他放开。
　　　　　　父母已经回城去,奴家亲自上阵来。
　　　　　　会会心上穿白将,知心话儿要说开。
　　　　　　你有情来我有意,归顺宋朝两和谐。
　　　　　　暗暗偷把关城献,爹爹不依也是白。
　　　　　　叨叨念念来到了。

　　(白)你看面前就是宋营,待我上前叫阵便了。

(苏达尔上帐,坐)

苏达尔:(唱)回城便是喜,喜中变成忧。

　　(白)孤苏达尔,镇守昊天关,不幸被擒,幸而将我换回营,得了活命。女儿出马会战,我在城头观看,有些异样。等她来时,定要责罚于她。

苏锦平:爹爹在上,孩儿万福。
苏达尔:免。
苏锦平:爹爹为何生气?
苏达尔:住口!好个逆女,你还来问我?
　　　　(唱)哼哼哼!你在疆场说私话,无耻无羞贱花奴。
苏锦平:(唱)孩儿并无私心意,爹爹为何气扑扑?
苏达尔:(唱)你与宋将说什么?为何待了半天功夫?
苏锦平:(唱)问他家乡于何处,叫何名字只一出。
苏达尔:(唱)咱虽观阵离不远,早知你有心外腹。
苏锦平:(唱)既然看出不瞒哄,欲招宋将为丈夫。

苏达尔：（唱）好个丫头无羞耻，背着父母自寻夫。
苏锦平：（唱）男大当婚女大当嫁，早晚也是一回书。
苏达尔：（唱）咱与宋朝是敌国，私通做亲满门遭诛。
苏锦平：（唱）爹爹要依女儿讲，弃了北国把宋扶。
苏达尔：（唱）咱家世袭北国禄，背主反北咱可不。
苏锦平：（唱）你不归顺我归顺，自己做主休管奴。
苏达尔：（唱）丫头你是要逞脸，
苏锦平：（唱）事到其间不得不。
苏达尔：（唱）要想归顺不能够，
苏锦平：（唱）要想管奴熬瞎眼珠。
苏达尔：（唱）咱不是父母是冤孽，
苏锦平：（唱）老子太也心狠毒。
苏达尔：（唱）留你这女家风坏，
苏锦平：（唱）咱坏什么你说出。
苏达尔：（唱）带怒拔剑将你斩，
苏锦平：（唱）咱的宝剑也无眼珠。
苏达尔：（唱）恶狠狠地抡宝剑，
苏锦平：（唱）佳人招架气扑扑。
苏夫人：（唱）夫人上前相解劝，（同苏黑塔上）
苏黑塔：（唱）黑塔相拦把父护。
苏夫人：（唱）老爷不可大动怒，
苏黑塔：（唱）爹爹不要自相诛。
　　　　　硬敌在外未杀退，自己骨肉不可动粗。
苏达尔：唉！
　　　（唱）勉强压气开言道，尚且饶你贱花奴。
　　　　　气扑扑地出房去，
苏夫人：（唱）夫人又把女儿呼。
　　　　　快随为娘去用饭，
苏锦平：（唱）锦平小姐把母呼。
　　　　　孩儿定要投宋将，两家和好杀番奴。

	说罢迈步出房去，

苏夫人：（唱）夫人无法想拦阻。
　　　　　　落得叹气回房去，
苏锦平：（唱）锦平小姐气扑扑。
　　　　　　迈步就把城头上，（上城）
　　　（白）方才与爹爹大闹一场，放进宋将进城，那时城破人亡，我父母也不能不降了。你看城外人马行动，必是高郎兵到攻城。小番们，快些开城。
　　　（苏锦平开城，保君上）
高君保：众将官杀入城去。（喊）
　　　（苏达尔急上）
苏达尔：哎呀！可不好了！城内喊声不止，必是宋兵入城，你看那边女儿来也。
　　　（苏锦平上）
苏锦平：爹爹欲向何往？
苏达尔：前去抵挡宋兵。
苏锦平：实不相瞒，咱已经献了城池，宋兵已入。爹爹，依儿之见，莫如投降乃为正理。
苏达尔：儿，你，你果然归顺宋营，献了关城了？
苏锦平：正是。
苏达尔：好！事到其间，为父不得不然了也，只好投降了吧。
苏锦平：这便才是。
苏达尔：女儿，你看宋将现在哪里？
　　　（苏锦平回头看）（苏达尔打死苏锦平）
苏达尔：逆女被咱打死，我们往上攻杀。
　　　（苏达尔对高杀下）（郑杀塔死，与夫人杀，郑败）（众乱杀一阵）
　　　（苏达尔对夫人）
苏达尔：夫人，我儿哪里去了？
苏夫人：老爷，你这还不知道呢？黑塔已被杀害死了。
苏达尔：哎呀罢了！咱们的儿子哇！（落马）
苏夫人：老爷醒来，老爷醒来。
苏达尔：哼哼哼！罢了，咱们的儿哪！

苏夫人：老爷不要过痛，你看见咱们的女儿无有？
苏达尔：夫人，不要提那小贱人了，原来是她献了关城，放进宋将，被咱一槊打死。
苏夫人：此话可是当真？
苏达尔：焉有撒谎之理？
苏夫人：哎呀，老匹夫，你真心狠无比，杀了亲生女儿，不顾五伦。女儿一死咱活着还有什么意思，莫为早早离你。试试也罢！（碰死）
苏达尔：哎呀，夫人哪！
（番卒上）
番　卒：报都督得知，宋将攻城甚紧。
苏达尔：起过。
番　卒：是。
苏达尔：可叫我苏达尔枉为北国有名上将，如今落得妻死子亡，宋将哪宋将，咱与你不共戴天。小番们，将你夫人少爷小姐尸首埋葬，本督出城迎敌是也。
番卒甲：你看都督去了，这回可真急了，人急都看出来啦。
番卒乙：可不，咳！可叫夫人、小姐与公子都死啦，家人只剩都督一个人，他也不定早晚。
番卒甲：别胡说啦，走吧。
（二人埋尸，下）（苏达尔上，对郑）
郑　印：老儿还不投降，等待何时？
苏达尔：呸，宋将你逼得咱城破家亡。人已死绝，咱今与你拼个死活，看槊打你！
郑　印：来来来。（二人杀下）
（高君保上）
高君保：你看郑印与番将杀在一处，咱不如帮他捉拿番将便了。
（三人对战，苏败，上）
苏达尔：哎呀！可不好了！宋将齐上，料难取胜，大概城池难保了，不免急急逃走，以奔岐沟关，投奔兄长便了。
（保、印上）
高君保：你看番将逃走，众将官攻城。（杀了一阵，众番兵跪）
番　兵：爷爷，饶命吧！我等俱愿投降为正啦！饶了我们吧！

高君保：尔等俱愿为降，城中还有何人？

番　兵：城中并无主将，夫人、小姐、公子俱各阵亡，剩下我们啦。

高君保：好，你们既愿投降，起来。

番　兵：是。

高君保：好！人马由此进城歇兵，捷报御营才是，进城了。

　　　　　（番将升帐，四将站）

众　人：（诗）人如南山虎，马似出水蛟。

　　　　　　　　上阵敌将怕，塞北称英豪。

苏黑彪：（白）俺苏黑彪。

苏黑豹：俺苏黑豹。

图尔拉西：俺图尔拉西。

图尔拉罕：俺图尔拉罕。

合：　都督升帐，在此伺候。

苏达天：（诗）豪气凌云万丈高，威风凛凛透九霄。

　　　　　　　　百万军中常取胜，扶保狼主灭宋朝。

　　　　　（白）俺大都督苏达天，奉狼主旨意，镇守岐沟关。远探报道宋兵打破盖天关，兵到昊天关，那里有我二弟与他夫人儿女把守，料着无妨于事。

番　卒：报都督得知。

苏达天：何事？

番　卒：二都督辕门候令。

苏达天：呀！二弟到来，必有大事。快些有请。

番　卒：是。有请二爷。

苏达尔：（上）来了。哥哥，可不苦死咱弟兄了。

苏达天：二弟为何这般光景，莫非城池有失不成？

苏达尔：哥哥不消问了。

　　　　　（唱）未曾说话先落泪，尊声哥哥苦死咱。

　　　　　　　　自从宋兵到城下，大小战过好几番。

　　　　　　　　不想宋兵实英勇，咱国兵将死得可怜。

　　　　　　　　你侄儿黑塔丧了命，你弟妇自己染黄泉。

　　　　　　　　可恨锦平你侄女，爱上宋将小魁元。

　　　　　　疆场之上把婚定，私自开城里勾外连。
　　　　　　被我一怒将她斩，剩下一人甚孤单。
　　　　　　无奈弃城来哥处，求兄与咱报仇怨。
苏达天：（白）哎呀！可恼哇！可恼哇！可恨！可恨！
　　　（唱）闻听此言心起火，大骂宋将欺负咱。
　　　　　　两家兄弟全失散，要紧只有这座关。
　　　　　　早晚必有一场战，叫声二弟听咱言。
　　　　　　你上幽州见国主，说明其故讲一番。
　　　　　　叫狼主快快操练人共马，为兄堵挡岐沟关。
　　　　　　定与宋将见下上，请狼主助战把兵添。
　　　　　　此城乃是咽喉路，想破此关实在难。
　　　　　　下边用饭急急去，
苏达尔：（白）是。
苏达天：（唱）急忙又把令来传。
　　　　　　大小番官听将令，
众　人：（白）有。
苏达天：（唱）宋兵不久到此关。
　　　　　　料便以逸待劳计，管保胜了宋将官。
　　　　　　不等安营来立寨，一涌齐出战争残。
　　　　　　叫他顾头难顾尾，杀个人仰与马翻。
　　　　　　才要下帐把城上，
（番兵上）
番　兵：（唱）番兵报事跪帐前。
　　　（白）报都督得知，今有宋兵发来无数人马，离此不远，乞令定夺。
苏达天：再探。
番　兵：得令。
苏达天：好个宋将！径自前来。众番兵，闪放营门，抬刀带马，杀出城去，不得有误。
（张、罗马上）
张光远、罗延威：（诗）闻听探子报，叫人气不平。

张光远：（白）俺张光远。

罗延威：俺罗延威。

张光远、罗延威：你我保驾征北，不离圣驾左右。昨有探马报道，前队取了两座关城，立为奇功，你我乃是开国元勋，宋朝大将，焉能死守老营？元帅奏知圣上，带兵攻取岐沟关。呼、石、高、郑四人方才扎下营寨，你我来到城下，去探虚实。

张光远：呀！城内炮响连天，出来一队人马，前面一将好生威风也，罗贤弟与我压阵，我去先斩敌将。

罗延威：多加小心。

张光远：不劳嘱咐。

（杀下，军校擂鼓助威）

（图尔拉西对上张）

图尔拉西：来者报名上来！咱乃大将图尔拉西，来者宋将何名？

张光远：我乃宋天子驾下大臣、你王爷张光远。你乃无名的小辈，快快下马投降，免得费事。

图尔拉西：好个宋将，出口伤人，有何本领？看叉取你。

张光远：来。（杀图死）番将被我一枪刺于马下废命，众将官，往上冲杀。

图尔拉罕：宋将休走！（罕对上张）

张光远：番将报名受死。

图尔拉罕：我乃酋长图尔拉罕。好个宋将，伤了我兄，真正可恼。休走！

张光远：看刀。

图尔拉罕：来。（罕死）

（苏黑彪对上张）

张光远：来者番将报名。

苏黑彪：你少爷苏达天之子苏黑彪。你叫何名？

张光远：你王爷张光远特来拿你。

苏黑彪：老儿不知咱的厉害。你少爷拿你不费吹灰之力。

（唱）苏黑彪，笑哈哈。

老儿大胆，敢来征杀。

我看你年老，都要老掉牙。

　　　　　　竟敢杀我大将，少爷今把你拿。
　　　　　　说着催开座下马，手举钢叉往下叉。
张光远：哎呀！
　　　　（唱）张光远，暗惊讶。
　　　　　　这员番将，本领不弱。
　　　　　　豹头弥环眼，相貌似夜叉。
　　　　　　座下青鬃战马，手使一股钢叉。
　　　　　　叉沉力大真英勇，这得留神防备他。
苏黑彪：（唱）走几趟，暗暗夸。
　　　　　　这员老将，真好杀法。
　　　　　　不怪二将死，果然武艺佳。
　　　　　　枪马手疾眼快，别看难以胜他。
　　　　　　双手使尽平生力，看着老将狠狠叉。
张光远：（唱）张光远，力气弱。
　　　　　　几近无力，强把枪拿。
　　　　　　勉强战几趟，累得汗滴哒。
　　　　　　一圈战马搬走，光远回队且押。
苏黑彪：（唱）大喊一声哪里走？
罗延威：（唱）罗延威援战劫征杀。（对上）
　　　　　　指对面，把话发。
　　　　　　大叫番将，休要赶他。
　　　　　　爷爷在此等，特来把你拿。（二人对杀）
　　　　　　大战三十余趟，番将好使钢叉。
　　　　　　虚刺一枪往下败，
苏黑彪：（白）哪里走！
　　　　（唱）喊叫吆喝如雷发。
罗延威：（白）走线锤，手中拿。
苏黑彪：（唱）哎呀不好！扔了钢叉。
　　　　　　圈马回里跑，
罗延威：（唱）罗爷笑哈哈。

才要攻打关口，
苏黑彪：（唱）黑彪怒气难压。

大刀一摆杀一处，宋将果然本领佳。

只气得，咬钢牙。

战了几趟，虎口发麻。

料想难取胜，勉强是白搭。

不敢恋战败下，（下）

苏达天：（唱）来了达天大叉。（对上）

大叫宋将少逞勇，本督今日把你拿。

罗延威：（唱）怒冲冲，把话发。

喝叫番将，休把野撒。

我今来擒你，要你小心咱。

报上名来再战，然后再把你拿。

苏达天：（白）本督苏达天，你叫何名？

罗延威：（唱）哪有闲功通名姓？一拧战杆如梨花。

苏达天：（唱）声大喝，如天塌。

只看宋将，抡动钢叉。

英雄遇好汉，各个把艺展。

老儿真乃勇战，果然本领不弱。

便尽平生练的艺，大战多时难胜他。

罗延威：（唱）战多合，主意拿。

这得另想，巧妙方法。

勒马出圈外，钢鞭手中拿。

眼看番将赶上，用力回身一砸。

苏达天：（白）不好！

（唱）抱鞍吐血逃了命，

罗延威：（唱）喝令众将齐攻杀。

（白）番贼抱鞍而逃，众将官攻城。杀杀杀！

苏达天：（内白）番兵们多加防备，护守城池，将马带过了。

（上帐，二子立）

苏达天：（白）一场好杀，一场好战，宋将把我一鞭好打。哎呀！险哪！
　　　　（硬唱）上了大帐眼望天，跺足捶胸心急躁。
　　　　　　　　本督自从守此关，远近闻名都知道。
　　　　　　　　今日来的宋将官，枪马无敌本领傲。
　　　　　　　　头阵就出将二员，二子俱各溜字号。
　　　　　　　　本督一见气炸肝，马到疆场分强弱。
　　　　　　　　大战足有百十合，胜败难分强与弱。
　　　　　　　　宋将诈败我不知，枪里夹鞭打得妙。
　　　　　　　　一眼不着中在肩，吸呼尽往马下掉。
　　　　　　　　抱鞍吐血败回城，急得热汗往外冒。
　　　　　　　　何不写表求救兵？狼主必派能将到。
　　　　　　　　此城本是路咽喉，乃是幽州重关要。
　　　　　　　　想罢提笔写表文，写完表章装封套。
　　　　　　　　手拿令箭便开言，叫声我儿苏黑豹。
　　　　　　　　这道表文下幽州，上马出城急赶到。
苏黑豹：（白）得令。（下）
苏达天：（唱）眼望番兵又开言，紧守城池方为妙。
　　　　（白）番兵们严加防守，小心巡营。哎呀！险哪！
　　　　（番王升帐，九将站）
众　　：（诗）赫赫威风透九霄，杀气腾腾万丈高。
　　　　　　　忠心赤胆扶狼主，一心要想灭宋朝。
闫　荣：（白）俺军师闫荣。
耶律德地：俺二王耶律德地。
韩　昌：俺大都督驸马韩昌。
苏天豹：俺扶国都督苏天豹。
萧天佐：俺保国都督萧天佐。
萧天佑：俺定国都督萧天佑。
萧金克郎木：俺萧金克郎木。
耶律布齐：俺耶律布齐。
耶律布底：俺耶律布底。

合： 狼主升坐，小心伺候。

天番王：（诗）雄心不退用计谋，一心要把大宋夺。

累次进兵战败回，损将折兵锐气挫。

（白）孤，天番王耶律也先，自从萧都督回国，五台山兵败，韩都督回幽州，诸日操演人马。昨日有昊天关苏达尔回国说，大宋天子出兵北征，破了盖天关，苏家夫妻阵亡，又破昊天关。宋兵不久必到岐沟关，那里是要紧之路，我料苏达天父子把守，大料宋兵插翅也难进。

番　卒：报千岁得知，外面有岐沟关差人下书，请主定夺。

天番王：将表呈上，命下表人馆驿歇息，等候旨意。

番　卒：是。

天番王：不知表内是何军情，待孤拆开看来。

（唱）拆开表文从头看，字字句句用目观。

上写微臣顿首拜，拜上狼主御驾前。

宋主发兵我主晓，一连破了两座关。

目下大兵临城下，兵丁死了有若干。

微臣二子败了阵，一怒我出马到面前。

大战疆场难取胜，中了宋将一钢鞭。

抱鞍吐血回关内，灰瓶火炮防守严。

宋将昼夜攻关口，城破就在早晚间。

我主极速出人马，解救危难莫迟延。

此关乃是重要地，城破就到幽州关。

表不多言是如此。呀！观罢不由吓一蹿。

眼望帐下呼众位，表上如此是这般。

众卿有何良谋计？堵挡宋兵孤心安。

闫　荣：（白）千岁。

（唱）闫荣上殿呼千岁，狼主不要过愁烦。

哪怕宋朝兵百万，不放山人我心间。

常言逢强要智取，国弱生事勿出言。

将在谋略不在勇，兵精何用几万千？

今夜差人急回转，晓谕那苏都督弃了岐沟关。

且战且退败回走，人马撤回幽州关。
宋兵必然随后赶，引他到此设连环。
这里四面埋伏妥，咱君臣退出幽州关。
宋天子引入幽州地，四面八方把守严。
把他人马活饿死，叫宋主献了降书放他还。
不知此计妙不妙，我主自己细详参。

天番王：（白）好！

（唱）连连点头说妙计。

（白）好！军师，此计如神，依计而行。孤将令赐予军师，替孤排兵布阵。

闫　荣：微臣岂敢担此重任？

天番王：军师不要过谦，请转正位拜印来。

闫　荣：微臣遵旨。（闫拜阶坐，番王后坐）众位都督，诸位酋长，我今奉狼主委托，执掌大权，众位可愿听令？

合：　　我等俱愿听从将令。

闫　荣：好！今有宋天子御驾亲征，破了两座关口。目下岐沟关告急，苏都督求救。咱国萧都督，自从雄关失败，损兵折将，锐气已失。五台山上战功未成，宋朝更自猖狂，以为咱国无人抵挡，不久兵临城下，来至城外更难挡。我今趁宋兵全胜之时，他必主傲，骄傲者必败！各为其主，各为立功。我今日挖下深坑擒虎豹，安排香饵钓金鳌。此计叫宋天子君臣束手投降，全仗众位努力。上为国安邦立业，下为庶民共享太平。一阵扫平大宋，我国为尊。胜败在此一举，站东列西，听我分派。

天番王：（唱）坐上开言呼列位，站东列西听分明。
养兵千日一朝用，大家努力杀宋兵。
将在谋而不在勇，兵不在多将要精。
咱国大兵也不少，为何屡败不胜赌不赢？
一怨将帅少谋略，二怨都是兵力松。
今日我设牢笼计，全仗众位显其能。

众：　　（白）我等愿听将令！

闫　荣：好！

　　　　　（唱）手拔令箭往下叫，苏黑豹上帐把令听。
　　　　　　　　你今回转岐沟去，叫你父如此这般秘密行。
　　　　　　　　弃了岐沟关奔此处，故作惊慌心怕惊。
　　　　　　　　且战且走将他引，把宋兵引到此关算头功。
苏黑豹：（白）得令。
闫　荣：又尊狼主千千岁。
天番王：军师有何调遣？
闫　荣：（唱）千岁带领三万兵。
　　　　　　　　幽州西北五十里，一并家眷那里行。
　　　　　　　　粮草搬运那边去，以免这里作费用。
　　　　　　　　安排妥当急回转，北门以外听令行。
天番王：（白）是。
闫　荣：伸手又来拔令箭。先收拾精重之物，一并家眷安置妥当，方为万全，再布置伏兵便了。
　　　　　（唱）闫老道，把令行。
　　　　　　　　叫声众将，留神听。
　　　　　　　　宋将发兵到此地，活该咱国成大功。
　　　　　　　　幽州城，非等闲，正好埋伏用机关。
　　　　　　　　宋天子他如把城入，叫他片甲不回还。
　　　　　　　　韩都督，听分派，
韩　昌：（白）在。
闫　荣：（唱）北门把守把四将带。
　　　　　　　　窦必力与窦必海，韩力与韩大赖。
　　　　　　　　带人马，整十万，多备强弓与冷箭。
　　　　　　　　单等宋兵进城，一齐围裹不怠慢。
韩　昌：（白）得令。
闫　荣：（唱）萧天佐，快上帐，西门以外带众将。
　　　　　　　　萧延广与萧延寿，萧克明与萧克亮。
　　　　　　　　十万兵，要齐整，埋伏西门宋将等。
　　　　　　　　单等宋将进了城，努力攻城要奋勇。

萧天佐：（白）得令。

闫　荣：（唱）拨令箭，叫天佑，东门以外把敌诱。
　　　　　　　在东门，埋伏好，人吃战饭马喂饱。
　　　　　　　等候宋兵要进城，一起围裹不能跑。

萧天佑：（白）得令。

闫　荣：（唱）叫都督，苏天豹，把守南门听令号。
　　　　　　　率领十万精壮兵，四员大将都需要。
　　　　　　　苏达禄，苏达非，他是咱国将英魁。
　　　　　　　苏达银与苏达金，南面去把宋将擒。
　　　　　　　捉住宋将拿天子，属于咱国万万春。

苏天豹：（白）得令。

闫　荣：耶律布齐、耶律布底、萧金克郎木听令，你三人各带人马，等候宋兵入城，点起信炮，信炮一响，一起攻城，不得有误。

三　人：得令。

闫　荣：分派已毕，等候擒贼。正是：枉你总有霸王勇，十面埋伏必成功。
　　　　（黑豹马上）

苏黑豹：俺苏黑豹，奉了军师将令，回转岐沟关，诓哄宋将。天色尚早，这将走走。
　　　　（唱）催马紧加鞭，不住急急跑。
　　　　　　　暗夸闫军师，果然机关巧。
　　　　　　　设下计连环，宋兵难以晓。
　　　　　　　命我急回城，对父说明了。
　　　　　　　假战弃关城，去往幽州跑。
　　　　　　　宋兵引入城，再去护粮草。
　　　　　　　天已黄昏时，到了关城了。（下，内唱）
　　　　　　　见父说分明，一往说分晓。

苏达天：（唱）苏达天闻言，连说好好好。
　　　　　　　父子三个人，（三人马上）带领众毛袄。
　　　　　　　假称去偷营，暗有机关巧。

宋　军：（唱）不言番营暗准备，再表宋营把众军晓。

　　　　　　　　三通鼓打升大帐，

　　　　　（升帐，张、罗坐）

张光远、罗延威：（唱）将军百战百胜，不久定取关城。

张光远：（白）俺张光远。

罗延威：俺罗延威。

张光远、罗延威：你我奉令攻杀番兵，番兵闭门不出。明日定然四面攻取，若不得了城池，岂不被人耻笑？

　　　　　（卒上）

卒：　　报千岁得知，营外号炮连天，番兵不知多少，前来偷营，乞令定夺。

张光远、罗延威：再探。

卒：　　得令。

张光远、罗延威：好个番贼暗行诡计，偷我营寨，真正可恼。众将官一涌齐出，努力杀贼，不得有误。带马。哈！

　　　　　（豹与远杀，豹败）（达天与罗杀，达天败，上）

苏达天：哎呀不好！宋兵宋将十分厉害，难以抵挡，大料难以取胜，小番们，收兵进城，保护城池。

　　　　（硬唱）故意惊慌把令传，使得浑身出糙汗。

　　　　　　　急急忙忙跑进城，顾不得关城齐逃窜。

　　　　　　　张光远与罗延威，奋勇抢城在前面。

　　　　（杀一阵，番死几名，另跑）

　　　　　　　遇着枪的枪下亡，遇见刀的头两半。

军　民：（唱）城内军民哭啼啼，哭爹喊娘把爷唤。

　　　　　　　关门的关门逃的逃，

苏家父子三人：（唱）父子三人出北面。

　　　　　　　弃了关城往北逃，暗叫宋将中暗算。

宋　军：（唱）宋兵宋将杀进城，仓廒府库查一遍。

　　　　　（摆场，张、罗上，坐）

张光远、罗延威：（唱）张罗上了大帐中，东方大亮太阳现。

　　　　　　　叫声众军听令行，大营报功天子见。

　　　　　（白）众将官，御营去见圣上，报知元帅，就说得了岐沟关，番兵逃走，趁此机会杀奔幽州，要来降书顺表，书信快去。

卒：得令。

张光远、罗延威：众将官，歇息一夜，候圣旨再往北征。

（诗）大兵一到番兵退，不久马到便成功。

（天子出，坐；仁美、王袍、八王站）

天　子：（诗）昊天关中屯大兵，捷报一到往北征。

（白）朕大宋天子赵光义，可喜连战连胜得了两座关口，番兵丧胆。张、罗二位皇兄去攻岐沟关，不知胜败怎样？

太　监：报万岁得知，今有张、罗二位千岁差人下书。

天　子：将书留下，叫下书人馆驿歇息。

太　监：是。（内喊）圣上有旨，下书人馆驿歇息，将书留下。

卒：（内白）是。（上）请圣主观看。

天　子：待朕看来呀。好哇！原来得了关城，番兵逃跑，哦！潘元帅上帐。

潘仁美：万岁。

天　子：元帅，张、罗二卿捷报到来，取了关城，元帅你看可是退兵回国，可是大兵北行呢？

潘仁美：万岁，依臣拙见，番兵屡败，锐气已失，趁此机会，大兵杀奔幽州，平灭北国，易如反掌，不可错了机会。

天　子：好，元帅之言正合朕意，众卿以为如何？

王袍、八王：万岁，依我二人看来，穷寇莫追，欺敌必败。番国失了三座城池，大军都在幽州，应派大将在此镇守。万岁出国已久，正当驾回汴梁，不可久居在外，使军民悬念。

天　子：二位所奏虽然有理，但番兵欺人太甚，趁我军屡战屡胜之际，一举夺取幽州，要来降书顺表，乃为正理。朕意已决，再无更改。潘元帅，吩咐五营四哨将官一齐北伐，不取幽州，誓不收兵，违令者斩。

潘仁美：遵旨。（内白）圣上口旨传下，五营四哨、马步儿郎，一齐杀奔幽州，不得有误。（上）请驾登程。

天　子：元帅，朕今也要骑马催兵，众将官更能努力。

潘仁美：万岁主意不错。

天　子：御林军带马。

御　林　军：遵旨。

天　　子：（唱）天子下了中军帐，

众　　将：（唱）众官员个个不消停。人如南山斑斓虎，

马似北海出水龙。（过一场）

卒：　　（唱）不分昼夜奔塞北，刀枪剑戟密层层。

这日到了岐沟关，探马早已报入城。

张光远、罗延威：（唱）张罗二将接圣驾，（天子、八王、仁美上）圣主马前跪流平。

微臣迎接万岁主，参见八王与元戎。

天　　子：（唱）大宋天子说免礼，朕我也不入关城。

不分昼夜追番将，不破幽州不歇兵。

张光远、罗延威：（唱）二人平身说遵旨，上马前行做先锋。

众　　将：（唱）众将答言说遵旨，各举刀枪抖威风。

大炮撼动天和地，尘土飞空太阳蒙。

杀声震耳往北赶，

天子、潘仁美：（唱）天子仁美后催兵。

苏家父子三人：（唱）番国的父子三人往北跑，故作惊慌胆怕惊。

逃走来到幽州地，

（克郎木马上）

萧金克郎木：（唱）萧金克郎木率领兵。

奉了军师闫荣命，接应苏家父子兵。

瞧见前面飞沙起，原是败兵转回城。

（苏家父子三人对上）

萧金克郎木：（唱）都督父子且闪过，

苏家父子三人：（唱）不用都督细叮咛。

横挂勒马挡去路，

（张、罗上）

萧金克郎木：（唱）今日该我报仇恨。

捉拿你国宋天子，元帅将官上绑绳。

叫你们俱各难逃走，个顶个的脖子平。

以报昔日失城的恨，

张光远、罗延威：（唱）番贼住口少胡言。

（白）番贼不要胡言，报名上来。

萧金克郎木：我乃北国大都督萧金克郎木，你叫何名？

张光远、罗延威：原来还是你这无耻的贼番狗。当日被我国生擒活捉，我主有好生之德，放你回国，指望叫你传说你狼主，各守边界，永不犯境。不想你并无劝说之言，还敢在军前耀武扬威，反讨其死。看枪！

萧金克郎木：看爪。

（杀，张、罗败）（高杀萧败，与苏家父子杀，黑彪死）

高君保：番将已死，众将官一起攻城。

（萧马上）

萧金克郎木：宋兵骁勇，可惜苏黑彪被宋将杀死，此仇难报，这得依军师之言，弃城而逃便了。

卒：报元帅得知，番兵弃城逃跑。

潘仁美：（白）众将官奋勇追杀，大队人马入城，不得有误。

（唱）仁美马上传将令，吩咐人马连进城。

天　子：（唱）大宋天子心大悦，不想一阵成大功。

文武拥护把城进，众将伺候银安殿。

（摆场，文武站，天子上）

天　子：（唱）天子上了银安殿，带笑叫声众爱卿。

今日得了幽州地，番国王子影无踪。

一阵惊破敌人胆，再也不能把宋攻。

都是众卿忠为国，勇猛无敌把贼平。

今日殿上摆酒宴，朕与众卿来庆功。

歇兵三天再北上，不拿番王不回京。

众　臣：（唱）众臣一齐呼万岁，这也是我主洪福众将威名。

正是众官齐喝拜，（炮响）忽听大炮响咕咚。

外面杀声又震耳，莫非番兵来困城？

潘仁美：（唱）仁美才要命人探。

（报子上）

报　子：（唱）报子上殿跪流平。
天　子：（白）有何事？快快说来。
报　子：报万岁得知，大事不好。
天　子：何事报来？
报　子：听报。

　　　　　（唱）报子战兢兢，吓得头出汗。
　　　　　　　　连尊万岁听，祸入天塌陷。
　　　　　　　　小人在城头，多远看得见。
　　　　　　　　番兵遍地来，不知多少万。
　　　　　　　　刀枪如麻林，旌旗遮日暗。
　　　　　　　　四面围个严，如同包子馅。
　　　　　　　　连营有数千，埋锅与造饭。
　　　　　　　　番将齐攻城，火炮与火箭。
　　　　　　　　来了几万兵，只叫把城献。
　　　　　　　　只要献降书，免得动征战。
　　　　　　　　不然攻破城，一个难逃窜。
　　　　　　　　我主也难活，众将头颅断。
　　　　　　　　这是一实情，不是我扯淡。

天　子：呀！

　　　　　（唱）天子闻此言，吩咐再去探。

报　子：（白）得令。
天　子：（白）太宗心胆颤。

　　　　　（唱）众将随朕上城一观。

众　人：（白）遵旨。（上城）
天　子：哎呀！中了番贼之计了！

　　　　　（唱）站在城头浑身颤，目瞪口呆眼望天。
　　　　　　　　半晌无言众卿叫，有何好计出此关？
　　　　　　　　后悔不听皇侄话，不该小视这北番。
　　　　　　　　不该欺敌把他赶，误中奸计幽州关。
　　　　　　　　番兵四面把城困，要想出城只怕难。

　　　　　　　就算城池攻不破，日久无粮也是完。
　　　　　　　众将可有何妙计？
众　　臣：（唱）众臣城下便开言。
　　　　　　　我主万岁把心放，我等保驾能万全。
呼延赞：（白）万岁！
　　　　（唱）怒恼老将呼延赞，微臣出城战一番。
郑　　印：（唱）郑印说是我也去，
潘仁美：（唱）仁美急忙把令传。
　　　　（白）众位千岁请愿出城交战，不可大意。听我将令！呼延赞、郑印，你二人带兵去闯东门，杀退番兵算是头功，杀不退番兵，急急退回保守城池，多加小心。
呼延赞、郑印：得令！
潘仁美：张光远、罗延威听令。
张光远、罗延威：在。
潘仁美：你二人带兵去闯南门，照前令行。
张光远、罗延威：得令。
潘仁美：高君保、石守信听令。
高君保、石守信：在。
潘仁美：你二人去闯西门，照前令行。
高君保、石守信：得令。
潘仁美：高怀德、高怀亮听令。
高怀德、高怀亮：在。
潘仁美：你二人去闯北门。
高怀德、高怀亮：得令。
潘仁美：潘龙、潘虎、潘林、潘桂，你弟兄分别把守四门，防备番兵攻城。
潘氏四兄弟：得令。
潘仁美：其余大小将官轮流值日，护守城池。万岁与八王、王丞相暂据番王宫中歇息，听候消息。
天　　子：哎呀！可不吓死朕也！悔死朕也！
　　　　（呼、郑马上）

呼延赞：俺呼延赞。

郑　印：俺郑印。

呼延赞、郑印：你我奉了元帅将令，出城交战，你看番贼人马一望无边，可舍命闯营便了，有理。

番　卒：报都督得知，宋将攻营。

　　　　（土金秀上）

土金秀：这等，番兵们一涌齐出，杀上前去。（呼对上秀）来这老儿可是呼延赞吗？

呼延赞：然也。

土金秀：呼延赞，你君臣中了我国军师之计，要想逃出，比登天还难，还敢大胆出城交战？依我劝你，快快投降，饶你不死，不然叫你死无葬身之地。

呼延赞：住口！土金秀哇！你乃手下败将，还敢夸口，看鞭打你！

　　　　（唱）抡动虎尾鞭，大骂番贼将。
　　　　　　可笑你国王，狗胆真混账。
　　　　　　你等众狐群，敢把孤家挡。
　　　　　　既然生北番，野心总不放。
　　　　　　屡次犯中原，也不自揣量。
　　　　　　今日遇本王，把尔扫平荡。
　　　　　　活摘你的心，一个难容让。
　　　　　　扫平众番贼，看着来打仗。

土金秀：（唱）急忙用叉迎，交手打上仗。
　　　　　　真称老无敌，年老身强壮。
　　　　　　战有几十合，真够我的呛。
　　　　　　再要不逃生，准死疆场上。
　　　　　　把马急转回，虚把叉一晃。
　　　　　　败阵跑如飞，

呼延赞：（白）哪里走！（追下）

土金秀：（唱）忙把营门上。
　　　　　　乱箭一齐发，火炮往外放。

呼延赞：（唱）呼爷着了忙，不敢往上闯。

急急败回城，

郑　　印：（唱）郑印不敢上。（番兵放箭）也就败回来，

石守信、高君保：（唱）又说二员将。（高、石上）

守信高君保，来到疆场上。

石守信：（白）俺石守信。

高君保：俺高君保。

石守信、高君保：你我奉令闯贼营，出了西门，来到番营以外。呔！番贼听真，你祖宗闯营来也。

番　　卒：报都督得知，宋将前来闯营。

萧克明、萧克亮：这等小番们，抬刀带马，杀上前去。（克明、克亮对高、石）来这宋将报名上来。

高君保、石守信：番贼听，你千岁石守信，你少爷高君保，番贼何名？

萧克明、萧克亮：我乃北国萧克明、萧克亮。你二人吃了熊心豹胆不成？你看我国兵山将海一般，还来交战？依我劝，你快快投降，免得费事。

高君保：满口胡说。看枪！

（杀，克明、克亮败，上）

萧克明、萧克亮：宋将厉害，番兵们一拥齐上，捉拿宋将。

众番兵：得令。

（乱杀一阵，石、高败，上）

高君保、石守信：哎呀，可不好了！番兵以多为胜，不能力敌，这得回城再做定夺，有理！

萧克明、萧克亮：宋将回城，番兵们把守阵也，多加小心。

（番将上，部下拿锤）

韩大赖：我韩大赖奉都督之命把守北门外的营盘，城内炮声连天，必有宋将闯营，小番们杀上前去。（上高怀德对赖）好个不知死活的宋将，报上名来受死。

高怀德：你王爷高怀德，番将何名？

韩大赖：我乃韩大赖，我劝你快快投降，免得费事。

高怀德：番贼休得胡言。看枪！

韩大赖：来来来！

（杀，德败，又上）

高怀德： 番将力大锤沉，不免用金镖打他便了。

韩大赖： 哪里走？

高怀德： 看镖！

韩大赖： 呀！不好！

高怀德： 番贼中镖，大败而逃，二弟随我杀贼。

高怀亮： 是。（韩昌对亮）来这番贼，报名上来。

韩　昌： 哈哈哈！宋将你连本督也不认得了？坐稳鞍鞒，听我道来。

（唱）哈哈笑，把口张。

宋将要问，细听其详。

都督天下晓，名字叫韩昌。

扶保北国狼主，要夺宋主家邦。

今日略使小小计，叫你君臣一命亡。

高怀亮：（唱）叫番将，少发狂。

尔等北国，无知犬羊。

兴心要谋反，做得理不当。

今日把我遇见，叫你血染钢枪。

说罢拧抢分心刺，叫你试试谁弱强。

韩　昌：（唱）忙招架，不慌忙。

来回几趟，暗暗惊慌。

宋将枪法好，真乃是栋梁。

幸亏遇见本督，别者准得命亡。

道要小心加仔细，果然无敌好银枪。

钢叉蹦，梨花枪。

棋逢对手，各自着忙。

大战百十趟，不分弱与强。

韩昌故意败走，（下，又上）忙将大锤高扬。

高怀亮：（白）哪里走！

韩　昌：（唱）叫声宋将看锤到，（打死亮）宋将中锤一命亡。

（白）众番兵，杀。（怀德杀韩，败，上）看锤！（韩昌打德死）两员宋将死在无光锤下，众番兵，杀他来兵。

（仁美城上）

潘仁美：哎呀，不好！高家弟兄已死，三面人马失败，不能取胜。军校们，拿我令箭，一支晓谕张光远，一支晓谕罗延威，不必再战，鸣金收兵。

军　校：得令。

（天子出，众臣站）

天　子：（诗）凶抖抖心如芒刺，闷悠悠愁上加愁。

（白）朕大宋天子，悔朕无知，中了奸计，困在幽州，如坐针毡一样。众将出马，俱各败回。高家弟兄丧命，朕十分伤感。粮草已尽，众位有何高见？

（八王、王袍跪）

王袍、八王：依臣想来，别无能将。不如差一员大将，闯出城头奔雄关，调来杨家父子前来救驾。

天　子：爱卿哪！这不是说起笑话来啦？番兵连营数十余里，何人敢闯连营呢？

王袍、八王：万岁，铁鞭王呼延赞英勇无敌，又是福将，万岁何不命他前去？

天　子：罢了！二卿退下。

王袍、八王：万岁。

天　子：呼爱卿近前来，朕有话说。

呼延赞：万岁。

天　子：爱卿，朕有心命你去雄关搬兵，不知你可敢否？

呼延赞：万岁，臣死为国尽忠，哪怕赴汤投火，万死不辞，何言不敢？

天　子：好！爱卿既然愿去，待朕下旨，这是求救旨意，急去雄关，请杨家父子速来救急。

呼延赞：遵旨。

天　子：众爱卿，人不卸甲，马不离鞍，保守城池，不得有误。

众　人：臣等遵旨。

天　子：（诗）旨意雄关去，等候救兵来。

（完）

第 五 本

【剧情梗概】 天子被困幽州,命呼延赞前去雄关搬取救兵,杨继业率领众将前去救驾。七郎单枪匹马闯营,然中了潘仁美父子之计,将东西南北四门杀了个遍,杀得人困马乏,体力不支。就在万分危急时刻,五郎、六郎闻讯赶来营救。天子获救。

(六郎马上)

杨六郎: (诗)奉父命幽州打探,事紧急不敢延迟。

(白)俺杨六郎,父帅因天子兵发塞北,昼夜挂念放心不下,命我匹马单枪打探。前行到岐沟关交界那边,有一高山,待吾登高一望。(上山)呀!不好!番兵无数,旌旗蔽日,连营一望无头无脑,只怕天子被困。我不免在此山林之中,放一放马,略歇片刻,前去闯营便了。

呼延赞: (内白)众将官开放营门,杀出城去。(上)出了城来,豁出性命,闯一闯,呀!番兵闪开,呼祖宗闯营来了。

(硬唱)大喊一声如春雷,祖宗今日把营炸。
　　　　不怕死的来来来,试试祖宗辣不辣。

卒: (唱)一连杀了几十兵卒,番兵大叫心害怕。
　　　　哪里来的杀人精?不防营盘被他炸。
　　　　急忙报与都督知,

苏天豹: (唱)苏天豹闻听把令下。
　　　　吩咐带马快抬刀,急忙提刀把马跨。(上)
　　　　并不交言动争杀,宋将真乃胆子大。
　　　　一人一马闯营盘,快把人头给留下。

呼延赞: (唱)大杀足有二十合,不敢久战心害怕。
　　　　虚打一鞭往外逃,声声直把番将骂。
　　　　敌你不过逃了生,闯出营盘心放下。
　　　　才要下马歇一歇,(内喊)番兵追赶声大杀。
　　　　急急打马催能行,今日只怕难以炸。

(白)你看番兵临近,人困马乏,只怕性命难保。

（唱）心害怕，又着急。

　　　　急急打马，气喘吁吁。

　　　　不住回头看，追兵赶得急。

　　　　着急没有出路，急得汗透征衣。

　　　　这可叫我怎么好，只叫苍天可怎的？

（内喊）前边喊，更着急。

　　　　　后有追兵，前有重敌。

　　　　　一阵心火起，大怒把鞭提。

（对上金）

金里花：（白）老儿不要走，有我金里花在此。

呼延赞：（唱）并不交言答话，举鞭照头顶劈。

　　　　（对杀，呼败，上）

呼延赞：（唱）前后是敌可怎好？遮前挡后汗直滴。

　　　　　只觉着，头发迷，

　　　　　浑身无力，骨软筋疲。

　　　　　看看要落马，

（内喊，六郎上）

杨六郎：呀呔！

　　　　（唱）番贼休要无礼。

　　　　　我杨六郎来也，（大杀番贼）六郎把话提。

　　　　　叔父不要害怕，小侄救你出去。

呼延赞：（唱）呼爷一见心欢喜，两世为人世上居。

杨六郎：（白）叔父受惊了。

呼延赞：六郎侄儿，你怎么知道我在此受困？

杨六郎：叔父不知，原是如此这般。奉命来探圣上北伐动静，我父恐怕天子与众位大臣中番贼之计，命我打探消息，方才到了此地。我在林中休息，忽听人喊马叫战斗之声，登高一望，见有番将围困宋兵，不知是谁，急忙闯营来杀散番兵，才知是叔父被困。

呼延赞：贤侄，我奉圣上旨意，去上雄关搬兵，如今天子被困幽州，里无粮草，外无救兵，所以命我独闯连营搬兵求救。

杨六郎： 呀，原来如此，叔父不可久站，急急回转雄关，见了我父再做定夺。

呼延赞： 有理。

（升帐，七人站）

众　人：（诗）人如猛虎马如龙，侍立帐下抖威风。
　　　　　　刀枪剑戟遮日月，齐心努力镇番兵。

杨大郎：（白）俺杨延平。

杨二郎： 杨延定。

杨三郎： 杨延广。

杨四郎： 杨延辉。

杨五郎： 杨延德。

杨七郎： 杨延嗣。

杨八郎： 杨延顺。

众　人： 父帅升帐，小心伺候。

（帅出）

杨继业：（诗）三通鼓打齐奋勇，令旗摆队列旗门。
　　　　　　排兵将三韬六略，征伐安武侯之心。

（白）本帅雄关总兵杨继业，自五台山回来，天子兴兵北上，叫人放下不下，时常命远探探听消息。听说得了几座关城，番兵退幽州去了。我想北国能人不少，恐怕天子被困，又命六郎去看动静，去了几日并无回音，真叫人放心不下。

（六郎上）

杨六郎： 叔父随我上帐。

呼延赞： 来了。

杨继业： 哦呀，老千岁到来，未去远迎，望乞恕罪。

呼延赞： 好说，不敢，快些接旨。

杨继业： 万岁万岁万万岁。

呼延赞： 听宣读。诏曰：悔朕不明，不听众卿之言，决意兴兵北上，误入幽州，君臣遭困，里无粮草，外无救兵，死守孤城，一夜欠惊。寝不安席，食不甘味。外闯不能，坐而不安。必得栋梁之才，方解此围。兹尔令公杨继业素怀忠心，文武全才，声名素著，中外驰名，必怀孙武，智胜廉颇，素有经邦治事之能、治国安邦之策。父子九人，镇守雄关，实大材小用。今朕臣有累卵之危，正是英雄立功报国之日。特令呼延赞奉旨闯出连营，搬兵去救。旨到之日，卿不分昼夜，急到幽州救驾，施展神武之威、平生之力，杀退番兵，朕回朝重加升赏，官复原职。钦此。卿等望诏谢恩。

杨继业：万岁万岁万万岁。人来，将旨意供奉龙亭，筵宴侍候，老千岁请转上座。

呼延赞：岂敢。

杨继业：老千岁，天子困在孤城，盼救兵如大旱之望云雨，千岁请坐，我立刻派兵。

呼延赞：有理。

（呼坐旁，杨继业正坐）

杨继业：杨七郎听令，你带兵一千，不分昼夜，杀到幽州以安圣上之心。不可仗血气之勇，小心为妙。

杨七郎：得令。

杨继业：延平、延定、延广、延辉听令，你弟兄带领三千人马去闯番营东西南三门，小心在意。

合：得令。

杨继业：五郎、六郎听令，你弟兄带兵一千去闯北门，奋勇杀敌。

杨五郎、杨六郎：得令。

杨继业：参将宋国臣，守备武兴邦，你二人守城。老千岁，你我为后队，急速星夜出兵。

呼延赞：有理。

杨继业：众将官。人用战饭，马喂饱草，就此起兵，杀奔幽州，不得有误。

杨七郎：（内白）众将官，杀奔幽州。（上）俺七郎杨延嗣，奉父之命，带兵先行。众将官，速速赶路！

（唱）七郎马上传将令，叫声众将听我言。
　　　常言救兵如救火，急急赶路莫迟延。
　　　一天必走两天路，有违令者打一千。
　　　打马如飞一般样，风送残云箭离弦。
　　　过了盖天关一座，霎时又过昊天关。
　　　这日到了岐沟界，

卒：（唱）急急跪倒报一番。

眼前番贼兵营在，数十余里接接连连。

杨七郎：（白）起过。

（唱）七郎又把军校叫，你们在此扎营盘。

不可妄动守营寨，（杀）

卒：（白）七爷哪里去，我们也去。

杨七郎：（唱）你们去白送性命一样般。

我自己匹马单枪将营闯，杀他个人仰与马翻。

休违我令我也去，

卒：（唱）军校吓得不敢言。

只得扎营在此等，

（七郎上）

杨七郎：（唱）七郎马上喊连天。

祖宗闯营快闪路，有拦我的命就完。

（番上）

金里花：（唱）金里花忙来挡，（对）何处幼儿胆包天？

自寻死路休怨我，

（白）来将报上名来，好在叉下废命。

杨七郎：你少爷乃火山王杨滚之孙，老令公杨继业第七子杨延嗣，你叫何名？

金里花：哈哈哈，我乃番王驾下称臣，官拜左酋长之职，我叫金里花。我听说宋朝有个杨七郎，武艺高强，我国兵将人人惧怕，我当是三头六臂七手八脚的天神，原来是个小小幼童，有何本领？看叉。

杨七郎：看枪。（大杀，金死）这厮被我一枪挑于马下，不免闯他的营盘便了。

卒：（内白）报都督得知，今有宋将闯营，金里花废命。

银里花：这还了得，看我的铁槊伺候。

（银对上）

杨七郎：番贼闪路。

银里花：方才杀我兄长，可是你吗？看你二酋长银里花擒你！

杨七郎：来来来。（杀银死）连挑二员番将，剩余败兵逃走，不免杀奔幽州。

（升番帐，四人站）

众　人：（诗）烈烈威名震，豪气透九天。

　　　　　　旌旗映日月，人马惊南蛮。
萧延庆：（白）俺萧延庆。
萧延寿：俺萧延寿。
萧克明：萧克明。
萧克亮：萧克亮。
　　　　都督升帐，小心伺候。
　　　　（萧天佐坐）
萧天佐：（诗）塞北沙漠逞豪强，开疆展土立家邦。
　　　　　　雄心欲吞中原国，困住宋主在幽州。
　　　　（白）我乃北国大都督萧天佐，带领四员番将、十万大兵，围住西门。前者宋兵出城交战，杀得他大败而逃，次后永不敢交战。料那宋天子插翅难飞，等他断草绝粮之日，必献降书顺表。
　　　　（卒上）
卒：　　报都督得知。
萧天佐：启报何事？
卒：　　听报。
　　　　（唱）报报报与都督知道，真是祸事到。
　　　　　　只听人喊马又叫，满营之中，但听杀声震耳连呼啸。
　　　　　　不知哪里来的一员宋将，真凶暴。
　　　　　　身穿乌油铠甲，头戴黑盔，嗷个嗷。
　　　　　　脸似锅底，黑中透亮，大叫一声如霹雷，人魂吓个掉。
　　　　　　坐骑青鬃战马，耳似竹签眼似铜铃，四蹄咆哮咙咙乱叫。
　　　　　　左挎弯弓，右插雕翎，打将鞭十分妙。
　　　　　　手使丈八钢枪，这么粗来又这么长，连刺带挑。
　　　　　　咱国的兵丁，被他挑得半空飘。
　　　　　　一连踏破三座连营，人死不少。
　　　　　　口口声声只说放开道，说是天波府杨令公的七郎到。
　　　　　　不敢不来报。
萧天佐：（白）再探。
卒：　　得令。

萧天佐：哎呀，气死我也，好个大胆的杨七郎，单马闯营。小番们一起围裹，不要放走来将。

（七郎上，连挑二丑，延庆、延寿、克亮俱败）

（天佐上，天佐对七郎）

萧天佐：宋将休得撒野，本都督萧天佐在此。

杨七郎：番贼萧天佐，快些闪路，放我进城，免的出丑。

（唱）枪一指，笑微微。

番贼天佐，细听明白。

七爷人人知，你国全晓得。

奉命前来救驾，杀你片甲不归。

要识时务快闪路，不然难免一命没。

萧天佐：（唱）萧天佐，把话回。

本都早知，你是英魁。

要是知好歹，你快急急回。

守你雄关之地，不然把我国归。

你要执迷不醒悟，叫你尸骨化成灰。

杨七郎：（唱）少胡讲，信口吹。

堂堂中国，将勇兵魁。

番贼心性野，无故惹是非。

我国大兵要到，番贼性命全没。

大兵发到你巢穴，叫你国破家也没。

萧天佐：（唱）冲冲怒，大刀挥。

照顶搂头，战马一催。

大战几十趟，果然是英魁。

累得浑身出汗，还手之力全没。

胸膛刚刚躲过去，左膀铠甲全挑飞。

急忙的，把马回。

吩咐番兵，一起包围。

众番兵：（唱）番兵一起上，战场喊如雷。

大家休放宋将，一定把他拿回。

杨七郎：（唱）七郎奋勇精神长，杀得尸骨积成堆。
众番兵：（唱）叫爹娘，哭又悲。
　　　　　　　直说厉害，四散如飞。
　　　　　　　不言番兵散，
杨七郎：（唱）七郎抖雄威。
　　　　　　　霎时到了城下，只得叫门一回。
　　　（仁美城上）
潘仁美：（白）潘虎，我儿何在？（潘虎上）你看城外杀声震耳，人喊马叫，必是呼延赞搬来杨家救兵。
潘　虎：呀！爹爹，你看金鼓齐住，番兵退远，来了一员将官，直奔城内而来，好像杨七郎。
潘仁美：哼哼哼，果然不错。哼，这个小冤家，你一个人前来救驾，真乃天假其便，对头相遇。我何不借此机会，叫他杀向四门。就算他有霸王之勇，也难把四门番兵杀退。如杀退番兵，也把他活活累死；杀不退番兵，必被番兵所杀，岂不是报了杀子之仇？定是此计。哼，潘虎。你在西门城头之上，如看七郎来到，如此这般，叫他杀上南门。
潘　虎：是。
潘仁美：待老夫去上东南北三门，叫三子照样行事便了。
　　　（七郎上）
杨七郎：城上那位将军听着，快些开城，放我进去，面见天子。
潘　虎：呀，七将军，这城门我是不能开的。
杨七郎：这话怎讲？
潘　虎：将军听了。
　　　　（唱）城上便开言，将军听我讲。
　　　　　　　我非把门军，本是站门岗。
　　　　　　　奉了元帅令，在此来查访。
　　　　　　　番兵困了城，怕是把关抢。
　　　　　　　关系不非轻，我可吃不消。
　　　　　　　不论谁开城，得望元帅讲。
　　　　　　　哪个敢私行，立刻就要绑。

　　　　　　　　问个违军法，脑袋不用长。
　　　　　　　　将军要见关，此处算白讲。
　　　　　　　　元帅在南门，那里把贼防。
　　　　　　　　将军有威名，英雄人敬仰。
　　　　　　　　何不到南门？杀贼无人挡。
杨七郎：（唱）你替我回禀一声。
潘　虎：（唱）不中说不中，并非我撒谎。
　　　　　　　　此地不敢离，怕贼把城抢。
　　　　　　　　不是不开城，将军请原谅。
杨七郎：（唱）七郎闻此言，便把精神长。
　　　　　　　　待我奔南门，说罢枪一晃。
　　　　　　　　圈马奔南门，
潘　虎：（唱）潘虎心放敞。
　　　　　　　　你去命必亡，难逃天罗网。
　　　　　　　　番兵众又多，一人如何挡？
　　　　　　　　心中喜悦哈哈笑。

（白）哈哈哈，你看杨七郎杀奔南门去了，但愿他被番将杀了，才解我心头之恨呢。军校们，一心把守城门，耍懒者定斩不容。杨七郎啊杨七郎，我叫你死在眼前不知晓，以报往日擂台仇。

（升番帐，四人站）

众　人：（诗）辕门外战鼓齐发，众儿郎各抖凶煞。
苏达金：（白）苏达金。
苏达银：苏达银。
苏达非：苏达非。
苏达禄：苏达禄。
合　　：都督升帐小心伺候。

（苏天豹出）

苏天豹：（诗）自幼生来力无穷，搬兵布阵展我能。
　　　　　　　　打仗冲锋常取胜，斩将夺旗立大功。

（白）本都督苏天豹奉令把守南门，围困宋天子，方才报道有一将官，力闯西门，萧天佐大败，叫人放心不下。

（卒上）

卒：　　　报都督得知，宋将由西门来闯南门，众将拦挡不住，乞令定夺。

苏天豹：起来。

卒：　　　是。

苏天豹：哎呀哎呀，这还了得，众番兵一涌齐出，捉拿宋将，不得有误。

（金对七郎）

杨七郎：番贼快快闪路。

苏达金：住口，好个宋将，你是不想活着了，报名上来。

杨七郎：你少爷杨令公之子杨延嗣，番贼知我厉害，快快闪路。

苏达金：我有心闪路，怎奈手中叉不愿叫你过去，你要敌住我钢叉，就叫你过去。

杨七郎：番贼胡言乱道，报上名来，你爷爷枪下不死无名之鬼。

苏达金：我乃大辽国狼主驾下称臣，官拜左哨酋长苏达金，谅你不知我的厉害，本都督拿你如同探囊取物，不费吹灰之力。

（唱）苏达金，笑哈哈。

小小宋将，前来征杀。

乳毛还未退，是个吃奶娃。

敢把此地来闯，我今定把你拿。

说罢催开座下马，恶狠狠地刺一叉。（大杀）

杨七郎：（唱）不由得，暗惊讶。

这个番将，本领不差。

豹头双环眼，猪胆配獠牙。

叉沉力气大无穷，这得小心敌他。

交手也有三十趟，只得巧用别的法。（下，又上）

马尾鞭，手中拿。

说声看打。

苏达金：（白）哎呀！不好！（下）

杨七郎：（唱）番贼败下，又来一番将，接战又争杀。

苏达银：（唱）达银怒冲牛斗，交战二马一撒。

探之不及着了中，哎呀，左膀着伤血滴答。

苏达非：（唱）苏达非，把鞭加。
苏达禄：（唱）番将达禄，气得咬牙。
　　　　　　一齐下了手，喊叫如天塌。（达非、达禄二人上，杀）
杨七郎：（唱）七郎并不惧怕，只见精神又加。
　　　　　　一枪挑死苏达禄，（禄死）
苏达非：（唱）达非一见更惊讶。才要跑，把马撒。
杨七郎：（唱）七郎赶上，伸手一抓。（拿住）
　　　　　　轻轻活捉住，摔在脚底下。
　　　　　　说声叫你去吧，（非死）脑子冒出红花。
　　　　　　疯魔一般把营闯，
　　　（天豹上）
苏天豹：（唱）气得天豹战答撒。
　　　　　　一马当先对了面，
　　　　（白）住了，小小宋将，连伤我几员大将，看都督拿你。
杨七郎：老儿何名？
苏天豹：我北国大都督苏天豹，可恨你们宋将把我苏家父子害得死的死，逃的逃，你都督拿你报仇雪恨，报名上来。
杨七郎：番贼要问，听了。
　　　　（唱）枪一指，便开言。
　　　　　　番贼要问，细听周全。
　　　　　　姓杨名延嗣，令公第七男。
　　　　　　皆因天子被困，求救来到雄关。
　　　　　　我今奉了父帅令，匹马单枪闯营盘。
苏天豹：（唱）暗喝彩，吓一蹿。
　　　　　　原来七郎，来闯营盘。
　　　　　　久闻他父子，枪法是祖传。
　　　　　　化外闻听惧怕，倒要小心一番。
　　　　　　七郎你要听我言，投了我国官加官。
杨七郎：（唱）冲冲怒，气炸肝。
　　　　　　好个番贼，信口胡言。

野心总不退，总想占中原。

祖宗既食君禄，岂肯顺从北番？

拿你碎尸切万断，叫你尸骨化灰烟。

苏天豹：（唱）叫七郎，听周全。

我国狼主，仁义达天。

大兵有百万，战将有千员。

围住宋王天子，一同文武官员。

不久粮尽都饿死，目下国破家也完。

杨七郎：（唱）休胡讲，少闲谈。

撒马过来，看谁占先？

来来来，战有三十趟，番贼力无边。

另把枪法改变，如同一座高山。

苏天豹：呀！

（唱）杀得天豹难招架，累得热汗湿衣衫。

只累得，肩膀酸。

我想逃走，难以出圈。

使尽平生力，实难把手还。

着急手忙脚乱，头迷二目发蓝。

杨七郎：（唱）七郎伸手忙抓住，轻轻挪过刀马鞍。

苏天豹：（唱）哎呀，用力撑，不消闲。

将身一侧，掉在平川。（掉下）

杨七郎：（唱）七郎用枪刺，

苏天豹：（唱）天豹眼力尖。

一闪把枪躲过，险乎中了左肩。

连着个九十八滚，（下）狼狈逃回大营盘。

忙吩咐，众将官，

一起杀上，莫要容宽。

番　将：（唱）番将齐答应，个个把枪端。

一起围裹上去，莫放宋朝将官。

杨七郎：（唱）七郎一见精神长，呐喊震天杀番官。（乱杀一阵）

番　　将：（唱）番兵将，喊声喧。

　　　　　　　　哭爹叫娘，死得可怜。

　　　　　　　　急速逃性命，四散跑又窜。

　　　　　　　　南北营盘全乱，

杨七郎：（唱）七郎一见心欢。

　　　　　　　　勒马横枪到城下，

　　　（白）城上那位将军，快些与元帅说，杨七郎杀退西门南门番将，快些开关。

（潘桂上）

潘　　桂：不见元帅，元帅方才上东门去了。我是国舅潘桂，七将军，你有这武艺连杀退二门番兵，真是霸王重生，何不趁大胜之威胆，杀奔东门？番贼别说交战，一闻将军之名，就望风而逃。

杨七郎：哦，国舅这话正合我意，看我奔东门便了。

潘　　桂：哈哈哈，妙哉妙哉！几句话他就受不了啦，一打马就奔东门去了。东门番将萧天佐，有万夫不当之勇，又有土金秀兄弟四人，俱都武艺高强，准死无生。众将官，小心防守。

（升番帐，四人站）

众　　人：（诗）辕门战鼓响如雷，刀枪剑戟放光辉。

土金秀：（白）俺土金秀。

土金辉：土金辉。

土金羊：土金羊。

土金牛：土金牛。

合　　：都督升帐，小心伺候。

（天佑出）

萧天佑：（诗）牛皮帐中百万兵，奉令把守东门城。

　　　　　　　　全凭韬略胜宋将，定保狼主坐龙墩。

　　　（白）吾乃萧天佑，带兵把守东门，西南二门炮声不断，战鼓如雷，定有宋将闯营。

卒　　：报都督得知，有南门苏天豹，门外候见。

萧天佑：呀，苏都督乃南门守将，为何来到这里？快请。

卒　　：有请苏都督进帐。

苏天豹：（内白）来了。（上）萧元帅，可不苦死人也。
萧天佑：呀，苏都督，为何这般光景？
苏天豹：咳，不消问了，丢丑，讨厌哪，都督。
　　　　（唱）都督提起这事情，令人听之真讨厌。
　　　　　　我在北国多少年，自觉也是称好汉。
　　　　　　不说天下无人敌，百万之中也不善。
　　　　　　不想这回碰南墙，带领兵丁二十万。
　　　　　　宋营来了一将官，匹马单枪营闯乱。
　　　　　　四家酋长把阵临，一阵四人死一半。
　　　　　　达金达银俱受伤，达非达禄一命断。
　　　　　　本都一见气炸肝，恨得肚子气两半。
　　　　　　上马提刀把阵冲，我与宋将大交战。
　　　　　　果然一条好银枪，杀得无力出躁汗。
　　　　　　大刀只有招架功，不防被他单手卷。
　　　　　　走马回捉难逃生，用力使劲袍带断。
　　　　　　咕咚掉在地流平，就地飞滚算逃窜。
　　　　　　吩咐番兵一起围，宋将果然真不善。
　　　　　　杀得番兵叫苦哉，呼爹叫娘把奶唤。
　　　　　　也有着枪一命亡，也有中鞭丢葫芦。
　　　　　　二十万番兵俱逃生，死了也有兵一万。
　　　　　　得便我才逃了生，羞愧来把都督见。
萧天佑：（白）这员小将何名，这样的厉害？
苏天豹：（唱）报名是叫杨七郎，英雄盖世是好汉。
　　　　　　虽然得命逃回来，如今还是心胆战。
　　　　　　都督快些想良谋，他要再来可怎办？
萧天佑：哎呀，
　　　　（唱）萧天佑闻听喊如雷，怪叫气得颜色变。
　　　　　　那个胆大杨七郎，敢把我国来小看？
　　　　　　喝叫番兵与番将，奋勇齐出不怠慢。
　　　　　　才要下帐去对敌，

卒：（唱）报子报事跪当面。

（白）报都督得知，今有宋将匹马单枪闯营而来，众人抵挡不住。

萧天佑：番兵们，一起出去围裹宋将，抬刀带马，杀出营去，不得有误。

（金秀、金辉、金羊、金牛上，与七郎杀，俱败。天佑上，对七郎）

萧天佑：来者可是杨七郎么？

杨七郎：然也。

萧天佑：你有多大本领，连杀败我四员大将，都督今日要不杀你，誓不为人。

杨七郎：你叫何名？

萧天佑：我乃北国大都督萧天佑，知我厉害，下马求饶，免你不死。

杨七郎：哪有这些唠叨？看枪！

萧天佑：来来来。（杀，七郎败，又上）

杨七郎：萧天佑十分骁勇，等他赶来，用虎尾鞭打他便了。

萧天佑：哪里走？

杨七郎：看打！

萧天佑：哎呀！不好。

杨七郎：番贼被我打得抱鞍吐血而回，番兵四散，不免赶奔城下叫关。哼哼哼，一阵四肢无力，腹中饥饿，人困马乏。

（唱）这样杀得我无力气，只觉人困马也乏。
腹中饥饿筋骨软，浑身热汗直滴答。
力杀三门番兵退，伏下身子鞍鞒趴。
那手难端枪一杆，那膀只觉酸又麻。
从来未经这场战，真是地动与天塌。
思想来到城门下，眼望城上把话发。
不知哪位将军在？报与元帅说根芽。
就说七郎杨延嗣，杀退三门要见主家。

潘林：（唱）潘林城上说我在，满面带笑把弓搭。
原来还是将军到，留神听我说根芽。
元帅不在此处了，去上北门把关查。
没有将令城难放，擅开城门立刻杀。
将军既杀三门将，只剩一门还怕啥？

　　　　只要将军使英勇，北门的番将不够你一呼啦。
　　　　将军要你把北门番兵退，何愁不见万岁他？
　　　　那时圣上必欢喜，又为国来又为家。
　　　　现在元帅无将令，哪敢擅放城门叉？
　　　　不知说的对不对，将军要你细详查。
　　（白）将军杀到北门去吧。

杨七郎：说的虽然有理，但我连杀三门，四肢无力，腹中饥饿，由早到晚，现在并未用饭，求将军把战饭与我递下来，我饱食一顿，再上北门。

潘　林：咳，将军说哪里话来？我一个奉令守城的，哪有战饭？二则说困了这些日子，连天子元帅多少日子没吃饱饭，每天的饭都是有数的，谁也吃不饱，哪有饭给你呢？七郎哪，别怪我不给你，实在没有。你紧一紧勒甲带，把肚子鼓一鼓，杀退北门番兵，那时里外一通顺，慢说你吃饭，就是赴宴琼浆玉液不是说来就来的吗？

杨七郎：哼，人虽然能忍，马也无力，将军把草送我战马吃一吃，好上北门闯营。

潘　林：哈哈哈，将军这话更糊涂了吗，人吃不饱，马哪来的草料呢？

杨七郎：哼，这也罢了，你把城中的马换一匹，也助一助我精神得咧。

潘　林：将军，你聪明一世，糊涂一时，城里的马都趴下起不来了，还不如将军你的马呢，还能驮动人了？要是将军不嫌，别说一匹，就是百匹马也不难。真要给你一匹走不动的劣马，上阵就趴旦，不但不给将军助力，反倒把将军坑了。依我说，将军不下马，两省事，岂不是好？

杨七郎：咳，我这人困马乏，可怎么征战？

潘　林：得咧。不用说咧，将军啥是人困马乏，明明是不愿上北门去，我劝将军不要懈劲，听我道来。
　　（唱）将军神勇世上少，力杀三门番将惊。
　　　　就剩北门一处了，将军马到踏土平。
　　　　古来也有闯营者，难道将军没他能？
　　　　唐朝有个罗通将，匹马单枪救主公。
　　　　秦英不满十五岁，在西凉闯过三十六座连营。
　　　　杀一番将割一耳，杀得番将难得生。
　　　　拿着古人比一比，莫非将军不是英雄？

　　　　　　哦，莫非你是怕番将，你怕韩昌胆战惊？
　　　　　　将军你要不敢去，急急回去是正经。
　　　　　　北门不比别门将，个个都是武艺能。
　　　　　　万将难敌韩大力，手使铁棒力大无穷。
　　　　　　窦必立来窦必海，专杀上将脖子平。
　　　　　　还有双锤韩大赖，咱国闻名魂吓崩。
　　　　　　天番王在那里，何人敢闯那贼营？
　　　　　　韩昌前日曾言道，要把大宋一扫平。
　　　　　　元帅提起杨家将，番贼他倒笑连声。
　　　　　　他说是不提杨家还罢了，提起杨家更轻松。
　　　　　　有日要是把他遇，把他父子拿住抽筋扒皮点天灯。
　　　　　　狗子还要往下讲，

杨七郎：（唱）哦呀，七郎马上动无名。
　　　　　　将马一带枪一晃，杀奔北门一溜风。

潘　林：（唱）潘林一见哈哈笑。
　　　　（白）你看杨七郎，连激带哨，一怒杀上北门去了，准死无疑。军校们，小心巡城。

（升番帐，四将站）

众　人：（诗）辕门战鼓一齐发，无敌天下刀马叉。
　　　　　　上阵惊破敌人胆，三军呐喊震天塌。

韩大力：（白）俺韩大力。

韩大赖：韩大赖。

窦必立：窦必立。

窦必海：窦必海。

合：　　都督升帐，在此伺候。

（韩昌、天番王出）。

韩　昌：（诗）精兵猛将困关城，幽州以外把营安。
　　　　　　经过大敌多少次，损兵折将有万千。
　　　　（白）我乃韩昌。

天番王：孤天番王，带兵八十万来困幽州，定叫宋天子纳贡称臣。三门有人冲闯，须得差将救应，又怕城中杀出宋天子逃走，岂不白费兵力？因此未敢排将。

卒：报都督与千岁得知。

天番王：乞报何事？

卒：有一小将，闯三座连营又杀到北门而来。

天番王：起过。

韩　昌：真乃气死人也。韩大力听令，带兵一万把守北边，莫要放走宋将；韩大赖，带兵把守南边，不许放走宋将；窦必力听令，带兵西边把守，不许放走宋将；窦必海听令，带兵把守东边，不可放走宋将。分派已毕，千岁守营，为臣带兵捉拿宋将去也。

天番王：韩昌去了。番兵们，防守大营。

（七郎马上）

杨七郎：杨延嗣一连闯破三座连营，城门未开，好生犯疑。三门都是潘家狗子把守，不放我进城，一定还是记恨前仇。事到此间，讲不起，人困马乏，舍出性命去闯北门。偏要把四门番将杀退，看他开门不开，定是这个主意。呀，你看番将遮天盖地，刀枪如林，好生凶险也。

（硬唱）马上抬头用目观，瞧见番兵齐呐喊。

刀枪剑戟似麻林，盔明甲亮如电闪。

旌旗把日遮无光，晃动钢枪声大喊。

疯魔一般闯进营，（杀番卒败）

韩大力：（唱）番将一见气直眼。

大力从北杀了来，手托大刀往下砍。

杨七郎：（唱）钢枪一架奔前胸，大战一处红了眼。

韩大力：（唱）战了也有三十合，宋将果然真凶险。

杨七郎：（唱）暗暗压下点钢枪，伸手拔出银状铜，着！

韩大力：（唱）躲闪不及中了伤，打中左膀身一闪。

吩咐乱箭一起发，休叫宋将到跟前。（放箭）

杨七郎：（唱）哎呀，乱箭齐发如飞蝗，乱打雕翎马回转。

急急打马往西行，

（窦必力上）

窦必力：（唱）窦必力接杀不容缓。

	并不答言把手交，并不说长与道短。
	交手几合说不中，败将下来叫小番。
	强弓弩箭一起发，（放箭）
杨七郎：	（唱）七郎一见不追赶。
	拨马复又往南行，强拧银枪声呐喊。
	（白）你看番兵乱箭齐发，不能闯出。原来是座阵式，带我去闯南门便了。
	（大赖上）
韩大赖：	俺韩大赖，带兵把守南门。番兵乱喊，宋将闯阵，迎将上去。（对七）
杨七郎：	番将快些闪路，报上名来。
韩大赖：	你都督韩大赖，你叫何名？
杨七郎：	你少爷杨延嗣。
韩大赖：	闯破三门就是你吗？
杨七郎：	然也。
韩大赖：	敢称"然也"二字，看棍打你，来来来。
	（七郎败）
杨七郎：	番贼十分骁勇，可叹我力尽体乏，不能取胜，这得去闯东方便了。
	（必海对七郎）
杨七郎：	番贼闪路。
窦必海：	你叫何名？敢闯我的藩地。
杨七郎：	你少爷杨七郎。你叫何名？
窦必海：	你都督韩昌部下酋长窦必海，奉令把守东门，宋将你就有三头六臂，也难闯出。（又上）宋将骁勇，番兵们放箭。
卒：	嘟，放箭了。
杨七郎：	不好了，箭如雨点一般，只怕难出此阵了。
	（唱）镫中跺足说不好，只怕今日命难活。
	恨我平生性如烈，果然有勇没有谋。
	力杀四门已无力，不该又来动干戈。
	而今入了番贼阵，杀得我两手枪难托。
	又叫哥哥与八弟，你们哪知我受折。
	大料今生难见面，见面除非三更锣。

想到这里气又恨,又骂潘家狗贼窝。

有日少爷把城进,叫你一个也难活。

不免去把韩昌找,

(五郎、六郎马上)

杨五郎、杨六郎:(唱)再把五郎六郎说。

弟兄奉了父帅令,带兵幽州闯贼窝。

又看七弟把韩昌找,不知生死把贼捉。

倘若有个好与歹,叫人后悔了不得。

弟兄二人正讲话,军卒跑来报军情。

卒:(白)报二位将军得知,七将军连闯三营,又到北门被番兵困住,正在危急,乞令定夺。

杨五郎、杨六郎:再探。

卒:得令。

杨五郎:六弟,七弟被困,你我急去救护要紧,军校们,急急杀至北门。

杨六郎:有理。

(乱杀一阵,昌急上)

韩 昌:一场好杀,一场好战也。俺韩昌用五马群羊阵,将黑贼困住,看看被擒,不料他的救兵到来,乃是杨家父子将我国人马杀得五零失散,大败而逃,我只得去见狼主,再思报仇之策便了。

(继业马上)

杨继业:(诗)破敌立功遂心事,七郎昏迷让人愁。

(白)老夫杨继业,可喜一阵成功,杀得番兵东奔西逃,可怜七郎现在累得人事不知,昏迷不醒,命人将他抬在软车之上,慢慢苏醒。我这就带兵进城去见天子便了。众将官,人马一起进城。

(天子出,坐,众站)

天 子:(诗)金鼓连天震耳鸣,吉凶二字无定平。

(白)朕大宋天子太宗,探子报道,城外杀声像是哪里救兵,不知胜败怎样。

(卒上)

卒:启禀万岁,呼老千岁营外候旨。

天 子:旨意下,快快命他觐见。

卒： 旨意下，呼老千岁觐见。

（呼上）

呼延赞： 万岁，臣来见驾。

天　子： 爱卿，命你去请杨元帅事情怎样？

呼延赞： 万岁，原是如此，臣未等闯出，杨家父子已到，杀得番兵七零八落，四散奔逃，现在营外。

天　子： 好哇，真是朕的洪福齐天，感动杨家父子到此，快快宣来见朕。

呼延赞： 遵旨，圣上有宣，杨家父子觐见。

杨家父子： 来了。（三人上，跪）万岁万岁万万岁，臣父子冒死前来救主。

天　子： 爱卿哪，何罪之有？好哇，来得好，来得妙啊，来得及时，杀退番兵救了朕，此功非小。无罪有功，官复原职，在此歇息一时。宫人，摆宴与元帅庆功，明日起銮。

宫　人： 万岁。

天　子： 今日龙马风云会，起銮以后灭番兵，爱卿请。

（番王急上）

天番王： 哎呀哎呀，可不好了，不想杨家将杀来，杀得我国兵将走死逃亡，七零八落。我这得急急回关，见了军师，重设计策，擒捉宋将，好报今日之仇恨。众番将，回城。（跑下）

（完）

第 六 本

【剧情梗概】辽王败回都城,军师献计,在金沙滩设下双龙会,摆下鸿门宴,请宋天子前来赴会。杨大郎舍命替天子赴宴,谈判失败,两军厮杀一片。杨大郎射死狼主,自己也被雕翎箭射死。杨二郎中镖身亡,杨三郎被马踏亡,杨四郎被辽王之女耶律碧琼生擒,杨五郎前去砍旗,旗子不倒,援兵不到。杨继业与杨七郎杀出重围,急去搬取救兵。

(萧太后①出)

萧太后：(诗)国王带兵困宋兵,叫人时刻惴心中。

(白)哀家萧太后,自幼配番王为配,倒也随心。哀家生来心高志大,足智多谋。王爷有国事,常常与哀家商议。王爷与军师、都督、酋长带兵围困幽州,听说把宋天子君臣困住,近来不知怎样,好叫哀家放心不下。

(唱)独坐宫中心不定,想念老主不回还。
　　去了也有两个月,闪得哀家日夜烦。
　　莫非还未见胜败,莫非军中有事缠?
　　莫非宋朝能人广,两军阵前取胜难?
　　叫人犹疑瞎盼望,盼望一天又一天。
　　莫非有啥不祥事?也该差人把信传。
　　细想我国有能将,文武具备本领全。
　　萧天佐与萧天佑,两家国舅不非凡。
　　韩昌英勇无人挡,苏家父子虎一般。
　　土金羊与土金秀,万夫之勇占人先。
　　其余的番将也不少,又有军师本姓闫。
　　何愁不胜南朝将?怎么不见王爷还?
　　正是萧后胡思想,宫女进来禀一番。

---

① 萧太后：即辽景宗皇后萧绰,景宗去世后她长期摄政。在戏曲曲艺中,有不少以"萧太后"为人物的故事。此时萧绰尚为皇后,称"太后"乃人们习惯说法。

宫　　女：（白）启禀太后，王爷回来了。
萧太后：这等待我接驾。（下，内白）千岁，臣后接驾。
天番王：爱妃平身，进宫讲话。
萧太后：千岁。

　　　　（同上，番王坐）

萧太后：小妃参驾。
天番王：爱妃平身落座。
萧太后：妃谢座，千岁为何面带愁容？
天番王：咳，爱妃不消问了，孤今回国与你见面，算是两世为人了。
萧太后：千岁，莫非说失机败阵不成？
天番王：咳，爱妃呀。

　　　　（唱）孤自出兵经百战，没想这次太惹羞。
　　　　　　　自从围住宋天子，四面围得水不流。
　　　　　　　外无救兵里无粮草，眼看宋王把降投。
　　　　　　　不想来了杨家将，杨七郎匹马单枪闯幽州。
　　　　　　　力杀四门天下少，杀得尸血满地流。
　　　　　　　伤了战将无其数，番兵番将如山丘。
　　　　　　　无奈急急逃回转，来见爱妃设计谋。
　　　　　　　你的才能智又广，快些想个计良谋。
　　　　　　　有何妙法擒主将？好报失机败阵仇。

萧太后：（唱）太后闻听尊千岁，大王不用心中愁。
　　　　　　　自古胜败军常事，胜则何欢败何羞。
　　　　　　　依我看千岁把心放，各守边界理才投。
　　　　　　　北国土地也不少，何必的动刀动枪气不休？
　　　　　　　一则黎民不受害，二则反惹一场羞。
　　　　　　　正该歇兵养锐气，小不忍则乱大谋。
　　　　　　　兵在精而不在广，将不在勇有计谋。
　　　　　　　单等人马精又壮，一股南下便报仇。
　　　　　　　不知说的对不对，

天番王：（唱）天番王爷连摇头。

爱妃说的虽有理，岂不把咱锐气丢？

　　军师设出一条计。

　　（白）军师定计，在金沙滩设下双龙会，请宋天子前来赴会，南北讲和，永不犯界。宋天子必来赴会，那时再求三件大事，第一叫他献出金银财宝与咱国赔偿军费；第二叫他写下降书顺表与咱年年进贡；第三件，叫他把汴梁让与孤家。若应了这三件大事，万事皆休。若是不然，伏兵四起，将他拿住。生死在咱手中，何愁大仇不报？他也不得不降了。

萧太后：千岁，此计虽好，但不可小视宋君，万一看出破绽，弄巧成拙。

天番王：爱妃不必拦挡，孤已决定。

（二旦上）

耶律碧琼、耶律玉琼：父王万福，儿们有礼。

天番王：我儿免礼，来得正好，为父明日金沙滩赴会，为父大事成就，取了汴梁，那时为父登了大宝，岂不强如偏邦？

耶律碧琼、耶律玉琼：父王既要赴会，儿们甚不放心，我姐妹情愿前去保父。

天番王：好，既然如此，预备鞍马，明日校场听令。

耶律碧琼、耶律玉琼：是，儿们遵命。

天番王：宫人看筵宴伺候，爱妃请。

萧太后：王爷请。

（哈尔密奇马上）

哈尔密奇：（诗）奉命去下表，又得走一程。

　　（白）我副军师哈尔密奇，尊奉狼主旨意去到幽州下表，请宋天子到金沙滩赴会。天气尚早，只得催马走走便可。

　　（唱）打马紧加鞭，路上如飞跑。

　　　　今日奉命差，幽州下书表。

　　　　走看自寻思，心中说烦恼。

　　　　自从动大兵，屡次未找好。

　　　　如此又折兵，还得费粮草。

　　　　如此失三城，如此困得好。

　　　　如此来杨家，如此七郎少。

　　　　　　　如此杀四门，如此我们跑。
　　　　　　　如此又相登，如此假和好。
　　　　　　　如此设埋伏，如此他难逃。
　　　　　　　如此我下表，如此句要巧。
　　　　　　　正走抬头观，不住用眼瞟。
　　　　　　　幽州不远来到了。
　　　　　（白）来到幽州，进城便了。
　　　　（天子升帐，四臣站）

众　　臣：（诗）群臣随征集幽州，孤城受困心担忧。
　　　　　　　但愿圣上百灵助，扫灭反叛捉贼寇。

八　　王：（白）本御赵德芳。

潘仁美：本帅潘仁美。

王　　袍：本相王袍。

呼延赞：本将呼延赞。

合：　　圣驾升帐，小心伺候。

　　　　（天子出，坐）

天　　子：（诗）大破幽州军民振，集聚文武往北征。
　　　　　（白）朕大宋天子赵光义，多亏杨家父子力杀四门，杀得番兵望影而逃。
　　　　　　　筵宴三天，养足锐气，定要北伐，不拿番王，誓不收兵。

卒：　　（上）报万岁得知，今有北国军师前来下表。

天　　子：呀，北国来人下表，不知何事，叫人进来。

卒：　　遵旨（下，内白）圣上有旨，下表人觐见。

哈尔密奇：来了。（上，跪）南朝大国皇爷万岁在上，北国小臣哈尔密奇叩头。

天　　子：你在北国任何官职？

哈尔密奇：现任军师。

天　　子：听说有个闫荣叫军师，你怎么也称军师？

哈尔密奇：他是护国军师，专管军务，小臣是管朝内之事。

天　　子：这就是了，内臣将表呈上来。

内　　臣：请主过目。

天　　子：（接过）不知表上是何言语，待朕看来。

（唱）拆看表字铺桌案，慢闪龙目仔细观。
　　　上写大宋仁明主，北国辽王百官参。
　　　只因小国一时错，不该发兵犯界边。
　　　如此这般伤兵将，闹得军民不得安。
　　　退守幽州当悔改，不该设计诳天颜。
　　　不该困住幽州内，断粮断草更不端。
　　　只因幽州一场战，北国兵将胆颤寒。
　　　都督酋长死无数，兵丁死了几万千。
　　　如今退了古北口，残兵败将甚不堪。
　　　恐怕大国把臣灭，军民人等都怨咱。
　　　万般出在无何奈，酒宴设在金沙滩。
　　　奉请我主来赴会，南北和好不犯边。
　　　此会名为双龙会，臣愿意年年进贡岁岁参。
　　　我主要是心疑猜，臣愿隐居归深山。
　　　早已备下献歌宴，迎接我主到席前。
　　　表不尽言情难尽，请来回音当面谈。

天　子：哼，
　　　（唱）天子看罢心暗想，此会立得理当然。
　　　朕当出京日已久，正应讲和把兵还。
　　　开言便把番将叫，
　　　（白）那一番官，看你国王表信有意悔改，要按你国累次犯边，理应将汝国君臣杀尽。我朕有好生之德，不忍杀害尔等。你们为求和，请朕赴宴，朕如不去，显然怕你奸谋，被你耻笑。不写回表，在原表背面批示四字，按期到会。回去告诉你国国主，小心伺候。

哈尔密奇：是，小臣遵命。

天　子：潘元帅上帐。

潘仁美：在。

天　子：今有番王表信到此，如此这般朕已批回，你看如何？

潘仁美：万岁批得好，可立咱国之威，正当赴会。

八　王：皇叔，依臣看来，他请我主赴会，唯恐宴无好宴，会无好会，北国做事

　　　　　　奸诈，恐有奸计，为祸不小，不如不去。
天　子：皇侄差矣，要是不去，岂不失信，被他国耻笑？
潘仁美：万岁高见，慢说无有差错，就有差错，咱有雄兵百万，猛将千员，何惧他人？微臣带兵保驾，万无一失。
天　子：好，元帅此论，和朕一样，定要前去。
杨继业：不可呀！

（唱）忙了那，杨令公。（大郎跟上）
　　　急忙上帐，万岁连称。
　　　北国请赴会，只怕有别情。
　　　虽然累次失败，并未减少军容。
　　　焉能未动来投降？其中必有计牢笼。

天　子：（白）他国损兵折将，所以讲和。
杨继业：（唱）虽损将，又折兵。
　　　　北国将官，俱有才能。
　　　　文有文谋者，武有武略通。
　　　　神通出谋划策，老道名叫闫荣。
　　　　有名上将无其数，无名小将数不清。
杨大郎：（唱）言能够，不战争。
　　　　查情观理，定有隐情。
　　　　必然有奸计，假设会双龙。
　　　　诓哄我主赴会，只怕少吉多凶。
　　　　我主不可临险地，倘有差错了不成。
潘仁美：（唱）潘仁美，呼令公。
　　　　将军此话，太也稀松。
　　　　他国有上将，咱们有英雄。
　　　　休长他人志气，灭咱自己威风。
　　　　堂堂大家正统国，惧怕外邦太无能。
　　　　不必多虑心忧矣。

（白）老将军不必多虑矣，圣上主意已定，不可拦阻圣聪。
天　子：元帅主意不错，不知派何人保驾？

潘仁美：只要潘、杨两家保驾足矣，何用许多？
杨大郎：万岁，臣有一拙见，有欺君之罪，不敢启奏。
天　子：无妨，只管奏来。
杨大郎：万岁。

　　　　（唱）延平跪倒呼万岁，臣子斗胆奏吾皇。
　　　　　　　北国设摆双龙会，来请我主到会场。
　　　　　　　众臣议论不一样，各正其辞难主张。
　　　　　　　有人说会无好会宴无好宴，也有说前去赴会理应当。
　　　　　　　去了又怕事有变，不去失信于番邦。
天　子：（白）正是如此，将军有何高见？
杨大郎：（唱）微臣有个愚拙见，可行可止再商量。
　　　　　　　臣与吾主相貌仿，臣愿替主走一场。
　　　　　　　假扮万岁去赴会，看他真降与假降。
　　　　　　　如此番王真和好，南北和好正相当。
　　　　　　　倘若番邦有奸计，情愿替主一命亡。
　　　　　　　臣子本有万夫勇，哪怕番邦犬一帮？
　　　　　　　金沙滩上跑上马，杀他倒海与翻江。
　　　　　　　我主稳坐幽州地，岂不安然免受慌？
　　　　　　　万乘之尊不临险，凡事不可不提防。
　　　　　　　我父子九人九只虎，金沙滩上走一场。
　　　　　　　潘帅带领大兵去，扎营立寨在两狼。
　　　　　　　里面准备信号火，从外杀入灭犬羊。
　　　　　　　不知此计好不好？
天　子：（唱）天子点头说妥当。
　　　　　　　元帅你看怎么样？
潘仁美：（唱）仁美心中暗思量。
　　　　　　　趁此机会当下手，叫他父子一命亡。
　　　　　　　一则杀子仇要报，二则去了杨家一帮。
　　　　　　　去了老夫心头病，他父子好比我的恶毒疮。
　　　　　　　想罢开言呼万岁，此乃真是好良方。

　　　　　　　杨家舍命替我主，真是英名万世扬。
天　　子：（唱）天子急忙传口旨。
　　　　　（白）好，依计而行。旨意下：杨延平舍命替主，朕当准奏，封你国侯之职。金沙滩赴宴与番王讲和，如朕亲临一般。老令公随去更好，潘元帅带兵十万在两狼山扎营。听里面信炮一响，急急接应，其余众将俱在幽州驻扎，听候回音。照旨行事。
　　　　　（诗）显忠奸在干戈林内，知良将在患难之中。
　　　　　（升番帐，十一人站）
众　　人：（诗）呐喊山摇动，说话似震雷。
　　　　　　　万夫不当勇，扶主壮军威。
闫　　荣：（白）俺军师闫荣。
韩　　昌：大都督驸马韩昌。
萧天佐：萧天佐。
萧天佑：萧天佑。
苏天豹：苏天豹。
耶律休弟：耶律休弟。
耶律休哥：耶律休哥。
耶律得明：耶律得明。
韩匡思：韩匡思。
耶律碧琼：铁镜公主耶律碧琼。
耶律玉琼：青莲公主耶律玉琼。
合：　　　狼主升帐，小心伺候。
　　　　　（番王出）
天番王：（诗）赫赫威名震北番，凛凛咤气透九天。
　　　　　　　屡次出马不取胜，巧计设在金沙滩。
　　　　　（白）孤家天番王耶律也先，兵败幽州，心中恼恨。今设一计在金沙滩，设摆双龙大会，诓那宋天子前来赴会，假意讲和，那时拿他，易如反掌。已命哈尔密奇去下请帖。不知怎样，怎么还未到来？
　　　　　（哈上）
哈尔密奇：千岁千千岁，微臣复命。

天番王：可有回书？

哈尔密奇：没有回书，只在书文背面批上"按期到会"。

天番王：好好好，军师平身。诸位都督，各位酋长，站东列西，听孤号令。

  （唱）我番王开言语，众位都督听分明。
     咱国兴兵发人马，要与宋朝动刀兵。
     如此这般伤兵将，活捉咱国好多英雄。
     指点契机没处告，时时刻刻惦心中。
     两次三番困宋主，反而失了三座城。
     指望幽州能取胜，不想又是损将折兵。
     今日又想一条计，设摆筵宴会双龙。
     诓哄宋主来赴会，扔杯为号起伏兵。
     别人保驾都不怕，就怕七郎杨家兵。
     自从杀开四门后，如今提起脑袋疼。
     席前设摆毒药酒，先交七郎饮一盅。
     其余别看不足惧，天子就到咱手中。
     力逼宋主写顺表，大雪国耻报仇恨。
     只要大家齐努力，奋勇当先破宋营。
     成功就在此一举。

  （白）众都督酋长，听孤分派。

合：　千岁。

天番王：闫荣、哈尔密奇听令。

闫荣、哈尔密奇：在。

天番王：你二人席前把盏，宋主一到，以礼相迎，休要浅露马脚。天佐、天佑。

萧天佐、萧天佑：在。

天番王：跟随孤家不离左右，见机而作，小心在意。

萧天佐、萧天佑：得令。

天番王：韩昌听令。

韩　昌：在。

天番王：席前敬酒，先用毒酒将七郎治倒，别者无忧。

韩　昌：遵令。

天番王： 苏天豹听令。

苏天豹： 在。

天番王： 带领天金、天秀在两狼山左右埋伏，等宋主过了两狼山，进了虎口金牙峪，休与一人出入。二弟得明听令，你带延广、延明、克明、克亮左右埋伏，听信炮一响一起杀出。休弟、休哥听令。

耶律休弟、耶律休哥： 在。

天番王： 你带金土家四虎在虎口金牙峪埋伏，等来宋将，不得有误。

耶律休弟、耶律休哥： 得令。

天番王： 韩匡思听令，率领韩大赖、韩大力、窦必力、窦必海在两狼山左右埋伏，休放一人出入。

韩匡思： 得令！

天番王： 大公主听令，带领兵卒五万、战将千员，在金沙滩西边埋伏。

耶律碧琼： 得令。

天番王： 二公主听令，带领兵卒五万、战将千员，在金沙滩东面埋伏，宋天子前来，必由南面而来，封住两狼山口金牙峪塔，四面围住，好如铜墙铁壁，必量他插翅难飞。

耶律玉琼： 得令！

天番王： 宋主昏君，我叫你，纵有三头与六臂，难逃孤王手掌中。散朝。

（升帐，众将站）

众　将：（诗）义胆忠肝冲宇宙，豪气凌云透乾坤。

杨大郎：（白）俺杨延平。

杨二郎： 延定。

杨三郎： 延广。

杨四郎： 延辉。

杨五郎： 延德。

杨六郎： 延昭。

杨七郎： 延嗣。

合：　　父帅升帐，在此伺候。

（继业出，坐）

杨继业：（诗）七郎八虎闯幽州，盖世英雄传万秋。

(白)本帅杨继业，昨日公议大郎替主去赴金沙滩双龙大会，命我父子几人，前往会上讲和。我想北国绝无诚意，凶多吉少，儿们听令。

合： 在。

杨继业：今日前去，非同儿戏，如虎穴龙潭，一仗天子洪福，二仗儿们英勇杀敌，为国尽忠，哪怕赴汤投火。各要小心，以防奸细。

（唱）继业座上叫爱子，细听为父讲其详。
　　　替主赴会功劳大，身入险地非寻常。
　　　咱父子去赴双龙会，此事关系国兴亡。
　　　番王真若是归顺，两国和好是吉祥。
　　　倘若会上有奸诈，难免立刻动刀枪。
　　　大郎延平扮圣主，你与番王讲条章。
　　　内穿铠甲戴袖箭，时时刻刻加提防。
　　　席前要是有更变，先叫番王一命亡。
　　　主将一死军心乱，番将虽勇心也发慌。
　　　席前可要加防备，七郎保者太妥当。
　　　饮酒先叫他们饮，小心毒酒是黄汤。
　　　你可千万莫要饮，北国将见你之面心就发慌。
　　　饭菜也得加仔细，让菜也得他先尝。
　　　二郎延定与延广，前后别离主身旁。
　　　只当去赴鸿门宴，不可小视北番邦。
　　　五郎延德备信号，倘有不测放火光。
　　　信号一起咱兵晓，潘帅大兵入山岗。
　　　六郎延昭随为父，带领保驾众儿郎。
　　　三千铁甲外边等，以备争杀与布防。
　　　延辉延顺随左右，两边接应在两厢。
　　　事不宜迟各准备，天子还要送一场。
　　　正是令公来分派，报子进来禀其详。
　　　天子一同众文武，城外等候有八王。
　　　潘帅人马点齐了，就等出门要急忙。

（内过）杨令公这才下了帐，弟兄八人出帅堂。

杨大郎：（唱）大郎扮作天子样，出了城门看其详。
众　官：（唱）文武百官齐候立，
　　　　　（上天子、八王、仁美）
天　子：（唱）天子一见喜洋洋。
　　　　　　　手拉大郎把将军叫，说你一去是吉祥。
　　　　　　　顺说番王南北好，两国永不动刀枪。
杨大郎：（白）全仗圣上洪福。
天　子：（唱）一切大事你做主，如朕亲临一般样。
杨大郎：（白）是，微臣遵命。
天　子：（唱）又叫七郎听朕讲，全仗将军镇北邦。
杨七郎：（白）臣子一勇之夫，北国和了便罢，如若不和，杀他个片甲不归。
天　子：（唱）又叫郡马听朕讲，郡马你文武全才是栋梁。
　　　　　　　见机行事看事作，不可过柔和过刚。
　　　　　　　他讲和好咱讲礼仪，他讲野蛮咱讲刀枪。
　　　　　　　潘帅带兵整十万，大兵屯扎在两狼。
　　　　　　　要有差池点信炮，大兵立刻杀入山岗。
　　　　　　　朕在幽州与众将，候等信音听其详。
　　　　　　　此去希望喜信报，你是朕主亲不比寻常。
杨大郎：（白）是，微臣遵旨。
天　子：（唱）带笑又把令公叫，老将军随机应变想良方。
　　　　　　　此一去但愿你们成功也，全胜而归一个不伤。
杨继业：（白）借主之言，管保马到成功。
天　子：（唱）话不多言要谨记，回来之时定封王。
杨继业：（白）谢过万岁，臣等去也。众将官，
　　　　　（唱）人马一奔金沙滩。
　　　　　　　不言杨家发人马，
潘仁美：（唱）仁美辞驾带儿郎。
天　子：（白）国丈要有差错，急往幽州来信，朕好去救。
潘仁美：遵旨。
　　　　　（唱）说声遵旨起大队，

八　王：（唱）八王暗自好心伤。

　　　　　　此去恐有不测祸，不敢明言搁心上。

　　　　　　不言君臣回城内，

耶律碧琼：（唱）再表北国女娥皇。

　　　　　　娥皇升帐心内想，（上，坐）

　　（诗）虽是闺中多娇女，敢比男儿志气高。

　　（白）奴北国公主耶律碧琼，奉父王之命在金沙滩西面埋伏，带兵五万，说是明日宋兵前来赴会。天已黄昏，独坐帐房，想起终身大事，叫人心中难过，不知何日是个收元结果。

　　（唱）独坐帐房愁无限，（二更）听听更锣两下发。

　　　　　父王为得争疆土，对我终身不呼哈①。

　　　　　奴家今年又是白盼，新年一过二三啦。

　　　　　身是番邦化外女，也知婚配宜尔室家。

　　　　　父王终日为国事，又恨我那糊涂妈。

　　　　　又恨北国人够丑，哪有俊俏人物佳？

　　　　　今日随父来赴会，另有心事不好明发。

　　　　　暗自看看中原将，必有俊俏小豪侠。

　　　　　万一要随我的意，对面订婚许与他。

　　　　　管他赴会不赴会，管他征杀不征杀。

　　　　　自己事儿自己办，要等别人是白搭。（三更）

　　　　思想到了三更鼓，一阵困倦打呼哈。

　　　　回身而寝睡了吧。

　　　　（潘、杨马上）

潘仁美、杨继业：（唱）再表赴会到山崖，到了两狼山交界。

杨继业：（白）元帅，人马到了两狼山交界，离金沙滩只有四十里之遥了，元帅人马扎在山口以外，我父子前去赴会。

潘仁美：令公多加小心，本帅静听号音，请。

杨继业：请。

---

① 呼哈：这里是关心的意思。后文"呼哈"指哈欠。

（升番帐，二军师、韩昌、天佐、天佑站，番王坐）

天番王：（诗）安排十面埋伏计，设宴待敬宋主君。

（白）孤天番王耶律也先，诸事齐备，等宋天子前来赴会，一举成功也。

卒：报王爷得知，宋天子已到虎口金牙峪，离此只有二十里之遥，乞令定夺。

天番王：再探。好哇，军师与众位都督随我迎接。

（唱）听说宋主君臣到，不由叫人喜心中。
　　　活该孤家成功也，吩咐众将随孤迎。
　　　军师替我安座位，一齐下帐往外行。
　　　吩咐奏乐悬灯彩，排开执事古乐声。
　　　不多一时离且近，瞧见宋主赵太宗。
　　　三千铁甲相拥护，黄龙金伞马白龙。
　　　左右保驾几员将，威风杀气令人惊。
　　　队伍排齐躬身立，

杨大郎：（唱）假扮天子下走龙。
　　　走到对面齐施礼，满面带笑假谦恭。

天番王：（唱）虚情假意往里让，我主到此臣有荣。

（白）请。

杨大郎：（唱）三揖三让往里走，保驾众官紧跟从。

天番王：（唱）我主请升正席位，小王参拜主公。（拜）

杨大郎：（唱）延平相挽说免礼，大家落座礼相迎。

天番王：（唱）多谢我主赐座之恩。

（七郎、二郎、三郎站大郎后，二军师左右站）

天番王：（唱）吩咐军师快献酒，今日本为会双龙。
　　　南北二君讲和好，两不相犯各息兵。
　　　一则黎民免涂炭，二则以免苦相争。
　　　先言国事后赴宴，要求我主事三宗。

（白）万岁，今日南北和好，乃是万民之幸，但孤有三件事当面说清，望我主允许。

杨大郎：不知哪三件？只管说来，当允则允，不当允的再另行计议。

天番王：咱两国动兵以来，我总是损兵折将，耗尽钱财，国库空虚。既然和好，就是一家，何分彼此？第一把南朝国库打开，多多送来珍珠瑰宝，以助我国。第二，请把汴梁让我几年，日后奉还。第三，天下非一人之天下，我国与宋朝年年进贡，岁岁称臣，今既和好，不分君臣，请你在会上写了降书顺表，与我国进贡。你君臣应与不应，当面讲明。

杨大郎：狼主所言差矣，我国自太祖创业以来，南征北战，东挡西杀，四夷进贡，八方来朝，并未献贡与化外。况且本是两国和好，罢兵息战，各不相犯，乞肯把汴梁让予汝国？汝国屡次用兵侵宋，非是宋侵汝国也。汝国损兵折将，国库空虚，乃是自寻是非，非是我国征杀所起。以大降之意南北和好，各守边界，三关城池退还你国，朕就回朝，永不犯边，乃为正理。

天番王：你的倒也不错，暂不议国事，韩都督敬酒来，先敬保驾官三杯迎风。

韩　昌：七将军，让我敬酒，敬你虎威，先喝一盅以表敬意。

杨七郎：韩都督，常言说得好，将酒敬人并无别意，自古道强兵不压主，你先代饮一杯，末将后饮。

韩　昌：哪有客不饮主先饮之理？来来来，你先饮。

杨七郎：你先饮。

韩　昌：你先饮。

（推杯落地，起火）

杨七郎：此酒有毒，必有奸诈。

天番王：住口，酒席宴前，拉拉扯扯成何体面？不饮倒也罢了，你君臣可知为什么设此大会？

杨七郎：早知你宴无好宴，会无好会。

天番王：哈哈哈，猜得不错，只怕你君臣插翅难飞了。

（唱）狼主站起便开言，手拍桌案把眼瞪。

　　　叫声无道宋昏君，你今休要做春梦。

　　　自从孤家领兵来，两次三番不取胜。

　　　安心要夺你江山，杨家来了我挨碰。

　　　头次去闯雄关城，丧了两个都督命。

　　　三万大军俱未归，扫兴扫兴真扫兴。

　　　昏君降香五台山，只说又把机关碰。

　　　带兵四面将你围，昏君又把杨家用。

　　　　　　　　杀得我国兵将亡，三座关城也没剩。
　　　　　　　　定计将你诓进城，指望幽州全得胜。
　　　　　　　　围得四面不透气，定要你把降书送。
　　　　　　　　谁想杨家父子兵，力杀四门不要命？
　　　　　　　　杀散我国将与兵，幽州城池让与宋。
　　　　　　　　无奈又设计牢笼，金沙滩上把你弄。
　　　　　　　　要想逃生路两条，所说三条快答应。
　　　　　　　　不然插翅也难飞，叫你个个都丧命。
　　　　　　　　说罢金杯地下砸，当啷一声把地碰。
番　　将：（唱）两边文武闯进来，各举刀枪把手动。
杨大郎：（唱）大郎一见骂番王，你今又把杨家碰。
　　　　　　　　叫你一命死明白，袖箭打出要你命。
　　　　　　　　找准番王他咽喉，
天番王：（唱）躲闪不及丧了命。（死）
杨七郎：（唱）七郎抽出剑纯钢，对准韩昌把手动。
韩　　昌：（唱）韩昌抽刀把手还，杀出大厅身一纵。
萧天佐、萧天佑：（唱）天佐天佑不消停，
杨二郎、杨三郎：（唱）二郎三郎把手动。
闫荣、哈尔密奇：（唱）两个军师发了呆，一见狼主送了命。
　　　　　　　　抬着尸首往回还，放声大哭悲又痛。
杨大郎：（唱）大郎杀出会场门，
萧天佐：（唱）对着伏兵一声令。
　　　　（白）众伏兵一齐放箭，休要放走宋兵，对准穿黄袍的开弓。
卒：　　（白）遵命。
　　　　（唱）番兵听的令一声，乱放雕翎不怠慢。
　　　　　　　　箭如雨点一般同，都往黄袍身上灌。
　　　　　　　　连住大炮声咕咚，好像天塌与地陷。
杨七郎：（唱）七郎当先杀出来，（对）巧与爹爹对了面。
　　　　　　　　大叫父帅不好了，咱们中了贼暗算。
杨继业：（唱）令公闻听吃一惊，心中着忙出躁汗。

　　　　　　吩咐三千铁甲兵，大家奋勇杀反叛。
　　　　（佑与继业杀下，佐与七郎杀下，六郎与韩杀下）
杨大郎：（唱）延平当先杀出来，（放箭）一眼不防中了箭。
　　　　　　说声不好一命亡，（死）
杨二郎：（唱）延定一见不怠慢。
　　　　　　背着兄长死尸灵，奋勇杀贼大声唤。
萧天佐：（唱）天佐又与延定杀，一镖打死阎王见。（二郎死）
杨三郎：（唱）三郎延广要抢尸，绊倒流平马踏乱。（死）
番　兵：（唱）番兵宋将胡乱杀，
杨四郎：（唱）再表延辉说一遍。
　　　　（白）俺四郎杨延辉，番兵四面杀来，又不见众兄弟与父亲之面，俱被兵冲散，只得往西方冲杀，看是如何。
耶律碧琼：（内白）小番们，列开旗门。（上）
　　　　（白）奴铁静公主耶律碧琼，连声炮响，必是我国与宋兵动了手了，只得杀上前去。呀，迎面跑来一员小将，哎呀呀，可不爱死人也。
　　　　（唱）碧琼公主呆呆看，打量对面这将官。
　　　　　　雪靴银盔头上戴，身穿锁子甲连环。
　　　　　　座下骑的白龙马，梨花战杆手中端。
　　　　　　左挎弯弓右挎箭，鞍脚挂着打将鞭。
　　　　　　方面大耳五官正，眉清目秀爱煞死咱。
　　　　　　天庭饱满多好看，地阁方圆多齐全。
　　　　　　见他打马惊慌样，不住回头只是观。
　　　　　　必是前来赴会将，席前大败想回还。
　　　　　　我国哪有这样将？见此人打仗心思扔一边。
　　　　　　想我今年二三岁，终身大事该有缘。
　　　　　　若将此人为驸马，一辈子也算结凤鸾。
　　　　　　何不对他提亲事？又一想当面提出真羞惭。
　　　　　　看着看着离且近，也得装样把刀端。
杨四郎：（白）番女闪路，放你爷爷过去。
耶律碧琼：（白）咳呦咳呦，吾的小刀，慢着慢着说且慢。

杨四郎：好个丫头，看枪。

耶律碧琼：（唱）我的娘亲哪他说话，我心怎么一忽闪？

请问将军名和姓，

杨四郎：（白）你少爷姓杨，快快闪路。

耶律碧琼：（唱）有何职位做啥官？

杨四郎：（白）现任指挥，再不闪路，看枪！

耶律碧琼：（唱）请问贵庚年多大？

杨四郎：（白）二五岁，我不算命，快快闪开。

耶律碧琼：咳，是的，

（唱）将军还是正壮年。再问你可有妻否？

杨四郎：（白）不要唠叨，看枪。

耶律碧琼：（唱）你怎这样脸儿酸？

我有一事对你讲，要你留神听周全？

奴家碧琼公主女，我还有话对你言。

杨四郎：（白）丫头，有话快说。

耶律碧琼：你别丫头丫头大小子。

（唱）自幼生在塞北地，至今并未把婚完。

将军若不嫌奴丑，情愿与你结良缘。

招你驸马北国住，吃一看二眼观三。

夜晚自有奴陪伴，强如你做宋朝官。

今日这个双龙会，本是设的巧机关。

任你总有霸王勇，你也难出金沙滩。

保全性命最要紧，何苦自找性命完？

公主还要往下讲，

杨四郎：（唱）四郎大怒气冲天。

大叫番女快住口，少要胡说信口谈。

现在两国仇敌恨，岂能与你把婚完？

一拧银枪分心刺。

（白）好个番女，不要乱想，你少爷本是天朝大将，岂能与你成亲？看枪！

耶律碧琼：什么枪，什么枪的，奴还怕你不成，你可注点意啊，着。

（杀，琼败）你看他还真有两下子，有心与他苦战，又怕伤着他，待奴走马擒他，将他拿住就好办了。

杨四郎：丫头哪里走？（擒住四郎）

耶律碧琼：小番们，将他松松地绑了，就此收兵。（下）

（升帐）

耶律碧琼：小番们，将马带过，把那宋将带上来。

（绑上四郎）

杨四郎：番女丫头，将你少爷擒来，意欲怎样？

耶律碧琼：咳，你这个人哪，你怎看不透事呢。既然被擒，还能由了你呀？我方才已说过了，赴会是计，四面埋伏，重兵把守，任你总有霸王之勇，也难飞出虎口金牙峪。何苦舍出性命？不如随机应变，既保性命，又得妻子，以后还能阖家团圆。古语云大丈夫因事论事，能屈能伸，将军，是你再思再想。

杨四郎：咳，罢了哇罢了，事已至此，我也不得不从了。

耶律碧琼：呸，你别得了便宜卖乖了。

杨四郎：但愁一事，我赴会乃奉命而来，今在此招亲，父帅知道有灭门之罪，因我一人累烦全家，于心不忍。

耶律碧琼：这倒无妨，后事莫论，小番们将他松绑，领到后营好好看守，酒宴伺候。

卒：哈。

耶律碧琼：单等回朝奏知母后，母后必与我做主。

（诗）无意之中得佳婿，真乃奇巧又奇逢。

（五郎马上）

杨五郎：（白）俺杨延德，把番兵冲散，不知众弟兄与父帅哪里去了？番兵无数，一望无边，不如杀出，好回二狼山，那里有我的屯兵。令旗在这，有令在先，金沙滩有变，前来砍旗，大旗一倒，便知有变。元帅带兵救应，不免急去砍旗便了。

（摆旗）大旗在此，待我砍来呀。（砍，不倒）大旗不倒，是何缘故呀？番兵一起围裹上来，不免杀将回去，寻父便了。

（豹马上）

苏天豹：俺苏天豹，金沙滩炮声不绝，杀声震耳，必是动起争杀。小番们，小心出口呀！那边来了一将，待我迎将上去。

（五郎对豹）

苏天豹：你是何人？莫非大宋奸细不成？

杨五郎：住口，大丈夫不做暗事，我乃五郎杨延德，随主赴会，中你奸计。你少爷闯出二郎山，砍旗不倒，报信不成，决心与你死战。番将何名？

苏天豹：你都督苏天豹奉命把守两狼山，劝你快些投降，免得费事。

杨五郎：胡说，看枪！

苏天豹：来，杀。（五郎败）

杨五郎：哎呀哎呀，可不好了，番将十分骁勇，左膀中他一叉，虽不看重，也难交战，这却如何是好？

苏天豹：哪里走？小番们，一起捉拿。

（唱）大叫番兵齐围裹，不要放走宋家官。

呐喊一声杀上去，

杨五郎：（唱）五郎一见心胆寒。

大杀一阵逃了命，不顾东西与北南。

满山都是草与树，万藤荆棘把马腿缠。

前面到了树林子，何不那里躲一番？

急忙催马将林入，左膀疼痛麻又酸。

下马坐在溜平地，不由一阵好伤感。

父子九人来赴会，剩我一人孤又单。

不知父帅生与死，几个弟兄全不全？

番兵后面将我赶，奋勇难逃贼手间。

有心舍命杀回去，左膀受伤枪难端。

着急为难无主意，哦哦哦，有了，急然一计上心间。

那年五台认师傅，赐我僧衣今未穿。

还在被套里边放，师傅说到了急时把它穿。

今日正逢绝路日，何不换上僧衣衫？

急忙取出僧衣帽，铠甲征袍扔一边。

急忙换上打扮好，弃了战马不消闲。

慌忙走出树林外，五郎逃奔五台山。

　　　　　压下延德且不表，

耶律玉琼：（唱）再把玉琼公主言。

　　　　（白）玉琼奉父王之命，我姐妹随营立功。一阵杀声震耳，必有宋将前来。小番们，杀上前去。

　　（八郎上）

杨八郎：前面敌营拦路，这却如何是好？咳！只得舍命杀敌，就死也算报国尽忠了。番贼闪路，你八爷闯营来也。

耶律玉琼：住口，你这小将报名领死。

杨八郎：你八爷杨延顺，问汝何名？

耶律玉琼：我乃国王之女青莲公主耶律玉琼。

杨八郎：番女快些闪开，叫你少爷过去。

耶律玉琼：过去不难，若能胜我这口刀，叫你过去。

杨八郎：你这番女有何本领，看枪！

耶律玉琼：来来来，

　　　　（唱）大刀一摆交了手，兵刀交加响连声。

　　　　　　战了几合出圈外，（下，又上）心中不住有叮咛。

　　　　　　我当什么英雄将，原来漂亮小英雄。

　　　　　　年纪不过二十岁，人儿虽小有威风。

　　　　　　手使银枪骑烈马，武艺高强杀法能。

　　　　　　天资仪表世上少，不知夸他哪一宗。

　　　　　　脸蛋比那桃花嫩，眼睛长得水灵灵。

　　　　　　这样人千人见了千人爱，万人见了万人疼。

　　　　　　一定把他活捉住，回国与他订婚盟。

　　　　　　见他赶来追得紧，

杨八郎：（白）番女，哪里走？

耶律玉琼：（唱）大刀一架说消停。

　　　　（白）小将休得逞强，别当我是怕你。

杨八郎：好哇，看枪。

　　（杀，玉琼败）

耶律玉琼：小将厉害，不免用五爪绳擒他才是。起！

杨八郎：哪里走？不好。（落马）

耶律玉琼：小番们，绑了就此收兵。

　　　　（摆场，玉琼上）

耶律玉琼：好吔呀，好吔，方才擒来宋将，何不当面提亲？小番们，把宋将绑上来。

卒：　　哈。

　　　　（绑上，不跪）

耶律玉琼：那一小将，你今被擒，还不下跪求生，你公主饶你不死。

杨八郎：住口，番女呀番女，你少爷被擒，有死而已，跪你何来？

耶律玉琼：吔吔吔，不跪就不跪吧。

　　　　（唱）莫要心急生暴躁，杀咧剐了莫讲究。
　　　　　　　奴家青莲公主女，为人慈善性情柔。
　　　　　　　捉住你呀不杀你，特来劝你不用愁。
　　　　　　　此地本是北番国，就是放你也难存。
　　　　　　　虎豹狼虫无其数，岂不白白把命丢？
　　　　　　　我就有心将你放，你可用啥来谢酬？

杨八郎：（白）等我回去，买点礼物相谢。

耶律玉琼：不用你买东西谢，我有一事把你求。

杨八郎：有何事情说来？

耶律玉琼：（唱）问你可有妻子否，定的谁家女姣流？
　　　　　　　看你这人很对劲，咱二人作对夫妻正相投。

杨八郎：（白）住口！
　　　　（唱）番女不要胡言讲，无羞无耻贱丫头。

耶律玉琼：（唱）并非无耻是正事，终身大事害啥羞？

杨八郎：（唱）两国正在仇敌处，不该邪心把我勾。

耶律玉琼：（唱）自己事儿自己办，莫非等着白了头。

杨八郎：（唱）不允不允白开口，

耶律玉琼：（唱）快应快应理才投。

杨八郎：（唱）断不与你结亲事，

耶律玉琼：（唱）婚姻一定不能扭。

杨八郎：（唱）莫非你还赖上我？

耶律玉琼：（唱）再若不应刀割头。

杨八郎：（唱）劝你快快杀了我，

耶律玉琼：（唱）故意忙把宝剑抽。

杨八郎：（唱）二目一闭就等死，

（番兵上）

番　兵：（唱）番兵跑来报缘由。

（白）报公主得知，韩都督差人来报，说是金沙滩大会已散，老王爷在酒席宴前话不投机，未曾防备，叫假宋主一箭射死。会场大乱，都督围困宋兵，命二位公主与军师扶灵回国。

耶律玉琼：起过，爹爹呀。

（唱）乍闻凶信魂吓掉，秋波之中泪直滴。
只叫父王死得苦，不想这次命归西。
大事不成身先死，老来落个血染尸。
早知有此今日事，何必与宋死仇敌？
有心带兵把仇报，都督命令行不得。
哭罢止泪忙分派，快快收营回国去。
把这小将押后队，不可难为他受屈。
不言公主回里转，

杨七郎：（唱）又把奋勇七郎提。（上）
舍命闯出凶险地，不见父兄在哪里？
只得杀回把父兄找。

（白）父兄不见，杀回寻父便了。

（七郎对佐、佑，佐、佑败）（克明对七郎）

杨七郎：番贼何名？

萧克明：爷爷萧克明特来擒你。

（唱）怒恼了，萧克明。
钢叉一摆，下了绝情。
可恨贼宋将，忒也狠毒虫。
会场射死狼主，今日还想逃生？
我国大兵有百万，要想闯出万不能。

杨七郎：（唱）怒冲冲，把枪拧。

交手几趟，（杀）不见输赢。

心急寻父帅，对准贼前胸。

狠狠拧枪就刺，要想逃生不能。

只听咔嚓一声响，（明死）番贼栽下地流平。

萧克亮：（唱）又来了，萧英雄。

大将克亮，火往上冲。

好个小鼠辈，杀了我长兄。

二爷特来擒你，与兄大报冤恨。

交手不过三五趟，累得大汗似蒸笼。

才要跑，圈能行。

杨七郎：（唱）七郎手快，下了绝情。

用力这一挑，挑在半空中。（亮死）

如同生龙活虎，

番　兵：（唱）吓坏许多兵丁。

杀人祖宗又来到，只恨自己腿无能。

队伍乱，透了隙。（继业、六郎上）

杨继业、杨六郎：（唱）杨家父子，左右相逢。

番兵死无数，呐喊似雷鸣。（杀下）

杀了一伙又一伙，杀了一层又一层。

杨六郎：（唱）六郎正遇萧延寿，抖抖威风奔前胸。（对萧延寿）

萧延寿：（唱）萧延寿，抖威风。

拦住去路，大喊一声。

你往哪里走？休要去逃走。

杨六郎：（唱）六郎并不言语，一枪挑下能行。（延寿死）

（继业上）

杨继业：（唱）令公大战萧天寿，（对杀）一刀砍过脖子平。（天寿死）

杀散了，众番兵。

瞧见七郎，招呼一声。

（白）七郎，为父在此。

杨七郎：（唱）七郎正交战，听得叫一声。

原来父兄在此，跟我快快闯营。

才要上前去搭话，

耶律明：（唱）来了番将耶律明。

不搭话，不通名，

仇敌相遇，各个眼红。

大战三十趟，

杨七郎：（唱）气坏七英雄。

左手挥下枪杆，钢鞭拿在手中。

对准番贼打下去，着！（耶死）一鞭打得脑袋崩。

番兵番将齐散去，父子三人对面迎。（继业、六郎、七郎上）

杨继业：（白）七郎儿啦，你可看见你几个兄长未有？

杨七郎：父帅呀，俺大哥射死狼主，他被雕翎射死，二哥中镖身亡，三哥马踏如泥，四哥、八弟不知去向。

杨继业：咳，儿哪，咱父子九人赴会死了三个，还剩三个，还有三个不知去向，番兵一望无边，旌旗招展，炮声不绝，这却怎好？

杨七郎：父帅万安，事已至此，孩儿当先开路，父帅与六哥在后往外冲杀。可恨这潘贼，金沙滩山摇地动，难道他还不知？不发兵来助，其情可恼！等我杀出重围，找他算账。

杨继业：闲话少说，咱父子纵然闯出，你四哥、五哥、八弟不知生死。咳，也罢，顾不得他们了，先闯出山口，见了元帅，搬取救兵才是。

杨七郎：孩儿遵命，就此往外，杀！杀！杀！（下，又上）闯出虎口狼牙峪，又有番兵把守着。呔，番兵们，闪开闪开，你七爷来也。

（唱）大喊一声杀入队，（乱杀）一阵杀死百十名。

番　　兵：（唱）番兵急忙回去报，

土金秀：（唱）土金秀闻听往外行。（上）

认出他是七郎到，不是他的对手逢。

有心不战回本队，又怕说我真无能。

勉强上前来搭话，（对）大叫七郎少逞凶。

我的地盘不能过，快些回去无的行。

杨七郎：（唱）七郎大骂土金秀，你本败将无有能。
　　　　　　　捉你如同囊取物，
土金秀：（唱）金秀用力双手迎。
　　　　　　　不敢恋战回本队，
杨七郎：（唱）七郎打马闯出营。
　　　　（白）好吔呀，好吔，闯出金牙峪，赶奔二狼山便了。
　　　　（韩大力上）
韩大力：俺韩大力跟随萧都督把守二狼山，由早至午，金沙滩杀声不绝，不知怎么结果？呀，有人闯山，只得迎将上去。
　　　　（对）宋将休走，报名上来。
杨七郎：你少爷杨延嗣。
韩大力：呀！原是力杀四门的杨七郎，需得小心。
杨七郎：我倒要见个高低上下，好，来来来。（杀，七郎败）此贼力大棍沉，回马枪刺他才是。（杀大力）番贼被我刺中左膀，大败而逃。
　　　　（六郎、继业上）
杨继业：好呀，咱父子趁番兵忙乱之际，急急杀出，方为有理。

（完）

第 七 本

【剧情梗概】金沙滩大战，潘仁美却按兵不动。杨家父子三人杀出求救，天子闻讯病倒回朝，留下呼延赞监军。不想潘仁美必欲害死杨家父子，他先派呼延赞去河北调粮，再命杨令公去两狼山巡查，致使杨令公被敌军包围，六郎、七郎前去解围，不果。七郎闯出重围上幽州求救，路上偶遇良缘，与杜金娥结为夫妻。杨令公被萧太后擒拿后，坚决不降，萧太后放其回营。潘仁美不但不发兵援救，还设计害死七郎。

（仁美出，升帐，四子站）

潘仁美：（诗）屯兵不动观胜败，暗害杨家父子兵。

（白）本帅潘仁美，大兵扎在两狼山口以外，只听得里边炮响连天，必有大变。本帅按兵不动，杨家父子定然难出险地。他父子一死，班师回朝，奏明天子，就说杨家父子覆没，救护不得，番兵势大无敌，假败回幽州，岂不是妙？一则去了老夫眼中之钉，与三子雪恨，二则没有杨家父子，老夫兵权在手，还怕哪个？

（卒上）

卒：（上）报元帅得知，今有杨令公带领二子营门外候令。

潘仁美：哈咳呀！这可怎好？真是天不遂人愿也！

（唱）一听杨家父子到，好生叫人不遂心。
　　　只说他父子全死净，去了老夫大病根。
　　　不想今又出变数，只得假意好温存。
　　　慢遇机会把他害，才显老夫计谋深。
　　　急忙下帐亲迎接，（下，又上）辕门瞧见三个人。
　　　血染浑身丢盔甲，紧走几步暗暗笑。
　　　拉住令公说辛苦，难为将军战敌人。
　　　山中倒是怎么样，莫非番王变了心？
　　　老夫光听号炮响，几次冲杀进不去人。
　　　都被番兵乱箭挡，无法前去救将军。

　　　　　　　老将军受惊本帅有罪，设摆酒宴叙寒温。

杨继业：（唱）令公连连说不敢，同入大帐把话云。（仁美、继业同上）

潘仁美：（唱）仁美带笑说请坐，

杨继业：（白）不敢哪，不敢！

潘仁美：（唱）吩咐三军看酒宴。

　　　　　　　我与老英雄亲把盏，宴会之上诉原因。

杨继业：（唱）元帅要问听我讲，令公未语泪纷纷。

　　　　　　　番王设的双龙会，如此这般太狠心。

　　　　　　　眼看死了杨延定，延广延平也归阴。

　　　　　　　四郎五郎不知生死，八郎延顺杳无音。

　　　　　　　我父子二人三出三入，舍命闯出贼营门。

　　　　　　　来见元帅求兵救，搭救兄弟几个人。

潘仁美：（唱）将军不可心伤感，本帅立刻起大军。

　　　　　　　杀入山中救公子，救不来公子不为人。

　　　　　　　说罢伸手拔令箭，

杨七郎：（唱）七郎开言气攻心。

　　　　　　　老贼不用闹圈套，为何你不早发军？

　　　　　　　如今兵败人死净，弄个虚套哄何人？

潘仁美：（白）将军不要偏信，本帅冲杀几次都被乱箭射回，不是不救哇！

杨七郎：（唱）七郎还要往下讲，

杨继业：（唱）令公断喝少胡云。

　　　　　　　元帅不要将他怪，逆子粗鲁说话混。

潘仁美：（白）本帅不归罪于他。

杨六郎：（唱）六郎开言尊元帅，不可进山战番军。

　　　　　　　此时发兵时已晚，不如回朝见主君。

　　　　　　　发起倾国人共马，方能消灭众番军。

　　　　　　（白）元帅，依末将看来，此时就是发兵，也无济于事。咱营有兵十万，并无一个能征之将，四位国舅武艺平常，番兵有百万之众，倘若起兵，寡不敌众送性命。我父子兴师，人困马乏，不是末将小视元帅，别说杀进金沙滩，就是那两狼山虎口金牙峪也闯不过去。

潘仁美：郡马有何高见？
杨六郎：依我看来，莫如急回幽州，见了天子，奏明其事，挑选上将，发起大兵，再回金沙滩不晚。
潘仁美：郡马之言，虽然有理，那被困的几个公子，岂不有性命之忧吗？
杨六郎：他们几个要有性命，早已闯出。我父子三人杀个三进三出，并没见哪里有围困之伏兵，大料必死在乱军之中了。
杨继业：延昭之言倒也有理，不知元帅意下如何？
潘仁美：既然老将军父子同心，本帅焉有不应之理？
杨七郎：早知道你也没有不应之理。
杨继业：逆子，还不住口！
杨七郎：哼！
潘仁美：众将官，重设酒宴与杨家父子压惊，歇息一夜，明日回转幽州。
众　　：哈！
潘仁美：将军请！
杨继业：元帅请！

（天子出，王袍立）

天　子：（诗）盼捷音不知吉凶祸福，望杨家父子早日回还。
　　　　（白）朕，大宋天子宋太宗赵光义，自从杨家父子替朕去赴会金沙滩双龙会，至今两日不见回音，元帅也无汇报，真叫人放心不下。
卒　　：（报）启奏万岁，元帅与杨家父子帐外候旨。
天　子：快些宣进相见。
卒　　：是！万岁有旨，宣元帅与杨家父子觐见。
潘、杨四人：来了。

（仁美上）

潘仁美：万岁万岁万万岁！潘仁美参驾。
天　子：元帅平身。
潘仁美：万岁！
杨继业：杨继业带领二子前来领罪。
天　子：爱卿何罪之有？平身。快把金沙滩赴宴会之事一一奏来，朕好放心。
杨继业：万岁不消问了。

（唱）三呼万岁容臣奏，细听微臣讲根由。
微臣去赴双龙会，中了番贼巧计谋。
果然番王是奸计，诓我主把江山求。
会上就要应允三桩事，

天　子：（白）哪三桩呢？

杨继业：（唱）我主听臣奏情由。
第一君献珠宝与北国，第二叫我主把降书投。
第三叫我主把汴梁让，他上那里作龙楼。
大郎与他把脸变，韩昌席上献酒沤。
哪知酒内有毒药，七郎看破内情由。
与韩昌夺杯交了手，酒落地火光嗖嗖。
番王一见事情坏，酒盅就往地上丢。
只听当啷一声响，外面大炮震山头。
两廊武士齐动手，大郎一见不停留。
两下大乱动杀砍，杀出会场跳下楼。
不知哪里一支箭，大郎被射一命休。
二郎舍身背着走，被番王杀死血水流。
三郎马踏如泥乱，杀得那番兵将尸满沟。
怎奈番兵实在广，杀不出重围难出头。
四郎五郎不知去向，生死不定再讲究。
八郎延顺无踪影，我父子闯出凶山沟。
大营见了潘元帅，商议兴兵大报仇。

天　子：（白）元帅就该发兵哪！

杨继业：元帅立刻要发人马，微臣想寡不敌众，白费计谋。

天　子：金沙滩那样大乱，元帅怎不前去救应？怎叫将军父子受困？莫非元帅不知道吗？

杨继业：元帅说几次冲杀进不去，乱箭射回，进不去山沟，无奈幽州见万岁。

天　子：咳！太宗天子好心愁，可恨番贼太可恶。
可怜你杨家父子为国身亡，朕十分伤感，大郎要不替朕赴会，今日朕做他乡之鬼了。

　　　　　（唱）太宗天子心难过，止不住二目泪盈盈。
　　　　　　　又是恨来又是怕，真叫寡人心不宁。
　　　　　　　只恨番贼心毒狠，不该累次把朕倾。
　　　　　　　若不是延平把朕替，朕就早丧此残生。
　　　　　　　哭声延平死得苦，二郎三郎也命倾。
　　　　　　　四郎五郎何处去？八郎为何也影无踪？
　　　　　　　怒气交加心过痛，哎呀！一阵头昏眼发蒙。
　　　　　　　身不由己往后倒，（倒）
众　人：（唱）随从侍卫手不停。
　　　　　　　八王王袍忙扶住，连连呼唤把万岁称。
　　　　　　　我主这是怎么样？
八　王：（白）万岁醒来！万岁醒来！
天　子：哎呀！
　　　　　（唱）太宗睁眼口打哼。
　　　　　　　开言便把众卿叫，二卿听朕说分明。
　　　　　　　朕因懊恼气加火，一时病临身不宁。
　　　　　　　可战可守可令退，大事众卿细调停。
　　　　　　　国家大事众卿议，朕要回朝养病情。
潘仁美：（唱）仁美跪倒呼万岁。
　　　　　（白）万岁，依微臣主意，我主暂且回朝。
天　子：元帅之言，正合我意，你去告诉文武众将，准备行装，随朕回朝。
潘仁美：遵旨！
八　王：（白）万岁御驾回朝，只留杨家父子和潘国丈镇守，侄臣甚不放心。万岁，杨家父子无有兵权，恐怕受国丈之害呀！
天　子：哼！这倒不难。朕封杨令公正印先锋，潘国丈为元帅，有事共同商议。留下铁鞭王呼延赞在此监军，看有不平之事，从中公断，有不服者铁鞭打死勿论，先斩后奏。明则监军，暗保杨家父子无事。
八　王：好！皇叔仁德，侄臣敬服！
天　子：宣呼延赞上殿。
呼延赞：万岁！臣来见驾。

天　子：皇兄，朕因病还朝，已命潘杨两家在此镇守，皇侄甚不放心。朕命皇兄在此监军，看有不平之事，先斩后奏，明则监军，暗保杨家父子。如有不服者，打死勿论。

呼延赞：微臣领旨。

天　子：旨意下，大小官员一起回朝，阵亡将士、立功将士以至杨六郎、七郎按功升赏。

众　人：万岁万岁万万岁！

天　子：（诗）指望平灭番邦国，不想一时大病来。

（萧太后出）

萧太后：（诗）大王去赴双龙会，哀家时刻掂心中。

（白）哀家萧太后，自从大王赴会，叫人日夜心中挂念。这两天心惊肉跳，也不知吉凶如何？

耶律碧琼：番兵们，将你王爷棺木抬在白虎殿上，设摆祭礼。咳！母亲可不好了！

萧太后：呀！我儿回来有何不好之事？这样惊慌！

耶律碧琼：我父在双龙会上与宋主话不投机，宋朝奸诈，暗用袖箭将父王……

萧太后：怎样？

耶律碧琼：一箭射死。

萧太后：哦，哦，哦……

耶律碧琼：儿们扶灵回来。

萧太后：此话当真？

耶律碧琼、耶律玉琼：儿们岂能撒谎？

萧太后：灵棺现在何处？

耶律碧琼：现在白虎殿。

萧太后：待我看来。

（萧急下，碧琼、玉琼跟，摆场）

萧太后：（白）大王千岁，可不痛死我也！（倒）

耶律碧琼、耶律玉琼：母亲醒来！母亲醒来！

萧太后：哎呀！

（唱）痛急发昏倒在地，气堵咽喉不明白。

忽忽悠悠不知觉，一口痰化没上来。

耶律碧琼、耶律玉琼：（白）母亲醒来！母亲醒来！

萧太后：（唱）耳边只听人呼喊，挣扎坐起地尘埃。

　　　　　　半晌缓过一口气，扑簌簌两眼泪下来。

　　　（代白）罢了我那王爷呀！

　　　（唱）哭声大王死得苦，抛下小妃好痛哉。

　　　　　　如同刀割挖心胆，大放悲声痛又哀。

　　　　　　放着那太平国王你不做，与宋争杀太不该。

　　　　　　争的什么江与山，设什么大会诡计胎。

　　　　　　小妃也曾把你劝，摇头不语祸事来。

　　　　　　落得临终箭下死，你叫哀家痛悲哀。

　　　　　　萧后哭得如酒醉，

耶律碧琼、耶律玉琼：（唱）二位公主把口开。

　　　　　　　　　　母亲不可过悲痛，人死哭也活不来。

　　　　　　　　　　应当吩咐办丧事，把我父王好好埋。

　　　　　　　　　　然后考虑国家事，国家无主怎安排。

萧太后：（唱）萧后止泪说有理，

　　　（白）女儿言之有理。吩咐大小番官、士农工商披麻戴孝，发殡王爷入土。银安殿击鼓，哀家讲不起上殿与众卿议事。

众　人：遵令！

　　　（内白）大小官员听真，擂鼓聚将，娘娘升殿议事。

萧太后：罢了，王爷呀！

　　　（升番帐，众站）

众　人：（诗）聚将鼓打响如雷，旌旗闪闪放光辉。

　　　　　　昨日金沙一场战，今日大帐论是非。

闫　荣：（白）我军师闫荣。

哈尔密奇：我副军师哈尔密奇。

韩　昌：我大都督韩昌。

萧天佐：我萧天佐。

萧天佑：我萧天佑。

韩匡思：我韩匡思。

耶律休哥：我耶律休哥。

耶律休弟：我耶律休弟。

闫　荣：众位请。

合：　　请，聚将鼓响，必是太后升座议事，小心伺候。

（萧太后出，不坐）

萧太后：（白）众位都督，可已到齐？

众　人：俱已到齐，不知太后有何国事？

萧太后：众位都督、各位酋长，王爷已死，国家不可一日无主，大家应当扶立新君，好与王爷报仇雪恨。

众　人：娘娘言之有理，但王爷死了，依臣等看来，太后虽是女流之辈，贤德过人，莫如太后暂管朝政，乃为正理！

萧太后：不可呀不可！哀家有何德能，焉敢身居大位？众卿应当挑选一个有德之人袭了王位。

众　人：太后不要推辞，不过暂管一时，等有贤者时，太后让位也不为迟。

萧太后：既然众卿意决，哀家暂且从之。

众　人：千岁请升宝座，容臣等参拜。

（萧太后坐）

众　人：千岁千岁千千岁！

萧太后：众卿平身。听我口旨！先将王爷停在偏殿，等过了四十九日超度完毕，再行入土。众卿各依旧旨，金沙滩双龙大会虽然互相胜败不分，但被他伤了国主，损了大将数员，番兵死了无数，此仇不报为可耻。大料宋天子不肯甘休，必须早做准备才是。驸马韩昌听令，你率领全国人马在陈家峪口驻扎，四面多设埋伏，以防宋兵犯界。

韩　昌：遵旨！

萧太后：二位军师参与国政，赏功罚罪，招贤纳士，勿得徇私。

闫荣、哈尔密奇：遵旨！

萧太后：其余大小将官都听韩驸马调用。

众　人：遵旨！

萧太后：吩咐军民披麻戴孝，将王爷发殡，一面料理丧事，一面严防宋兵。散朝！

（夜里花马上）

夜里花：我乃北国飞叉大王夜里花，奉了韩驸马将令，带领五百小番去上两狼山巡哨，探听宋兵动静。韩驸马大队人马在陈家峪口安营，四面埋伏，恐怕宋兵入境。呀呔！小番们！人马一奔两狼山，走！走！走！

（潘仁美出）

潘仁美：（诗）口似砂糖舌似刀，心怀叵测志气高。

　　　　　　权高势大压文武，要把杨家断根苗。

（白）老夫潘仁美，自从金沙滩失败，杨家父子走死逃亡，只剩下他父子三人，天子因病还朝，钦命我潘家与杨家在此把守，以防番兵。可恨八王多嘴多舌，留下铁鞭王呼延赞这个老儿，又赐他代管文武之权。老夫有心谋害杨家父子，有这个匹夫在此，我也不敢下手。昨日偶思一计，今日升帐，命呼老儿上河北催粮，将他支出去，方好行事。再命杨六、七郎去护卢沟桥，查防边界。他二人一去，就剩杨继业一人，我再找他错缝，害他一死，方解我心中之恨。定是如此，人来！外厢带马伺候，到帅府升帐。

（唱）欠身迈步出房去，（下，又上）上马急入帅府堂。

　　　　吩咐快打聚将鼓，

（摆场，众将上）

众　将：（唱）惊动了五营四哨众儿郎。

　　　　　顶盔贯甲来伺候，盔明甲亮放毫光。

　　　　　令公杨业先来到，又来延赞铁鞭王。

　　　　　六郎延昭上大帐，来了延嗣杨七郎。

　　　　　又来潘龙与潘虎，潘桂潘林走慌忙。

　　　　　郎千郎万弟兄俩，众人一齐到帅堂。

潘仁美：（唱）仁美上了中军帐，归座传令把口张。

　　　　　众位将军听将令。

（白）众位将军，咱们如今屯兵不动，大兵十万，日费斗金，消费太大，昨日管粮官禀报说是军中粮草不足，仅够一月之用。万一番兵来到，动了征杀，军中差缺粮草，不攻自乱。众将有何高见？

呼延赞：元帅，军中粮草不足，可差官往河北一带临近城池处催粮运输，以备军用。

潘仁美：老将军说得有理，意欲烦老将军一趟，去上河北一带催粮，不知老千岁肯去否？

呼延赞：为国之将，何言劳乏？但我奉旨监军，代管奸佞之人，恐怕他人暗害忠良。我今前去催粮，把话说在头里，元帅晓谕众将都要衷心为国，不可生出炽毒之心。若是叫我查出破绽，老夫铁鞭是不容他的。

潘仁美：老千岁放心前去，帐下将官都是忠正的，即使帐上有那样之人，我也是不容的。老千岁取笑了。

呼延赞：本御去也！

潘仁美：哼哼哼！这个老儿好生厉害！杨延昭、杨延嗣听令！

杨六郎、杨七郎：在！

潘仁美：你弟兄二人带领五百军兵去往岐沟关查查奸细。

杨六郎、杨七郎：得令！

潘仁美：郎千郎万听命！

郎千、郎万：在！

潘仁美：你弟兄二人带兵三千巡查幽州左近一带，以防奸细。

郎千、郎万：得令！

潘仁美：四子听令！

潘氏四子：在！

潘仁美：你四人各带本部人马把守城门，小心奸细。

潘氏四子：得令！

潘仁美：杨继业。

杨继业：有！

潘仁美：你带领人马一到两狼山查查奸细。

杨继业：得令！

潘仁美：（诗）明着派人捉奸细，暗揣害人一片心。

杨继业：（内白）众三军，随我赶奔两狼山巡哨一回。（上）本帅杨继业，可恨潘贼与我作对，让我去两狼山查奸细，只得走走。

（唱）令公马上长吁气，前思想后甚凄惨。

最近金沙去赴会，潘贼早把歹心安。

十面埋伏凶又猛，会场两国大征战。

大郎替主丧了命，三郎二郎染黄泉。

多亏七郎闯险地，父子见面又回还。
外面救兵看暗号，但看旗倒是机关。
旗若不倒主在内，大家一拥杀进山。
大旗要倒主逃走，大家也好放心宽。
真正可恨潘仁美，他把那大旗铁铸个坚。
五郎砍旗砍不倒，四外番兵杀上前。
至今不知生与死，定是仁美内藏奸。
潘贼他与我杨家有仇恨，所为潘豹结仇怨。
思思想想进山峪，面前就是金沙滩。
但只见死尸乱放横满地，四外恍惚悲惨惨。

萧天佐：（内白）众番兵！宋兵入山，把住山口，随我上前捉拿。哈唔哈唔！

杨继业：呀！

（唱）呼听一阵人呐喊，又是番贼来困咱。
急急勒回能行马，青铜大刀两手端。
恶恨恨地往外闯，

萧天佐：（内唱）萧天佐手提钢叉杀近前。（上）
大叫老儿快服绑，不然叫你染黄泉。

杨继业：（唱）令公一见怒冲冲。

（白）好个番贼！暗用计谋来围山口，快快闪路！不然刀下废命！

萧天佐：休得胡道！我劝你这老儿归顺我国，还有一线生路，再若逞强，难免叉下做鬼！

杨继业：胡说，看刀！

萧天佐：来来来！

（四面乱杀）

杨继业：咳呀咳呀！可不好了！今日这场战争有些不好了！

（唱）继业马上吁吁喘，这场大战十分恶。
杨某虽有霸王勇，年过花甲力不多。
虽非一个敌一个，四面攻杀无奈何。
只觉手迟马也慢，只有招架无力拨。
不言令公遭围困，

郎千、郎万：（唱）又把郎家兄弟说。（上）

奉命巡查防奸细，忽听山上响开锅。（呐喊）

必是令公遇反叛，令公带兵不太多。

怎挡番兵人马勇？咱二人岐沟以外查番贼。

若有六郎七郎在，番贼一个别想活。

杨七郎：（内白）六哥，你看郎家弟兄在那里瞭望，你我何不上前一问？

杨六郎：有理！

郎千、郎万：（唱）不由闪目留神看，那边来了两哥哥。

凑巧凑巧真凑巧，真该令公命得活。

着急连连高声叫，叫声七哥与六哥。

杨六郎、杨七郎：（唱）弟兄来到忙忙问，你俩着急是为何？

（白）二位兄弟唤来我俩，有何事故？

郎千、郎万：你们听！你们听！狼牙峪里杀声震耳，必是令尊入山探视，遭了围困，我俩正无法进山搭救令尊脱险。

杨七郎：呀！这还了得？六哥，随我杀入山口。

杨六郎：有理！

郎　千：你看他俩闯入山口，你我且看瞭阵，观其胜败，再做定夺。

郎　万：有理。

（六郎、七郎上）

杨六郎、杨七郎：（唱）山峪杀声起，闯山救父还。

杨六郎：（白）俺杨延昭。

杨七郎：俺杨延嗣。

杨七郎：你我到陈家谷口，你看番兵无数，番兵众多，一定爹爹遭困，六哥在后，小弟在先，冲进重围寻找爹爹便了。

（硬唱）弟兄二人前后行，好似猛虎下山涧。

大喊一声震天塌，枪挑鞭打贼反叛。（众杀）

番兵番将叫连天，哪里来的二愣汉。

也有中枪一命亡，也有脑袋稀糊乱。

马到之处无有人，闯过之处倒一片。

来了大将土金辉，马上交手正对面。

（三人对杀）

土金辉：（唱）战了几合说不行，使得浑身出躁汗。（六郎过、七郎去）
　　　　　　被他闯进营里边，气得浑身嗒嗒颤。
　　　　　　吩咐一声四面围，放走宋将头砍断。

（六郎、七郎上）

杨六郎、杨七郎：（唱）弟兄二人催走龙，霎时之间到里面。
　　　　　　瞧见爹爹在那边，盔歪甲斜暗自转。
　　　　　　急急上前下马行，弟兄齐把父帅唤。

杨继业：（唱）杨继业一见问一声，你来可有将令箭？

杨六郎、杨七郎：（白）我们半路而来，哪有令箭？

杨继业：（唱）私自前来了不成，元帅问罪可怎办？

杨六郎、杨七郎：不怕不怕，儿们保护爹爹杀出去见了仁美，看他怎样？

杨继业：（唱）逆子不可胡乱云，免伤父子情与面。
　　　　（白）七郎儿不要胡说，自古军令如山倒，为父奉令前来巡山，哪有回去之理？宁可战死此地，断不违令！七郎儿，你要有父子之情，急急杀回，见了元帅，好言告禀，不可莽撞，说明为父被围之事，请元帅发兵救应。你要不遵父命，父就拔剑自尽，死在你面前。

杨七郎：咳咳咳，爹爹之意不肯回去，孩儿岂敢不遵？我就闯营去也！

杨继业：这便才是！你我父子在此，番兵不敢来犯，料歇片刻，再去不晚。

杨七郎：是！孩儿遵命！
　　　　（唱）口内应声心难过，暗暗流泪心伤怀。
　　　　　　料歇片刻上战马，只好搬兵急去快来。
　　　　　　将马一催往外闯，闯出贼营泪下来。

杨继业：（唱）杨继业也觉心不忍，等候回音救兵来。
　　　　　　父子分手两下去，

（韩昌升帐，众站）

韩　昌：（唱）再把韩昌说明白。
　　　　　　军卒说有闯营汉。必是杨家弟兄来。
　　　　　　他又闯出重围去，必搬救兵无疑猜。
　　　　　　昨日表文见太后，如此这般说明白。

      太后爱惜忠良将，回文说是亲自来。
      为何不见太后到？
  （卒上）

卒：（上）报，太后驾到。

韩　昌：（唱）急忙下帐迎出来。
      微臣参见娘娘驾，（二人对上，韩昌跪）迎接来迟有罪责。

萧太后：（唱）萧老太后忙开口，
   （白）驸马平身。

韩　昌：谢过千岁。

萧太后：久闻杨继业是条好汉，故而亲自来劝他投降。

韩　昌：启奏太后，杨家父子对宋忠心耿耿，几次劝他不降，使臣无可奈何。

萧太后：依哀家看来，明日四面包围，用法擒住，那时哀家劝他归顺，何愁大宋不灭？

韩　昌：太后言之有理，明日设计擒他。太后请！

萧太后：请！

  （七郎马上）

杨七郎：好吔呀好吔！幸而闯出重围，天色已晚，不辨路径，又无村庄店社，这却如何是好呀？那边有一树林，必有村庄。（犬吠）听见犬声，何不到那里存宿一夜，明天再走？定是如此，寻路便了。

  （老丑员外出）

杜　奇：（诗）庄稼人说庄稼话，只可说小别说大。
      差官找我说没在家，任你怎骂我也不打架。
   （白）老汉杜奇，在幽州西北四十里杜家庄居住。虽然不富，可以丰衣足食。别的事情不愁，愁的是我女儿金娥，今已十九，武艺高强，还没有婆家呢！闹得高门不成，低门不就，这也不在话下。

家　丁：老爷子，门外有一人赶不上店了，要在咱家住一宿，不知你老允不允？

杜　奇：这叫啥话呢？谁出门还背着房子带着锅呢？即要投宿，哪有不留之理？快请！

家　丁：是，那位壮士，我家员外有请。

杨七郎：来了。（上）员外在上，行路人有礼了。

杜　奇：好说，请坐！

杨七郎：谢坐！

杜　奇：家童，看茶！不知壮士从何而来？为何孤身走路？
杨七郎：老人家若问，我就不隐瞒了。咳！
　　（唱）未曾说话先吁气，你老要问听我言。
　　　　只因我父身被困，去上幽州把兵搬。
杜　奇：（白）请问贵姓大名，令尊何人？
杨七郎：（唱）我父名讳杨继业，现为副帅征北番。
杜　奇：哦！
　　（唱）原来还是公子到，有失远迎礼不端。
　　　　吩咐家人看酒宴，招待公子理当然。
杨七郎：（唱）老人家多有客气，受之有愧可怎担？
杜　奇：（唱）公子不必太客套，老汉还有心腹言。
　　　　家人快些搭床铺，公子劳乏请安眠。
家　丁：（白）公子随我来。
杨七郎：来了。
杜　奇：（唱）家人领着歇息去，员外心中打算盘。
　　　　我看公子杨家将，天武神威是魁元。
　　　　何不把女儿金娥许？这是一段好姻缘。
　　　　主意已定心中乐，急忙欠身到后边。
　　　　何不告诉女儿晓，叫她心中好喜欢？
　　　　不言杜老去见女，

（金娥上，坐）

杜金娥：（唱）再表金娥佳人言。
　　　　独坐绣房生闷气，
　　（诗）满怀心事向谁言？可与人言无二三。
　　（白）奴杜金娥，今年一十九岁，母亲去世，跟随爹爹度日，至今待在闺中。高门不成，低门不就，真叫人愁闷。
　　（唱）叹我母亲死得早，抛下女儿苦难提。
　　　　终身事爹爹终日不理论，女孩之家不好提。
　　　　光阴似箭催人老，终身大事无结局。
　　　　空有武艺中何用？不能与国效力去。

　　　　　　真是满怀心腹事，没法说来心憋屈。
　　　　　　正是佳人胡思想，
杜　　奇：（唱）杜老进房笑嘻嘻。
　　　　　（白）丫头你可大喜了。
杜金娥：（白）爹呀！我有啥喜事呀？
杜　　奇：为父我给你挑个好女婿，闺女呀！听为父细细的告诉与你。
　　　　　（唱）不论啥事情，都有头与尾。
　　　　　　闺女别着急，听我说与你。
　　　　　　老爹六十多，闺女十好几。
　　　　　　今日来一人，正配我闺女。
　　　　　　他是东京人，姓杨说与你。
　　　　　　令公是他爹，天黑到这里。
　　　　　　少年是英雄，我看真可以。
　　　　　　我来找女儿，与你来商议。
　　　　　　你要愿意了，不用择日子。
　　　　　　今就入洞房，成全他与你。
　　　　　　老爹做主张，应许不应许。
杜金娥：（唱）可人家愿意呀？
杜　　奇：（唱）这个没问他，得先问问你。
　　　　　　女儿别着急，我就问问去。
　　　　　　急忙出了门，（下）觉自心有底。
　　　　　　一说就成啦。（上）回房来报喜。
　　　　　　闺女快走吧，姑爷等着你。
杜金娥：（唱）佳人闻听心喜悦。
　　　　　（白）爹爹做事倒也痛快。
杜　　奇：不是我痛快，是姑爷着急，他心中有事呢！成了亲，入了洞房，就算完了我一辈子大事，今后我也就不惦着啦！走吧！快走！
杜金娥：是咧！
　　　　　（六郎、继业上，地上坐）
杨继业：（诗）被困峪口十数天，粮草尽绝怎争战？

（白）老夫杨继业，咳！六郎儿哪！咱父子被困十数余天，粮草尽绝，幸而番兵并未交战，倘若番兵前来交锋，你我父子与这五百兵丁俱死于此地。

（唱）心难忍，滚泪珠。

英雄有泪，轻易不出。

恨我无谋略，中了这埋伏。

围得如同铁桶，粮草一点也无。

看看兵丁要饿死，只怕今生难回帝都。

众　人：（唱）众军校，地下伏。

饿得无力，骨软筋酥。

带泪呼元帅，怎么能杀出？

番兵四面围裹，元帅快想良图。

你一言来我一语，说着说着不住哭。

杨继业：咳！

（唱）更难受，叫军卒。

众位不要，大声啼哭。

番兵知此事，前来必拿吾。

咱们四肢无力，交手怎把贼诛？

耐等七郎搬兵到，救兵一到咱就杀出。

（内喊）正讲话，喊声呼。

大炮震耳，番兵齐出。

连连说不好，必是来拿吾。

延昭快些上马，挡退这些番奴。

杨六郎：（白）是！

（唱）六郎提枪上战马，杀入贼队气扑扑。

杨继业：（唱）老令公，叫军卒。

不要害怕，随我杀出。（下）

众　人：（唱）军卒不怠慢，勉强不得不。

萧天佐：（唱）来了番将天佐，（上）吩咐大小番奴。

一起上前拿宋将，

（白）小番们，上前捉拿杨继业，不得有误。

（六郎上）

杨六郎： 萧天佐，你乃手下败将，还敢前来逞强！快快闪路，饶你不死！

萧天佐： 依我劝你，快快下马投降，免得费事！

杨六郎： 胡说！看枪！

（杀，佐败，又上）

萧天佐： 番兵们一起围裹！

（众过，乱杀。杨继业对匡思上）

韩匡思： 杨继业，你还不下马投降，等待何时？

杨继业： 韩匡思，你老爷就是一死，有何惧哉？不要走，看刀！

（杀，思败，又上）

韩匡思： 你看这个老儿，人困马乏，有心伤他，娘娘有旨，定要活拿。小番们，布上绊马索。

（杨继业被绊倒）

韩匡思：（白）小番们，绑着回营。

（六郎急上）

杨六郎： 咳呀不好！番兵越杀越多，难以取胜，不免杀回土山，见了父帅再做道理。

卒： 报少爷，可不好了！

杨六郎： 何事？

卒： 老元帅被擒。

杨六郎： 此话当真？

卒： 当真。

杨六郎： 这还了得！杀到番营，与父帅死在一处吧！

卒： 六爷不可，你看天已黄昏，难以交战。不如且等明天打听元帅生死。如若有命，慢想对策，解救回来。如若已死，我等情愿与少爷杀到番营，同死一处，也算报了老元帅待我等之恩了。

杨六郎： 好！众位有此忠义之心，是我感恩不尽，暂在陈家峪口歇兵一夜，明日再做定夺便了。

（萧太后出，坐）

萧太后：（诗）耳闻杀声息，天有定更梆。王爷去了世，哀家为正王。
（白）哀家萧太后，昨日亲身来到大营，观看战事，又听说杨老令公忠勇可嘉，意欲劝他投降，何愁宋氏江山，不到我手？
（番卒上）
番　卒：启禀太后，韩都督擒来杨继业，在大帐上等候太后发落。
萧太后：是，知道了，吩咐大帐多设灯烛，哀家前去面见老将。
番　卒：是。
（升帐，天佐、天佑、韩昌站，太后坐）
萧太后：（诗）秉灯升大帐，说服宋家官。
（白）哀家萧太后，番兵们，将宋将带上来。
番　卒：哈！
（杨继业上）
杨继业：咳！我好恨也！
萧太后：尔等闪开！哦！老将军，你乃大宋忠臣，中原良将，年过花甲，死也为国，有啥恨也？
杨继业：恨我征战，未曾死在疆场以上。
萧太后：老将军不要动怒，少发虎威。我今虽把老将军擒来，绝不伤害于你，我国虽居外邦，也颇知礼仪；哀家虽是女流，也深明国政。
（唱）下帐亲身解了绑，老将军年过花甲多。
（白）宫官，搭座。老将军请坐，哀家有话和老将军商量商量。
杨继业：你这样以礼相待，是何意也？莫如杀之，落个忠义之名，现在生不如死，我好愧啊！
萧太后：（唱）老将军，武将遭擒是常事，尽忠何在死与活？
（白）老将军请坐。
杨继业：哼哼哼！我身为大国之将，岂能与你犬羊同坐。
萧太后：（唱）老将不要出言不逊，偌大年纪性子恶。
出兵怎叫你老将？分明是飞蛾扑火不叫你活。
将军还想把忠尽，岂不知将帅不和难把胜得？
大丈夫遇事总得要考虑，常言逢刚必要折。
良禽择木栖身也，良臣择主是明哲。

君要不正臣投外国，父要不慈子受奔波。
依我说暂时投我国，带兵去把幽州夺。
哀家我情愿与你平分天下，何必受人辖管着？
未知将军同意否？

杨继业：呸！

（唱）心中大怒骂番贼。
倒也是犬羊之国没人性，与你交言羞死我。
想要老夫归顺你，除非是西方日出东方落。
快些与我一痛快，

萧太后：（唱）太后一见笑哈哈。
好个烈性杨老将，真不愧忠臣站朝阁。
吩咐一声摆酒宴，降与不降再另说。（韩昌递酒）

杨继业：（唱）一掌把酒打在地，一脚踢翻酒席桌。
拿起椅子朝昌打，

韩　昌：（唱）韩昌一见说可恶。
吩咐小番绑下去，乱刀分尸把头割。

萧太后：（白）不可！

（唱）萧后急忙说不可。

（白）他既不愿投降，哀家敬他忠义，交还他的枪马，将他放回，给他些酒肉，叫他整理军威，再来交战。

杨继业：番婆，你不杀我，我也不承情，老夫宁可饿死，也不吃你犬羊之食，老夫去也。

韩　昌：杨老儿这样傲慢，理当杀之。太后为何又将他放回？

萧太后：驸马都督不知，杨继业乃大宋名臣，天下闻名。潘仁美要杀他不得下手，才命他带五百人马前来和咱们打仗，是要借咱手杀他，哀家岂肯落个害贤之名？今日虽然把他放回，大料他飞不出陈家峪口。

韩　昌：太后高见，不错！

萧太后：吩咐四面围裹，小心把守，

韩　昌：遵命！

（七郎、金娥出）

杨七郎、杜金娥：（诗）无意之中招亲事，奇逢巧遇配良缘。

杨七郎：（白）俺杨延嗣。

杜金娥：奴杜金娥。

杨七郎：哦！娘子你我夫妻成就，拙夫乃奉父命搬兵求救，常言说得好，救兵如救火，今日我就要起身了。

杜金娥：咳！将军因国家事忙，妾身也不敢相留了。

（唱）嘴说不留身不动，不由一阵暗悲伤。

将军你今搬兵走，但不知何日转回乡？

杨七郎：（唱）搬来救兵，救回父帅，就来接你。

杜金娥：（唱）咳！将军，接与不接全在你，奴的终身靠得夫郎。

郎君你心急如火脾气暴，真是叫我惝心上。

临阵交锋刀枪无眼，若不小心身受伤。

杨七郎：（唱）拙夫我冲锋打仗无所惧，全仗着神出鬼入一条枪。

番兵闻名吓破胆，哪个不知杨七郎？

快些收拾我好走，

杜金娥：（白）是。

（唱）佳人答应取行囊。

杨七郎：（唱）七郎接过往外走，佳人想送泪汪汪。

杜　奇：（唱）杜老门外早拉马，（上）专等姑爷带丝缰。

杨七郎：（唱）七郎接马把辞告，

（白）岳父、娘子请回去吧。

父女二人：一路保重吧！

杨七郎：是！

（唱）上马加鞭急又忙。

杜金娥：（唱）佳人看着去得远，眼泪汪汪回绣房。

压下父女且不表，

杨七郎：（唱）再表七郎走得忙。来到幽州城门外，

（白）来到幽州城门以外，不免去见潘仁美。他要发兵还在罢了，如若不然，定与他个厉害，走走便了！

（仁美出帐）

潘仁美：（诗）一朝大权在我手，提调随便把令行。

（白）老夫潘仁美，将呼延赞这个老儿调往河北催粮去，城内之事都由老夫做主，无一阻拦。无有老儿呼延赞在此，还怕哪个？又将六郎七郎派到岐沟关一带巡查边界。先害了杨继业，只剩两个幼子，料他们也不济于事。天子若问，就说他不遵将令，自己带兵去征反叛，死在疆场，天子也不能怪罪老夫，真是两全其美。

（卒上）

卒：（上）禀帅爷，外有七郎候令，要见元帅。

潘仁美：呀！这个冤家为何自己前来？定有缘故，只得假意恭敬于他，量他一个鲁夫，有勇无谋，必中我计。左右快些有请！

卒：哈！元帅有请七将军。

杨七郎：来了。（上）潘仁美！潘仁美！我把你这个奸贼。我父被困陈家峪口，粮草尽绝。你身为元帅稳坐城中，置之不理，还这样潇洒无事，是何道理？

潘仁美：哼！七将军何必这样发怒？有话慢慢地说来。左右，与你七爷搭座。七将军快些请坐。

杨七郎：有座。

潘仁美：非是老夫不发人马救护，只因城中粮草不足战，等呼王粮草运来。再者说老夫也不知道老将军受困，我只命他巡查番兵动静，并未叫他冲锋打仗。他受困，也无急救到来，老夫只当老将军还在巡查。如要知晓，早已发兵去救。将军稍坐，老夫立刻发兵，也就是了。请问七将军你怎知道老将受困呢？

杨七郎：好！杨七郎心中暗想，我是奉命岐沟查防，并无令上陈家峪口，私自前去，有违将令之罪。有心说明，老贼他准拿我一款。有心说听郎家弟兄告诉的，又怕连累他们。哦哦哦！有了！待我混他一混。哦！我弟兄二人查访岐沟关无事回来，正遇我父带的兵卒逃出，告知其事，我二人才急急杀入陈家峪口，看见我父在那里受困，粮草尽绝，我父命我闯出来见元帅，搬兵求救。

潘仁美：哈哈哈！原来如此。幸亏七将军杀入峪口，才知你父被困。七将去得好！中军后花园摆宴，请七将军到那里饮宴，老夫立刻传令发兵，

中　军：七将军，随我来。

杨七郎：喝酒是小事，发兵是大事。
潘仁美：那是自然，老夫就此传令发兵，等将军用过酒饭，好做前队。
杨七郎：是！末将遵命！
潘仁美：哈哈哈！好个小冤家，真乃可恶！竟敢毁骂老夫，我岂能容得？何不用酒将他灌醉，绑在芭蕉树上，用乱箭射死方解恨。正是量小非君子，无毒不丈夫。
卒：将军随我来。
杨七郎：来了。（七郎上，坐）
（诗）奉父命搬兵求救，盼发兵两眼望穿。
（白）俺杨延嗣奉了父亲之命，闯出陈家峪来见潘仁美搬兵求救。方才见了潘贼，被我强派了几句，他说立刻发兵，将我置在花园，酒宴摆齐，看他倒是何意？
（潘仁美上）
潘仁美：七将军一路鞍马劳乏，多饮几杯，等我点齐人马，好起兵前往。
杨七郎：元帅，兵将可点齐了么？
潘仁美：将令传出，不久齐备，老夫恐怕冷待将军，故而前来亲自备宴，有我四子、郎千、郎万往校场点兵去了，将军且请饮酒吧。
（唱）假意殷勤斟上酒，老夫亲敬理才当。
杨七郎：（唱）末将本是一勇辈，何劳元帅敬酒浆？
潘仁美：（唱）将军神勇人人敬，杀得番兵个个亡。
杨七郎：（唱）一仗天子厚德福，二仗末将一杆枪。
潘仁美：（唱）圣上命我当元帅，全仗众将把我帮。
杨七郎：（唱）谈话之间提往事，我今冒犯请原谅。
潘仁美：（唱）些许小事何足道？皆因你救父心太忙。
杨七郎：（唱）打死公子我的错，恕我粗鲁性气刚。
潘仁美：（唱）过去之事不用讲，将军不用放心上。
杨七郎：（唱）元帅量大心似海，不记前仇大宽肠。
潘仁美：（唱）公私必须分清也，以私废公理不当。
杨七郎：（唱）力杀四门把城入，绝不该暗刺元帅你一枪。
潘仁美：（唱）本是四子做的事，错怪公子不应当。

杨七郎：（唱）纵使元帅心宽大，屡次三番把脸伤。
潘仁美：（白）请饮！
（唱）公子饮酒心放敞，立刻发兵破山岗。
杨七郎：（唱）七郎心烦不担酒，喝得头迷心发慌。
潘仁美：（唱）公子酒量大如海，请酒！不必留量饮一场。
杨七郎：咳呀！
（唱）头迷眼黑扶桌睡，犹如小死梦黄粱。
潘仁美：（唱）仁美一见心大悦。
（白）杨将军再吃一杯！再饮一盏！再饮一盏！咳呀！好哇！狗子今日落网，四子何在？
潘氏四子：来了！（上）爹爹可将他灌醉了么？
潘仁美：醉如小死。你四人将他绑上，吩咐把住帅府，不许放一人出入。
潘氏四子：是。

（绑七郎上）

杨七郎：哼！你们为何将我上绑？
潘仁美：（白）杨延嗣小奴才，你还在梦中，老夫今将实话实说了吧。
（唱）叫狗子，听我言。
休推睡梦，少要装憨。
只因北国番，大兵来犯边。
急表前来求救，天子为了大难。
无奈才把擂台立，考取天下众奇男。
我三子，武艺全。
奉上立擂，不是自编。
天子出主意，晓谕文武官。
不许朝内臣子，上台打擂当先。
可恨你这小狗子，劈死我儿好可怜。
老夫我，上金銮，
奏知天子，拿你报冤。
指望你父子，必然一命捐。
不想八王赶到，保本才把你宽。

  以大降小雄关去，不想立功把罪还。

  头一次，五台山，

  本想杀你，未遂心田。

  二次四门闯，不放你入关，

  指望困你城外，你又破了北番。

  刺我一枪心中恨，纵然怕你不敢言。

  北番国，下书篇。

  请主赴会，金沙滩边。

  你们父与子，愿做保驾官。

  大郎替了天子，正对我的心田。

  大兵在此永不动，听你全死在北番。

  没死净，心不安。

  天子回朝，我掌大权。

  呼王支出去，分开你孤单。

  只说一网打尽，叫你断了根源。

  今日凑巧你来到，活该我报杀子冤。

杨七郎：（唱）呀吓！呀吓！

  老奸贼，狗肺肝。

  我真愚鲁，上你套圈。

  今生难报恨，来世报仇冤。

  老贼给个痛快，不要语四言三。

  七郎不住破口骂，

潘仁美：（唱）仁美心中火直蹿。

  忙吩咐，都上前。

  吊在树上，把他命捐。

潘氏四子：（唱）众人齐答应，急急拉外边。（下，摆树，吊上七郎）

    吊在芭蕉树上，回首又将箭穿。

    霎时浑身箭射满，（七郎死）

潘仁美：（唱）仁美一见好喜欢。

  （白）今日大报前仇，解了心头之恨。今已将他废命，着人把他抬到河边掩埋，你弟兄四人各带本部人马查住关口，守住险地，不要放走杨家一人。命郎千、郎万在两狼山左近巡查，捉拿令公父子，以防备他父子出入。潘龙潘虎二人将告示贴出，晓谕合城将官，就说杨家父子不遵将令，私自出兵，有谋反之心，好挡呼延赞之口。

潘氏四子：是！孩儿遵命！

潘仁美：（诗）任你纵有霸王勇，暗算无常死不知。

（完）

第 八 本

【剧情梗概】 杨继业与六郎被敌军冲散,杨继业见自己无力冲出重围,为不被敌人俘虏,撞死在李陵碑下。六郎奋力杀敌,奔向幽州求救。不想被潘家二兄弟抓住,潘仁美不容分说,令将六郎打死。郎千、郎万抬出六郎尸体,欲在河边掩埋,不料六郎复活,得以逃生。六郎走投无路之时,欲寻短见,被辽国奸细王强所救。在王强的帮助下,六郎回京。八王带六郎面见圣上,告了御状。

(六郎步上)

杨六郎:俺杨景,父帅被擒,吉凶难定,一宿寻思坐卧不宁。父亲被擒,无法解救,天色已晚,耐等明日舍命杀贼,任想父子死在一处。(继业上)

杨继业:我儿,为父回来了!

杨六郎:呀!真是爹爹回来了。不知父帅怎么回营?

杨继业:儿啦!原是如此这般劝我投降,为父至死不肯,萧太后爱我忠义,放我回营。

杨六郎:哦!爹爹,萧太后不杀而放,必有用意。

杨继业:这倒明白,还是增加埋伏再擒,要咱投降他,他乃是逼降之计。

杨六郎:只等她落个不杀忠贤之名,为后必有伏兵四起,咱父子快想脱身之计。

杨继业:我儿之言,乃为正理,咱父子乃忠心报国,宁可死在两军阵前,不辱王命。哪怕他刀斧临身,死而荣幸,有何惧哉?

(内喊)

杨六郎:爹爹,你听炮声四起,只怕有些不好。

杨继业:我儿快备鞍马,准备厮杀。

(卒上)

卒: 报元帅得知,番兵四面杀来,乞令定夺。

杨继业:再探。儿啦,你看天交四鼓,东方已亮,番兵四面齐上,你和我杀敌便了。

杨六郎:遵命!

(耶律奇率众杀,六郎败,上)

杨六郎:咳呀!可不好了!番兵遮天盖地而来,将我父子冲散,不见父帅,这却

　　　　　　如何是好？手下兵丁只剩二三十名，讲不起杀进贼队，寻父帅便了。
　　　　　　（继业对韩昌上）

韩　　昌：好个杨令公，你看我国人马如同兵山将海，你再要不降，只怕性命难保。
杨继业：我今纵然被困，等我国大兵一到，杀你个干干净净，了结我心头之恨也！
　　　　（唱）刀一指，气炸肝。
　　　　　　　大胆番奴，犬羊一般。
　　　　　　　野心总不退，一心占中原。
　　　　　　　竟敢胡言乱语，贼奴欠把眼剜。
　　　　　　　我国大兵不久到，扫灭尔等狗女男。
韩　　昌：（唱）好一个，恶心官。
　　　　　　　口出不逊，胆大包天。
　　　　　　　看你忠良将，我国把你宽。
　　　　　　　要是宋朝别者，早就斧劈锤颠。
　　　　　　　格外留情饶你命，快快下马来归咱。
杨继业：唗！
　　　　（唱）杨老爷，眼瞪圆。
　　　　　　　恨骂番贼，犬羊一般。
　　　　　　　老爷要怕你，不算宋家官。
　　　　　　　生死放在度外，怕死不算魁男。
　　　　　　　恶狠狠地抢刀砍，照顶搂头往下扇。
韩　　昌：（唱）钢刀架，不得闲。
　　　　　　　大战几合，拨马出圈。
　　　　　　　叫声众番将，一起听我言。
　　　　　　　前进个个有赏，退后定斩不宽。
　　　　　　　继业老儿果然勇，要尔等四面围裹莫放还。
众番兵：（唱）众番兵，猛又欢。
　　　　　　　各执兵刃，一起上前。
杨继业：（唱）杨继业忙招架，累得汗直窜。
　　　　　　　遮前难以顾后，只觉两膀发酸。
　　　　　　　两手端枪无有力，丢盔卸甲甚不堪。

（杨继业杀死番兵几个，昌上）

韩　　昌：（白）小番们一齐放箭。

众番兵：放箭了。

（继业中箭上，甩头）

杨继业：咳呀！可不好了！

（唱）哼！罢了我呀！

身上中了好几箭，只觉头昏二目眩。

口内连连说不好。咳！

（白）有些不好，兵丁俱各丧命，只剩我一人。我儿哪里去了？不知困在何处？七郎搬兵不见到来，番兵齐围，乱箭齐发，身中数箭，只怕我性命难保了。

（番卒上）

番　　卒：哪里走！

杨继业：看刀！（番卒死）咳！番兵越杀越多，料想难以闯出，只好尽忠一死。圣上哪圣上，臣不能与国效力了。

（唱）马上不住呼万岁，微臣不能保山河。

可叹杨门自归宋，南征北战功劳多。

只因打擂劈潘豹，惹了仁美老奸贼。

降职雄关为总镇，忠心不忘主圣德。

五台山上救圣驾，又把幽州四门夺。

只因金沙双龙会，父子九人剩三个。

圣上回京汴梁去，仁美偏心要害我。

叫我查边临险地，呼王他又不在城。

他叫我不胜番将休回转，带着弱兵无可奈何。

被困陈家峪口内，粮草尽缺饿难说。

几次交手不取胜，曾被番兵把我捉。

至死不吃北国饭，一怒踢翻他的桌。

微臣我今中番兵数十箭，四肢无力刀难托。

七郎搬兵未回转，莫非仁美使奸谋。

六郎我儿也失散，不知是死还是活。

     我本宋朝有名将，哪能死在番贼窝？

     才要拔剑想自尽，

何立波：杀来番将何立波。（又马上）

   （唱）大叫老儿快受死，我把你的脑袋割。

杨继业：（唱）杨继业一见心大怒，

   （白）番贼赶尽杀绝。看刀！（何死）番贼被我一刀砍于马下，箭伤疼痛。呀！有些不好！（落马）罢了我呀！

韩　昌：（内白）小番们！你看老儿落马，上前捉拿，重重有赏！

番　卒：哈！哪里走！

杨继业：看刀！（众卒死）咳呀！咳呀！（倒地）罢了我呀！哼！我今九死断无一生，圣上哪圣上，微臣永别了。（起又站）番贼逼我无路可投呀！你看那边有一庙堂，还有石碑，待我看来。（下，摆碑，又上）

   哦哦哦！原来是苏武庙，大汉李陵碑。我今逢此绝地，是我尽忠之日到了。叫声圣上哪圣上，又叫声佘太君哪！你们哪知我死于此地？可叹我南征北战，多立功劳，只落得这样结果，好生苦也！又骂声潘仁美呀潘仁美！我与你哪世冤孽，今生相逢？咳！我的主！今生永不能立功了，更不能与国报效了。

   （唱）眼望南朝双膝跪，叩头拜别宋主君。

     微臣一生永别了，再不保主锦乾坤。

     好难舍八王千岁恩情大，好难舍呼王今后难把话云。

     圣上皇恩多浩荡，高郑两家是贤臣。

     称我杨门父子九人九只虎，如今唯剩我一人。

     从古将军有多少，谁像我杨门这样可怜。

     愿我主信忠远奸佞，愿我主协同八王正乾坤。

     急调各路人共马，拔取天下忠义人。

     招贤纳士要中用，匡扶社稷正乾坤。

   （白）七郎儿，你就是把兵搬来，也见不着为父之面了。咳吧！

   （唱）叫罢一回把牙咬，眼望陵碑恶狠狠。

     站起身来不急慢，又把大刀放在尘。

   （白）马呀马呀！可说是马呀，今世与你永别了！

(唱）往日你帮助主人逞威武，上阵夺旗都精神。
　　　以后你再投主去，目下就此两离分。
（马叫，撞地而死）

杨继业：（白）咳呀马呀！咳呀马呀！
（唱）畜生尚且知人性，何况我是大将军？
　　　是是也罢！照准石碑恶狠狠，（撞死）

杨六郎：（唱）六郎一见吓掉魂。
（白）我的爹爹呀！爹爹碰死李陵碑下，待我下马用土埋在庙后，急急逃生便了。罢了，爹爹呀！爹爹呀！（下）
（六郎又上，与韩昌杀）

韩　昌：（白）杨延昭，你还不下马投降，等待何时？你父已死李陵碑下，剩你一人中何而用？你要投降，饶你不死。

杨六郎：哎！番贼看枪！
（昌下）（众杀，六郎过两次，上）

杨六郎：好哇呀！好哇！舍命杀出重围，后面追兵赶来，不能再战，逃出两狼山口，投奔幽州，见了七弟，发兵报仇则可。
（唱）刚刚闯出重围地，信马由缰发着呆。
　　　哼！不知哪是幽州路，不竟越斜往西歪。
　　　两天两夜未用饭，忽忽悠悠头难抬。
　　　回头不见追兵赶，略略这才放心怀。
　　　可怜爹爹死得苦，为国尽忠无人埋。
　　　五百兵丁一个不剩，剩我一人逃回来。
　　　七弟搬兵不回转，莫非又是惹祸灾？
　　　顺着山路往前走，一阵伤心泪满腮。
　　　可怜父子人九个，只剩我一人甚苦哉。
　　　有心去把幽州奔，只怕仁美狠毒才。
　　　日已归西天色晚，旷野无人甚惊骇。
　　　冷清清半明月朗东升上，一阵寒虫叫声哀。
　　　凉惨惨北风吹人面，哗啦啦山水涧中流下来。
　　　叽喳喳鸟归林来僧归庙，孤单单荒郊无人好惊骇。

见此麻密松柏树，房屋东倒与西歪。
荒郊野外无人住，都因番乱逃走开。
英雄越看心难受，不禁出了狼山崖。
才要催马上大路，影绰绰的像有人来。
正要躲路一边闪，

（潘龙、潘虎马上）

潘龙、潘虎：（唱）来了那潘林潘桂二兄弟。
奉命城外暗查访，捉拿杨景怕逃开。
正往前走抬头看，哟！那边有匹马跑开。
军校快下绊马索，大家小心把他逮。

卒： 哈！
（唱）军校下上绊马索，单等奸细他到来。

杨六郎：（唱）六郎一声说不好，连人带马倒尘埃。（落马）

潘仁美：（唱）吩咐一声快上绑，（绑介）二贼一见笑满腮。
原来还是杨景到，正要拿你你就来。
绑他去把元帅见，

潘仁美：（唱）再表仁美坐书斋。秉灯正把兵书看，

潘龙、潘虎：（唱）潘家儿子走进来。口呼爹爹真凑巧。
（白）爹爹，孩儿城外巡营，拿住杨六郎来见父帅。

潘仁美： 此话当真？

潘龙、潘虎： 孩儿岂敢撒谎？

潘仁美： 好！不要明说。问他个私离巡地，抗违军令之罪，用乱棍打死。

潘龙、潘虎： 得令！（内打，龙、虎上）启禀父帅，杨六郎被打了几十下子就没气了。

潘仁美： 细细看来，还有点气息没有？

潘龙、潘虎： 是！（龙、虎下，又上）禀父帅，一点气也没有啦！

潘仁美： 好！将他用芦席卷好抬出，扔在河边。

潘龙、潘虎： 得令！踏破铁鞋无觅处，巧得不用费功夫。兄弟，哥哥说啥呀？你我二人忙了多半宿，十分困倦，反正他也活不了啦！何不叫郎千、郎万把六郎抬出城，咱二人好去睡觉去。有理！待我叫去。
（下，内白）郎家二位将军随我来。

郎千、郎万：来了！二位公子有何吩咐？

潘龙、潘虎：二位将军，方才我二人拿住六郎，我问他个抗违军令、私离守地之罪，将他重打四十大棍，刚打几棍他就死了。元帅命我二人将他抬出营去，扔在河边，我想半夜正是二位值班，让你们抬埋了，我二人也该睡觉去了。奉求二位将军用手下人把他抬出去，不知二位意下如何？

郎千、郎万：既然二位国舅奉托，岂敢不从命？这个不难，我二人也该值班了。

潘龙、潘虎：好，多谢二位！

郎　万：郎千兄弟，可惜杨家父子死得太也苦情，咱们与六郎结交至今，情深义厚。既已死去，你我何不把他枪马寄放在民宅，把他抬出城去用土埋了，尽尽朋友之义。

郎　千：也只好如此，抬着六哥出城去吧！拿着两狗子令箭出城便了。抬着。

（唱）郎千郎万兄弟俩，抬着六郎死尸骸。
可恨老贼潘仁美，行事奸狡太不该。
一心要把杨家害，怒打令公甚苦哉。
带伤还叫他出马，被困番营出不来。
七郎搬兵见元帅，老贼笑里把刀揣。
用酒灌个醺醺醉，乱箭穿身甚苦哉。
尸首埋在河边处，别人尽都不明白。
不想天又绝人路，偏偏六哥又敢来。
自己送死真可叹，乱棍打死不用埋。
狗子叫咱抬出去，何不掩埋理应该。
霎时来在河边外，放下尸首在尘埃。

（白）放下，六哥呀六哥呀！

杨六郎：哼哼哼！

郎千、郎万：（二人惊）哎呀，往地一放，好像哼哼哼是的呢！把芦席卷打开看看。对！（二人打开芦席）

杨六郎：哎呀，罢了我呀！

郎千、郎万：好呀好呀！真是好呀！六哥醒来！六哥醒来！六哥苏醒！

杨六郎：咳呀呀！原来是二位兄弟在此。我为何到了这里？

郎千、郎万：六哥不知，应是如此这般。

杨六郎：哦哦哦！气死人也！二位兄弟可知我七弟下落？

郎千、郎万：六哥还提你七弟呢！不消问了。

    （唱）连声呼六哥，听我说分晓。
       要问这事情，真是不得了。
       只因你杨家，惹了仁美恼。
       把你恨在心，设下计谋巧。
       支出呼王他，没人把你保。
       令尊去巡查，老贼他烦恼。
       说是没命令，绑出没有保。
       多亏我二人，去把潘贼找。
       死罪饶过了，四十棍不少。
       戴罪去出征，带领五百校。
       明是害令公，谁也说不了。
       令尊困山中，七郎幽州跑。
       见了元帅他，巧言说得好。
       定计把酒喝，暗害人不晓。
       绑在后花园，芭蕉树下倒。
       乱箭穿了身，呜呼哀哉了。
       吩咐众三军，四外把你找。
       剪草要除根，一个跑不了。
       你要想进城，自己找烦恼。
       飞蛾把火投，不好真不好。
       我俩是埋你，在此碰得巧。

杨六郎：呀！

    （唱）六郎闻此言，大叫往后倒。（倒）
       断气不语言，

郎千、郎万：（唱）二人魂吓掉。
       上前齐扶住，六哥醒来好。
    （白）六哥醒来！六哥醒来！

杨六郎：哎呀！

	（唱）气恼攻心不知晓，栽倒尘埃事不明。
郎千、郎万：	（白）六哥醒来！六哥醒来！
杨六郎：	（唱）耳旁只听有人唤，慢慢睁眼打咳声。
	半天缓过一口气，哭声七弟死不明。
	早知你要有今日，不该叫你去搬兵。
	七弟为人性情暴，为兄时刻惦心中。
	果然今日被人害，你叫为兄怎样疼？
	咱家父子人九个，如今只剩我一名。
	哎吔！留我这人中何用，杀他干净气才平？
	说罢迈步就要走，
郎千、郎万：	（白）慢着！
	（唱）二人一齐呼兄长。
	六哥不可去送死，自投罗网一般同。
	四门俱有人把守，城外巡逻有兵丁。
	捉拿六哥除干净，插翅你也难飞腾。
	我二人也是奉将令，捉拿六哥也有功。
	因为一家死得苦，而且咱们是同盟。
	若要听了良言劝，有一拙见可以行。
杨六郎：	（白）二位有何主意？
郎千、郎万：	（唱）六哥弃了枪和马，乔装打扮逃回京。
	扮作平民一般样，京中去见八王公。
	告上一张冤枉状，与你一家报冤恨。
	不知说得对不对，六哥自己酌量行。
杨六郎：	咳！
	（唱）长吁一声说罢了，
	（白）罢了哇！罢了！多亏二位贤弟指教。日后见，有重报。
郎千、郎万：	你我不必多叙。六哥的枪马，我二人与你放在一个去处，日后六哥出头之时，再来取去。我二人与你脱下贴身便衣快快换上，急急逃走，若到天亮就走不了了。
杨六郎：	是，多谢二位之恩，受我一拜而别。

郎千、郎万： 快些去吧。

杨六郎： 是。（便装下）

郎千、郎万： 你看六哥去了，巡营隐瞒元帅便了。

（算命先生王强步上，奸面生）

王　　强： （诗）奉了北国萧后命，伪装巧扮入宋朝。

（白）俺王强，奉了萧太后密旨，混入中原，上东京以作内应，暗探宋朝虚实。我乃是南朝之人，八岁因天下慌乱，掠入北国，成人长大，因奶娘是南朝之人，教我南朝之语，我说话也不像北国口音。北国王子命我做幕宾先生，中国言语倒也通熟。今奉太后之命离了北国，混入中原走走便了。

（唱）王强走路自言语，心中不由暗叮咛。
　　今奉密旨中原入，定做人间未有功。
　　等个机会见宋主，平等也能做公卿。
　　单等大权到我手，里应外合把宋平。
　　他国事情我知道，一定叫宋主他把江山扔。
　　那时平分宋天下，我也坐坐九龙庭。
　　男儿到此方遂愿，不枉世上走一程。
　　乔装改扮掩人目，假做一个算命先生。
　　离国走了好几日，饥食渴饮步不停。
　　这日走到营州界，只见红日要归宫。
　　不免去投招商店，压下王强暂不明。（下）

杨六郎： （唱）再表六郎私行路。（步上）不由阵阵心怕惊，
　　恐怕仁美他追赶，又怕有人走风声。
　　可恨仁美贼老狗，打得浑身筋骨疼。
　　一天走不上八九里，浑身疼痛不安宁。
　　可叫爹爹死得苦，可叫七弟死不明。
　　我要不遇郎家弟，此时早已一命倾。
　　改扮平民一般样，金枪坐马全都扔。
　　虽然逃出虎口外，盘费皆无路怎行？
　　正走之间红日落，腹中只觉饿又空。
　　面前一带树林子，不免歇息再登程。（摆树）

将身坐在大树下，咳！回想起从前事儿泪盈盈。
我父子九人忠心报国，南征北战不安宁。
为江山跑死了多少战马？为江山哪一日心不担惊？
为江山抛下了高堂老母，为江山闪妻子冷冷清清。
在疆场见那些刀头之鬼，困倦时在马上打盹朦胧。
征南唐有道是三生九死，好容易平南唐奏凯回京。
刚刚的歇几日北国又犯，潘仁美设擂台奸计又生。
七弟他惹下祸以大降小，镇雄关领大兵立下战功。
五台山圣主爷来把香降，我父子心不放暗暗打听。
宋主爷身被困杨家救驾，只杀得北国兵七落八零。
潘仁美问了个私离巡地，要绑出就开刀多亏众卿。
放回来又回到雄关镇守，天子他困幽州呼王调兵。
我父子听说是圣上受困，也不管昼与夜立刻出兵。
七弟他杀四门番兵破胆，仁美他不开城要害英雄。
幸亏我众弟兄一起来到，番兵退天子喜官职加封。
番贼他又摆宴双龙大会，我父子去赴会替代主公。
三兄长金沙滩一战而死，四兄长五兄长也无影踪。
八弟他也不知是生是死，我父子三个人逃回幽城。
圣主爷得了病回朝而转，潘仁美为元帅父作先锋。
呼王他为监军掌管军务，要有忠要有奸赏罚分明。
老贼他用计谋支出他去，我父子分两下各带兵丁。
我父他被困在陈家峪内，我弟兄去相救杀退番兵。
七贤弟杀出去见了仁美，被老贼酒灌醉乱箭丧生。
我爹爹碰死在李陵碑下，我舍命出重围误入城中。
不成想老贼他设计拿我，不容说问抗令就打施行。
抬出去多亏了郎千郎万，救我命放逃生是大恩情。
虽这是逃出了虎口以内，一路上无盘费乞食而行。
我想那潘贼他权高势大，要告他想报仇万万不能。
各州县出告示严拿于我，指不定哪一时拿住轻生。
天已黑腹中饿身上无力，我想要得活命万万不能。

　　　　　　倒不如早点死心倒干净，主意定拴上套把心一横。

　　　　　（白）试试也罢！

　　　　　（王强上，解绳）

王　　强：（唱）王强上前忙救下。（救下六郎）

　　　　　（白）这位壮士醒来，为何寻此短见？

杨六郎：咳！罢了我呀！原来是一位先生救我之命，多谢救命之恩！

王　　强：我看壮士仪表不俗，有什么为难之事寻此短见？我想这不是男子汉大丈夫所为。

杨六郎：咳！先生不消问了。事到其间，我也无非一死，也不能瞒了。原是这般如此，我有十大冤枉今生难报，除非来世再报仇吧！

王　　强：哦！原来还是杨少爷。不必为难，若不弃嫌，小弟情愿与你写一状纸，管保告倒潘仁美。我身边现有金银足够咱二人路费，我情愿把公子送到东京，不知公子意下如何？

杨六郎：如此大恩，何日得报？不知先生贵姓高名？

王　　强：在下姓王名强，自幼算命为生。

杨六郎：先生既有写状之才，如能写状替我伸冤报仇之后，准能保举先生升官。

王　　强：多谢公子。

杨六郎：如此，你我在此休息一宿，明日再行。

王　　强：焉有在此住宿之理？前面必有镇店，找一清净之处存宿，明日五鼓登程。公子请！

杨六郎：请！

　　　　　（潘仁美出）

潘仁美：（诗）仇人死净大恨消，还怕事漏起祸苗。

　　　　　（白）老夫潘仁美，千方百计把杨家父子一网打尽，了结心头之恨。我想天子知晓此事，必要追问。常言说得好，先下手为强，后下手遭殃。何不写一道本章奏知天子，就说杨继业不遵将令，误入陈家峪口，被番兵困住，碰死在苏武庙前李陵碑下；杨七郎私自出马救父，被番兵乱箭射死；杨六郎擅离巡地，不遵国法，抗违军令，强自出马，不知去向。现在番兵猖狂，军中缺粮，求我主急发粮草，以为军用。表章一到，料天子也无法可使。纵就天波府佘太君她不让，也无可奈何。定是如此，待我修来。（写介）人来，将表章送到京都，交黄门官转达天子，小心在意！

卒： 是，遵命！

潘仁美： 不免再写书信一封，送到萧太后那里，许他两国讲和，永不犯境，各自退回本地，本帅回兵，退到雄关。待我写来（写介）。书已写完，人来！将书下到北番，讨封回书。

卒： 是！

潘仁美：（诗）为要害人先下手，棋先一步便赢人。

（王强、六郎上）

杨六郎：（白）先生，天已黑了，到了汴梁，随我进府。

王　强： 不可呀不可！公子自己进府，我在左右旅店住下，自有见面之日。

杨六郎： 如此，先生细心，不敢让了。请！

王　强： 请！

（六郎下，佘太君出）

佘太君：（诗）父子九人赴塞北，终日牵挂心不安。

（白）老身佘太君，老爷带领众儿，镇守雄关。听说上幽州救驾，大得全胜，以后在金沙滩替圣主赴会，才知他父子九人死的死，逃的逃，只剩七郎、六郎与老爷父子三人，在潘仁美帐下听用，天子回朝。叫老身放心不下。

杨　洪：（内白）六爷随我来。

杨六郎： 是，来了。（六郎上）

佘太君： 呀！六郎为何这等狼狈而回？

杨六郎： 娘哪！叫儿一言难尽呀！

（唱）六郎他从头至尾说一遍，

佘太君： 呀！

（唱）太君闻听走真魂。

　　　　高楼失脚一般样，哭声交集叫声夫君。
　　　　指望得胜回朝转，不想父子归了阴。
　　　　只剩六郎一个人。怎不叫人痛伤心？
　　　　哭罢多时心中恨，大骂仁美老奸臣。
　　　　老贼实在心狠毒，父子死亡你遂心。
　　　　有日你要回朝转，老身与你去面君。
　　　　舍出这把生灵骨，定与父子把冤伸。

>   恨罢一回又思想，老贼权高位又尊。
>   他女正宫昭阳院，要想参他枉劳神。
>   叫声我儿回后去，将养伤痕好温存。

杨六郎：（白）母亲，

　　　　（唱）儿我今要告御状，定告仁美老奸臣。

佘太君：（唱）太君摆手说不可，我儿你快听娘云。

　　　　（白）我儿不要太急，你想咱杨门只剩你一人，理应隐居府中，永不出世。那潘仁美兵权在手，女儿又掌宫院，天子面前说一不二。你要告他，岂不枉费心机？万一老贼说你临阵脱逃，问个逃军之罪，岂不更惹是非？依为娘主意，明日为娘上道辞官本章，全家搬回火塘寨去，永不出世，这仇不用报了。

杨六郎：咳！母亲言之差矣！想我父兄弟，俱死在老贼之手。自古道，杀父之仇不共戴天，此仇不报，何颜立于人世？孩儿宁可身受刀斧，也要伸冤。

佘太君：咳！儿啦！不可任性，一路劳乏，随娘用饭去吧。以后详细参考吧！

杨六郎：儿遵命！

（呼延赞马上）

呼延赞：（诗）心忙急似箭，打马跑如飞。

　　　　（白）老夫铁鞭王呼延赞。可恼仁美这个老贼，将我支出催粮，将杨家父子害死。老夫本想找他算账，城外遇见郎千、郎万，说明此事，就是进城，也无济于事。老贼兵权在手，使我一怒离了幽州，急回汴梁，奏知天子才是。咳！可恨我粗中无细，天子命我监军，暗保杨家无事。咳咳！想我是个无用的东西，有何脸面去见八王呢？咳！恨死人也！恨死人也！讲不起回朝面见天子，替杨家报仇便了。

（六郎便衣上）

杨六郎：俺杨延昭，背着母亲，私自出府，揣着王先生写的御状，连夜小道去到南清宫面见八王便了。

　　　　（唱）背母出府带呈状，今日去到南清宫。
　　　　　　　诉说我家被害事，宗宗件件甚苦情。
　　　　　　　哀求八王见圣驾，好与我家报仇恨。
　　　　　　　大料八王他必管，我与八王有亲情。
　　　　　　　着急总嫌走得慢，怕人看见我面容。

　　　　　　转弯抹角来到了，南清宫不远面前迎。
　　　　　　不敢进去门外等，只见出来人一名。
　　　　　　细看乃是陈太监，紧走几步把话明。
　　　　　　陈老公公哪里去？

陈　林：（唱）呀！陈林一见吃一惊。
　　　　　　你不是六郎杨郡马？有何事情来进宫？

杨六郎：（唱）早已来到不敢入，

陈　林：（唱）郡马你真太客情。
　　　　　　宫内贵客哪不晓？快快随我见主公。

杨六郎：（白）是，来了。
　　　　（八王出，坐）

八　王：（唱）八王自坐思往事，思想国事心不宁。
　　　　　　又惦杨家父与子，怕中仁美计牢笼。
　　　　　　又想内有呼延赞，暗中保护安太平。
　　　　　　正是八王胡思想，

陈　林：（唱）陈林进宫禀分明。
　　　　（白）启禀千岁，杨郡马求见。

八　王：呀！杨郡马为何回朝？定有大事！快快有请！

陈　林：是，王爷有请！

杨六郎：来了。（上）千岁在上，杨景参见。

八　王：呀！郡马为何这般光景？快些免礼。

杨六郎：谢过千岁！

八　王：郡马自己回朝，必有大事，快快说与本御。

杨六郎：千岁听了。
　　　　（唱）尊千岁，放声哭。
　　　　　　痛极生悲，一言难出。
　　　　　　本想秉着性，不由泪扑簌。
　　　　　　尊了一声千岁，冤枉难以说出。
　　　　　　自从千岁回朝转，我们父子受凌辱。

八　王：（唱）呀！连忙把，郡马呼。

　　　　　　话无头尾，叫人发糊。

　　　　　　你们在塞北，回国有何为？

　　　　　　莫非其中有变？你怎私自逃出？

　　　　　　莫非中了仁美计？莫非你父命呜呼？

杨六郎：（唱）不消问，听清楚。

　　　　　　千岁回朝，大事反复。

　　　　　　我父如此死，七弟命呜呼。

　　　　　　剩我一人回转，这般来到京都。

　　　　　　只求千岁快做主，替我父子把仇除。

八　王：哼！

　　　　　（唱）潘仁美，真狠毒。

　　　　　　现有呼王，那里监督。

　　　　　　天子有圣旨，叫他把奸除。

　　　　　　你们父子受害，他怎不把头出？

　　　　　　此事叫人真纳闷，郡马快快说清楚。

杨六郎：咳！

　　　　　（唱）呼王爷，性情粗。

　　　　　　粗中无细，受了阴毒。

　　　　　　被派河北去，催粮带兵卒。

　　　　　　多日并未回转，不知所向何如。

　　　　　　可怜我父死得苦，此仇不报枉为丈夫。

八　王：咳！

　　　　　（唱）虽如此，不可速。

　　　　　　慢思良策，查访清楚。

　　　　　　要是有实据，此事别唐突。

　　　　　　枉告大臣有罪，真赃实犯全无。

　　　　　　郡马之言虽冤枉，等我见主意何如？

　　　　　　吩咐陈林摆酒宴。

　　　　　（白）郡马今夜不必回府，就在书房住宿。我想潘仁美兵权在手，女儿现做正宫，再无实据，不可打草惊蛇。倘有差错，反为不美。等明日进宫，面见天子，见其喜怒如何，见机行事。再托人写张御状献与天子，方为万全，就怕无人敢写。

杨六郎：千岁，此事不为难，微臣在半路遇见一位先生。我受困上吊，被他救下，一路多亏他帮助路费等，才到京都。我的冤枉向他说明，他给我写了一张呈状。

八　王：现在哪里？

杨六郎：千岁请看。

八　王：待我看来。臣冒死投天呈状，控诉人杨延昭，状告兵马大元帅潘仁美谋杀将士一案。身自投宋以来，我父子忠心无二，与国效力，东挡西杀，南征北战，马到成功。入雄关破贼收回失地，斩将擒贼，番兵丧胆；五台山救驾，北邦恐惧；力杀四门，番贼望影而逃；金沙滩替主赴会，双龙大战，为国捐躯。恨潘仁美公报私仇，力逼生父大破番营被困，坐视不救，使生父撞死在李陵碑下；舍弟延嗣求救搬兵，潘用酒灌醉，乱箭射死。在下舍身闯营出面见潘，然不容分说，乱棍打死。幸老天有眼，死而复生，逃回汴梁。不顾铸错，投天伸怨告状，恳求我主明镜高悬，洗冤复仇，则于皇恩无尽矣。事实无虚，如若有虚情，情愿满门服罪。呈控人杨延昭具。

呀！好哇！好笔法！好字据！此人必有大才！既有此状，等明日本御去见皇叔，郡马在朝房外等候。明日不是大朝之日，无人看见，等我让陈林叫你去，你再去见圣上驾前诉明冤枉。有个言语错处，不要害怕，俱在本御一面掌管。

杨六郎：谢千岁！

八　王：郡马请入宴席！

杨六郎：请！

（天子出，坐）

天　子：（诗）由北回朝身体安，终日思绪心不闲。

（白）朕，大宋天子赵光义，自从幽州还朝，太医医治，身体大愈。

公　公：启奏万岁，八王已到。

天　子：好！宣进宫来，御书楼议事。

公　公：领旨。（下）圣上有旨，八王内宫见驾。

八　王：接旨。（上）皇叔万岁！侄臣见驾。

天　子：皇侄，平身坐下。

八　王：谢皇叔赐座之恩。

天　子：皇侄，见朕有何大事？

八　王：并无国事，特与皇叔问安。

天　子：皇侄太尽心了。

八　王：咳！

天　子：皇侄愁眉不展，莫非有什么不足之事不成？

八　王：咳！皇叔哇！并无什么不足之事。只因北国虽然未服，现在潘仁美为帅，杨家父子忠勇无敌，可以管保无事。哪怕北国有雄兵百万、战将千员呢！

天　子：皇侄所言高明。

八　王：皇叔，但依臣拙见，外邦不足为论，就怕内中将帅不和，实属国家大患。

天　子：咳！皇侄此话，从何而起？

八　王：咳！皇叔，万岁呀！

（唱）八王叹气呼万岁，侄臣拙想惦在心间。

只因经过几件事，侄臣不由犯疑猜。

天　子：（白）哪几件事，皇侄疑猜？

八　王：（唱）只因立擂潘豹死，仁美他时时刻刻要报冤。

天　子：（白）怎见得？

八　王：（唱）五台山吾主身受困，杨家救驾杀退北番。

仁美不但不升赏，反倒绑出用刀餐。

那时微臣要不赶上，杨家父子早命捐。

二次又困幽州地，呼王搬兵上雄关。

杨家将不顾昼夜行人马，杨七郎力杀四门不放进关。

依我看不是国舅他的错，都是仁美他的套圈。

假意推在四子身上，嘴甜心苦暗藏奸。

北国又赴双龙会，杨家父子替主困在金沙滩。

元帅按兵不去救，做事助番不该然。

明是私仇要公报，要害杨家不用言。

咱君臣回朝之时一步错，绝不该把他两家留北番。

　　　　　倘若仁美报私恨，准保杨家起祸端。
天　子：（白）皇侄太也过虑。朕回朝之时留下呼延赞，封他监军职位，倘有不平之事，铁鞭打死勿论。慢说没有别意，就是有害杨家之意，那呼王焉能坐视不管呢？

八　王：咳！万岁！
　　　　（唱）呼王性情本粗鲁，必中仁美巧机关。
　　　　　杨家若有好和歹，怕只怕我主江山不稳安。
　　　　　皇叔用心想一想，

天　子：（唱）哼！天子一听把心担。
　　　　　仁美果然行此事，谋害大臣不容宽。
　　　　　如同造反一样罪，立刻斩首理当然。
　　　　（白）皇侄，仁美如有此事，定斩不容。

八　王：谢主隆恩！

天　子：咳！皇侄，咱叔侄本是闲谈，你谢的什么恩呢？

八　王：皇叔明德，应谢主恩，但有一件。

天　子：哪一件？

八　王：万岁。潘仁美如果害杨家父子，他权高势大，兵权在手，哪个敢胆大告他，自惹杀身之祸？

天　子：皇侄言之差矣！他虽是皇亲国丈、兵马大元帅，要害国家大臣、朝廷忠良，自古道天子犯法与民同罪，不论王子国亲，定按王法。

八　王：多谢万岁之恩！

天　子：皇侄你又谢什么恩呢？

八　王：侄臣谢我主不论皇亲国戚，犯法一律问罪，足见皇叔圣德！

天　子：哦！原来如此。

八　王：皇叔，潘仁美本是元帅，如要不是朝中大臣，是他帐下将校出首告他，岂不是以下犯上兼私逃之罪？哪敢出头呢？

天　子：哈哈哈！皇侄越发说错了。潘仁美要是害了杨家，关系国家兴衰胜败。莫说他手下将官，就是他帐下小卒出首告他，不但无罪，反而有功，只管告他，算他无罪。

八　王：谢主隆恩！

天　　子：你又谢什么恩呢？

八　　王：谢我主真是有道真君。

天　　子：哦。

八　　王：陈林。

陈　　林：在！

八　　王：将告状之人领来。

天　　子：慢着慢着！皇侄，他就有十大冤枉，或上三法司，或上刑部，就是上殿，也无关系。你为何叫他进内宫告状？这内宫也不是他来的地方哪！

八　　王：皇叔此人比不得别人，可以进宫。陈林领来。

陈　　林：领旨！告状人进宫。

杨六郎：来了！（上，拿状跪）冤枉哪！冤枉哪！

天　　子：呀！原来是杨延昭。你不在元帅帐下听用，为何私自进京？状告何人？将状呈上来。

（公公接状呈上）

天　　子：待朕看来。哦哦哦，原来状告潘仁美谋害杨家之事。但是无凭无据，意为以下犯上，有临阵脱逃之罪。内臣吩咐御林军，先将他下到刑部监中审问明白，再正其罪。

八　　王：慢着！

天　　子：哦？

八　　王：万岁，这就不对了。方才侄臣讲到潘仁美谋害杨家，无论军卒人等，有人出首告他，万岁俱设无罪。今有杨景替父与弟鸣冤，乃为正理。为何不容分说就要下狱？于理不合。

天　　子：皇侄岂不知？前军主帅非同儿戏，今听一面之词，如若不实，那还了得？即使潘仁美害了杨家父子，又无证见，又没有呼王本章进京，此事有些荒唐，故而把他下到刑部监中，候朕差人去上幽州，到元帅大营访查事实，方见真假。

八　　王：皇叔所言有理。但杨景不用下狱，将他交与侄臣带回府去。

天　　子：皇侄关系重大，倘若跑了，还是谨慎方好。

八　　王：无妨，由我一面掌管。他若跑了，侄臣替他顶案，但是仁美要有此事，得按国法定罪。

天　子：皇侄不用说了,明明你是帮着杨家打官司。

八　王：哼!这也差不多吧!

天　子：真假难辨,咱叔侄也不能决定,吩咐撞起景阳钟,寡人升殿与文武官员商议。

八　王：陈林。

陈　林：在!

八　王：带着杨景秘密回府,不可走漏风声。

陈　林：是!郡马随我来。

杨六郎：来了。

天　子：你看皇侄去了。

　　　　(诗)撞钟集文武,真假自分明。

(完)

第 九 本

【剧情梗概】天子正与众臣讨论潘、杨之事,呼王觐见,诉说潘仁美公报私仇,害死杨家父子多人。潘仁美上表辩说自己无罪,是杨家父子不守军令,失机被杀。天子决定派呼王前去调查,呼王不敢。其子呼丕显请求代父巡查,八王见呼丕显武艺高强,有勇有谋,遂说服圣上。天子封呼丕显为靠山王,明为赏军,暗为查访。呼丕显临行前会见六郎,知晓潘营将士情况,二人结拜为兄弟。呼丕显代天子巡边。

天　　子:(内白)内臣,就此升殿。

内　　臣:领旨!

天　　子:(内唱)天子出了龙书院,

八　　王:(内唱)八王在后紧跟随。

　　　　　(摆朝,众官上)

众　　官:(唱)来了全朝文共武,景阳钟响有是非。

　　　　　　　头里走着王丞相,丞相赵普走如飞。

　　　　　　　高君保,与郑千岁。

　　　　　　　张光远,与罗延威。

　　　　　(天子上,八王在后)

天　　子:(唱)太宗升了金銮殿,

众　　官:(唱)众官参驾问明白。

　　　　　(白)我主升殿,有何事宜?

天　　子:(唱)众位爱卿听朕讲,咱国大兵已退回。

　　　　　　　杨家父子已战死,事情重大可怎为?

　　　　　　　故此升殿大家议,有何良策辨明白。

众　　臣:(唱)众臣闻听吓一跳,默默无言把头垂。

郑　　印:(唱)郑印上前呼我主,微臣有本奏明白。

　　　　　　　定是仁美把杨家害,微臣我带兵前去拿老贼。

王袍、赵普:(唱)王袍赵普说不可,打草惊蛇了不得。

    需要真凭和实据，倘若疏忽怎挽回？
    正当君臣无主意，

（黄门官上）

黄门官：（唱）黄门官上殿奏是非。铁鞭王爷回朝转，
   （白）启奏万岁，铁鞭王爷回朝，午门候旨。
天　子：呀！呼王爷回朝必有大事。快快有宣！
黄门官：领旨！圣上有旨，宣呼王上殿。
呼延赞：万岁！（上）万岁万岁万万岁！微臣参驾。
天　子：呼皇兄，你从塞北回国，有何大事？平身奏来。
呼延赞：万岁，容臣细奏。
   （唱）平身立，呼吾皇。
    大事不好，连折栋梁。
    自主回朝转，仁美起不良。
    谋害杨家父子，设下巧计良方。
    将我支出把粮运，他命令令公去北方。
    带五百，众儿郎。
    真捣敌界，叫破番邦。
    番兵有五万，战将猛又强。
    令公困在峪口，撞死碑下命亡。
    七郎搬兵被灌醉，乱箭射死真可伤。
    只剩下，杨六郎。
    事到如今，不知死亡。
    大兵又回退，离了北番邦。
    让了幽州不守，退到雄关隐藏。
    不知潘贼是何意，万岁快快拿主张。
天　子：（唱）用手指，脸气黄。
    好个鲁夫，做事莽撞。
    寡人未回转，封你铁鞭王。
    有事先斩后奏，叫你暗自提防。
    明着监军查好坏，暗保杨家将忠良。

呼延赞：（白）万岁！微臣奉旨催粮，他谋害杨家之事，微臣一字不知。万岁！
天　子：住口！哼哼哼！
　　　　（唱）少巧辩，拿话搪。
　　　　　　派人封你，解围潘杨。
　　　　　　恐怕有更变，留你把他降。
　　　　　　谁知你中他计，真乃饭桶酒囊。
　　　　　　杨家父子死你手，有何脸面见孤王？
呼延赞：（唱）理儿缺，口难张。
　　　　　　恨我自己，不加思量。
　　　　　　万岁白封我，空为铁鞭王。
　　　　　　不怨圣上怪我，真乃无用窝囊。
　　　　　　事已至此悔已晚，我主快快想良方。
天　子：（唱）天子才要开金口，
黄门官：（唱）奏事黄门跪当央。
　　　　（白）启奏万岁，今有扫北大元帅表章到来，请主御览。
天　子：呈上来。
黄门官：领旨！请主御览。（闪过）
天　子：这是为何缘故？元帅怎么又有表章到来？待朕看来。
　　　　（唱）太宗拆开仁美表，从上而下看分明。
　　　　　　上写微臣多拜上，微臣表奏我主公。
　　　　　　自从我主回朝转，微臣日夜操演兵。
　　　　　　恐有番将来攻打，每日出兵探军情。
　　　　　　怎奈军营缺粮草，三军无粮怎能行？
　　　　　　无奈令呼王河北去，催粮运草不非轻。
　　　　　　不知所谓何缘故，一去至今未回城。
　　　　　　粮草尽绝难出战，只可防守不敢出征。
　　　　　　不想令公违了令，私自出兵入番营。
　　　　　　我本命他去巡哨，他仗武艺入番营。
　　　　　　由于被困陈家峪，全军尽死没剩一名。
　　　　　　鸣金三次总不退，抗违军令理不通。

他今撞死在那里，七郎救父闯出城。
微臣再三拦不住，弟兄俩不听军令动战争。
入了番军埋伏计，乱箭射死一命休。
六郎回城来求救，叫我发兵破番营。
微臣打他四十棍，以正军规法难容。
打完不知何处去，必是私逃回了京。
抗令私逃罪当斩，故此才各处行文拿逃兵。
因为军中缺粮草，兵力养足再出征。
表无尽言乃如此，只求我主赦罪名。

天　子：（唱）呀！天子看罢无主意，此乃叫朕怎么行？
　　　　　　 杨景告状乃谋害，元帅本章写得清。
　　　　　　 哼！为难多时说有了。
　　　　（白）此事不可深究。哦？呼爱卿，你奉令催粮草为何多日不回？
呼延赞：万岁，因臣偶得疾病，耽误日期。
天　子：杨家被害，你怎知道？
呼延赞：听人传说。
天　子：何人所讲？
呼延赞：郎千、郎万所讲。
天　子：杨七郎被害也是他二人所讲的么？
呼延赞：正是他二人讲的。
天　子：你为何不进城问仁美之罪呢？
呼延赞：哎呀！万岁！那潘仁美他敢害杨家父子，焉能不敢害我？因此不敢进城，急急回京，求请我主定夺。
天　子：咳！这里难辨真假，皇侄与众位爱卿，仁美表章进京，只是这般如此而言。呼王又未亲眼看见，有心把元帅问罪，又怕事不属实。众卿有何良策辨明是非？
王袍、赵普：万岁！依臣看来，此事都在呼王身上。圣上就该传旨命呼王想办法才是。
天　子：二位爱卿归班。
王袍、赵普：万岁！

天　子：呼爱卿哪！潘、杨两家之事都在你身上，你认打还是认罚呢？

呼延赞：万岁！认打怎说？认罚怎讲？

天　子：你要认打，推出午门斩首，问你个私离巡地之罪。

呼延赞：咳呀！微臣要是认罚呢？

天　子：要是认罚，我命你去边关查明实据。如果实，将潘仁美拿进京来，朕亲自审问。不可走漏风声，稍有纰漏，定斩不容！下去！

呼延赞：是是是！微臣领旨！

天　子：众卿听真！

众　人：万岁！

天　子：此事关系重大，必须机密，有人走漏风声，满门开斩，附灭九族。皇侄，旨意虽出，朕想呼延赞性气粗鲁，焉能做此机密大事呢？

八　王：侄臣也想到这里，我愁着无人能办此事。今日天色已晚，等侄臣回去慢想良策。

天　子：倒也是的。

八　王：侄臣告退。

天　子：哦？老国丈，你要行奸属实，朕也就顾不了你了！内臣伺候，此事不可叫潘娘娘知道，如要泄露，定斩不容！

内　臣：遵旨！

天　子：（诗）不幸有大变，叫朕不安宁。散朝！

　　　　（马太君出）

马太君：（诗）老爷征北整一年，好叫老身心不安。

　　　　（白）老身马太君，王爷呼延赞一辈所生一子，名呼丕显，在家学艺读书，生来身大过人，老身传他枪马，学得武艺精通，虽然年幼，却有万夫不当之勇，这也不在话下。

呼延赞：（内白）夫人在房？（上）

马太君：王爷来了！请转上座。

呼延赞：便座可以。

马太君：王爷，久不回府，今日回来为何愁眉不展？莫非有什么大事不成？

呼延赞：咳！夫人，咱们祸事到了。

马太君：王爷，有何祸事，快快说来。

呼延赞：夫人，不消问了。

    （唱）叹气呼夫人，要问长和短。
        随驾上五台，没想遇颠险。
        幽州闯重围，我就得了脸。
        搬来杨家兵，救驾不算晚。
        七郎杀四门，北国吓破胆。
        金沙滩下来，天子回朝转。
        就怕仁美他，心内生奸险。
        封我铁鞭王，上下一起管。
        暗保老杨家，又把仁美管。
        怪我真粗鲁，办事无心眼。
        受了仁美诓，催粮路儿远。

马太君：（白）催粮也不该你去。

呼延赞：（唱）我这人性直，听他调与遣。

马太君：（白）王爷，你走之后，他不害杨家吗？

呼延赞：（唱）你算猜对了，有了这一款。
        命那杨令公，两狼山兵占。
        六郎与七郎，他俩回营转。
        听说被困了，气得破了胆。
        为了救父亲，搬兵七郎转。
        中了计牢笼，用酒灌个满。
        乱箭穿了身，死尸暗里掩。
        令公没救兵，碰死鲜血染。
        六郎逃出来，被擒更凶险。
        见了仁美他，重打一顿板。
        只当是死了，不想把气缓。
        郎家二弟兄，一见心儿软。
        私放回了京，八王出来管。
        仁美表进京，如此说相反。
        天子旨下来，硬把我差遣。

　　　　　　　去拿仁美贼，这事我怎敢？
　　　　　　　怎能服我拿？怕他翻了脸。
　　　　　　　要说一字不，拿下就问斩。
马太君：（白）如此说来，就不去了。
呼延赞：（唱）不去又不忠，天子变了脸。
　　　　　　　下朝回了家，向你说长短。
　　　　　　　你的计谋多，想得不要晚。
马太君：（唱）夫人闻此言，心中暗辗转。
　　　　（白）此事真叫人为难，我一个主意也没有。
呼延赞：咳！夫人怎么也没有办法？
马太君：我实在没有办法！
呼延赞：咳！那就等着死了。说啥我也不去送死，要死也死在天子面前，不去边庭送死。

（呼丕显上）

呼丕显：原来爹爹回来了，爹爹可好？儿叩头。
呼延赞：起来！夫人，咱儿诗书念得如何？
马太君：王爷，咱儿聪明伶俐，五经四书一见就会。
呼延赞：好！不愧我呼门之后，但不知学武没有？
马太君：王爷，你想咱呼门世世代代英雄，怎能不叫他学习武艺？他一见就会，别看他年纪小，连王爷也不准是他的对手。
呼延赞：哈哈哈！我呼延赞有文武双全的儿子，真是乐哉！我死后也有人能接继世袭王位。
呼丕显：爹爹为何有了死字？孩儿不懂。
呼延赞：你小小年纪打听什么？快快玩去吧！
呼丕显：爹爹言之差矣！古语言的好，君忧臣死，父忧子死。我看爹爹满面不悦之色，定有为难之事，理当对孩儿说之。倘能与爹爹分忧，理当分忧，就是粉身碎骨，赴汤投火，也尽一尽孝义。为儿知道，不能枉父母生儿一场，为何不说呢？
马太君：哦？王爷，你听咱儿说的话，倒也有理，对他说说何妨？
呼延赞：咳！与他说也是无益。

呼丕显：爹爹，人无论大小。你老听听古语云，有志不在年高，无志空活百岁。

呼延赞：嘿嘿嘿！倒叫你占在理上了。一定要问，我也不瞒你。原是如此这般，你可有良好的方法么？

呼丕显：哈哈哈！我当是啥事？这有何难？待孩儿上边关捉拿潘贼进京，不就中了吗？

呼延赞：住口！你竟胡说，真是小孩子之言。我且问你有何法去拿仁美？此事不可打草惊蛇，那仁美本是皇亲国丈，又是扫北大元帅，兵权在手，执掌生杀大权，帐下将官，尽是心腹之人，又有四子，武艺高强，你去拿他，岂不是飞蛾投火，自送性命？再者杨家被害之事，只有六郎一人逃回京来，告了御状，并无证据。潘仁美又有表章进京，说杨家父子不听将令，私自出兵，令公才得被困，被逼无路，自己撞死在李陵碑下。七郎救父心急，闯出重围，被番兵乱箭射死，与潘仁美无干。杨六郎奉命巡查，直奔关口，私自救父，那潘仁美打他四十大棍以正军规，他竟逃回京来告状，说元帅害他父子，处处不合情理。我又未亲眼看见，怎能草草拿人？别说去拿仁美兵马大元帅，就是平民也拿不得。你一个小小的孩儿，也没有一官半职，见了潘仁美，他岂能把你看在眼里？要做此事，必须访查实据，才能动手拿人。你说这种事，你如何去得？不行！不行！

呼丕显：爹爹说得这样难办，只是依孩儿看来，非孩儿前去不可，别人更做不了这些事。孩儿夸口，不费吹灰之力，保管成功。

（唱）不慌不忙尊声父，细听孩儿说分明。

要去拿老贼潘仁美，必须智勇才能行。

第一必得势力大，能叫仁美他服从。

第二需得勾串他手下将，叫他孤掌难以鸣。

使老贼势孤没帮助，拿他自然就现成。

第三需得访明真实事，叫他有口难变更。

孩儿此去有主意，就说奉旨到边庭。

叫那老儿不防备，儿我暗访查分明。

先与众将多亲近，必将实话对我明。

爹爹得把八王见，去见天子把我封。

钦差大人奉圣旨，出其不意拿奸凶。

	他手下众将不帮助，何愁仁美不入牢笼？
	不知说得对不对，此事可行不可行？
呼延赞：	（唱）我儿真乃有高见，依计而行不失忠。
	今日晚上且休息，明日去上南清宫。
马太君：	（唱）马氏吩咐快摆宴。
	（白）家院吩咐府下快摆酒宴，与你王爷饮酒，王爷请！
呼延赞：	请！

（八王出）

八　王：	（诗）心系潘杨两家事，叫孤心中无计生。
	（白）孤赵德芳，只因潘杨两家之事无计可施，我想呼延赞性情粗鲁，焉能办此精细之事？他只可在两军阵前冲杀打仗，不怕生死，此乃国家大事，他焉能办好？倘若打草惊蛇，还怕有别的变化。愁思一夜未眠。

（陈林上）

陈　林：	启禀千岁，呼王已到。
八　王：	他来必然求请孤家与他讲情，孤也知道他不敢去，也办不好，就说有请。
陈　林：	千岁有请！
呼延赞：	来了！（呼氏父子二人上）千岁在上，微臣呼延赞参见千岁！
八　王：	免礼请坐。
呼延赞：	臣谢坐！儿啦，上前叩拜千岁。
呼丕显：	是！千岁在上，臣子呼丕显叩头！
八　王：	起来。此位想必是公子了。
呼延赞：	正是！
八　王：	好！真是仪表非凡，一旁侍立。
呼丕显：	是！
八　王：	呼王，你见本御有何事故？
呼延赞：	微臣回府思想一夜，我拿潘仁美去，明是飞蛾投火，自送其死，如死不如死在圣上面前，倒也省事。
八　王：	哈哈哈！我知道你也不敢去，你想怎么办呢？
呼延赞：	臣儿呼丕显愿替我前去捉拿潘仁美，故此领来，来见千岁。
八　王：	哈哈哈！老呼王说起笑话来了。

呼延赞：并非笑话，乃是实情。

八　王：不是笑话必是实情，没法办了，别的无路，乱做起来了。

呼延赞：不是乱做，也有道理。

八　王：好，待孤问他。哦？呼丕显，你是要去边关，替你父捉拿仁美？

呼丕显：正是！

八　王：我看你太小，此乃国家大事。朝中三百文官，四百武将，并无一人敢去边关，你小小年纪，有何才能敢担此大事？

呼丕显：千岁！做事休论年纪大小，有非凡古人，我虽不敢比肩，也做件惊天动地之事，听臣奏来。

（唱）满面带笑呼千岁，也不怕来也不惊。
　　　千岁你看我年幼，要做此事非我不中。
　　　要说我小不能办事，有几辈古人八千岁听。
　　　甘罗他一十二岁做宰相，他比臣子差几冬。
　　　三国都督周公瑾，排兵布阵有才能。
　　　火烧曹营八十万，曹操吓得胆颤惊。
　　　小安他为母亲送过饭，问得孔子无话明。
　　　唐朝有个罗士信，大破孟州杀败将领。
　　　小秦英十二岁也曾挂帅印，闯破西凉他的城。
　　　秤砣虽小能坠千斤，胡椒虽小辣人心疼。
　　　金刚钻虽小能够钻瓷器，竹竿虽长却节节空。
　　　有志不在年高，无志百岁也不中。
　　　别看文武人不少，做事不如小孩童。
　　　不是我来说大话，到边庭管保马到就成功。

八　王：（白）你有何才能拿住潘贼？

呼丕显：（唱）做事总得随机变，一句话错了也不中。
　　　我有道理听我讲，钦差到，仁美一见必心惊。
　　　他要看破事情会难办，害怕老贼大反朝廷。
　　　我是孩子他不在意，替父赏军他必接迎。

八　王：（白）你说的倒也有理。

呼丕显：（唱）就说我父有重病，子替父亲理尽情。

到那里各营我都全看了，好像我是贪玩耍的小孩童。

秘密访查真情事，总有忠心好英雄。

有证有据再拿仁美，叫他奸巧也不中。

八　王：（白）你说得倒也有理，他手下有十九员大将，八十万大兵，焉能服绑？

呼丕显：（唱）暗暗将兵众赏好，忠心的必对杨家热心情。

追还叫他拿命令，军心一散就孤零。

八　王：（白）他有四子，俱各武艺高强，你小小年纪怎是他的对手？

呼丕显：（唱）母亲教会我枪和马，我没把狗子放心中。

八　王：（唱）八王接言说好了。

（白）你口说无凭当面试。如果武艺真好，叫你一行。你言之有理，恐怕你刀枪本领不佳。陈林。

陈　林：在。

八　王：吩咐府中众武士，人马移到后花园演武亭比武，孤当面看来。

陈　林：领旨！

八　王：你父子随我来。

呼丕显：来了。

（众武士上）

八　王：呼丕显，你同众武士比武，要你成功。这都是孤家亲身教练的，你若胜过他们，孤也放心。

呼丕显：是！臣子遵命！

（唱）说遵命，不消闲。

提起钢枪，颠了又颠。

顺手摆一摆，里勾与外连。

上使叉花盖顶，三十六路奇翻。

又使七十二门路，犹如枪山一样般。

八　王：（唱）八王爷，闪目观。

连连说好，满面堆欢。

只听哗哗响，闪电一样般。

上下左右前后，真乃一片枪山。

小小年纪武艺好，此子一定受过传。

叫一声，校尉官。
上前比武，看谁争先。

众武士：（唱）武士不怠慢，个个虎一般。（杀一阵，武士散）
也有叫人打倒，也有打掉锤鞭。
齐说厉害真厉害，这个顽童不非凡。

八　王：（唱）又吩咐，齐上前。
大家围裹，看他怎拦。

众武士：（唱）众人说遵命，一齐围个严。
刀枪齐举上去，见他自自然然。
也有被他打伤了，也有头盔落平川。
齐放下，面羞惭。

八　王：哈哈哈！
（唱）八王大悦，下亭开言。
随我书房去，宴罢面龙颜。
孤王保你前去，边庭去拿贼奸。
不言这用酒饭，
（摆，天子坐）

天　子：（唱）天子坐在宫内间。
辗转思量心不定，潘杨两家难辨清。
（白）朕，太宗天子赵光义，潘、杨两家之事叫朕难辨真假。有心不准六郎之状，皇侄必然不让。有心调国丈回京，又怕逼反。潘仁美他有兵权在手，焉能服罪？要拿他问罪，又怕事情不实。就算事情是真的，何人敢去拿他？那呼王本是粗鲁之人，焉能担此大事？真乃愁死朕也！
（宫人上）

宫　人：启禀万岁，八王一同呼王还带一名孩童，说是要见。

天　子：这孩子是谁？叫他一同进来。

宫　人：领旨！圣上有旨，一起进宫。

三　人：遵旨！（三人同上）

八　王：万岁！侄臣见驾。

呼延赞：臣呼延赞带子呼丕显见驾！

天　子：俱都平身。

三　人：万岁！

天　子：呼皇兄，朕命你去拿仁美，为何还不前去呢？莫非你是抗旨不成？

呼延赞：咳呀！万岁！微臣不敢！臣想那潘仁美大权在手，微臣又是私自回京，他要拿我一款，问我临阵脱逃之罪就得开刀，岂不是白送性命哪！

天　子：你既不敢前去，内臣，将呼延赞推出斩首。

内　臣：遵旨！

呼延赞：呀！哎呀！万岁慢着！微臣还有下情回禀。

呼丕显：（对八王说）千岁，着手吧！（八王不语）

天　子：呼延赞你有何下情，快快说来！

呼延赞：哎呀！万岁要杀微臣，就请杀微臣吧！我没有下情了。

天　子：料你也不敢去，你去也办不好，快些平身吧！

呼延赞：谢过万岁不斩之恩！

天　子：皇侄有何计谋？

八　王：有呼丕显知父不能前去边关，其子愿往。方才在臣府如此这般，果然武艺惊人，情愿尽力，因此把他领来见驾。

天　子：如此待朕问来，呼丕显。

呼丕显：万岁！

天　子：朕听八王说，你的才能倒也不错，朕就命你前去，你可多加小心！

呼丕显：万岁，臣子就这样去是不行的。

天　子：你想怎样才能去呢？

呼丕显：那潘仁美乃是当朝宰相，又是平北大元帅。兵有兵权，势有势力，必得封我大大的官职才能去呢！

天　子：哈哈哈！你小小年纪，焉能做官？

呼丕显：万岁！这无非是个假的，老贼执掌大权，一名小小的官职见他总得点头哈腰的，那还拿得么？

（唱）我下边关拿仁美，万岁得把我加封。

　　　　官职得比他高大，得比仁美大几层。

天　子：（白）你说封你个什么官职呢？

呼丕显：封官不如封王位。

天　　子：一个王位不是空口封的。

呼丕显：万岁你还没听清，封了也是假封我，

事成后我还上南学去把书攻。

天　　子：可别以假成真了哇！

呼丕显：（唱）万岁放心不用虑，绝不能以假当了真情。

天　　子：（白）好，朕就封你靠山王。

呼丕显：（唱）只封王位不顶用，还得那有权有势得分明。

得赐我尚方宝剑先斩后奏，如同圣上亲自驾临。

再封我全副执事半朝銮驾，奉旨钦差热热哄哄。

明赏三军暗拿仁美，不知不觉秘密而行。

天　　子：（白）呼丕显，这可不是玩的呀！你要乱用起来可就坏了。

呼丕显：（唱）无非是假不乱用，莫如此镇不住仁美老奸雄。

天　　子：（白）皇侄，你看此事如何？

八　　王：皇叔只管封来，如有差错，臣一面掌管。

天　　子：如此，呼丕显听封。

呼丕显：我主不必宫中封我。

天　　子：上哪里去封你呢？

呼丕显：（唱）金殿之上把我封。人人知道我奉旨，

为赏军皇爷诏封各处显扬名。就有那仁美亲眷他知道，

不多心不防备大事才成。

天　　子：（唱）如此朕就登宝殿。

（白）朕明早五更登殿，当着全朝文武官员加封你，各自回府，不要泄露。

三　　人：万岁万岁万万岁！（三人同下）

天　　子：（唱）正是：只说派人拿仁美，不想出在孩童身。

（柴郡主出）

柴郡主：（诗）恨仁美老贼心毒意狠，叫公爹父子为国尽忠。

（白）贵家柴郡主，自从郡马回府，有心上殿本参老贼，太君再三拦挡，言说无根无据，不可打草惊蛇。郡马决定要报父兄之仇，去上南清宫见八王诉说冤枉，八王把郡马领进朝去面见天子，接了呈状，这些日子不见动静，因为潘贼耳目太多，恐怕露了马脚。郡马回京之后，暗暗藏在

后花园内不敢出头露面，贵家曾去南清宫面见八王，求他极力相帮，八王应允，大料必然尽心。

（六郎上）

杨六郎： 郡主这些日子，可有什么动静无有？

柴郡主： 郡马请坐！

杨六郎： 有坐！

柴郡主： 这几天也无有什么动静。

杨六郎： 咳！咱家大仇难报，我今生在世，也难出头了！

柴郡主： 郡马何必心急，听我相劝。

（唱）一见郡马心烦闷，满面带笑劝一声。
　　　郡马何必又着急？你听贵家对你明。
　　　君子报仇三年不晚，哪在一天半日功？
　　　古来也有被奸害，奸自奸来忠自忠。
　　　唐朝有个薛仁贵，保主过江征辽东。
　　　立下功劳无其数，张士贵假冒功劳把名顶。
　　　淤泥河中救过驾，得见天子冤才洗清。
　　　天子见表封官职，平辽王爷天下扬名。
　　　你今暂时且忍耐，忠奸早晚必分清。

杨六郎：（白）我只怕今日难以出头了。仇不得报，再过几年就该老了。

柴郡主：（唱）郡马本是文武士，何必说那小孩童？
　　　古来多少英雄汉，哪不受些苦和凶？
　　　周武王军师名姜尚，文精武通有才能。
　　　昔日钓鱼卖过面，到后来兴周灭纣天下驰名。
　　　韩信乞食于漂母，胯下之辱受欺凌。
　　　后来登台拜帅印，保汉灭楚大元戎。
　　　蛟龙不是池中物，奔雷一响自飞腾。
　　　等候八王做了主，拿住仁美报冤横。
　　　冤也洗来仇也报，天子一定大加封。
　　　凌云阁上标名姓，天下驰名烈烈轰轰。

杨六郎：（唱）郡主之言虽有理，怎奈我报仇心急时刻难容？

再等一年并二载，难免有命不想生。

说到此处又叹气，

柴郡主：（唱）郡主急忙把话明。郡马随我花园去，

散散心来解闷情。叹气咳声往外走，

压下夫妻且不明，

呼延赞、呼丕显：（唱）再表呼家父子俩。

五更起身出府中，（二人上）霎时到了午门外。

呼延赞：（白）我儿在朝房，等候天子宣召。

呼丕显：是！孩儿遵命！

（摆朝，七人站）

众　臣：（诗）日月开昌运，山河壮帝都。

漏声催晓箭，文武正朝服。

王　袍：本相王袍。

赵　普：本相赵普。

郑　印：汝南王郑印。

八　王：本御赵德芳。

呼延赞：本将呼延赞。

陈秀章：兵部参谋陈秀章。

冯秀冈：下官御史冯秀冈。

合　：　圣驾临宣，分班伺候。

（天子出）

天　子：（诗）漏声报晓五更鼓，架上金鸡斗翎毛。

朕当今日登大宝，文武百官贺早朝。

（白）朕，大宋天子赵光义在位，今日设早朝，内臣传朕口旨，哪家大臣有本早奏，无事散朝。

内　臣：领旨！阶下文武听真！哪家有本早奏，无事散朝！

八　王：慢散朝纲！

天　子：何人有本？

八　王：赵德芳有本。

呼延赞：呼延赞有本。

天　　子：随旨上殿。

八王、呼延赞：万岁万岁万万岁！臣赵德芳/呼延赞有本！

天　　子：皇侄平身。呼延赞。

呼 延 赞：万岁！

天　　子：朕命你去上边庭查访潘杨之事，如今怎还不起身呢？

呼 延 赞：万岁！臣这几天头迷眼黑，今日勉强朝见，特此前来见主，臣子呼丕显愿替父前去。

天　　子：好！既然以子替父，朕当准奏。你且回府养病，给假一月，朕再命御医与你调治。

呼 延 赞：谢过万岁！

八　　王：万岁！侄臣有本。

天　　子：皇侄有本奏来。

八　　王：万岁！侄臣因潘、杨两家之事，细想潘仁美本是皇亲国丈，是兵马大元帅，焉能公报私仇，苦害杨家父子？追情问理，叫人难信。潘元帅的表文写得明白，说杨家父子是私自出兵，才得失机败阵，七郎被番兵射死也是有的，六郎见父兄阵亡，错怪元帅要报杀子仇，所以才按兵不动，不去救护也许是有的，故此逃回京来告状。但是无有凭据，一个兵马大元帅，不可以草草拿问的。

天　　子：依皇侄，应怎办方好？

八　　王：依臣看来，潘、杨之事，暂时按潘元帅的表章救济粮草。军粮乃是大事，军中无粮，三军不能为生。应差人运粮草，再发库银十万两，御酒一万坛，犒赏三军，加封有功将士。赐潘仁美蟒袍玉带，鼓励将士一起同心阻挡，北番的战争要紧，其余事不足论。

天　　子：皇侄所奏，有理！内臣宣呼丕显上殿。

内　　臣：领旨！圣上有宣呼丕显上殿，万岁！

　　　　　　（呼丕显上）

呼 丕 显：臣子呼丕显见驾。

天　　子：你叫呼丕显吗？

呼 丕 显：臣子是！

天　　子：好哇！果然相貌出奇，你父奏道你愿替父前去边关吗？

呼丕显：因我父身体欠安,怕误国事,臣子愿替父前去。一则尽孝,二则为国尽忠。

天　子：好!小小的年纪就深知"忠孝"二字,将来必成大器,不愧是将门之后,我国有此神童,乃是我朕的洪福。呼丕显,你既有此忠孝之心,朕就大大地封你,也显你忠勇可嘉,俯伏阶下,听朕加封与你。

（唱）天子座上面带笑,丕显听朕封你官。

因你年纪小有胆量,替父立功忠孝全。

我国出此神童子,真是有志在少年。

无志空活一百岁,竟敢替父去边关。

你既愿把三军赏,朕当封你官上加官。

赐你尚方剑一口,先斩后奏掌大权。

与你御林军五百,半朝銮驾执事全。

带着军粮十万石,粮草丰足万万千。

与你俸禄银子十万两,外有御酒一万坛。

外赐龙凤旗两杆,上有金字写得全。

龙旗上写着"代天巡抚"四个字,凤旗上写"如朕亲临"。

犒赏三军边关去,说与元帅听周全。

好好镇守边关地,休叫北国来犯边。

明日就起人共马,朕命那文武百官送一番。

再命老将何忠海,杨振邦副将武艺全。

带领御林军五百,护送钦差非等闲。

快快谢恩下殿去,

呼丕显：（唱）叩头谢恩下金銮。

王袍、赵普：（唱）王袍赵普说不可,撩袍端带上金銮。

品级台前忙跪倒,臣等有本奏驾前。

天　子：（白）二位丞相,有何本章?

王袍、赵普：（唱）呼丕显年纪太幼小,我主为何封高官?

恐怕误了国家事,这样之事得详参。

天　子：（白）住口!详参什么?前日你们怎不上殿议事?可惜你们并无一人敢下边庭。今有呼丕显愿替父前去,此是忠孝之才,像这样之人,朕想文武百官之内选之无有。你二人乃是一国之相，不早早与朕分忧，今已封了呼丕显，自古道君无戏言，你二人不必拦挡，下殿去吧。

王袍、赵普： 是！

（唱）二人答应下金殿，自觉羞愧不敢言。

天　子：（唱）天子回了昭阳院，

王袍、赵普：（唱）王袍赵普心内烦。

王　袍：（白）赵大人，我看圣上之意必有别情，就是不肯明言。

赵　普： 依我看来，必因潘、杨两家之事不明，拿这事暗访。

王　袍： 大人说得有理，不然封这大官职不与丞相商议。

赵　普： 定是这个主意，不可多说，多说不好，大人请！

王　袍： 请！

陈秀章：（内白）冯大人请到我家有事相商。请！

（冯、陈上，坐）

冯秀冈： 陈大人有何事故？

陈秀章： 冯大人，你我俱是潘大人的门下，多得国丈提拔才做了京官。昨日国丈表章进京，天子看表说是杨家抗拒军令，以至丧命，大料这场官司与国丈无干了。

冯秀冈： 想来天子也不能深信杨家呈状了。皇亲国丈是天子的近人，娘娘现是正宫国母，实在得宠。

陈秀章： 今日封了呼丕显去上边庭赏军，又赐国丈蟒袍玉带，真乃光荣。

冯秀冈： 这就叫是亲三分像，是火热成灰。你我二人何不与国丈去一封书信叫他好放心。

陈秀章： 有理！待我写来。（写介）人来！

家　丁： 在！

陈秀章： 将这封书字下到潘国丈那里面交，可要小心在意！

家　丁： 是。

陈秀章： 人来！

家　丁： 有！

陈秀章： 吩咐厨下摆宴伺候，大人请！

冯秀冈： 请！

（显王帽马上）

呼丕显：本御呼丕显奉旨下朝，不免一到杨府去见六郎，访问大营众将，哪个是潘仁美的心腹之人？哪个是忠义之人？到廷好访查实据。左右，将手本送到杨府。

（佘太君出）

佘太君：（诗）不幸父子尽忠亡，只剩六郎一个人。

（白）老身佘太君，可怜老爷撞死李陵碑下，七郎被潘仁美射死，六郎告了御状，多日不见动静。潘仁美表章进京，说他父子抗违军令，天子半信半疑。听说八王奏本潘、杨两家之事暂且不究，国事要紧。军中无粮，呼王染病，其子愿替父赏军。咳！只怕我家之仇不能得报了。

（杨洪上）

杨　洪：禀太太，新封的靠山王送手本一道，请太太过目。

佘太君：拿来我看。

杨　洪：太太请看。

佘太君：待我看来。哦，原来拜望老身，我本不愿意与文武官员接见。因他是呼家子弟，呼、杨两家又是世交，杨洪开闪中门，待我迎接。

（唱）因他新封王爷位，而且呼杨有交情。

　　　　公私两尽接出去，（下）让进书房把话明。

（白）小千岁请坐。

呼丕显：（唱）连说不敢忙参拜，小侄到府有罪名。

佘太君：（白）请坐！

呼丕显：小侄有座。

佘太君：（唱）吩咐杨洪把茶献，公子到此何事情？

呼丕显：（唱）我来特把六哥见，另外还有事一宗。

佘太君：（唱）六郎如今在塞北，他今并未到家中。

呼丕显：（唱）太太不用瞒哄我，他在塞北何用我去到边庭？

佘太君：（白）如此不用瞒你了。杨洪，领他去见六郎。

杨　洪：公子随我来。

呼丕显：来了。

（六郎上）

杨六郎：（唱）六郎身在花亭上，思想父兄死得苦情。
　　　　　　　指望进京告御状，天子准本报冤恨。
　　　　　　　多日不见有动静，只怕事情有变更。
　　　　　　　天子听信皇后话，不顾保国冤忠卿。
　　　　　　　叫我大仇不能报，不能出头蹲家中。
　　　　　　　老天生我有何用？不由两目泪直倾。
　　　　　　　越思越想越难过，

呼丕显、杨洪：（唱）进来丕显与杨洪。

杨六郎：（唱）六郎一见忙忙问，
　　　　（白）杨洪此人是谁？为何领入花园，不在前厅相见相待？

杨　　洪：六爷不必惊慌，此乃呼老千岁公子呼丕显，新封王位，替父去上边庭，来见六爷有大事相商，命我领入花园相见。

杨六郎：原来公子到来，未去远迎，多多有罪。

呼丕显：好说！你我两家乃是世交，不必客气！大家坐下，请问六哥，

杨六郎：公子有何事故呢？

呼丕显：六哥，你知道我下边庭之事么？

杨六郎：为兄不知。

呼丕显：六哥不知，听了。
　　　　（唱）我今奉旨边庭去，为拿仁美才封王。

杨六郎：（唱）贤弟大才当大用，为我杨家费心肠。

呼丕显：（唱）呼杨交好应当理，哪怕赴火与投汤？

杨六郎：（唱）此事倒也是如此，贤弟找我何勾当？

呼丕显：（唱）边庭众将无其数，哪是奸来哪是忠良？

杨六郎：（唱）打听忠良何用意？贤弟对我讲其详。

呼丕显：（唱）奸的必向潘仁美，忠的必向呼与杨。

杨六郎：（唱）贤弟做事精细很，不愧官升靠山王。

呼丕显：（唱）边庭战将有多少？请教六哥说其详。

杨六郎：（唱）忠义战将十三位，还有那黄龙黄虎潘家四儿郎。

呼丕显：（唱）我如今为国替父边庭去，寻找赃证拿住奸党。

杨六郎：（唱）七郎死郎千郎万告诉我，我也是他放回乡。

呼丕显：（唱）如此说这还必得他两个，好做起居有主张。

杨六郎：（唱）十三将都是忠义汉，黄龙黄虎潘家四子要提防。

呼丕显：（唱）到那里首先买服十三将，不叫他把仁美帮。

杨六郎：（唱）此计太妙高得很，军心一散老贼心慌。

呼丕显：（唱）他四子我并未放我心上，哪个挡不住我一枪。

杨六郎：（唱）此事全靠贤弟了，我杨家一世不忘大恩光。

呼丕显：（唱）小弟我有意与六哥结义拜，不知六哥可赐光？

杨六郎：（唱）正合我意高攀了，叫声杨洪快拈香。

杨　洪：（唱）杨洪答应不怠慢，摆上香案放当央。

（白）禀爷，诸事齐备！

杨六郎、呼丕显：（唱）二人双双拜几拜，（下，又上）行礼已毕喜洋洋。

杨六郎：（白）杨洪吩咐厨下备宴，禀知太太知道也好放心。

杨　洪：是！

杨六郎：呼贤弟就在花园饮酒，存宿一夜，明日登程。

呼丕显：就依六哥。

（诗）呼杨两家双结义，世代兄弟结良朋。请！

呼丕显：（内白）左右款款而行。（马上）

（诗）替父亲去上边庭，查查仁美设牢笼。

（白）本御呼丕显，圣上封我靠山王之职，赐我尚方宝剑一口，先斩后奏，龙凤旗两面写着"替天巡抚""如朕亲临"八个大字。又赐半朝銮驾，御林军五百，粮草丰足，御酒一万坛。外赐元帅蟒袍玉带，奖赏三军，暗自访查仁美。昨日与六哥结拜，问明军中情况，又讨来一封手书，好拜托郎千、郎万接联众将。我母又与我讨一封书信，假意去拜仁美，好叫他不生别意。方才众位官员与我饯行，辞别众位官员出得京来。御林军鸣锣开道，款款而行。

（唱）丕显马上忙吩咐，排开执事上边庭。

众　人：（唱）两边铜锣齐开道，吹吹打打不住声。

　　　　金爪月斧朝天镫，大刀金枪摆几层。

　　　　几对板子几对棍，几对铁锁几对绳。

　　　　上打龙凤旗两杆，穿州过府人接迎。

呼丕显：（唱）丕显马上心欢喜，威风凛凛烈烈轰轰。
　　　　　　这回一到边庭去，定拿仁美老奸雄。
　　　　　　一替杨家把仇报，二与国家除奸雄。
　　　　　　又怕老贼不服绑，将令在手有权衡。
　　　　　　必将见机而行事，随机应变功要成。
　　　　　　不言丕显路上走，

（冯任登马上）

冯任登：（唱）再表那冯任登大路行。
　　　　　　带领家丁路上走，专看人家女花容。
　　　　　　我本冯家大公子，爹爹在朝伴龙廷。
　　　　　　我这离京不太远，冯家堡上大有名。
　　　　　　依仗家爹有势力，这才任我乱胡行。
　　　　　　五月天气真是热，路上行走汗透胸。
　　　　　　东一瞅来西一望，男女老少路上行。
　　　　　　也也有穿红挂着绿，有穿蓝挂着青。
　　　　　　男男女女人还不少，没有一个遂心中。
　　　　　　热闹地方走一走，找找各处女花容。
　　　　　　吩咐家丁那边去，
　　　　（白）家丁们，和大爷一到那边人多地方看看去。

家　丁：中不咧？走走走！

　　　　　　　　　　　　　　　　　　　　　　　　（完）

第 十 本

【剧情梗概】 西台御史冯秀冈的儿子冯任登强抢民女,被代父巡边的呼延赞之子、钦差大臣呼丕显重责。呼丕显到了雄关后,联络忠勇之将,以了解潘仁美谋害杨门父子之事。为迷惑潘仁美,他又拜仁美为师。潘仁美以为时机已到,拟举反旗,另立朝廷。

(丑外、小旦上,坐地)

任好善: (诗)在家千般好,出外事事难。
(白)老汉任好善。

任瑞香: 奴任瑞香。

任好善: 老汉是京北巨人村人士,家中贫苦,因我认识几个字,就指着教学为生。老婆子前些日子闹瘟疫死咧,撇下我这老子还有闺女。闺女十八岁咧,还没找婆家呢!因闹瘟疫,学生大部分都病死咧!学校也关门!我父女吃穿全无,幸得现在正是五月,天气很热,这要是冬天,我父女都得冻死饿死啊。昨日有在东京做买卖的,回家给我捎个信来,说我兄弟任好意在东京开了个大杂货铺,柜上缺人,叫我父女帮他照看营业去。得了这个信,真是死中求活一样。不想已七八年没音信了,谁知他弄得这么好咧,叫我去到他那里居住。我才把这破家乱什拆遍了,卖了几吊钱以做路费。离东京二三百里地,也花用了不少。我们爷俩离家走了五六天咧,明天就能到了。闺女呀,快走吧,别看啦!

任瑞香: 咳,爹爹呀,你看天气炎热,孩儿我实在走不动了。

任好善: 哈哈哈,可你一个年轻人还走不过我这老头子呢!走吧,丫头哇!

任瑞香: 咳,是。

(唱)佳人起身往前走,一步一步往前挪。
　　　天气炎热出燥汗,两腿酸疼泪如梭。

任好善: (白)这个丫头,你哭的是啥?

任瑞香: (唱)可叹孩儿真命苦,母亲不幸见阎罗。

任好善: (白)她死了更好咧,要是活着也得跟咱们受罪。

任瑞香：（唱）撇咱父女人两个，家业贫寒难过活。
任好善：（白）那咱爷俩没死就算万幸。
任瑞香：（唱）活着也是干受罪，混到何时是个结果？
　　　　　　不知离京还有多远，只得步步往前挪。
　　　　　　恨不一时见着叔父，情愿念诵千声佛。
任好善：（白）丫头哇，快走吧！
任瑞香：（唱）孩儿我鞋弓步又小，哪比爹爹快如梭？
任好善：（白）哎，你真废物，你的步小你跑哇，你看我给你跑个样儿看看。
任瑞香：爹爹，你真是老顽童，说跑就跑像什么？
任好善：就是赶兔子也追它个七八十里，丫头，你也跑吧。
任瑞香：（唱）越说越跑上了道，逗得佳人笑哈哈。
任好善：（白）爹爹对你不说不笑不热闹，逗个笑话就不累得慌了。
任瑞香：（唱）父女正然往前走，来了任登小狗贼。
　　　　（冯任登上）
冯任登：（唱）正然行走抬头看，忽然看见女娇娥。
　　　　　　好似仙女下了界，这样的美女没见过。
　　　　　　何不上前提亲事？一定愿与我配合。
　　　　　　走上前来开言道，
　　　　（白）这位老人家住哪里？
任好善：里不里的，你走你的，我走我的，跟你瞎搭搭啥也。
冯任登：我看你这个老头像个懂礼之人，说话怎这不好听。
任好善：你他妈的是什么东西，说话嬉皮笑脸的，一点稳重气也没有？一看你也不是好人家的儿女，快快与我走开吧！
冯任登：哈哈哈！
　　　　（唱）带笑便开言，老头听几句。
　　　　　　我叫冯任登，御史他儿子。
　　　　　　爹爹做京官，大爷有权力。
　　　　　　家有千顷田，奴婢两边立。
　　　　　　一呼百诺的，威风不儿戏。
　　　　　　我今年二十，长得赛宋玉。

　　　　　　家中虽有妻，并不遂心意。
　　　　　　见着这美人，必是你闺女。
　　　　　　小女长得强，大爷看中意。
　　　　　　要她做三房，你准忒愿意。
　　　　　　你是老丈人，跟我享福去。
　　　　　　你要应从了，管保有财力。
　　　　　　穿的是绫罗，尽吃好东西。
　　　　　　打灯找不着，今日把我遇。
　　　　　　你是应不应？愿意不愿意。
任好善：（唱）狗子少胡言，不如放驴屁。
　　　　　　也不量身份，看你色样的。
　　　　　　河沟癞蛤蟆，想着上天去。
　　　　　　别看我们穷，我可有志气。
　　　　　　你有多少钱，不是好东西。
　　　　　　你要找媳妇，回到家里去。
　　　　　　老的有你妈，小的姐妹去。
　　　　　　拉过就成亲，还不费大力。
　　　　　　何必外边求？不是好东西。
　　　　　　闺女快走吧。
冯任登：（白）哈哈哈，真叫人生气。
　　　（唱）吩咐二家丁，抢着回府去。
　　　（白）家将们，将这女子背着回府。
任好善：哈哈哈，反了反了，清明世界，朗朗乾坤，竟敢强抢民间妇女，竟把女儿抢了去了。他们如飞而去，这却如何是好？哦哦哦，有了，不免到县衙告他便了。（栽倒）咳呀，罢了我了！
　　　（唱）心中着急爬起跑，去到大堂喊冤枉。
　　　　　　跌倒爬起哭又叫，连叫救人有凶强。
　　　　　　抢掠妇女无王法，清平世界乱王章。
　　　　　　任老哭喊把人救，
呼丕显：（唱）再表查边靠山王。

> 人马滔滔如流水，见些河水架桥梁。
> 过些村庄与镇店，晓行夜宿奔边疆。
> 这回到了边关地，定找那郎千郎万去商量。
> 想法子兵符令箭诓到手，众将不能把他帮。
> 拿住老贼解进京去，叫文武看看我这小儿郎。
> 人马正自往前走，

任好善：（内唱）老儿着急喊冤枉。

人　役：（唱）人役上前说闪路，

（白）闪开闪开闪开。

呼丕显：（内白）什么人吵嚷？（上）

人　役：启禀千岁，有一老者喊冤。

呼丕显：什么人这样大胆，敢拦本御马头喊冤？其中必有天大冤枉之事。州县官员管他不了，也是有的。本御虽不代理民词①，遇有喊冤之事，哪有不管之理？左右。

卒：在。

呼丕显：将人马扎在路旁打坐，将喊冤之人带来问话。

卒：哈。（内白）那一老者马前回话。

任好善：来了。（上，跪）大人在上，小老儿叩头。

呼丕显：那一老者，起来说话。

任好善：谢过大人，呀。原来是个小孩子，怎能断案呢？大人哪！我不告状啦！我要走了。

呼丕显：回来，你怎么不告了呢？

任好善：我看大人是个小孩子，如何能断案呢？

呼丕显：哈哈哈，你看我年幼么？我对你说吧，哪怕你有天大冤枉，只要告到我手，就是那龙子龙孙、朝郎驸马，势力多大，我也要按律问罪。

任好善：咳呀，这厉害呢！大人哪！我不告别人，我告的是西台御史之子冯任登。

呼丕显：你叫何名？

任好善：小老儿我叫任好善，因我带领我女儿进京投奔我兄弟去，走到这里碰见

---

① 民词：民间词讼。

了这个强盗,他说他是西台御史冯秀冈的儿子,叫冯任登,他一定要我女儿与他做妾,老儿我不应,他就吩咐家将硬给抢了去了。是我追赶,被他打倒,故而要到县衙告他。听见鸣锣开道,我当是州县官呢,故此喊冤告状。

呼丕显：啊,清平世界,朗朗乾坤,竟有此恶徒欺抢民间妇女。真是可恼哦。老者,你看他们往哪里跑去了,

任好善：往西南跑去了。

呼丕显：往西南跑去,要是骑马追,可也追的上呢！好,张兴义、李胡忠,你二人打马加鞭,赶上拿回。

张兴义、李胡忠：得令（下,又上）启禀千岁,将恶徒拿到,请千岁定罪。

呼丕显：带上来。

（带冯上）

冯任登：哈哈哈,你是哪里的毛孩子？多管闲事,也不打听打听大爷的势力。

呼丕显：哦,你是西台御史之子吗？

冯任登：正是你大爷。

呼丕显：左右,与我打倒。（打冯倒）

冯任登：咳呀,罢了我了。

呼丕显：你仗着你父的势力胡作非为,抢掠民间妇女,罪恶滔天。本御呼丕显,奉旨钦差,代天巡抚,专管人间不平之事。莫说你是御史之子,你就是王子王孙,犯在我手,也要法办。

冯任登：咳呀,我的妈呀,怎么遇上他啦！千岁爷爷饶了我吧！我该死,我该死。

呼丕显：左右,将狗子重打四十皮鞭,交于当地官府,以正其法,斩首示众。将几个恶徒家将,每人重打八十,叫地方官发配充军。

卒：　　是。（内打）禀千岁,刑仗已毕。

呼丕显：拿我令箭一支,叫当地官员照令行事,不得徇私。

卒：　　是,得令。

呼丕显：老者,本御已将狗子治罪,与你出气,你女儿也回来了。再给你纹银五十两,你父女雇上一辆车进京去吧。等本御事完回朝,再参那冯秀冈,你好做个干证。

任好善：是,多谢千岁大恩。

呼丕显： 御林军，人马启程，以奔边关便了，走走。

（升帐，众将站）

众　将：（诗）刀枪剑戟放光芒，盔明甲亮貌堂堂。

辕门战鼓如雷响，赫赫威威把名扬。

黄　龙：（白）俺中军参谋黄龙。

黄　虎： 参将黄虎。

潘　龙： 国舅潘龙。

潘　虎： 潘虎。

潘　林： 潘林。

潘　桂： 潘桂。

陈　林： 西部总兵陈林。

柴　干： 东路总兵柴干。

郎　千： 左军统领郎千。

郎　万： 右军统领郎万。

戴魁章： 左哨监军戴魁章。

戴朝风： 右哨监军戴朝风。

崔　文： 前军都领崔文。

刘德海： 后军都领刘德海。

陈　明： 陈明。

陈　信： 陈信。

吴　凯： 吴凯。

刘　琪： 刘琪。

黄　魁： 黄魁。

合： 　元帅升帐，在此伺候。

（仁美出）

潘仁美：（诗）外为招讨内皇亲，一人之下万人钦。

帐下众将十九个，执掌生杀哪不遵？

（白）本帅潘仁美，自从杨家父子一死，去了老夫眼中之钉、肉中之刺，一则报了杀子之仇，二则去了对头冤家。我与北国韩昌讲和，私通书信，情愿退守雄关城，退还幽州，各不相犯，两国时常来往书信。老夫自从害了杨家之后，总是放心不下，因此我早做准备，天子不究便罢，如怪罪下来，老夫兵权在手，帐下又有十九员大将，尽是心腹之人，兵多将广，粮草丰足，一定勾引北国，平分天下。那时老夫面南登基，心愿足矣。我已打了表章，静看天子喜怒如何。昨日接得陈秀章与冯秀冈的手书，说天子看表后，并不问潘、杨之事，已命钦差大人押粮赏军。老夫见了此信，料觉心安，单等人马锐气养足，再行大事不迟。

卒：报元帅得知，今有钦差大人奉旨赏军，离城只有廿里之遥，乞令定夺。

潘仁美：再探。呀，京中钦差来得急快，叫老夫有些恐惧呀。

（唱）听说钦差已来到，心中有病不安宁。
　　　唯恐杨家事故犯，人有亏心胆怕惊。
　　　莫非是假意赏军来拿我？莫非天子计牢笼？
　　　莫非延赞参了我？如果这样了不成。
　　　哼，依我看，天子见了我的本，绝不信我有外情。
　　　左右又想心不定，眼望帐下把话明。
　　　众位将军与头领，现如今天子差官来赏兵。
　　　不知好意是歹意，本帅忧疑在心中。
　　　众位高见何如也？

众　将：（白）元帅，

（唱）帐下众将把元帅称，天子赏军是好意，
　　　不负元帅汗马功。

潘仁美：（白）依本帅看来，恐有别意。

众　将：（唱）众将闻听心纳闷，猜解不来不做声。

黄　龙：（唱）黄龙上帐遵元帅，何必忧疑胆怕惊？
　　　元帅兵权现在手，还有那能征惯战十几万兵。
　　　又有勇将无其数，个个勇猛杀法精。
　　　元帅素日多恩待，众将俱都感恩情。
　　　都愿与元帅效死力，人心一致何用明？
　　　天子好意无得讲，若追问潘杨之事见机而行。
　　　杀了钦差立事业，另立国号雄关城。
　　　推倒昏君成帝业，众将扶保坐九重。

	不知元帅同意否？
潘仁美：	（唱）闻听此言喜心中。
	（白）哈哈哈，黄将军之言正合我意，不知众位将军意下如何？
众：	元帅兵权在手，要想另立天下，哪敢不尊？我等又素感元帅大恩，无以答报，愿效死力，扶保元帅。
潘仁美：	好哇！
	（唱）潘仁美，心喜欢。
	众位将军，细听我言。
	我要成大事，登基面向南。
	俱封高爵厚禄，必然官上加官。
	众位都是开国将，列土分茅何用言？
众　将：	（白）我等愿听调用。
潘仁美：	好，
	（唱）叫郎万，与郎千。
	二位将军，细听我言。
	命你们带部下，迎接钦差官。
	需要见机而作，小心谨慎而言。
	他要提潘杨两家事，一刀杀死莫容宽。
	他若是，归顺咱。
	领他进城，我出拜参。
	兵多是力量，又把膀臂添。
郎千、郎万：	（唱）得令下了大帐，另揣一副心田。
	不言二人把钦差见，
潘仁美：	（唱）仁美叫声众将官。
	四门上，把守严。
	各守领地，小心谨言。
	城外人共马，盔明威要显。
	叫着钦差看看，咱们军容威严。
卒：	（白）得令。
潘仁美：	（唱）吩咐已毕回书舍，散去帐下众魁元。

（郎千、郎万马上）

郎　万：（唱）再表那，二英贤。

　　　　　　　郎万有语，叫声郎千。
　　　　　　　弟兄同叙话，并马把话谈。
　　　　　　　你我奉了将令，前去迎接差官。
　　　　　　　不知来的哪一位，不知是忠或是奸。
　　　　　　　兄弟你，听我言。
　　　　　　　你我前去，见机而言。
　　　　　　　要是忠良将，对他说实言。
　　　　　　　一替杨家雪恨，二替国家除奸。
　　　　　　　要是仁美一党辈，一刀叫他一命捐。
　　　　　　　言有理，对心田。
　　　　　　　去个奸党，少个祸端。
　　　　　　　回去见仁美，对他说谎言。
　　　　　　　就说潘杨事翻，圣上拿他不宽。
　　　　　　　替他把那钦差斩，杀差就是翻了天。

郎　千：（白）对！

　　　　（唱）思良策，设机关。
　　　　　　　稳住仁美，老贼权奸。
　　　　　　　二人商议定，叫声众将官。
　　　　　　　人马不可乱队，小心接迎差官。
　　　　　　　正走之间钦差到。

　　　　（白）哥哥，你看前面旗幡招展，执事鲜明，鸣锣开道，必是钦差大人到来，急急下马参见。

郎　万：有理。

卒：　　报千岁得知，今有边庭元帅帐下二将前来迎接千岁。

呼丕显：将人马扎住行营，命他二人觐见。

　　　　（呼上，坐）

卒：　　咧！千岁有令，命雄关二将来见，小心着。

郎　万：报元帅，帐下统领告进。（上，跪）钦差大人在上，末将郎千、郎万参见。

呼丕显： 哦！原来是他二人，待我吓他一吓，看他是何来意。哼！我且问你潘仁美怎不前来接见是为何？叫你二人前来，莫非其中有诈不成？快些实说，不然定斩不容。

郎　万： 咳呀，大人容末将告禀。

（唱）二人见问心纳闷，钦差问得有别情。
看他不过十几岁，怎做钦差当主公？
暗暗又把天子埋怨，这事怎不派公卿？
偏偏用这小孩子，事情看得太也轻。
看起来杨家大仇不能报，你我二人白用心胸。
一定是个无能辈，将他杀死然后再明。

呼丕显：（白）你家元帅为何不前来接我？只用你二人前来，莫非其中有奸计不成？

郎　万： 呀！心中一惊拔宝剑，

呼丕显： 住手！

（唱）哈哈大笑便开声。
你们来意我知道，一定要见机而作把事行。
本御早就有先见，你们不用受怕担惊。
吩咐平身快请坐。

郎　万：（白）千岁在此，末将不敢坐。

呼丕显： 坐下，本御有话明。

郎　万： 告坐。

呼丕显：（唱）二位不用想瞒我，早知二位心忠诚。
潘杨之事快明讲，不用怕，帐下都是我心腹兵。

郎　万：（白）千岁，潘、杨之事我们不知。

呼丕显：（唱）我不实说你们不敢讲，听我把京中之事说得清。
言罢取出六郎信，二位看看自然明。

郎　万：（唱）二人接信从头看，

（白）上写郎千、郎万，二位贤弟台鉴，愚兄多蒙深恩相救，得命回京告了御状。天子半信半疑，多得八王鼎力相助，才允呈状。怎奈潘贼表文进京，奏说我父不遵军令，私自出营，以至丧命；七郎救父心急，闯入贼营，被番兵乱箭射死；愚兄不知去向，说是逃军，应各处严拿。实在两难之间。现有铁鞭王呼延赞老千岁之子呼丕显，年岁虽幼小但才高智广，替父边庭查访，辨明真假，赏军实系捉拿仁美。希二弟见字，休忘咱弟兄结拜之情。可怜杨家切齿之恨，忠肝义胆协助呼杨，共同相帮，秘密与帐下忠义之将相商，捉拿老贼。事关重大，谨言慎行，千万休要打草惊蛇，弄巧成拙。愚兄杨延昭手书。

郎　万：呀！原来是呼千岁到此，末将等多有得罪，望千岁恕罪！
呼丕显：好说，二位将军，你我即是一家亲，事情不要隐瞒，请把潘仁美害杨家之事说明，再说说仁美现在有何举动。
郎　万：千岁听了。
　　　　（唱）可恨仁美他，做事很不济。
　　　　　　　因为在京中，潘豹立擂去。
　　　　　　　七郎打死他，老贼心中记。
　　　　　　　定报这个仇，千方与百计。
　　　　　　　几次不遂心，没如他的意。
　　　　　　　偏偏主回京，老贼遂心意。
　　　　　　　如此是这般，令公中了计。
　　　　　　　困在番营中，陈家峪口处。
　　　　　　　七郎搬兵回，老贼用巧计。
　　　　　　　绑在芭蕉上，乱箭射下去。
　　　　　　　可怜一命亡，埋在黑河地。
　　　　　　　重赏射箭兵，我两知详细。
　　　　　　　下令众将知，泄露头割去。
　　　　　　　令公无救兵，碰碑李陵地。
　　　　　　　六郎闻听来，仁美动了气。
　　　　　　　问罪是逃军，喝令拉下去。
　　　　　　　打了棍四十，当时断了气。
　　　　　　　命令我二人，急急抬出去。
　　　　　　　不想又还生，放他回京去。
　　　　　　　告状好报仇，早早除大逆。

呼丕显：（白）钦差前来赏军，潘仁美有什么动举无有呢？

郎　万：（唱）听说钦差来，心中发了惧。

　　　　　　升帐议军情，就拿别主意。

　　　　　　他叫把军旗，字号换了去。

　　　　　　问问钦差官，他是何主意。

　　　　　　如果不顺他，头颅割下去。

　　　　　　推倒万岁爷，扶他做皇帝。

　　　　　　常与北国通，两下暗通气。

　　　　　　江山两下分，不要伤和气。

　　　　　　封我开国官，国公一定的。

　　　　　　命我二人来，看你何心意。

　　　　　　真正要拿你，叫你归阴去。

　　　　　　这是一往情，千岁拿主意。

呼丕显：（唱）丕显闻此言，连呼二义士。

　　　　（白）二位将军不知本御早有准备，你看我帐下众将全是我从京中挑选来的，俱各武艺高强。你看本御外穿蟒袍内穿铠甲，若非二位前来，就是仁美带将前来，我也没放心上。但二位本是忠义之人，令人敬服，本御情愿与二位拜为生死之交，不知二位将军如意否？

郎　万：我二人岂敢高攀？

呼丕显：说哪里话来？一言为定。请问二位，那潘仁美的帐下有多少忠义之人？有他多少心腹之人？

郎　千：他的心腹之人有他四个儿子，此外还有黄龙、黄虎二人。

呼丕显：其余众将呢？

郎　万：其余众将都是忠义之人，都有意与杨家报仇，就是不得机会，都怕老贼权高势大，敢怒而不敢言，只好明顺暗恨。

呼丕显：好，二位兄长先请进城，去告知仁美，就说钦差是个小孩子，奉旨前来赏军，并无看出别意，千万不要漏了行藏。我到城内，另有别意，千万小心在意。

郎　万：是，我二人就此告退。

呼丕显：众将官人马进城，到馆驿。

众：　　得令。

（仁美出，坐）

潘仁美：（诗）二将迎接钦差去，半天不回意惶惶。

（白）本帅潘仁美，今日军校报道钦差前来赏军，我恐其中有诈，已命郎家二将前去迎接，见机行事。去了半天，不见回来，叫我放心不下。

（郎千、郎万上）

郎千、郎万： 元帅在上，末将交令。

潘仁美： 二位将军此去，可看出什么动静无有？

郎千、郎万： 元帅听了。

（唱）奉令去把钦差见，二十里外接大人。
我当是哪家国公到，却原来还是一个幼小人。
坐在椅上刚露脸，高看不过五尺身。
说话倒像差官样，见了末将把话云。
他说奉旨把钦差做，特来大营犒赏军。
御酒带来无其数，还有十万雪纹银。
也有蟒袍与玉带，彩缎百匹白玉两枚。
天子亲赐元帅物，真是皇恩雨露深。
并未提起别的事，钦差他已到城内馆驿存。
这是一往实情话，

潘仁美：（唱）仁美大悦笑盈盈。
二位将军前引路，本帅公馆见大人。
看看钦差什么样，探探他是啥样人。
迈步出房往外走，郎家兄弟随后跟。
穿街过巷来得快，霎时来到公馆门。
吩咐门军快回禀，元帅来拜钦差大人。

御林军：（唱）御林军兵去回禀，

（白）启千岁，潘元帅来拜。

呼丕显：（内白）吩咐出去，就说本御身体不爽，改日再见。

卒： 嘚！千岁有令！外边来拜之人听着，千岁今日身体不爽，改日再见。

潘仁美： 哼哼哼！一个小小钦差，好大的架子！即便你是王位，本帅也是皇亲国丈，又是掌朝太师，也不在你之下，应当以礼相待才是，不该拒绝不见，毫无道理。

郎千、郎万：元帅不要暴躁生气，依末将看来，这位钦差年幼，不懂得礼节，也是有的，但他的权高职大，元帅只怕也比不上他呢。

潘仁美：本帅在朝，是一人之下，万人之上，堂堂皇亲国丈，又是兵马大元帅，令行天下，哪个不尊？哪个不奉？他不过是临时奉旨的小小差官，读了圣旨，交代赏军之物，就得拜望于我。他今竟敢傲慢于我，难道说他还大过本帅不成么？真乃无礼。

郎千、郎万：元帅呀！你比他小得很呀！末将见他还打着两杆龙凤宝旗呢。

潘仁美：哦？那龙凤旗乃是天子所用之物，别人不许使啊。

郎千、郎万：他不但打着龙凤旗，那旗上还写上八个大字呢。

潘仁美：写着哪八个字？

郎千、郎万：龙旗上写"代天巡抚"，凤旗上写"如朕亲临"。

潘仁美：呀！这差官莫非是东宫太子不成？

郎千、郎万：不是东宫太子，是靠山王。

潘仁美：何姓叫何名字呢？哼！朝中也没有靠山王，这是哪家国公的后代呢？真乃闷死人也！

郎千、郎万：这还不灵呢！他还带着五百御林军，打着半朝銮驾呢！

潘仁美：呀，半朝銮驾么？

郎千、郎万：正是半朝銮驾。

潘仁美：这也奇怪了，这等出奇的物到底是谁呢？

郎千、郎万：这个出奇还不灵，还有更出奇的呢！

潘仁美：还有什么？

郎千、郎万：末将抬头一看，呀！看见上面悬挂的圣旨上写钦差靠山王奉旨赏军，为其便宜行事，亲赐尚方宝剑一口，无论朝内朝外、文武百官、公伯王侯、朝郎驸马、王子王孙，如遇不平，先斩后奏。

潘仁美：咳呀！这还了得？若非二位将说明唏嘘，几误了大事。本帅若要他把一番事业归附于我，岂不添了很大的膀臂么？方才要是一怒闯进公馆，惹恼钦差，一声令下，推出问斩，岂不是白送了性命么？二位将军各回本营，明日再来商议，看是如何。

郎千、郎万：我二人将元帅送回府去。

潘仁美：二位将军费心了。

郎　千：理当如此。

潘仁美：如此请！

郎千、郎万：请！

　　　　（陈林、柴干出）

陈　林：（诗）满怀心腹事，不叫外人知。

　　　　（白）俺陈林。

柴　干：我柴干。

陈林、柴干：可恨元帅心坏，谋害了杨家父子，昨日钦差到来赏军，老贼怕有不测之事发生，与众将商议，要杀官扯旗造反。你我乃是宋室臣宰，岂能做那背叛朝廷之事？你我暂且不要声张，老贼真要造反之时，天子必然发兵前来抄灭，那时咱再里应外合，捉拿奸党，与国除害。昨日郎家兄弟去接钦差，言说已经进入公馆。咳！可笑圣上不明，怎么用个小孩子前来赏军？叫咱怎好把老贼阴谋对他言讲？真乃晦气！

　　（二郎上）

郎千、郎万：二位将军在房。

陈林、柴干：二位将军来了，请坐。

郎千、郎万：有坐。

陈林、柴干：昨日去接钦差，可有什么动静没有？

郎千、郎万：你我都是知己，明事不相瞒，我二人来此，正要和二位商议。

陈林、柴干：有何事情？只管讲来。

郎千、郎万：二位听了。

　　　　（唱）我二人，接钦差。

　　　　　　　原是一个，小小婴孩。

　　　　　　　只说无能耐，原来是英才。

　　　　　　　铁鞭王的公子，文武韬略满怀。

　　　　　　　如此这般一段事，明为赏军暗访事来。

陈林、柴干：（唱）心欢喜，笑颜开，

　　　　　　　可该杨家，洗个清白。

　　　　　　　你我食君禄，忠心理应该。

　　　　　　　　帮助捉拿仁美，齐心把他罪责。

　　　　　　　　秘密把他事暴露，宗宗件件告诉钦差。

郎千、郎万：（唱）有一事，得安排。

　　　　　　　　黄家兄弟，心中吊歪。

　　　　　　　　先把他们稳住，别人不难哉。

　　　　　　　　其余帐下众将，都是忠臣后代。

　　　　　　　　机关不可泄露了，凡事谨慎免招灾。

陈林、柴干：（唱）说有理，各分开。

　　　　　　　　你我悄悄，各回各宅。

　　　　　　　　单等机会到，咱们信传开。

　　　　　　　　说罢分手而散，

潘仁美：（唱）仁美独坐书斋。

　　　　（诗）恼恨钦差，眼空四海，有心接纳，忍气吞声。

　　　　（白）老夫潘仁美，昨日钦差到来，老夫只欲接纳，收服于他作为膀臂，前去探望。这个小冤家，竟不容拜见。老夫本想闯进公馆找他算账，多得郎氏兄弟告知底事，不然几乎误了大事。今日带领黄龙再去拜望，看是如何？左右！

卒：有！

潘仁美：一道公馆走走。

　　　　（唱）起身离座出房外，辕门以外上能行。

　　　　　　　带领家将人四个，黄龙后面紧跟踪。

　　　　　　　思思想想来得快，公馆不远面前迎。

　　　　　　　下马吩咐快去禀，

卒：（唱）军卒答应不消停。

　　　　　　　急急传到中军地，

中　军：（唱）中军禀知钦差公。

呼丕显：（内白）吩咐出去，叫他门外等候，本御用完早膳再见。

中　军：（唱）中军照令说一遍，

潘仁美：（唱）仁美听罢气满胸。

　　　　　　　忍气吞声且等候，

黄　龙：（唱）黄龙一见气不平。

     钦差架子真不小,没把咱们看在眼中。

     元帅咱们回去吧,别在这里受冷清。

潘仁美:(唱)仁美摆手说不可,

中　军:(白)候见人听真,王爷吩咐下来,只叫元帅一人觐见。

潘仁美:(唱)仁美只得随令行。

     跟随中军到后面,仁美举目看分明。

     只见仪门大开放,两边武士猛又凶。

     弓上弦来刀出鞘,堂上气势果威风。(小心觐见)

     听见堂威一声喊,不由吓了一机灵。

     本帅我万马营中经百战,并不惧怕在心中。

     今日为何发恐惧,难道说还怕小小钦差公?

     将头一低进堂上,圣旨高悬写得清。

     挂着一口尚方剑,不由一阵心扑蹬。

     自恨自己见识短,畏惧不敢大胆行。

     明知害杨家心有愧,为何误入虎穴中?

     倘若钦差来拿我,岂不中了计牢笼?

     事到如今讲不起,上前跪倒地流平。

     参拜圣旨呼万岁,又拜钦差把礼行。

  (白)钦差大人在上,本帅潘仁美参拜。

呼丕显:元帅免参,本王奉旨前来,一则运粮,二则赏军,要你小心伺候,无事退下,回你本帐去吧。

潘仁美:哼哼哼!

呼丕显:掩门。

潘仁美:(内白)中军。

中　军:有!

潘仁美:吩咐你四位国舅与黄龙到书房议事。(上)

潘仁美:气死人也!气死人也!好个大胆的差官,本帅好意前去拜望与你,你竟敢见我洋洋不睬,大模大样,也不让人坐,也不送送本帅。你虽是奉旨的差官,老夫也是当朝皇亲国丈、扫北大元帅,你这小小的幼儿,看你乳黄未退,奶气未干,好个小冤家!敢这无礼,真乃气死人也!

（四子与黄上）

合：　　　父帅唤我们前来，有何事宜？

潘仁美：你们有所不知，原是这般如此。本帅意欲杀了差官，另立事业，不知你们意下如何？

黄　龙：正当如此而作，元帅才得平安。我五个带本队人马趁着天还未亮杀入公馆，把京中来的人马杀的一个不剩，然后召集众将，立起反宋的旗号，就在雄关设立金殿，招兵买马，聚草存粮。候粮草充分丰足，杀奔京都，推到昏君，一统天下，岂不是好？

潘仁美：好！哈哈哈！本帅登基，众将愿从者封官，不从者一律斩首。黄将军，你拿我令箭一支，召齐一千人马，将公馆团团围住，不要放走一人。

黄　龙：得令！

卒：　　　报元帅得知，有一人说是元帅的侄儿前来，说是有秘事相商。

潘仁美：哼！这是哪个？本帅并没有侄儿，叫他进来。

卒：　　　哈！叫你进去。

呼丕显：来了！（上）叔父大人在上，小侄有礼。

潘仁美：你是何人？本帅并不认识，快些说来。

呼丕显：请元帅退去左右，我好言讲。

潘仁美：并无别人，只管说来无妨。

呼丕显：元帅不认识我了吗？

潘仁美：有些面善，一时想不起来了，你倒是何人？

呼丕显：我就是钦差呼丕显。

潘仁美：呀！你到此有何事？

呼丕显：叔父不必惊慌，因小侄白天在大帐上言语不周，得罪了叔父，怕你老生气，故此前来赔罪。

潘仁美：不要如此称呼，老夫担当不起！

呼丕显：叔父，我出京的时候，我父怕我年轻不懂事，给叔父带来一封书，求叔父多多指教于我。

潘仁美：你是哪家国公之子？

呼丕显：我父铁鞭王，我名呼丕显。

潘仁美：哦！你是呼延赞之子。

呼丕显：正是小侄。

潘仁美：拿出信来我看。

呼丕显：是！叔父请看。

潘仁美：待我看来。

（唱）上写兵马大元帅，一问可好身安宁。
愚兄延赞多拜上，拜上元帅潘总兵。
因我有病回朝转，病体未愈难回营。
我子丕显替我上，奉旨赏军到边庭。
万望元帅多照看，看咱都是一殿卿。
叫他在你门下用，元帅操心教晚生。
教他兵书与战策，教他布阵与排兵。
书不多言是如此，

潘仁美：（白）好！

（唱）仁美看罢喜心中。
开言叫声呼丕显，你父书字我看清。
如不弃嫌我允许。这几位是四长兄。

呼丕显：（白）四位兄长，我这里有礼了。

四　子：好说不敢，我们这里也有礼。

潘仁美：（唱）儿啦，此位乃是呼丕显，你伯父的大公子。
如此这般把钦差做，今后你们又近一层。
又叫贤侄上前见，此位乃是将黄龙。
他是我的心腹将，有事休瞒说实情。

呼丕显：（唱）丕显复又开言道，小侄有事要禀明。
背地你我叔侄论，明着还论国法情。
好掩众人之耳目，遇事必得谨慎行。
办事还得要机密，免得他人胡思情。
不知说的对不对？

潘仁美：（唱）仁美接言说愿从。
正该如此不露相。

（白）好，贤侄言之有理，正该如此而作。

呼丕显：叔父，你我在大帐上还论国法，无事之时，小侄常来学习枪马。叔父，小侄还有一事请教。

潘仁美：有何事故，只管说来。

呼丕显：叔父表文进京，说杨家父子抗令不遵，才致父子阵亡，不知是真是假？

潘仁美：哪有不真之理？

呼丕显：依小侄看来，杨家父子早该灭亡。

潘仁美：怎见得？

呼丕显：叔父，你想杨家父子仰仗功高，看不起满朝文武，仗势欺人，非常骄傲。自从潘三哥奉旨立擂，天子有旨，不叫国公王侯上台打擂，那杨家弟兄竟私自上台打擂，打死国舅，乃是抗旨，其罪一也；杨继业镇守雄关，一无圣旨，二无将令，私离番地去闯五台山，其罪二也；大破幽州之时，杨七郎暗刺元帅一枪，以下犯上，企图刺杀国家大臣，其罪三也；幸得元帅宽宏大量，并不归罪与他，然他无有军令，私自出兵，以至全军尽没，其罪四也；六郎七郎私离巡地，竟自闯山救父，杨七郎被番兵乱箭射死，那杨六郎不说自己有罪，反将罪过归在元帅身上，其罪五也。杨家有此五罪，早就该灭亡。

潘仁美：贤侄真乃高见，聪明过人，哈哈哈！人来，酒宴伺候。

呼丕显：慢着！小侄今后一定常来讨教，今日天已不早，小侄便要告退了。

潘仁美：如此，老夫再也不敢久留，请！

呼丕显：叔父请！

潘仁美：看呼丕显的来意，真乃一片实心，该老夫大事成就。黄将军，有事也不用瞒哄于他了。

黄　龙：元帅，常言说得好，人心隔肚皮，做事两不知，行事还需多加小心才是。

潘仁美：那是自然！

呼丕显：（唱）幸得丕显智勇将，还得谨慎加提防。

　　　　　（升帐，众将站）

众　将：（诗）英雄到处有人钦，辖管五百御林军。
　　　　　　　明保仁美成大事，暗想杨家把冤伸。

何忠海：何忠海。

杨振邦：杨振邦。

郎　千：郎千。
郎　万：郎万。
陈　林：陈林。
柴　干：柴干。
合　　：钦差大人升帐，在此伺候。
　　　（呼丕显出，坐）
呼丕显：（唱）假意虚哄潘仁美，叫他做梦也不知。
　　　（白）本御呼丕显，那日夜晚去哄仁美，假意奉承于他，老贼心中喜悦，这几天时常到他那里谈论兵法，甚是投机，有什么秘事并不瞒哄于我。今与众位商议，好捉拿老贼。
众　将：哦！
呼丕显：众位将军！
众　将：千岁！
呼丕显：我有一事与众位商议！
众　将：钦差大人有何事宜？
呼丕显：众位听了。
　　　（唱）当面对笑呼众位，我今多亏众人帮。
　　　　　这几天便衣去到元帅府，暗探仁美他心肠。
　　　　　他拿我不当外人看，一切事物不隐藏。
　　　　　今日我到元帅府，用计把那老贼诓。
　　　　　就说明日集众将，五营四哨众儿郎。
　　　　　齐到校场去伺候，当众犒赏饮酒浆。
　　　　　众位看我发号令，捉拿仁美无处藏。
　　　　　先把牙爪支出去，老贼势孤无人帮。
　　　　　老贼必然不服绑，众将军执刀镇住众儿郎。
　　　　　念完圣旨就上绑，打去冠带送帝邦。
　　　　　杨何二人在公馆，御林军早已备妥当。
　　　　　郎千郎万绊住潘龙与潘虎，记准时刻不要忙。
　　　　　吴凯刘琪绊住潘林与潘桂，午时三刻动刀枪。
　　　　　出其不意攻不备，一阵成功拿奸党。

|||我今传令潘仁美，好叫老贼中良方。
众　　将：（白）好！
（唱）大人高见人难比，亚赛陈平张子房。
　　　　我等佩服深敬仰，依计而行备妥当。
呼丕显：（唱）你等齐心多努力，千万不可漏行藏。
　　　　话不多言加仔细，（四人下）又叫中海与振邦。
　　　　二将随我到校场，千万别离我身旁。
　　　　带着万岁赏军物，
（白）二位将军，明日多加小心行事。
（诗）计就月中擒玉兔，谋成日里捉金乌。
（仁美坐）

潘仁美：（唱）权高势大惊神鬼，钦差也顺老夫心。
（白）本帅潘仁美，可喜奉旨钦差投到老夫门下，众将都听老夫调用，真是天助我也！

卒：　　报元帅得知，钦差令中军传令，晓谕元帅带领众将，齐集将台，一则阅兵，二则赏军，请元帅急行起身。

潘仁美：好哇！今乃六月十八，正乃黄道吉日！阅兵为由，老夫就在今日改旗立业，人来！

卒：　　有！

潘仁美：晓谕五营四哨大小将官，齐到将台听点。

卒：　　得令！

（完）

第十一本

【剧情梗概】 呼丕显要求集将赏军,潘仁美不知是计,升帐阅兵,然心腹黄龙三次点卯不到,仁美无奈,违心斩杀。呼丕显又将仁美四子支出,拿下潘仁美,最终把潘氏父子绑赴汴梁。八王闻听大喜,在大殿之上力赞呼丕显,年纪虽小但足智多谋,让天子实实在在地封其为靠山王。潘仁美大殿之上狡辩,拒不认罪,天子便命御史冯秀冈审问。潘妃命郭槐前去打点冯秀冈,潘仁美免责,杨六郎却被打了四十大棍。

(擂鼓升帐,众将上)

众　　将:(诗)钦差赏军下校场,众将齐集中军帐。
陈　　林:(白)俺陈林。
柴　　干:柴干。
郎　　千:郎千。
郎　　万:郎万。
吴　　凯:吴凯。
刘　　琪:刘琪。
陈　　明:陈明。
刘德海:刘德海。
崔文秀:崔文秀。
鲁　　魁:鲁魁。
潘　　龙:潘龙。
潘　　虎:潘虎。
潘　　林:潘林。
潘　　桂:潘桂。
黄　　虎:黄虎。
孙　　明:孙明。
戴魁章:戴魁章。
戴朝风:戴朝风。

陈　信：陈信。

合：　　元帅升帐阅兵，大家小心伺候。

（仁美、丕显出，何、杨后站）

潘仁美：钦差大人请升虎座。

呼丕显：元帅千军之王，自古帅不离位。

潘仁美：如此有僭了。

呼丕显：公请呀，哈哈哈。

潘仁美：诸位将军，各位统领，今日点将不为别事，因兵将久征在外，甚是劳苦，圣上垂恩，钦命差官靠山王呼丕显犒赏三军。众将站东列西听令，请钦差大人宣读圣旨。

众　将：有理。

呼丕显：圣旨到，跪，听宣读。诏曰：奉天承运，朝有股肱之臣而朕心顺，有栋梁之才而外邦服。潘元帅威震北番，忠心为国，日久在外，久不还朝，是社稷忠良、保国御柱。今赐黄金千两，彩缎百段，蟒袍玉带。另赐白银十万两，御酒一万坛，粮草十万石，以犒赏三军，略表酬劳，等回朝之日，另加升赏。钦此。谢恩。

众　将：万岁万岁万万岁。

潘仁美：人来，接旨意，供奉龙亭。

呼丕显：元帅旨意读完，阅兵完毕，各领其赏，元帅升帐点将。

潘仁美：有理。（坐）众将侍立帐下，听本帅一一点名。

陈林，柴干，郎千，郎万，吴凯，刘琪，陈明，刘德海，崔文秀，鲁魁，潘龙，潘虎，潘林，潘桂，黄虎，孙明，戴魁章，戴朝风，陈信，黄龙。

中　军：启禀元帅，黄龙不到。

潘仁美：奇怪了，不到再点。（照前点名）

中　军：启禀元帅，黄龙二点不到。

潘仁美：奇怪了，三点。

中　军：启禀元帅，黄龙不到。

潘仁美：奇怪，这就奇怪了。暗暗叫道黄龙，你本是我心腹之人，本帅点将，你不应该连误三卯，钦差与众将在此，你叫本帅怎么庇护于你？等他来时一定责治于他。

黄　　龙：（内白）左右将马带过，元帅点卯没有？
卒：　　点过三卯。
黄　　龙：三卯就三卯，哪有什么要紧？报门，黄龙告进。（上）元帅，元帅在上，黄龙参见。
潘仁美：哧，大胆黄龙，本帅早有令在先，今非昔比，有京中钦差赏军，你应该早来伺候。连误三卯，当着钦差大人，慢我军规，哪里容得？就该问斩。
黄　　龙：咳呀，元帅，末将因多喝几杯才误点卯，望元帅开恩。
潘仁美：好，潘仁美心暗想，黄龙违令，按令开斩，怎奈他是我心腹之人？有心不斩，又怕众将不服，钦差笑我军规不严。哦哦哦，有了，我何不假意把他绑出。今日赏军，大喜之日，钦差必然讲情，再把他放了，定是这个主意。哧，好个大胆黄龙，既做大将，岂不知法度？一卯不到，重打二十；二卯不到，重打四十；三卯不到，人头落地。你明知故犯，本知今日点将，钦差赏军，贪酒违令，罪不容诛，吩咐将黄龙推出辕门号令。
卒：　　得令。
　　　　（唱）众军校，齐答言。
　　　　　　　如狼似虎，上了绳拴。
　　　　　　　推下大帐去，辕门把刀餐。
　　　　　　　众将个个不语，俱都毛发悚然。
潘仁美：（唱）仁美专等钦差保，
呼丕显：（唱）丕显一旁不答言。
潘仁美：（唱）心不悦，恨差官。
　　　　　　　这点人情，都不尽言。
　　　　　　　后悔却也晚，将令无戏言。（内开刀，拿头上）
卒：　　（唱）人头急急献上，按律请观。
潘仁美：（唱）起过了，仁美心里暗伤感，心里虽痛不好言。
　　　　　　　讲不起，把令传。
　　　　　　　叫声众将，细听我言。
　　　　　　　摆一长蛇阵，设立五色帆。
众　　将：（唱）众将说声遵令，（呐喊，摆阵）刀枪剑戟光寒。
潘仁美：（唱）仁美开言把钦差奉，你可认得阵连环。

呼丕显：（唱）丕显答言说认得。

（白）元帅，此乃一字长蛇阵。

潘仁美：钦差大人说得有理，正是一字长蛇阵。

呼丕显：元帅，此阵能变化别的阵式么？

潘仁美：能变。

呼丕显：能变什么阵？

潘仁美：能变二龙出水阵。

呼丕显：还能变化么？

潘仁美：别的不能变了。

呼丕显：元帅，我能将此阵变为五虎群羊阵。

潘仁美：哈哈哈，钦差大人，本帅久临疆场，熟练兵书，善晓阵势，我没听说一字长蛇阵可以变为五虎群羊阵，只怕是不能变的。

呼丕显：元帅不信，我就变来。

潘仁美：如此说来，就请大人变来我看。

呼丕显：变是能变，就怕众将不服我调用。

潘仁美：这有何难，就将箭印兵符交付于你，哪个不服，斩首。

呼丕显：如此说来，本御借令箭一用。

潘仁美：就请接令。（交令）

呼丕显：众位将军，可肯听令？

众　将：我等愿听调遣。

呼丕显：好，众将听令，潘龙、潘虎听令，你二人带领陈林、柴干、刘琪、吴凯，你六人带五千人马各打红旗，离城二十里之遥，在那里把守，听信炮一响，红旗一举，不可妄动，要听号令。

合：　　得令。

呼丕显：潘桂、潘林，你二人带领郎千、郎万、戴魁章、戴朝风，你六人带兵五千，正北离城二十里把守，听信炮一响，齐举黑旗，不可妄动。

合：　　得令。

呼丕显：众将站立，台下听本御面讲。

（唱）本御奉了圣主命，前来赏军到大营。

皆因大兵久在外，昼夜劳累苦尽忠。

父母妻子与老小，日久居家不相逢。
天子皇恩多浩荡，众位必能职高升。
单等得胜还朝转，封妻荫子跃门庭。
众位既食皇王禄，必须报效于朝廷。
另外还有一件事，当着众将要说明。

众　将：（白）不知钦差有何事故？
呼丕显：（唱）就是杨家父与子，为国尽忠苦战争。
父子九人九只虎，征南战北马到成功。
雄关大战番兵将，杀得鞑子胆颤惊。
五台山前救过驾，潘仁美并不赐赏问罪名。
杨七郎力杀四门幽州地，潘仁美心怀嫉妒不放进城。
双龙会上一场战，父子九人剩三名。
立逼令公入险地，陈家峪李陵碑下一命终。
七郎搬兵见仁美，用酒灌醉乱箭轻生。
那六郎匹马单枪重围闯，反当逃军问典刑。
乱棍打死扔郊外，可惜他为国身亡死得不明。
我今奉了皇王旨，明着赏军暗拿奸雄。
天子当面亲审问，忠奸才能辨得清。
众位都是忠良将，安心报国不用心惊。
说罢取出皇王旨，
（白）旨意到，潘仁美接旨。

潘仁美：（白）万岁万岁万万岁。
呼丕显：听宣读，诏曰：君待臣以礼，臣待君以忠，然而潘仁美身为国戚，又是兵马主帅，理应上报君恩，下怜军兵，不该官报私仇，心怀妒忌，苦害忠良将士，私自退兵，与北番暗和，以至杨家父子死亡，实属国家大局。今有人告了御状，朕特令靠山王，降旨提拿回京问罪。边关总帅，上派镇殿将军何忠海执掌，旨到即日，遵诏绑拿，望诏谢恩。
潘仁美：万岁万岁万万岁。
呼丕显：人来，摘去官戴，上了刑具，打入囚车。
潘仁美：住手，哪个敢绑，谁敢动手？

　　　　　（唱）站起身，怒冲冲。
　　　　　　　哪敢动手，与我上刑？
　　　　　　　本帅千军主，又是国丈公。
　　　　　　　本来有功社稷，此旨出得不明。
　　　　　　　等我亲身见天子，浑浊自然辩得清。
呼丕显：（唱）骂老贼，了不成。
　　　　　　　违抗圣旨，更有罪名。
　　　　　　　苦害忠良将，还要反朝廷。
　　　　　　　暗与北国通信，不想为国尽忠。
　　　　　　　如今有人告了你，还敢大胆来抗衡。
潘仁美：（唱）住口。小孩子，少胡行。
　　　　　　　老夫忠正，苦苦尽忠。
　　　　　　　哪个害良将？哪个反朝廷？
　　　　　　　谁与北国通顺？哪与北国私通？
　　　　　　　一派胡言信口讲，是谁告我快说明。
呼丕显：（唱）你不用，把理定。
　　　　　　　强词夺理，那也不中。
　　　　　　　证据全都有，何必混朦胧。
　　　　　　　证赃实据都在，不用硬口分明。
　　　　　　　吩咐一声快上绑，打入囚车立刻回京。
潘仁美：（唱）才想要，用手迎。
众　将：（唱）台下众将，大喊一声。
　　　　　　　你害杨家事，我们早已明。
　　　　　　　只因在你帐下，有气不敢发哼。
　　　　　　　今日事犯拿问你，真是天爷把眼睁。
　　　　　　　说着恼，怒冲冲。
　　　　　　　各抽兵刃，大骂奸雄。
　　　　　　　再要不服绑，叫你丧残生。（快些受绑）
潘仁美：（唱）仁美见事不好，军心为何变更？
　　　　　　　只怕此事弄不好，要不伏法事不中。

可恨我，入牢笼。

中了幼孩，诡计吹灯。

四子现不在，不该斩黄龙。

近人无有一个，想要逃脱不能。

无奈俯伏说罢了，

呼丕显：（唱）吩咐一声上绑绳。（绑上）

潘仁美：（白）罢了哇，罢了哇。

呼丕显：众位将军各复旧职，等本御回朝，另加升赏。

（卒上）

卒：报千岁得知，郎家二将一并陈柴拿住潘家弟兄四人，请千岁定夺。

呼丕显：一起打入囚车，小心看守。何忠海听令，命你镇守此关为总帅，等本御回京奏知圣上，另行委派。帐下众，将都要赤胆尽忠，等我面见天子，必然另加升赏，

众：我等遵命。

呼丕显：郎千、郎万，急到幽州取回七郎尸首，送回京中，等我上表一道奏知天子，再另写书字三封，家中一封，八王一封，天波杨府一封，好叫他们放心。（写书）人来，将此表及书信不分昼夜，送到京都。杨振邦听令，你带领御林军押着潘家父子以奔京城。

卒：得令。

呼丕显：众将官，起兵回京交旨。

（唱）吩咐一声将台下，

众　将：（唱）众将相送喜气多。

梦想不到有今日，拿住仁美老奸贼。

杨家父子死得苦，可见天子有功德。

可敬钦差年不大，做事果断有计谋。

先把咱们联合好，又把他父子两下隔。

明着与他多亲近，老贼并未小心着。

此事若是别者到，事情必然得啰唆。

众将相谈钦差送，

呼丕显：（唱）再表丕显上征车。

何忠海：（唱）何忠海相送出城外，一揖而别不用说。
呼丕显：（唱）钦差回京不再表，众将回城不用说。
八　王：（唱）再表八王府中坐，（上）心中不由起颠夺。
（唱）自从丕显边关去，本御昼夜总惦着。
怕他年轻办不好，又怕仁美不服捉。
万一行藏泄露了，画虎不成了不得。
仁美大权握他手，一声令下不好说。
只有御林军五百，跟去战将也不多。
只有那杨振邦与何忠海，怎挡潘家虎一窝？
倘若事变再动手，只怕有死没有活。
拿不住他还事小，就怕打草又惊蛇。
他的手下将又广，兵丁也有四十万多。
倘要反宋谁敢挡？只怕事情要砸锅。
真叫本御心难放，朝思暮想如油泼。
八王正然思国事，

陈　林：（唱）陈林跪倒把书托。
（白）启禀千岁，有靠山王差官下书，千岁过目。

八　王： 拿来我看。（看）好哇，真乃不愧靠山王之职，把这一宗难事，办得不费吹灰之力，大功成就，好个有才有智的儿童，叫本御敬服。我一定要保他实任靠山王之位。哼，潘仁美进京可怎办呢？天子没杀仁美，只是调他回京，又是潘、杨两家之事难辨，真假必须问明，才能正罪，恐他不服，才如此而作。现虽进京中，但是他为兵马大元帅，又是国丈，有心下狱，又怕天子不从。叫他在他府中，又怕老贼多生是非，这却如何是好？咳，也罢，任可天子见罪，本御做主，先将他一家打入天牢，等丕显回来，我见皇叔再做道理。
（诗）自古忠奸难并立，更有冰火不同炉。
（佘太君出）

佘太君：（唱）恨奸臣权高势大，叫父子死得可怜。
（白）老身佘太君，可惜父子九人只剩六郎一个，如今我杨家老少寡妇，咳，我一家为国亡身，落得如此地步了。

（唱）太君想到伤心处，不由一阵泪涟涟。
　　　　　自从公爹归大宋，累累立功为江山。
　　　　　夫主继业带儿子，一起汴梁见天颜。
　　　　　天子修下无佞府，旨封高爵站朝班。
　　　　　自从打擂劈潘豹，才与仁美结下冤。
　　　　　奸贼累累把我家害，这如今父子俱各染黄泉。
　　　　　六郎逃回京中传御状，呼丕显替父上边关。
　　　　　也不知事情办的怎么样，等老身当殿与老贼讲究一番。
　　　　　正是太君思往事，

柴郡主：（唱）柴郡主走进房来把母参。
佘太君：（白）媳妇来了，坐下讲话。
柴郡主：（唱）母亲为何眼落泪？请对媳妇说根源。
佘太君：（白）咳，我哭父子九人死得可怜。
柴郡主：（唱）母亲不必过悲痛，哭坏身体儿怎担？
佘太君：（白）不知咱家之仇何时得报？
柴郡主：（唱）有日报仇雪了恨，不过一年和半年。
　　　　　靠山王子边庭去，必能拿住老权奸。
　　　　　那时节当殿审讯害人事，定把老贼用刀餐。
　　　　　仇也报来冤也洗，咱杨家也就见晴天。
佘太君：（白）只怕天子向着他丈人。
柴郡主：（唱）现有八王与咱做主，天子也得依他言。
　　　　　如果天子向国丈，媳妇舍命上金銮。
　　　　　定与天子评论理，哪怕他的心眼偏。
　　　　　正是郡主劝婆母，
杨六郎：（唱）六郎进房便开言。
　　　（白）禀母亲，有边庭靠山王书字一封，如此这般将潘仁美拿住，不久进京。
佘太君：此话可是当真？
杨六郎：孩儿焉敢撒谎？
佘太君：好哇，我杨家冤仇得报，不知钦差何日进京？

杨六郎：明日进京。

佘太君：好哇,明日儿随娘上殿与仁美当面对证,看那老贼有何话说。

杨六郎：儿遵命。正是:

（唱）血海冤仇今该报,明日一齐上金銮。

（摆朝,文官站）

众　　臣：（诗）五夜漏声催晓箭,九重春色醉仙桃。

旌旗日暖龙蛇动,宫殿风微燕雀高。

八　　王：（白）本御赵德芳。

王　　袍：本相王袍。

赵　　普：本相赵普。

高君保：本官高君保。

冯秀冈：下官冯秀冈。

陈秀章：下官陈秀章。

合：圣驾监宣,分班伺候。

（天子出）

天　　子：（诗）御炉兽面烧香烟,文东武西列朝班。

五鼓鸡鸣朕登殿,五色云中六龙翻。

（白）朕,大宋天子赵光义在位,今设早朝,内臣伺候。晓谕阖朝文武,有事早奏,无事散朝。

内　　臣：领旨,阶下文武老先生听真,有事出班早奏,无事散朝。

八　　王：慢散朝纲。

内　　臣：何人有本?

八　　王：赵德芳有本。

内　　臣：随口旨上殿。

八　　王：万岁万岁万万岁,侄臣有本。

天　　子：皇侄有本,平身奏来。

八　　王：万岁,今有呼丕显拿来潘仁美,昨晚进京住在馆驿,微臣已将潘仁美一家下在天牢,呼丕显现在午门。

天　　子：好,宣上金殿。

八　　王：领旨。（上）

呼丕显：万岁，呼丕显见驾。

天　子：爱卿平身。

呼丕显：万岁万岁万万岁。

天　子：呼爱卿，朕昨日观你本章一本尽知，朕命差官去上边庭加封有功之臣，赏你绫罗绸缎，白银万两，今日回朝，要你在御学读书，等你长大之时再袭文职。

呼丕显：谢过万岁。

待我摘下王帽，脱下蟒袍朝靴，解下玉带。

八　王：慢着，万岁，呼丕显奉旨边庭赏军，捉拿潘仁美，我主御口亲封靠山王，又在御街夸官，京中俱晓。到了边庭，立此大功，依臣看来，就是朝中的文武也未必办得来。今既把潘仁美拿到，天子口无戏言，正当封为靠山王，才是明君。

天　子：皇侄言之差矣，呼丕显在先说成功之后，情愿回家念书，绝不做官。

八　王：万岁，呼丕显虽有前言在先，今把国事办完，退还官戴，是呼丕显不失信用。朝中有此忠通之才，是国家祥瑞之兆。与国办事，与主分忧，是其忠也；去上边庭替父，是其孝也；凭一十二岁的顽童，能把千军主帅拿来，有其智也；一人战败四十八个将军，上边庭虎狼之地是其勇也。有此忠孝智勇，也不愧一个靠山王之爵位。

天　子：好哇，皇侄之言，使朕顿开茅塞。呼丕显听封。

呼丕显：万岁万岁万万岁。

天　子：朕封你靠山王之职，在御居读书，无事永不朝参，等书念成，再加升赏。

呼丕显：谢主隆恩。

天　子：皇侄，今将潘仁美拿到，怎么处理才好？

佘太君、杨六郎：（内白）冤枉哪！

内　臣：启奏万岁，午门有太君、郡马喊冤。

天　子：宣上金銮。

内　臣：领旨，万岁有旨，宣太君、杨郡马上殿。

佘太君：吾皇万岁万岁万万岁，臣佘太君带杨延昭见驾。

天　子：太君与郡马为了何事喊冤？

佘太君：臣为的是我杨家父子被潘仁美害死，求我主与臣做主。

天　　子：太君说到哪里去了？朕要不与杨家报仇，也不能把潘仁美拿回京来。太君先请回府，留下郡马，在此与潘仁美对证。

佘太君：谢过万岁。

天　　子：御林军将潘仁美带上殿来，换了罪衣，脱了刑具。

（领旨，仁美上）

潘仁美：万岁万岁万万岁，臣潘仁美见驾，不知臣犯了何罪，我主命钦差拿进京来？

天　　子：哦，你还装作不知，我问杨家父子哪里去了？

潘仁美：哎呀！万岁，要提杨家父子之事，微臣也曾写表进京，莫非万岁未见，容臣细奏。

（唱）仁美俯伏金阙下，万岁我主听臣明。

自从挂帅去争斗，哪时微臣得安宁？

喝时常饮刀头血，困时马上打朦胧。

为主江山南征北战，微臣哪点不尽忠？

天　　子：（唱）我且问你杨家父子哪里去了？

潘仁美：（唱）要问杨家父与子，微臣表上早奏明。

杨继业依仗刀马勇，不遵我令私动兵。

微臣命他去巡哨，他仗武艺入山峰。

身中反叛埋伏计，困在胡元古峪中。

被逼无奈自碰死，微臣幽州哪知情？

天　　子：（白）住口，杨七郎搬兵求救，为何用酒灌醉，乱箭射死？讲来。

潘仁美：（唱）微臣并无这件事，何人误造把我倾？

七郎因为父被困，离了巡地入番营。

番兵乱箭一齐射，他本死在番营中。

这与微臣何关系？我主开恩要查清。

天　　子：（白）那延昭闯出山来，你为何将他用乱棍打死？快讲。

潘仁美：（唱）杨六郎奉命岐沟守，私离巡地理不通。

微臣打他四十棍，以戒军规按律行。

天　　子：（白）哼哼哼，真乃巧辩，你为何不奏明我朕，私自退兵回转雄关，是何道理？快讲。

潘仁美：（唱）只因杨家父子败，我国大局有变更。
　　　　　　 用兵要是一朝错，全军俱得有大凶。
　　　　　　 边关帐下十几将，哪是番邦对头兵？
　　　　　　 番国兵强将又勇，又在那大胜之时必加攻。
　　　　　　 倘若困在幽州地，怕只怕里无粮草外无救兵。
　　　　　　 此乃兵贵神速事，虚虚实实兵书明。
　　　　　　 要等奏知我主晓，只怕全军尽倾生。
　　　　　　 古语云将在外君命有所不受，随机应变在此中。
　　　　　　 此乃为缓兵之计，各守边境把信通。
　　　　　　 等候人马养成队，锐气养足往北征。
　　　　　　 恢复幽州如反掌，何在乎一座两座城？
　　　　　　 再者说兵家胜败是常事，知己知彼兵书明。
　　　　　　 慢说微臣不足论，古来得多少英雄有输赢。
　　　　　　 斩将封神名姜尚，也有七死共七生。
　　　　　　 三国里神机妙算诸葛亮，不想他也失街亭。
　　　　　　 排兵布阵名韩信，哪个不知用兵精？
　　　　　　 他与霸王对战过，千回输来一回赢。
　　　　　　 退回边庭有何罪？两国通信有何私情？
天　子：（白）呼丕显在边庭，你对将说要杀钦差，
　　　　　　 扯旗造反另立国号，你还有何说？
潘仁美：（唱）哎呀万岁，这事把人冤屈死，何人捏造这事情？
天　子：（唱）天子座上开言语，
　　　　（白）你也不用巧辩，现在有人告你，敢与他对证吗？
潘仁美：万岁，臣敢与他对证。
天　子：好，内臣，将告状之人带上金殿。
内　臣：领旨。
　　　　（六郎上）
杨六郎：万岁万岁万万岁，罪臣杨景见驾。
潘仁美：我当是何人告我，原来还是这个小冤家，杨景你犯军法，还敢私逃，锻造谣言，诬告本帅，以下犯上，罪不容诛，真乃可恼。

杨六郎：潘仁美，潘仁美，你还强词夺理巧辩？你把我父子害得走死逃亡。自从圣上回京以后，你将呼王调出，又把我弟兄派到岐关把守，叫我父只带五百残兵破敌，而鞑子大兵百万，以至我父碰死陈家峪两狼山前李陵碑下。我七弟闯出重围搬兵，你又花言巧语用酒灌醉，乱箭射死，狠毒之至。我亲自见你，你不容分说，吩咐用乱棍打死，多亏有人搭救，死而复生，逃回京来，才传御状。你怀打擂之仇，假公济私，与子雪恨，陷害大臣，退回幽州，与北通信，你还有何说？

潘仁美：住口，你是一派胡说，你父子不听将令，依仗血气之勇，私自出兵，以至死亡。七郎因救父心急，闯入幽州，入番营乱箭射死，为何兜在本帅身上？你私离巡地，本帅打你四十军棍，以振军威，你竟敢逃进京来，诬告本帅，以下犯上哪里容得？老夫与你势不两立，是你找打。

天　子：住手，好个大胆潘仁美，金殿打人该当何罪？

潘仁美：哎呀万岁，杨家父子抗令是实，苦赖微臣，陷害于我，万岁！

天　子：你有何屈可讲？

潘仁美：自保主以来都是衷心为国，并无半点私心，听他言讲，焉有仁德？万岁再思。

天　子：哼哼哼，听他之言，倒叫朕无言可对。

八　王：潘仁美，潘仁美我把你这个奸贼，真能巧辩，孤家哪能容你？

（唱）凹面铜，手中擎。

　　　　断喝仁美，老贼奸雄。

　　　　当着圣上面，还有众武卿。

　　　　对证已在当面，你还有何话明？

　　　　竟敢强词辩巧理，依仗巧嘴算不能。

　　　　听本御，说个清。

　　　　你的事情，本御早明。

　　　　自从劈潘豹，怀恨在心中。

　　　　一心将仇报，处处设牢笼。

　　　　心中阴险我尚晓，本御早知你心胸。

　　　　五台山，那一宗。

　　　　杨家无罪，本来有功。

　　　　　有功你不赏，反来问罪名。

　　　　　本御要不赶到，早已被你倾生。

　　　　　不思国恩怀旧恨，暗设阴谋害令公。

　　　　　二一次，幽州城。

　　　　　力杀四门，战退番兵。

　　　　　你并不放入，要把七郎倾。

　　　　　金沙双龙大会，坐视不发大兵。

　　　　　以至杨家父子死，哪宗不是显而明？

　　　　　自圣主，回汴梁。

　　　　　老贼得手，毒计又生。

　　　　　逼迫令公死，箭射七郎倾。

　　　　　毒打六郎郡马，硬赖他是逃兵。

　　　　　今日上朝对了案，你还巧辩不认承。

　　　　　你再要，不招承。

　　　　　看我金锏，定下绝情。

潘仁美：（唱）哎呀，仁美说不好，心中拿章程。

　　　　　八王与我作对，硬逼我的口供。

　　　　　连说屈死微臣了，就是打死也屈情。

　　　　　故意的，站身行。

　　　　　可惜为国，苦苦尽忠。

　　　　　落得这结果，临危不善终。

　　　　　复又叩拜圣上，微臣不能再生。

　　　　　假意又往金殿碰，

天　　子：（白）慢着，天子座上便开声。金瓜武士，将潘仁美暂且带下去。

潘仁美：罢了哇，罢了哇。

天　　子：杨郡马，你也下殿听候圣旨。

杨六郎：万岁。

天　　子：皇侄，潘仁美并不承认，如何是好？

八　　王：依侄臣看来，必须通过刑罚审问，看他招与不招，再做道理。

天　　子：皇侄说得有理，旨意下西台御史冯秀冈上殿。

冯秀冈：万岁万岁万万岁。宣微臣有何圣谕？
天　子：爱卿，只因潘杨两家之事难辨真假，命卿在三法司审问此案，不可私庇。
冯秀冈：微臣领旨。
天　子：（诗）袍袖一撣群臣散，高卷龙帘驾回宫。
　　　　　（潘妃出）
潘　妃：（诗）头戴凤冠穿锦袍，执掌三宫权位高。
　　　　　（白）哀家潘妃，乃昭阳国母，甚是得宠。爹爹潘仁美现为扫北大元帅，我一家都沾皇恩，倒也随心如意。
　　　　　（郭槐上）
郭　槐：启奏娘娘千岁，不好了。
潘　妃：哦，郭太监有何不好之事。快些说来。
郭　槐：娘娘容禀。
　　　　　（唱）郭槐呼娘娘，听我说一遍。
　　　　　　　 只因老太师，挂帅征北番。
　　　　　　　 自从万岁回，大营有了变。
　　　　　　　 杨家父子们，竟自抗令箭。
　　　　　　　 亲自带兵出，与贼大交战。
　　　　　　　 令公碰死了，七郎中乱箭。
　　　　　　　 六郎跑回城，进京把理辩。
　　　　　　　 元帅把他责，说他私逃窜。
　　　　　　　 逃回京中来，告状太师陷。
　　　　　　　 说是太师爷，狠毒生暗算。
　　　　　　　 万岁信不真，八王主轻办。
　　　　　　　 差官下边庭，要命呼延赞。
　　　　　　　 延赞把病生，他儿替他办。
　　　　　　　 到了那边关，赏军是盖面。
　　　　　　　 拿回太师来，三番对了案。
　　　　　　　 太师不承认，八王亮宝锏。
　　　　　　　 天子把旨传，带到三法院。
　　　　　　　 问官冯秀冈，审问这个案。

	娘娘快想法，可是怎么办？
潘　妃：	（唱）呀，潘妃闻此言，急得面颜变。
	（白）哎呀，这可怎好？
	（唱）乍闻凶信无主意，吓得浑身汗直窜。
	举止失措心忙乱，心中不住乱呼闪。
	每日却有千条计，一时没有计连环。
	埋怨圣上行得错，此事怎不对我言？
	自从奴家进宫苑，哪宗不遂你心田？
	爹爹保你坐金殿，父子几人为你江山？
	挂印为帅征北去，哪时哪刻得心闲。
	不该信了八王话，无故把我爹爹冤。
	偏信杨家他父子，诬告大臣理不端。
	调回京来要审问，要用大刑法律严。
	爹爹如何挺得住？又且年老不能担。
	倘要招认这口供，难免一家染黄泉。
	心中着急无妙计，
郭　槐：	（唱）太监郭槐便开言。
	娘娘不要心着急，奴婢有计保安全。
潘　妃：	（白）郭槐，你是我心腹之人，你要能出妙计救出我父，必要重赏与你。
郭　槐：	（唱）趁着还未审此案，多用金银打点问官。
	此人素日与我好，必然尽情把心偏。
	微臣秘密把礼送，娘娘再把密旨传。
	料他不能不应允，财帛动人是实言。
	为人哪不爱财宝，这场官司必能翻。
潘　妃：	（唱）连说妙计急急办。
	（白）好，此计甚好，待我写密旨一封。（写介）这是密旨一道，你快去打点礼物，命四个心腹太监送去，千万不要泄露。
郭　槐：	是，奴婢遵命。
潘　妃：	你看郭槐去了，听候回音便了。
	（诗）天有不测风云至，人有旦夕祸福来。

（升堂，冯秀冈供圣旨）

冯秀冈：（诗）大堂上好像阎罗宝殿，犯王法不论公伯王侯。

（白）下官冯秀冈，奉旨亲审潘、杨一案。这个案件真是有点不大好办，一家是天子丈人，一家是世代公侯，又是郡马，这两个茬口都比我大，讲不起也得问上一问。左右，把杨郡马请上堂来。

杨六郎： 来了。（上）大人请了。

冯秀冈： 你到了堂上为何不跪？

杨六郎： 我乃大将，朝廷郡马，跪你何来？

冯秀冈： 你往上看。

杨六郎： 原来是高悬圣旨，待我参拜。

冯秀冈： 郡马请起，左右打座，郡马请坐。

杨六郎： 谢坐。

冯秀冈： 杨郡马你把潘仁美害你之事说来，我好问案。

杨六郎： 冯大人原是如此这般，求大人以公判断。

冯秀冈： 那是自然，郡马暂坐，左右带潘仁美。

（仁美上）

潘仁美： 大人请了。

冯秀冈： 住口，你到堂上来为何不跪？

潘仁美： 住口，我本是皇亲国丈，又是扫北元帅，跪你不着。

冯秀冈： 你往上看。

潘仁美： 呀，圣旨在上，待我参拜，万岁万岁万万岁。

冯秀冈： 潘元帅，你为何官报私仇，害死杨家父子，私自兵退边庭，私通北国？快些招来，免得动刑拷问。

潘仁美： 这话你问到哪里去了？

（唱）瞧见六郎一旁坐，心中好生不安然。

我与他都是打官司，他坐上面我跪下边。

我本元帅千军主，不该这样藐视咱。

带怒又把大人叫，此案问得理不端。

杨家父子抗军令，自寻死路丧北番。

令公自碰李陵碑下，七郎反被乱箭穿。

>   六郎私自离巡地，打他四十理当然。
>   以下犯上告兵主，按律正法也不冤。
>   私合北国事没有，只求大人镜高悬。
>   不可冤屈忠良将，并无别的招供言。

冯秀冈：（唱）哈哈哈，你敢刁词不承认，仗着元帅小看官员。
>   不打你你不招认，抄手和贼不说实言。
>   吩咐左右看刑具，四十大板不容宽。

衙　役：（唱）衙役才要把刑动，（内云牌响）

冯秀冈：（唱）忽听云牌响连天。
>   其中一定有缘故，只得退堂问根源。
>   吩咐暂且把堂退，（下）退堂来到书房间。
>   叫声左右有何事？
>   （白）左右何人击打云牌？

卒：　　禀爷，正宫太监郭槐，有事求见大人。

冯秀冈：现在哪里？

卒：　　现在后堂。

冯秀冈：快些有请。

卒：　　有请公公。

郭　槐：来了。（上）大人请了。

冯秀冈：请了，不知公公大人到来，未去远迎，多多有罪。

郭　槐：好说，打搅堂事也有一罪。

冯秀冈：公公请坐。

郭　槐：有坐。

冯秀冈：不知公公有何大事？

郭　槐：大人听了。
>   （唱）郭槐见问面带笑，有事奉求托大人。

冯秀冈：（唱）不知公公有何事？请道其详对我云。

郭　槐：（唱）我来为你发财道，有个人情望思寻。

冯秀冈：（唱）有何人情只管讲，什么事来闷死人？

郭　槐：（唱）只因潘杨两家事，天子也不辨清浑。

冯秀冈：（唱）非是圣上不明鉴，也有仁美狠毒心。
郭　槐：（唱）杨家父子违军令，私自出兵瞒哄人。
冯秀冈：（唱）潘仁美不该私自把兵退，难免圣上犯寻思。
郭　槐：（唱）大人这案怎么办？潘、杨两家谁罪深？
冯秀冈：（唱）其罪还归潘仁美，杨家父子剩一人。
郭　槐：（唱）我来特意为此事，彩缎金珠奉大人。
冯秀冈：（唱）这些礼钱何人送？公公大人对我云。
郭　槐：（唱）乃是娘娘送给你，叫你照看我皇亲。
冯秀冈：哼，
　　　　（唱）一闻此言头低下，心中思想暗沉吟。
郭　槐：（唱）大人何必胡思想？娘娘密旨你敢不遵？
冯秀冈：（唱）此事叫人难得很，罢了，得罪了国母罪裹身。
郭　槐：（唱）大人快快接懿旨，收下礼物好回宫门。
冯秀冈：（唱）如此公公请读旨。
　　　　（白）如此说来，公公大人请读懿旨。
郭　槐：好，圣旨到，跪听。
冯秀冈：千岁千岁千千岁。
郭　槐：听宣读，诏曰：懿旨晓谕西台御史冯卿，因潘、杨两家之事，卿做审官，望卿额外施恩，看哀家之面，颠倒案情，把杨家治罪，把太师另眼看待，哀家感激不尽。今有太监奉旨赐你金珠四箱，彩缎百段，白玉一双，事成之后，我在圣上面前，保官升三级。望诏谢恩。
冯秀冈：娘娘千岁千岁千千岁。
郭　槐：大人小心办事，咱家回宫。
冯秀冈：请，受人之礼，必得与人办事，如要不允，万一娘娘在天子面前奏上一本，我这吃饭家伙都没了。一则杨家只剩一人，大料成不了大事；二则潘国丈本是皇亲，圣上一定向着丈人，有事一定会给我做主。得了这些金银财宝，真乃两全其美。越思越想越对。人来，二次出鼓升堂。
衙　役：升堂。
　　　　（冯上）
冯秀冈：（唱）心往腰里一揣，不管理正理歪。

（白）冯秀冈方才接了娘娘谕旨，还给我一份礼物，讲不起，把嘴歪着，良心揣着，左右带潘仁美、杨六郎上堂。

（仁美、六郎上）

潘仁美、杨六郎： 大人请了。
冯秀冈： 什么请了不请了的，老国丈你快说实话，下官好回朝交旨。
潘仁美： 方才说的俱是实情，望大人上裁。
冯秀冈： 罢了，我想老国丈是皇亲，又是兵马大元帅，岂有私心？请太师一旁坐，听候判断。
潘仁美： 谢过大人。
冯秀冈： 杨郡马。
杨六郎： 大人。
冯秀冈： 你告潘太师公报私仇，害死你父，射死你弟七郎，毒打与你，你这里头有些不合吧？
杨六郎： 怎么不合？
冯秀冈： 你父抗令不遵，私自动兵，元帅三次鸣金而不退，身入了番营，碰死自己，与元帅何干呢？杨七郎乱箭射死在番营，也赖不上元帅。你私离巡地，元帅责备，理之当然。你私自逃回诬告元帅没有之事，你明明是以下犯上，诬告不实，又有抗令之罪，私逃当按军法处置。看你身为郡马，不能伤了大礼，依我看来，不告乃为正理。
杨六郎： 呀，大人说到哪里去了？我杨家父子有不白之冤，岂能不告？
冯秀冈： 咳，你径自在万岁公堂上抗拒官面，目无圣旨，藐视上司，哪里容得？人呢，拉下去重打四十，然后再问。

（拉下，打完）

卒： 禀爷，刑已毕。
冯秀冈： 叫他回家，明日再审。潘太师且请在牢中屈尊几日，等官司完毕，再行回府。
潘仁美： 多谢大人。
冯秀冈： 将太师送出，随我来。你说你公道，我说我公道，公道不公道，自有天知道。掩门。

（六郎出，仆人杨洪扶上）

杨六郎：哎呀，罢了我呀。可恨狗官，不知为何一时变心，打我四十大棍，叫我回府，明日定与狗官辩个明白。

杨　洪：六爷，觉着伤痕怎样？

杨六郎：十分疼痛。

杨　洪：待我挽六爷回府。

杨六郎：罢了。

（佘太君出，坐）

佘太君：（唱）六郎金殿辩冤枉，不知祸福与吉祥。

（白）老身佘太君。

（六郎上）

杨六郎：母亲，罢了我呀！

佘太君：我儿为何这般光景？

杨六郎：原是如此这般，狗官将我打了四十大棍。

佘太君：哼哼哼，气死人也。

（代唱）太君闻听心中恼，大骂狗官冯秀冈。

不该无故将人打，不论情理枉法贪赃。

明日我与你面圣，参不倒他不姓杨。

正是太君心大怒，

柴郡主等三人：（唱）后堂惊动女娥皇。

柴氏郡主忙来到，八姐九妹上前堂。

齐问太太何缘故，

佘太君：（白）原是这般如此。

柴郡主等三人：（唱）三位佳人气满腔。好个狗官冯御史，

枉法贪赃欠开膛。六哥你也太软弱，

不该受他棍子伤。做武将的有蛮力，

他搁住你一巴掌？

杨六郎：（白）有天子圣旨在堂。

柴郡主等三人：（唱）什么圣旨不圣旨，什么君王不君王。

恼一恼推倒昏王无道主，叫他江山不安康。

杨六郎：（白）此事不怨天子。

柴郡主等三人：（唱）不怨天子把冯贼找，叫他脑袋离脖腔。
　　　　　　　　　　吩咐杨洪快备马，三法司里闹翻江。
柴郡主：（唱）柴郡主相拦说不可，
杨六郎：（唱）六郎也说不妥当。
柴郡主：（唱）等我去找八千岁，凡事由他作主张。
　　　　　　事要三思免后悔，凡事都要有主张。
　　　　　　我就去把八王见，二位妹妹且回房。
佘太君：（唱）太君开言说正是，凡事不要过于莽。
　　　　　　快随为娘去用饭，与你六哥治棒伤。
杨八姐、杨九妹：（唱）姐妹二人说遵命，
柴郡主：（唱）不言郡主见八王。
陈　林：（唱）再表陈林来探视。
　　　　（白）俺陈林，奉八王密旨来到三法司，探听审问潘、杨之事，是我便衣藏入人群之中看得明白。可恨冯御史不知因为何事变心，二次升堂将杨郡马打了四十大棍，放回府去。不免急急回府报与八王才是。呀，那边一人慌张直奔王府而去，不知是何人，待我追上前去。

（高君保上，陈追）

陈　林：我当是何人，原来是高千岁，意欲何往？
高君保：原来是陈公公，由何而来？
陈　林：我由三法司而来，奉八王所差。
高君保：我奉母亲所差，去听审潘、杨之事，叫人气恨不过，去报与八王知道。
陈　林：我也是八王所差探听此事，你尽快随我来进府。

（完）

第十二本

【剧情梗概】冯秀冈私收贿赂，拷打杨六郎，礼待潘仁美，被前来探听的八王撞见，八王一怒之下，将冯秀冈一锏打死。为审明潘、杨之事，天子听从八王建议，调来县令寇准。寇准清廉，爱民如子，整个县被治得路不拾遗，夜不闭户，故县衙三年无事，寇准以种菜消磨时光。潘妃为了让父亲逃脱罪责，差人给寇准送礼，寇准将密旨、礼单、礼品交给八王，并同八王向天子禀明潘妃贿赂一事。天子闻听大怒，命寇准严审潘、杨之事。

（八王出）

八　王：（唱）为国事终日愁虑，潘杨事昼夜不安。

（白）孤，赵德芳，只因潘、杨两家之事甚是不放心，已命陈林暗中去探，为何不见到来？

陈　林：禀千岁。

八　王：何事？

陈　林：柴皇姑已到府外。

八　王：吩咐叫你娘娘迎接，移入后宫。

（内白）请郡主移入后宫。

（陈、高二人上）

高君保：千岁，高君保参驾。

八　王：免参。

高君保：谢过千岁。

八　王：坐了讲话。

高君保：告坐。

八　王：你到此何事？

高君保：千岁容臣奏来。

（唱）高君保开言呼千岁，我来为的杨六郎。

圣上传旨三法司审，西台御史冯秀冈，

坐堂审问潘杨事，好与杨家辩冤枉。

微臣假扮平民样，暗观审问到公堂。
混在百姓人群内，瞧见大人升了堂。
只见大人升了座，圣旨供在正中央，
带上郡马问来历，又命赐座在一旁。

八　王：（白）哦，倒也办得不错么。
高君保：（唱）然后带上潘仁美，问的倒也是正当。
先问怎害杨继业，后问怎害杨七郎，
怎么私自退人马，怎打郡马受棒伤。
仁美再三不承认，怒恼御史冯秀冈。
才要吩咐把刑动，呼听云牌响叮当。
霎时之间把堂退，不多一时又升堂。
敲山震虎六郎问，问他为何逃外乡。
问他以下来犯上，按律就该一命亡。
郡马分辩几句理，问官吩咐拉下公堂。

八　王：（唱）这问官为何变更呢？
高君保：（唱）微臣暗中打听准，奸臣受贿贪了赃。
八　王：（唱）为何人行贿呢？
高君保：（唱）行贿之人茬口硬，就是昭阳潘娘娘。
金珠送了无其数，财宝花了多少箱。
哼，奸臣受贿转了卦，所以向潘不向杨。
千岁要救杨郡马，讲不起花银买通冯秀冈。
他明知与千岁有亲眷，如打千岁一个样。
君保还要往下讲，

八　王：哎咃，
（唱）八王气得面焦黄。
叫声陈林看金锏，定叫狗官见阎王。
柴郡主：（唱）柴郡主也把书房进，见了八王泪汪汪。
八　王：（唱）妹妹不要心伤感，你来为的郡马郎。
你回去只管让他把公堂上，本御今日上公堂。
柴郡主：（唱）郡主回府且不表，

八　王：（唱）八王吩咐出书房。
陈　林：（唱）陈林说是且慢走，千岁要去得改装。
　　　　　　　混在百姓人群内，暗中看他怎过堂。
　　　　　　　他要没有私和庇，不用出头露行藏。
　　　　　　　他要偏向潘国丈，千岁急急上大堂。
八　王：（唱）连说改扮就改扮，乔装出府步履忙。
高君保、陈林：（唱）高君保陈林相陪伴，君臣三人暗观其详。
衙　役：（唱）再表三法司众衙役，伺候御史要升堂。
冯秀冈：（唱）云牌响亮官升座，该死的御史升了堂。
　　　　（诗）钱能通神真不假，财能使鬼果不虚。
　　　　（白）下官西台御史冯秀冈，昨日问了一趟，打了六郎一顿，料他也知道我的厉害。今日升堂再问问，即上朝交旨，就说潘元帅至死不招，必是屈情，杨家诬告也是有的。左右带杨六郎、潘太师上堂。
　　　　（带杨、潘上）
冯秀冈：潘太师一旁坐了，我说杨延昭，你还有何说呢？
杨六郎：贪官，我哪怕你，把我打死，想我不告比登天还难哪。
　　　　（唱）平身起，怒冲天。
　　　　　　　贪官枉法，于理不端。
　　　　　　　不论曲直理，偏向老贼奸。
　　　　　　　问你吃谁贿赂，把心安得这偏。
　　　　　　　毒打与我大刑动，硬问逃军有罪愆。
冯秀冈：（唱）咦，好大胆，抗皇宣。
　　　　　　　圣旨在上，敢骂问官。
　　　　　　　刁恶太无礼，仗着谁的权。
　　　　　　　今就一定拷你，看你有何威严？
　　　　　　　任你人心似铁，官法如炉看你怎担？
杨六郎：（唱）哪怕你，刑如山。
　　　　　　　爷爷不怕，你这狗官。
　　　　　　　要想不告状，如比登天难。
　　　　　　　此处任可不告，咱俩就面龙颜。

问你贪赃枉法罪，难免斧剁与锤颠。

冯秀冈：（唱）哎呀，叫衙役，快上前。

将他按倒，扒去衣衫。

快快与我打，重打莫容宽。

衙　役：（唱）衙役齐声答应，如同猛虎一般。

刚要上前把刑动，高君保上前手阻拦。

断言哪个敢动手，不服把他眼睛挖。

衙　役：（唱）衙役吓得往后退，

冯秀冈：（唱）冯秀冈大喊反了天。

（白）住手，你是哪里来的狂徒，敢闯公堂？莫非是疯子？左右与我打出去。

（陈林上）

陈　林：我看你们谁敢动手？冯御史你看此人是谁。

冯秀冈：哎呀，原来是八王到了。恕过微臣，没去远迎，罪甚罪甚。

八　王：唗，好个狗官，你问得好，你怎不动刑？

冯秀冈：微臣有罪，千岁饶恕吧。

八　王：我哪有闲工言讲？陈林看锏来，狗官看锏。

冯秀冈：妈呀！（死）

八　王：你看狗官被我一锏打死，解了心头之恨。人来，拉出喂狗。郡马你先回府，这官司不用你打了，由我和他们打吧。

杨六郎：谢过千岁。

八　王：人来，将潘仁美押在天牢，要有徇私，定斩不容饶，带下去。打死狗官，不免去见皇叔商议，再派官员审问便了。

（天子出）

天　子：（诗）凤阁龙楼千年寿，永固江山万年春。

（白）朕，大宋天子赵光义，自从潘太师调回朝来，当殿亲自审问一回，无有口供，已示旨意交三法司，命御史冯秀冈审问，不知怎样。

（公公上）

公　公：启奏万岁，八王求见。

天　子：有宣。

公　公：圣旨宣。

八　王：万岁万岁万万岁，侄臣见驾。

天　子：皇侄平身，坐下讲话。

八　王：侄臣谢坐。

天　子：皇侄见朕，有何国事？

八　王：容侄臣细奏。

（唱）侄臣为的潘杨事，见事不平见君王。

天　子：（白）有何不平之事？

八　王：（唱）三法司内审此案，可恨御史冯秀冈。

　　　　　　　不按国法心不正，偏向国丈贪了赃。

天　子：（白）受何人之赃，这等大胆？

八　王：（唱）要问受了何人贿，就是国母我婶娘。

天　子：（白）他怎行的贿呢？

八　王：（唱）密命太监传旨意，金珠送了多少箱。

　　　　　　　御史他才受了贿，大堂怒打杨六郎。

　　　　　　　微臣听的人传报，便衣前去见其详。

　　　　　　　郡马堂下把刑受，硬问逃军那一桩。

　　　　　　　还要把夹棍刑来动，微臣一见气昂昂。

　　　　　　　手举金铜往下打，狗官一命他就亡。

　　　　　　　我又搜出国母礼，押起仁美放了六郎，

　　　　　　　来见皇叔请赦罪，打死问官恕我不当。

天　子：（唱）太宗闻听皇侄话，此事做得太荒唐。

　　　　　　　御史受贿该有罪，王子犯罪有王章。

　　　　　　　不该打死冯御史，日后谁能审潘杨？

　　　　　　　国母行贿太无礼，开言又欲问其详。

　　　　　　　皇侄既做朕难怪，但不知潘杨之事怎收场？

　　　　　　　还得皇侄想主意，与朕分忧办妥当。

八　王：（唱）八王施礼呼万岁，侄臣想朝中无人审潘杨。

　　　　　　　我今想起人一个，此人是捍国忠良。

　　　　　　　生性刚直无私意，又有智谋是个忠良。

天　子：（白）却是何人？快些说来。

八　王：（唱）就是山西下口县，名叫寇准四海扬。

　　　　　　我主何不把他调？回京审问必妥当。

天　子：（白）好，朕就准奏，调寇准。

　　　　旨已下，命宫中司礼太监崔文，带领二十名校御捧旨，急上山西下口县调寇准还朝，星宿莫误。

崔　文：领旨。

天　子：可恨潘妃私通礼物，掩护其父，其情可恼。朕不看她侍朕多年，定按国法。单等仁美之案审完，再作主意。

八　王：侄臣告退，

天　子：宫人，移入昭阳。

崔　文：（内白）孩子们急急趱行。（马上）

　　　　（诗）奉旨出京做钦差，真是名利一起来。

　　　　（白）咱家司礼太监崔文，奉旨上下口县去调寇准，这回一定是发财买卖，这回可抖起来了。

　　　　（唱）马上慢摇鞭，心中甚得意。

　　　　　　不想我崔文，当这好差事。

　　　　　　奉旨当钦差，觉得有威势。

　　　　　　前呼与后拥，一呼百诺的。

　　　　　　州有州官接，过县有款式。

　　　　　　住在馆驿中，摆设真没对。

　　　　　　吃的是珍馐，还有山海味。

　　　　　　顿顿都成席，烧酒真有味。

　　　　　　盖的绫罗缎，睡觉更四至。

　　　　　　过了几座关，走出几百地。

　　　　　　遇见府县官，榨他金银子。

　　　　　　发了大横财，回京想主意。

　　　　　　置上好房子，买点顶好地。

　　　　　　别看当老公，也得留后辈。

　　　　　　侄男与外女，都得我的利。

　　　　　　晓行夜宿停，走了多少日。

　　　　　　这日抬头观，

内　　臣：（唱）将校来报事。

　　　　　（白）报公公，面前离下口县仅有二十里之遥了。

崔　　文：奇怪，离城剩二十里怎不见县官前来迎接？这个小县官好大架子。孩子们，去两个人，直入县衙，将县官叫来回话。

内　　臣：是。

崔　　文：孩子们不用忙，慢慢走。

　　　（二卒上）

卒　　甲：兄弟呀，你我奉了钦差之命去叫县官。

卒　　乙：哥呀，你看这个钦差，像个什么东西？一路上地皮都叫他搂光了，待咱们张口就骂，举手就打，只会跟他受些罪了。

卒　　甲：别话休讲，咱们去叫县官，只得走走便了。

卒　　乙：有理，走哇。

　　　　　（唱）兄弟二人不怠慢，霎时进了州县城。
　　　　　　　　但只见一街两巷有秩序，行人让路有谦恭。
　　　　　　　　咋买咋卖不二价，童叟无欺秤公平。
　　　　　　　　真乃另样一世界，比看东京强几层。
　　　　　　　　二人正然往前走，瞧见县衙面前迎。
　　　　　　　　旁边挂着一牌子，下口县府写得清。
　　　　　　　　但只见干净无人走，门里门外冷清清。
　　　　　　　　衙门半关与半掩，门树倒塌甚凋零。
　　　　　　　　走进门院内中看，院内荒草乱蓬蓬。
　　　　　　　　苍松翠柏长满院，房屋倒塌尽窟窿。
　　　　　　　　大堂破桌与破椅，堂两边破鼓与破钟。
　　　　　　　　三班六房无一个，莫非不是县衙门？
　　　　　　　　二人看罢回身转，迈步出了大门厅。
　　　　　　　　那边来了人一个，你我何不问一声？

卒：　　　（白）那位请了。

　　　（赵生上）

赵　　生：请了，二位有何事故？

卒： 请问老兄这可是县衙？

赵 生：是呀。

卒： 这叫啥县衙？好像花子房。

赵 生：二位打听有何事故？从何而来？

卒： 我们是由东京而来，钦差大人在后，叫我们来请县爷去接钦差呀。怎不见三班六房呢？

赵 生：二位上差不知，我们下口县自从这位寇大人到任，治得路不拾遗，夜不闭户，真乃堂上无公子，民间歌唱声，三年多没有一个打官司告状的。因衙门无事，县太爷命我们各做生意经营，有事就起锣鼓，三班六房听见钟鼓之声，放下买卖。如今连县太爷都在花园种菜，何况我们？

卒： 仁兄，衙门现在哪班？

赵 生：我是县役姓赵名生。

卒： 原来是赵兄，多有失敬。求仁兄领我去见县太爷。

赵 生：二位随我来。

卒： 来了。

（摆花园，寇准便衣浇菜）

寇 准：（诗）秉正刚直，忠心无二。胸中韬略，断事如神。

（白）本县下口县正堂寇准，自到任以来，治得万民安乐，盗贼全无，路不拾遗，夜不闭户，因而本县无事，多在后园种菜，倒也潇洒。

（赵生上）

赵 生：启禀大人，京中差官差人来，请大人相见。

寇 准：在哪里？

赵 生：现在门外。

寇 准：叫他进来。

赵 生：（内白）命你二人觐见。

卒： 来了。

（二卒上）

二 卒：大人在上，小人参见。

寇 准：起来，你二人到此何事？

二 卒：我二人奉了钦差之命，请大人相见。

寇　准：钦差在哪里？

二　卒：离城不过二十里之遥。

寇　准：这等，赵生打鼓升堂，取出执事，鸣锣开道，待我迎接钦差。

赵　生：（唱）赵生上堂忙不住，钟鼓锤子拿手里。（摆堂桌）

　　　　　　钟鼓齐鸣响一阵，

衙　役：（唱）惊动了做买做卖众衙役。

　　　　　　听见大堂钟鼓响，急忙收拾不宜迟。

　　　　　　连颠带跑大堂上，三班六房俱到齐。

寇　准：（唱）云牌响亮爷升座，顶冠束带不整齐。

　　　　　　吩咐一声排执事，迎接钦差要体面。

　　　　　　说罢下堂往外走，出城迈步走得急。

崔　文：（唱）再把太监崔文表，马上不住摇鞭子。

　　　　　　暗恨大胆小知县，藐视咱家了不得。

（卒上）

卒　：（白）禀大人，县官前来。

崔　文：（唱）奇怪，一马当先抬头看，只见对面队伍不整齐。

　　　　　　破锣打得落了调，破鼓如同破肚皮。

　　　　　　执事剩下一根杆，穿的好像花子衣。

　　　　　　这个官儿步下走，乌纱帽子开花的。

　　　　　　大红袍子无有色，朝靴掉底几层皮。

　　　　　　衙役三班更难看，都是一个什么样子。

　　　　　　崔文越看越有气，一定给他没意思。

（寇准对上）

寇　准：（白）钦差大人，下官迎接来迟，马前请罪。

崔　文：（唱）你这官儿好大胆，为何迎接这么迟？

寇　准：（白）只因三班六房都是现召集，故此来晚。

崔　文：（唱）你这县官真古怪，莫非三班不在衙里？

寇　准：（白）小官三四年没有升堂，故而命他们散去。

崔　文：（唱）你在衙门做什么？莫非就等把饭吃？

寇　准：（白）小官没事花园种菜。

崔　文：（唱）原来你是个菜知县，皇家体统叫你失。
　　　　　　头前引路把城进，进你县衙看详细。
　　　　　　吩咐一声把城入，衙门门口下征驹。
　　　　　　并不谦让把堂上，瞧见破桌子发脾气。
　　　　　　带怒叫声寇知县，你没把钦差放在眼里。
　　　　　　我今奉了皇谕旨，这样款待把主欺。

寇　准：（白）请问钦差，我哪点欺主？

崔　文：（唱）目无咱家如欺主。
　　　　（白）你这破桌子乱板凳，难道你就这样款待不成？

寇　准：你且住口，你奉旨办的是国事，竟来挑好挑破，我这县衙好坏与你何干，也不叫你长住？我且问你，你到此何事？

崔　文：奉旨调你。

寇　准：你为何不开读圣旨？

崔　文：这倒不难。圣旨到，寇准跪接。

寇　准：万岁万岁万万岁。

崔　文：听宣。诏曰：兹尔寇准，在外多年，今日朝中有事不能判断，调卿即日回京，不许迟留。望诏谢恩。

寇　准：万岁万岁万万岁。人来，将圣旨供奉龙亭。钦差大人，今日天晚，本县也没有公馆，就请在县衙屈尊一宿，明日五更登程。

崔　文：哎呀，太也无礼，连个公馆都没有。咱家不住你这衙门，孩子们，外边寻个客栈。

寇　准：好个骄傲的钦差，你拿本县当做贪官污吏，我怎能怕你？左右，晓谕城内官员，各依旧职，不可错了。我往日也无什么案件，交代明白，准备起身。

（内打五更，百姓上）

百　姓：我们都是城中百姓，听说县太爷要回京去，可惜这样好官怎能调走呢？大家会合一起，宁可跪在马前生拉硬扯，把太爷留下。对待咱们这样好，官算没落，三四年治得路不拾遗，夜不闭户，太平无事。咱们过着太平日子，多亏这位大人，一定要留住，留不住大家送些礼物。看，下边钦差与太爷来了，大伙都跪下，别叫他走溜，连缝也不留。

崔　文：你们这些人都是干什么的，拉拉扯扯的？
百　姓：我们是留县太爷的，太爷爱民如子，你老不知，我们如同父子一般。今日大人回京，我们怎能舍得？求钦差大人进京奏知皇上，寇大人在这里多住几年，哪怕一辈子呢，是我们百姓之福。
崔　文：胡说！我看你们叫县官拿钱把你们买通啦，前来留他。左右，与我打打打。
寇　准：住手，要动手，将腿打折。
崔　文：哎呀，看这样子不服。
寇　准：当然不服，我来问你，百姓犯了何罪，吩咐就打？
崔　文：挡住去路，拉拉扯扯，成什么体统？孩子们，与我打开。
寇　准：大胆钦差，依仗圣旨，也不惧你。你要打我百姓，我就不回京去了。
崔　文：罢了罢了，咱家自己不敢回京，你还得一同回京。你不回，咱家担待不起，我不打百姓就是了。
寇　准：哼哼哼，量你也不敢。众位乡亲请起呀，请起呀。
　　　　（唱）寇爷下马搀起众位，本县我有何德能？
　　　　　　　劳动众位亲身送，只等苦苦不放行。
　　　　　　　本县不敢抗圣旨，君命下诏不敢不行。
　　　　　　　青山绿水依然在，他年会见再相逢。
众　人：（白）大人这一回进京做了大官，我们再见不着了。
寇　准：（唱）众位不要心伤感，你们要把我言记心中。
众　人：（白）大人有话指教吧。
寇　准：（唱）众位莫当耳旁风过，本县就算领高情。
　　　　　　　叫声众位听我讲，我走后不可乱了旧章程。
　　　　　　　文武清廉理民事，不可贪赃受钱铜。
　　　　　　　民间词讼要细访，审理案件要查清。
　　　　　　　不可冤枉好百姓，判案千万要实情。
　　　　　　　武将巡查把贼防，保护百姓得太平。
　　　　　　　士农工商听我讲，你们千万莫胡行。
　　　　　　　早纳钱粮早纳税，勤俭持家仁道行。
　　　　　　　黎民早起早打扫，内外清洁病少生。
　　　　　　　关锁门户清查点，防备盗贼与火攻。

　　　　　　一粥一饭来之不易，省吃俭用是正经。
　　　　　　意外之财不要得，婢美妻娇祸必生。
　　　　　　子孙虽愚读书事，父母跟前孝道行。
　　　　　　和睦乡里知兄弟，扶老怜弱救贫穷。
　　　　　　春种秋收勤与俭，风调雨顺五谷丰登。
　　　　　　本县也不多吩咐，朝命紧急没有功。
众　　人：（白）我们也不留啦，我们备点礼，求大人收下，聊表我们之心吧。
寇　　准：（唱）众位盛情我感谢，受之有愧却之不恭。
　　　　　　我将旧靴来留下，换上新鞋带进京。
　　　　　　说罢不由流下泪，
众　　人：（唱）百姓悲啼大放声。
　　　　　　难分难舍说不出话，
崔　　文：（唱）崔文吩咐快登程。
寇　　准：（唱）寇准上马含泪走，
众　　人：（唱）百姓观瞧泪盈盈。
　　　　　　无精打采回家去，如送父母一般同。
崔　　文：（唱）崔文头前不怠慢，众人路上急急行。
　　　　　　晓行夜宿非一日，这日到了汴梁城。
　　　　　　崔文金殿去交旨，
寇　　准：（唱）寇准入了公馆中。
　　　　　　等候朝命参圣驾，
八　　王：（唱）八王闷坐在府中。
　　　　　　思想潘杨两家事，本御时刻在心中。
陈　　林：（唱）陈林进来忙禀报。
　　　　　　（白）启禀千岁，寇准回京已入公馆。
八　　王：如此，与我换上便衣，以入公馆。
陈　　林：领旨。
　　　　　　（内唱）换了便衣与便帽，迈步出府陈林跟。
　　　　　　　　　　不走大街走小巷，天已出更少行人。
　　　　　　　　　　因为潘杨两家事，好叫本御惦在心。

　　　　　　　　打死秀冈冯御史，皇叔并不把我嗔。
　　　　　　　　皇叔与我商议妥，叫我调回寇大人。
　　　　　　　　早知寇准多忠正，心有才学断案如神。
　　　　　　　　今夜公馆把他见，对他说明内里因。
　　　　　　　　他若秉公断此案，本御保他一品臣。
　　　　　　　　他若偏向潘仁美，叫他铜下命不存。
　　　　　　　　思思想想来得快，霎时来在公馆门。
　　　　　　　　叫声门军往里禀，就说故人要见大人。
门　军：（唱）门军回禀说一遍，
寇　准：（唱）寇准急忙把话云。
　　　　　　　　吩咐一声说声请，
门　军：（白）里面有请。
八　王：来了。（上）
　　　（唱）八王进屋把话云。
　　　　　　　　大人多有劳乏了，
寇　准：（唱）仔细一看吓掉魂。
　　　　　　　　原来还是千岁到，恕臣不恭罪裹身。
　　　　　　　　跪倒在地参王驾，
八　王：（唱）八王相搀说平身。
　　　　　　　　大家坐下一同叙话。
　　　　（白）寇先生，坐了讲话。
寇　准：微臣谢坐。
八　王：爱卿一路劳乏，多有辛苦。
寇　准：千岁承问了。
八　王：先生为何着旧装呢？
寇　准：微臣在下口县做了几年县令，因民太穷，也没有打官司的，哪里来进项。
八　王：本御给你换上一身官戴，好去见君，天子知你忠正，才调你回京。
寇　准：多谢千岁提拔之恩。
八　王：寇准，你可知道调你回京为了何事？
寇　准：微臣不知。

八　王：料你不晓，我今此来，正要当面言讲。

　　　　（唱）本御特来见先生你，以往之事说清楚。

寇　准：（唱）不知千岁有何事？就请示下告诉吾。

八　王：（唱）此为潘杨两家事，天子为难我也模糊。

寇　准：（唱）潘杨两家有何事？当着臣你要指示明。

八　王：（唱）如此这般说一遍，先生你说怎派付？

寇　准：（唱）此乃国家重大事，微臣职小怎敢担负？

八　王：（唱）调你审问这个案，要你忠正不唐突。

寇　准：（唱）微臣小小一县令，况且才浅与学疏。

八　王：（唱）不必推脱只管办，本御一面承担负。

寇　准：（唱）皇亲国丈势力大，他女又是正宫国母？

八　王：（唱）王子犯法与民同罪，何惧国母不国母。

寇　准：（唱）千岁不是提拔我，明明叫我早呜呼。

八　王：（唱）先生说到哪里去？因你办事鬼没神出。

寇　准：（唱）这事真正不好办，这可真正难死吾。

八　王：（唱）前者御史行了贿，本御一铜归阴都。

寇　准：（唱）这会抓住替死鬼，只怕还是上回书。

八　王：（唱）本御无有物相送，你可知杨景是我御妹夫。

寇　准：（唱）按公而审不偏向，不管潘杨御妹夫。

八　王：（唱）明日五更君登殿，面君看你待何如。

寇　准：（唱）全仗千岁提拔了，

　　　　（白）事已至此，我也讲不起了，全仗千岁。

八　王：好，本御回府，明日金殿再议。

寇　准：请。（同下，寇又上）我觉着必无好事，一家是皇亲国丈，一家是世袭公侯、王府郡马，一个为娘娘撑腰，一个是八王做主，这分明是叫我这个小小问官脑袋离位。事已至此，讲不起了，把脑袋掖在腰里，按公判断才是。天交半夜，只得歇了片时，五更上朝便了。

　　　　（摆朝，八王上）

八　王：万岁万岁万万岁，侄臣见驾。

天　子：皇侄平身。

八　王：万岁，寇准回朝，午门候旨。

天　子：宣上金殿。

八　王：领旨。圣上口旨传下，寇准上殿。

寇　准：万岁万岁万万岁，臣寇准见驾。

天　子：爱卿，朕宣你回朝，只因潘、杨两家之事，朝中众官无法审问，一家说是公报私仇害人之事，一家说是抗违军令，临阵私逃，以下犯上。朕当在金殿问了一回，三法司审问一回，并无问出口供，叫朕无法可施。八王奏道爱卿才高志广，断案如神，故宣你还朝审问。此事只要你秉正无私，从公判断，不可徇私。朕封你西台御史之职，奉旨审问，明白奏朕知晓。

寇　准：微臣领旨。

天　子：散朝。

（郭槐急上）

郭　槐：哎呀，不好，咱家郭槐方才听到圣上封老西子为西台御史，专审潘、杨之事。老西子是个穷官，我不免急急报与娘娘，多用金银打点才是。
（下）

（潘妃出）

潘　妃：（唱）暗恨八王多管事，倒叫哀家我无光。

（白）哀家潘贵妃，可恨八王打死冯御史，哀家白费了许多金银。又把我父装在天牢，幸亏我命郭槐上下打点，三法司之人都用金银买通，并无受罪。等天子回心转意，再用甜言蜜语说转，必放我父，官复原职。

（郭上）

郭　槐：娘娘千岁，不好了。

潘　妃：有何不好？说来。

郭　槐：天子封老西寇准西台御史，专审潘、杨，那老西为官忠正无私，能断无头之案，国丈恐其受罪。娘娘快想个办法才是。

潘　妃：这可怎好？

（唱）听说老西寇准到，不由吓得一激灵。
　　　　听人言说这寇准，忠正无私不受人情。
　　　　倘要动刑打我父，偌大年纪怎抗刑？

　　　　　　万一招出害人事，全家都得性命倾。
　　　　　　讲不起哀家去打点，多用金银买寇公。
　　　　　　听说寇公贫穷汉，见着银子必看情。
　　　　　　叫声郭槐听吩咐，快些打开宝箱笼。
　　　　　　黄金装上五百两，白银装上两千份。
　　　　　　绫罗绸缎五百段，白璧两份要鲜明。
　　　　　　珠子十颗密旨一道，急急送与寇莱公①。
　　　　　　叫他照应我的父，以后一定把官升。
　　　　　　不可迟误快快去，娘娘休息且不明。
衙　　役：（唱）再表三法司众衙役，忙得手脚不消停。
　　　　　　新任大人把堂坐，个个严肃站公庭。
　　　　　　云牌响亮把威喊，各立两边分东西。
寇　　准：（唱）寇爷升堂落了座。
　　　　　　奉旨审问潘杨事，秉正忠直不怕天。
　　　　　（白）本官寇准领了圣旨，官封西台御史之职，命我审问潘、杨之事。左右，高悬圣旨，带原告上堂问话。
衙　　役：原告进。
（六郎上）
杨六郎：大人请了。
寇　　准：请了，左右看座。郡马，你告潘仁美害死你父，射死你七弟，毒打与你，可是实情？
杨六郎：大人问的句句属实。
寇　　准：我要把潘仁美带上堂来，你可敢与他对证对词？
杨六郎：敢与他对词。
寇　　准：人来，带潘仁美上堂。
潘仁美：堂上哪位大人？
寇　　准：本官寇准。
潘仁美：哎呀，有些不好。

---

① 寇莱公：此时寇准尚未受封莱国公，此处为后人习惯称呼。

（唱）听说他是寇准到，心中吓得直哆嗦。

这个老西我知道，生性耿直心中恶。

断案如神无私庇，不亚如阴曹五阎罗。

老夫只怕要受苦，难免动刑把我折。

强压怒火开了口，面带笑容语温和。

寇大人多有失敬了，

寇　准：（白）潘皇亲到了堂上，为何大模大样，还不下跪？

潘仁美：（唱）大人说的理不合。

我本皇亲大元帅，官职比你大得多。

寇　准：（白）你看上悬圣旨，你还不跪下？

潘仁美：（唱）无奈跪下拜圣旨，心中不悦不敢说。

寇　准：（白）你将害杨家之事从实招来，免伤和气，免动大刑。

潘仁美：（唱）大人明镜访查好，老夫焉能做此恶？

杨家父子抗军令，我还动兵战番贼。

寡不敌众难取胜，老夫鸣过三次锣。

执意不回番营闯，致使一命见阎罗。

碰死在那李陵碑下，与本帅身上有何说？

寇　准：（白）你为何射死杨七郎呢？

潘仁美：（唱）他本番兵乱箭射，何必往我身上搁？

寇　准：（白）打死六郎抬出掩埋，幸而得脱，你为何不招认？

潘仁美：（唱）他本逃军私回国，以下犯上了不得。

况且私自离巡地，按律应该把头割。

寇　准：（白）退守雄关私通北国，暗自讲和是何意思？

潘仁美：（唱）大人问到哪里去？退守雄关哪有计谋？

我本忠心扶宋主，赖我通番理不合。

寇　准：（白）现有告你之人，你还有何说？刁嘴。

杨六郎：（唱）老贼你明是公报私仇，害我父毒打于我。

硬赖我是逃军，多亏郎家兄弟救我活命。

呼丕显下边庭，已经访明，你还有何说？

潘仁美：（唱）大胆逃军敢多嘴，诬赖元帅罪难脱。

寇　准：（唱）寇爷座上怒冲冲，不要仗你三寸之舌。

　　　　我今要问不服你，枉吃国家俸禄多。

　　　　吩咐一声把刑动，重打八十然后再说。

（白）我把你这奸贼一心要报杀子之仇，假公报私，外内狠毒，你听我说破你的阴险，要有一句说不透你的心里，就撑不起面审之责。你因杨七郎力劈潘豹，心怀仇恨，你花言巧语奏明圣上，天子被你瞒哄，绑出父子三人偿命，这是哪一篇国法？杨家父子五台山救驾，你是元帅，理应有功即赏，有罪则罚，汝不该问擅离巡地之罪，法律出在哪一边上？圣主公伯王侯被困幽州，里无粮草，外无救兵，君臣堪堪饿死于城内，杨家父子舍命救驾，那杨七郎力杀四门，杀得韩匡思大败而逃，那时你命你四子不放入城，七郎几乎丧命；后来进城，你恐怕事情暴露，假意绑出四子以瞒众人眼目，奸诈如此，不漏而知。金沙滩杨家父子替主赴会，单刀对敌，你率十万人马却坐观不救，明是阴谋何用再表？天子回朝，你支走呼王，力逼令公率领五百弱兵闯百万虎狼之地，分明故意要送令公之性命。七郎见你求救，你用酒将他灌醉，立刻绑在芭蕉树上，乱箭射死，人所共知，你还假言死于北国番兵之手。那六郎匹马单枪闯出重围，大帐见你，你不该不容分说，下令绑拿，乱棍打死，这有郎千、郎万作证。你还发令退守雄关，通私书，和北国，用财物买通众将，使人心归服与你。你有异志，呼丕显在边庭，诸事访明。你谋害忠良，私通北国属实，罪不容诛，你还敢强词夺理，满嘴刁横？你女儿花银钱买问官，大坏国典，有证有据，还敢巧辩？不打不能实说，左右拉下，重打八十，然后再问。

（拉下，不打。衙役上）

衙　役：禀爷，后堂有人求见。

寇　准：这是何故？人来，将潘仁美暂收监中，郡马回府，明日听审。左右，退堂。（下）

（寇又上）

寇　准：何人前来？

衙　役：禀爷，有内宫太监捧旨，娘娘密旨求见。

寇　准：就说有请。

衙　役：有请公公。

郭　槐：来了。寇先生恭喜。

寇　准：公公请坐。

郭　槐：别坐了。娘娘密旨在身。

寇　准：就请开读。

郭　槐：不用开读，这是娘娘密旨，你自己观看，其中礼物与你留下，咱家告诉你说吧，是你升官日子到了，要看着办得仔细，不辜负娘娘的美意。告辞。

寇　准：请。（下，又上）不用看旨，早就明白，一定为了潘、杨之事。这些礼物，这可怎办好？哦，有了，我何不带着密旨，抬着礼物去见八王，看他怎办？定是这个主意。左右，外相带马，随我一道王府去着。（下）

（八王出）

八　王：（唱）江山虽是皇叔管，也得由着孤王行。

（白）孤王赵德芳，将寇准调进京，封他西台御史之职，专审潘、杨两家之事。昨夜便衣见他说明情由，不知审的怎样，叫我如何放心？这老西要是想作弊，孤的金锏不容。

（陈上）

陈　林：禀千岁，寇准到。

寇　准：天交日没，他来为何？宣他进来。

陈　林：领旨，王爷有宣。

寇　准：来了。（上）千岁在上，微臣见驾。

八　王：先生平身，坐了讲话。

寇　准：微臣告坐。

八　王：先生日没见孤，有何大事？潘、杨之事审的如何？

寇　准：千岁，潘、杨之事先不用讲，微臣来见千岁，有宗大事求见千岁，不可推却，微臣感恩不尽。

八　王：你有何事说来。

寇　准：千岁恕微臣无罪，才敢言讲。

八　王：恕你无罪讲来。

寇　准：容臣细奏。

(唱）微臣白日国事重，不得瞧见我主公。
所以此时来相见，君臣议论旧日情。
微臣在外这几载，时常口念在心中。
在外天高皇帝远，无拘无束倒安宁。
多亏千岁提拔我，圣上调我转回京。
知县升为西台御史，知县升到二品卿。
千岁要不把我举，微臣哪有今日荣？
这样大恩无可报，叫臣坐卧不安宁。
有恩不报非君子，故而来见八王公。
亲身送来一份礼，望乞收纳别嫌轻。

八　王：哼，
（白）先生你是知道孤家从来不收外人一丝一毫礼物。

寇　准：（唱）别人礼物不收纳，微臣送礼可得应。

八　王：（白）你穷得连衣帽都破成那样，哪有礼物？

寇　准：（唱）咳，包子有肉不在面上，别看我衣帽褴褛。
外面装穷内里富，箱子里有的是宝无穷。

八　王：（白）这样说起来，你有什么值钱的东西，拿来我看。

寇　准：（唱）待我把礼单念一念，千岁留神仔细听。
黄金整整五百两，雪花白银两千封。
绫罗绸缎五百段，白璧两双值连城。
明珠十颗猫儿眼，这等礼物积累多少冬。

八　王：（唱）住口，你做知县小小前程，哪里来的宝物？

寇　准：（唱）自从我到下口县，该着年年五谷丰登。
百姓黎民富得很，士农工商都是富翁。
士壮民肥不用问，送礼之人推不开门庭。
要有诉讼先送礼，至少白银五百封。
哪怕人命杀人犯，不管正偏论人情。
送钱少的输官司，银钱多得管保赢。
不管响马大强盗，多给我钱放他生。
几年之间致了富，几年中老百姓叫我搂得穷了个穷。

　　　　　　地皮刮得裂了缝，而如今下口县士农工商穷了个穷。
八　王：哼！
寇　准：（唱）送千岁礼物非是一点，下官的值钱两宝物值连城。
　　　　　　寇准还要往下讲，
八　王：（唱）八王气得火上攻。
　　　　　　好个赃官无国法，竟敢当那刮地穷。
　　　　　　我拿你当忠良待，不想你赃得了不成。
　　　　　　八王气得哒哒颤，凹面金铜拿手中。
　　　　　　照着寇准就要打，我今叫你一命倾。
寇　准：（白）慢着。
　　　　　（唱）寇准急忙说且慢，千岁不可动无明。
　　　　　　这些礼物还不算，还有值钱宝一宗。
八　王：（唱）你有什么值钱宝，孤家也要打不容情。
寇　准：（唱）千岁息怒容臣奏，
　　　　　（白）千岁且息雷霆之怒，暂收虎狼之威，容臣说三言两语。
八　王：快说。
寇　准：这宗宝物要献与千岁，千岁就有天大气地大气，管保气消灭，必然欢喜地收下，不但不怪罪微臣，还须封个大大的官呢。
八　王：什么宝物？就是那天上星星，水中真龙，长生不老灵丹，西方佛爷头上的三花顶，孤也不爱，定然打死你这赃官，以消我心中之恨，看铜。
寇　准：慢着，慢着，话没说完呢，只求千岁看看这宗宝物，然后打死微臣也不屈。
八　王：哼，叫你多活片时一刻，拿我看来。
寇　准：待我取来，千岁请看。
八　王：我当什么宝物，原来是潘娘娘密旨一道，礼单一张，命郭槐送与爱卿，爱卿转送与我。
寇　准：正是，微臣不敢独吞，故此来与千岁捻分一半，乃是正理。可恨潘娘娘偏向他，屡次行贿。
八　王：寇先生有何计策，能了此案？
寇　准：千岁，微臣也难办此案，依臣之意，如此礼转送别人。

八　王：送与哪个？

寇　准：千岁带着微臣，抬着礼物，揣着娘娘密旨，礼单送与当今。看圣上怎样发落，然后再做主意。

八　王：好，先生真有天官之才。

寇　准：谢主隆恩。

八　王：你谢的什么恩呢？

寇　准：千岁，你封我天官，怎不谢恩？

八　王：咳，孤说个比方，你就谢恩，你当真的，你真是个赖天官了。

寇　准：谢过千岁之恩。

八　王：你又谢什么恩呢？

寇　准：千岁封我赖天官，微臣做了双天官了，怎不谢恩？

八　王：孤家这是笑话。哈哈哈，你还不许我说话了呢。明日孤带你进宫，说明你之才，封你双天官也就是了。

寇　准：果然君口无戏言。

（天子出，坐）

天　子：（诗）外邦未服干戈动，内中忽然起变更。

（白）朕赵光义，可怜杨家父子为国身亡，可恨国丈心怀异志。潘妃行贿，朕责备她一顿，已命寇准专审潘杨之事。不知怎样，叫朕日夜忧愁。反复思量，并无主意。

（唱）太宗主坐宫中心烦愁闷，想潘杨两家事日夜不安。
　　　想六郎告御状那样言讲，潘国丈以表文那等所言。
　　　一家是告元帅忠良被害，一家是说抗令自死北番。
　　　下边庭虽然是拿来元帅，朕也曾当殿审问过一番。
　　　无口供不承认难以定罪，恐怕是冤屈了保国忠贤。
　　　思想那老国丈自来投宋，保朕当禀忠心并无二三。
　　　又收了他的女做了宫院，朕登基也亏了巧计连环。
　　　论此理查情节绝无二意，焉能够叛我朕改变心田？
　　　要说是无二意忠心为国，对杨家父与子心也太偏。
　　　杨令公父与子自保大宋，征南唐战北国赤胆忠肝。
　　　父子们保大宋奇功屡立，替寡人去赴会金沙滩前。

要不是他父子替朕前去，朕当我早已经命丧北番。

呼丕显下边庭真情密访，回奏说可问出真情实言。

正当这太宗爷心中暗想，

太　监：（唱）太监跪倒禀驾前。

（白）启奏万岁，八王与寇准宫外候旨。

天　子：宣进宫来。

太　监：圣上有宣。

（八王、寇准上）

八王、寇准：万岁万岁万万岁，八王与寇准见驾。

天　子：皇侄平身赐座，寇爱卿平身。

八王、寇准：万岁。

天　子：皇侄与寇卿见朕有何事故？

八　王：皇叔，侄臣见驾并无别事，这里有皇婶密旨一道、礼单一份，请皇叔御览。

天　子：呈上来，待朕看来，原有这等之事，气死朕也，寇爱卿真乃忠心耿耿，足智多谋，不贪赃，可称为国忠良。

八　王：皇叔，寇准真有天官之才。

天　子：好，朕就封为吏部天官，外加御史之职，审问潘杨之事，问明口供，奏朕知道。

寇　准：谢过万岁之恩，要叫微臣审问此事，微臣要两件事，请我主恩准。

天　子：哪两件事情？

寇　准：第一必须准臣动刑。

天　子：爱卿，朕容你动刑拷问，只要你不打死他就行，第二件呢？

寇　准：第二件，三法司一同上下人役完全换净。

天　子：这是何故呢？

寇　准：万岁，三法司内人都受了潘家贿赂，仁美在天牢之中，日食三餐，珍馐美味，上堂之时，不按国法，大模大样，坐在堂上，也不成体统。三法司人役都受他好处，必须把人役全换。

天　子：好，依卿所奏，朕与你做主。圣旨一道，勿负朕托。

寇　准：微臣领旨。

天　子：皇侄回府去吧。
八　王：领旨。
天　子：哼哼哼，奸妃奸妃，你既掌昭阳，当明国法，竟敢私行贿赂，你父害杨家之事一定是真。真乃非礼，等我那寇卿审明拿来口供，朕再与你奸妃算账。

（唱）潘杨之事闹翻天，不想潘妃暗使奸。

（完）

第十三本

【剧情梗概】 寇准献计,叫杨景扮作杨继业,汝南王郑印扮作杨七郎,寇准自己扮作判官,八王扮作阎君,石守信扮作潘豹,八王王府四十八名教师则扮作恶鬼与牛头马面,设置成酆都地府,并先叫赵生伺候潘仁美,伪装自杀,以让潘仁美难辨真假,误以为上了森罗殿。潘仁美中计,将谋害杨家父子的实情一一供出,并在供状上画押。天子念潘妃之情,欲宽恕仁美。寇准又设一计,假意与潘妃合谋,买通狱卒,安排潘仁美越狱逃走,杨景则带人在仁美必经的黑松林埋伏,杀死潘仁美全家,事后主动上金殿认罪。

(寇出,升堂)

寇　准:(诗)王法森森必有天,能断乌盆覆下冤。
　　　　　赤胆忠贞无私心,日封双爵做天官。
　　　(白)本阁,双天官外西台御史寇准,奉旨专审潘、杨两家之事,左右将三法司原有人役一齐带上来。

衙　役:是。大老爷叫你们呢。

贱皮等四人:大人在上,小人们叩头。

寇　准:报上名来。

贱　皮:小人贱皮。

美　人:我叫美人。

韩　兴:韩兴。

何　四:何四。

寇　准:你四人受潘家多少贿赂?从实招来,免动大刑。

贱皮等四人:哎呀,小人没有哇。

寇　准:量你不肯说,人来,将他四人拉下去,每人重打四十,然后再问。

(拉下打完,上)

贱皮等四人:大人开恩吧。

寇　准:快说,免动酷刑。

贱皮等四人:实在没有哇。

寇　准：拉下去再打八十。（打完，上）
贱皮等四人：哎呀，大老爷，别动刑啦，我们招吧。
寇　准：快些招来。
贱皮等四人：大人容禀。

　　　　　　（唱）浑身战兢兢，跪在流平地。
　　　　　　　　　叩头响咕咚，流泪又哭涕。
　　　　　　　　　老爷别动刑，听我说底细。
　　　　　　　　　自从潘皇亲，来到三法司。
　　　　　　　　　大人冯秀冈，坐堂审问事。
　　　　　　　　　问了一往情，他说不实际。
　　　　　　　　　才要动大刑，有人来旨意。
　　　　　　　　　正宫潘娘娘，为他父的事。
　　　　　　　　　上下都花钱，不分官与役。
　　　　　　　　　我们四个人，花银一百几。
　　　　　　　　　也有得东西，也有得宝地。
　　　　　　　　　怒恼八王爷，上堂大动气。
　　　　　　　　　打死冯秀冈，就地没了气。
　　　　　　　　　押起老皇亲，下在天牢狱。
　　　　　　　　　我们得了钱，没叫人受罪。
　　　　　　　　　这是一往情，瞎话没一句。

寇　准：（诗）听罢气冲冲，坐上一告问。
　　　　（白）尔等既食君禄，当报君恩，应按公守法，私受贿赂，哪里容得？赵生把原来大小人役牢头，一起重责四十，押在牢狱。
赵　生：禀爷，刑仗已毕。
寇　准：好，带潘仁美上堂。
　　　　（仁美上）
潘仁美：大人请了。
寇　准：潘仁美，你把实情招来，免得动刑拷问。
潘仁美：哎呀，老夫无的可招。
寇　准：人来，与我枷起来，当堂上刑。

（仁美昏倒）

卒： 禀爷，昏去了。

寇 准： 用水喷来。（喷水）招上来。

潘仁美： 你叫我招个什么？老夫宁可一死，也不招认。慢说没有此事，就有此事，我不招认，你待我怎样？

寇 准： 好个奸贼，抗衡圣旨，不招焉能容得？左右将他押在天牢，带杨景上堂。

（带仁美下，六郎上）

杨六郎： 大人请了。

寇 准： 郡马，方才过了一堂，并不招认，动了大刑，也无口供，这却如何是好？

杨六郎： 全丈大人明判。

寇 准： 你且回府，明日早来，左右掩门退堂。

（唱）退堂回了书房内，不由一阵细详参。
老贼宁死不承认，叫我无计少机关。
动刑老贼昏过去，我有心要苦苦动刑又怕命捐。
左思右想无良计，（一更）忽听更锣一更天。

（赵上生）

赵 生： 请爷用膳。

寇 准：（唱）心里有事懒用饭，急得乱转汗直蹿。
哦，有了，何不如此这样做，去见八王计议一番？

赵 生：（唱）执灯头前引着路，换了便衣八王去参。
打扮已毕往外走，

寇 准：（唱）赵生引路在头前。（上）
穿街过巷来的快，王府不远在面前。
令人回禀寇准到，

卒： （唱）门军闻听往里传。

八 王：（唱）八王吩咐书房见，

陈 林：（唱）陈林迎接寇天官。

八 王：（唱）八王书房来相见，

寇 准：（唱）寇准进来把王参。

八 王：（唱）先生免礼请落座，吩咐陈林把茶端。

寇　准：（唱）为臣见驾有一事，来与千岁言一言。
八　王：（唱）先生有事只管讲，天大之事我敢担。
寇　准：（唱）今日个审了一堂没口供，动刑拷问白费心思。
八　王：（唱）先生你有何妙计？问不出口供怎见龙颜？
寇　准：（唱）为臣想了一妙计，必须如此与这般。
八　王：（唱）先生妙计人难测，依卿而行莫迟延。
寇　准：（唱）须用亲近人几位，你扮这个他扮那般。
八　王：（唱）不知何人可能办？先生就请你明言。
寇　准：（唱）必须如此这般做，
　　　　（白）千岁要做此机关大事，必得忠义之人。依臣看来，杨景扮作杨继业，叫汝南王郑印扮作杨七郎，为臣扮作判官，千岁扮作阎君，石守信扮作潘豹，叫赵生伺候潘仁美。如此这般，管保叫他难辨真假。王府四十八名教师扮作恶鬼、牛头马面，然后叫他上森罗殿，三曹对案，他必辨不出真假。是生是死。必然找出实情，他供认罪，岂不是好？
八　王：哈哈哈，先生妙计人所难测，叫本御敬服。命陈林去各家王府送信，定准日期办事，先生回去小心办来。
寇　准：是，为臣告退。
八　王：好个足智多谋的寇准，真是妙计如神。潘仁美呀，潘仁美，我量你奸滑不招，难逃寇先生之手。陈林要你照计而行，不许外人走动，如若泄露，定斩不容。将杨郡马、郑印、石守信请来。
陈　林：天已不早，安息才是。
　　　（赵生上，寇坐）
寇　准：你是我的心腹之人，诸事不瞒你，今日命你如此这般，要你小心谨慎。正是，诡计假扮诓仁美，量你做梦也不知。
　　　（仁美出，坐牢）
潘仁美：咳，罢了我了。老夫潘仁美，可恨寇准这个狗官，不看情面，痛打老夫，追问口供。这几天这屋中，被褥全都拿去，只剩下一条被单，一盏孤灯，冷冷清清，只有一人常来与我送饭送水，倒也很好。我问他的名字，他说他叫赵生，他时常劝我，叫我招认。我恐怕他是寇准差来的心腹之人，诓我的口供，我焉能中他的奸计？

赵　　生：老国丈，用茶吧。
潘仁美：不用了。
赵　　生：老国丈，不用愁闷，依小人看来，莫如说了实话，大料也无妨于事。内有娘娘保本，天子焉能不看皇亲之情？国丈又有功于朝廷，天子必然将功折罪，何必苦苦受此大刑？叫小人看着实在可怜。
潘仁美：胡说，老夫忠心为国，死于牢内，你明是个寇准差来的诓哄于我，还不与我滚开！
赵　　生：咳，老国丈何必这样大怒？小人一片好心，反拿我当作坏人，我也不与老国丈分忧。天已不早，我今买了些果品，请国丈用点，好安息。
潘仁美：哼。

（寇升堂）

寇　　准：（诗）法堂亚赛金罗殿，判断覆盆知下冤。
　　　　　（白）本阁寇准，今日升堂，八王已将诸事齐备，今设晚堂行事便了，人来带潘仁美。
衙　　役：犯人进。

（仁美上）

潘仁美：罢了我了。
寇　　准：潘仁美，你再不招认，定动酷刑。
潘仁美：你叫我招个什么。
寇　　准：哼，真刁横，左右将他枷起来。
衙　　役：上刑咧。
潘仁美：哎呀。（昏）
衙　　役：禀爷，昏过去了。
寇　　准：用水喷来。
衙　　役：犯官醒来。
潘仁美：哎呀，罢了我了。
　　　　　（唱）疼难忍，泪盈盈。
　　　　　　　　浑身着伤，二目圆睁。
　　　　　　　　暗骂贼寇准，酷刑问口供。
　　　　　　　　老夫有日出狱，与你再把账清。

又恨自己少谋略，中了孩子计牢笼。

寇　准：（白）快快招上来！
潘仁美：（唱）咳，冲冲怒，骂一声。
狗官叫我，招的何情？
我本皇国丈，又是大元戎。
把我这样拷打，天子未必知情。
你这贪官受贿赂，要与老夫作冤恨。
寇　准：（唱）住口，还信口来胡言。
吩咐左右，再动大刑。
要不问服你，枉做二品卿。
才要伸手拔签，
赵　生：（唱）赵生大人连称。
犯官无有容伤处，怕是一命归阴城。
寇　准：（唱）咳，心起火，二目红。
大胆奴才，于礼不通。
本阁来问案，多嘴把话明。
莫非受他贿赂，来与犯官讲情。
不看素日行为正，定责不容动大刑。
赵　生：（唱）非是我，与他通，
事关重大，有理可凭。
他本皇国丈，又是大元戎。
天子皇亲国丈，正宫国母父翁。
并无实情与证据，倘若打死担罪名。
寇　准：哼，
（唱）你说的，倒尽情。
犯官交你，慢劝口供。
再要不招认，你也定罪名。
仁美交到你手，出错拿你来顶。
吩咐一声把堂退，
赵　生：（带下潘，坐）（唱）赵生故意叹一声。

(白)老太师因我多说一句话,大人就把你交给我了,放我一夜功夫,定要你的口供,不然一起问罪。依我说,你莫如招了好,看的连累小人有罪。

潘仁美:胡说,你用花言巧语,糊弄与我,老夫早知其意,你们设下圈套诳我口供。我对你实说了吧,害杨家果然不假,射死七郎是真,我不招认,把我怎样?

赵　生:嗐,好个老匹夫,好言劝你你不听,因你累及于我,有何言答对?无有口供,难免与你一同问罪,不如死在你面前。我死你也活不了,我先把你锁上。(锁介)老贼我先打你几下,解解我心头之恨。(打介)我阴曹等你去也。(上吊,乱动)

潘仁美:你不用使那奸计,老夫不怕你们的。呀,不动了,你是真死了?哎呀,不好,快来哪,有人上了吊了,救人哪,救人哪。

(众人上)

众　人:呀!果然吊死咧,卸下来吧。(放介)你这该死囚犯,你怎不早招呼救人,径自死了?可惜他白天与你讲情,如此而死,你真是个无义之人。天已半夜,等明天再禀知大人,先扯张芦席把他盖上,叫他这个囚犯看尸,咱们先睡去。

潘仁美:咳,这些奴才,老夫在干戈林内闯了一世,死尸堆埋处住过多少宿,焉能怕了不成?咳,可惜他为我一场真心吊死。天有半夜,盹睡片时。(三更)咳,鼓打三更,灯光半明半暗,怎么睡不着?咳,思想往事,真叫人伤悲也。

(唱)潘仁美,在牢内,独对灯呀。
　　　思想起,以往事,心如油烹。
　　　老夫我,自幼儿,心高志大。
　　　既能文,又能武,样样皆通。
　　　自投宋,到如今,遂心如意。
　　　当今主,对老夫,十分有情。
　　　我女儿,在宫中,说一不二。
　　　老夫我,皇国丈,外加元戎。
　　　皆因为,杨七郎,劈死潘豹。

　　　　与杨家，结下了，血海仇恨。
　　　　使千方，用百计，杨家陷害。
　　　　偏偏自，事遂心，大功将成。
　　　　只成想，把杨家，断根绝后。
　　　　不成想，剩下了，六郎畜生。
　　　　当今主，接御状，似信不信。
　　　　调来了，老西子，不看人情。
　　　　在大堂，打得我，昏过几次。
　　　　疼得我，恨不能，一命而终。
　　　　这赵生，我当是，设的圈套。
　　　　不成想，真为我，丧了残生。
　　　　躺在地，芦席盖，可怜得很。
　　　　这屋中，昏暗暗，冷冷清清。
　　　　呀，是怎么，一阵阵，阴风滚滚。
　　　　头发立，汗毛炸，心一激灵。
　　　　莫非说，有恶鬼，前来做噱。
　　　　人运败，鬼来缠，该我命终。
　　　　忽听的，门直响，咔嚓一声。
　　　（二鬼拿绳索上）
　　　　忽然间，进来了，两个大鬼。
　　　　吓得我，倒在地，昏倒溜平。
二　鬼：（白）潘仁美，你的阳寿已满，因你害人太多，奉阴主之命前来拿你。
潘仁美：哎呀，吓死我也。
二　鬼：将他锁上，移入酆都之地。
　　　（带潘下，又带潘上）
潘仁美：二位上差，到了什么地方？
二　鬼：奸贼，不知这酆都城阴阳交界，快走吧。
潘仁美：莫非我是死了不成？
二　鬼：正是死了，御殿阎君那里，有许多人告你，你快走吧。
潘仁美：二位上差，我在阳间着了伤势，实在走不动了。

二　　鬼：什么？再要不走，用锤打你，拉着他快走。

潘仁美：哎呀，累死我了。

　　　　（唱）潘仁美迷迷糊糊跟着走，心中害怕胆颤寒。

　　　　　　　二鬼头一个拉来一个打，生的面貌吓死咱。

　　　　　　　听他说来到酆都城以内，但只见阴风滚滚雾漫漫。

　　　　　　　这可活活吓死我，

二　　鬼：（唱）二鬼这里便开言。

　　　　　　叫声老贼快快走，再不快走用锤颠。

　　　　（白）老贼，还不快走？

潘仁美：是，我快走。

　　　　（阎王升帐，众鬼站）

众　　鬼：（诗）坎坎青天不可欺，未从做事神仙知。

　　　　　　　善恶到头终有报，只等来早与来迟。

掌簿判官：（白）我乃掌簿判官。

鬼　　头：鬼头。

牛　　头：牛头。

马　　面：马面。

合：　　　阴主设座在此伺候。

　　　　（阎罗王出）

八　　王：（诗）本御八王赵德芳，假扮阴间老阎王。

　　　　　　　因为潘杨两家事，设立阴曹审奸党。

　　　　（白）本御赵德芳，假扮老阎王，寇准设计审问潘仁美，鬼卒带潘仁美上殿。

　　　　（仁美上，跪）

潘仁美：阴主赦罪吧。

八　　王：咦，好个老贼，在阳世不行好事，你位居三台，皇亲国丈，兵马大元帅，一人之下万人之上，不思尽忠报国，一心谋反，而且苦害忠良，私通外国，有意造反。你今恶贯满盈，有七郎父子在幽州地府告你，将你拿来三曹立案，对证口供，你还有何说？

潘仁美：哎呀，阴主，我在阳世扶保大宋，忠心耿耿，并无二意，害杨家之事，没有勾当。

八　王：哦，走到阴曹地府，还敢胡说？鬼卒，把杨家父子二人带上殿来，叫他看看。（继业、七郎上）老贼，你睁眼看看，这是杨家父子将你告了，还敢巧辩不认？鬼卒，把他叉挑油锅烹炸。

潘仁美：哎呀，阴主不要动怒，我招哇。

八　王：快些招来。

潘仁美：阴主容禀。

　　　　（唱）仁美觉着难瞒哄，讲不起招认诉实情。

　　　　　　因那七郎劈潘豹，怀恨在心气不平。（寇双手写供）

　　　　　　千方百计害他父子，累次三番未成功。

　　　　　　也是事情碰了巧，万岁困在幽州城，

　　　　　　杨七郎力杀四门不放入，都是我的计牢笼。

　　　　　　金沙滩上双龙会，杨家父子死几名。

　　　　　　按兵不动事不假，安心剪草断根痕。

　　　　　　立逼令公闯营寨，他才碰死碑李陵。

　　　　　　七郎是我乱箭射，一百单三箭雕翎。

　　　　　　我把六郎活打死，不想活命进了京。

　　　　　　呼丕显边庭去拿我，我早准备计牢笼。

　　　　　　私与北国讲和好，安心要平分宋主锦江山。

　　　　　　不想中了小儿计，事败当堂问口供。

　　　　　　这是一往实情话，并无虚言假话明。

　　　　　　只求阴主开恩典，叫我早早去脱生。

　　　　　　还要求与我三子见一见，就算阴主大恩情。

八　王：（白）你既招认，快些画供，过后再与你三子见面。

潘仁美：待我画来。

八　王：鬼卒与他笔砚。

卒　：是。

潘仁美：人都说阴间使的是铜笔，待我试来。（摸介）果然是铜笔铁砚，真是阴间，待我画供。（画介）

八　王：鬼卒，将潘豹的鬼魂带上殿来。

　　　　（豹上，过，下）

潘仁美：呀，真是三子潘豹在此。

八　王：老贼你可看见你子，他在阳世，立擂打死人无数，虽然七郎劈死你子，难免阴司罪名，你子将受十八层地狱之苦，再去脱驴变马。你的阳寿未满，鬼卒送他还阳去吧。

（三鬼一起换装）

八　王：哈哈哈，好个老贼，你来看，睁开你的狗眼，我是哪个？

（仁美看介）

潘仁美：哎呀，不好，老夫上了你的当了。

寇　准：潘仁美，你别说上了我的当了，阖朝文武哪个没上过你的当？老贼还有何说？

潘仁美：哼，我糊里糊涂地记不清了。

寇　准：你已招认，现有你的画押在此，你还有什么可赖？

潘仁美：我并未招认，口供现在哪里？哪里啊？我看。

八　王：拿去看。（扔介）

潘仁美：呀，只怕不好。

（唱）见招供，走真魂。

　　　　恨我自己，心也太昏。

　　　　受了他们篡，只怕真归阴。

　　　　圣上见了口供，一定祸灭满门。

　　　　不但一家难保命，娘娘难免祸杀身。

　　　　只急得，出了神。

　　　　人急生智，哦哦，有了，把手一伸。

　　　　忙将招供纸，扯得碎纷纷。

　　　　两手搓在一起，忙往口中一吞。（吞介）

　　　　没有口供精神长，你们不要冤枉好人。

　　　　我仁美，保主君。

　　　　征南战北，苦尽忠心。

　　　　并无二心意，哪怕刀剐身？

　　　　杨家父子违军令，以下犯上事儿真。

　　　　可与老夫何关系？想我招认枉劳神。

八　王：（唱）八王爷，吓掉魂。
　　　　　　　老贼真恶，招供全吞。
杨六郎：（唱）杨景也失色，白费一片心。
郑　印：（唱）郑印一见发怔，石爷守信失神。
众　人：（唱）众人个个无主意，
寇　准：（唱）寇准不由笑盈盈？
　　　　　　　千岁众位休害怕，双手记录他命难存。
　　　　（白）千岁众位不要担心，虽吃了一惊，我这里还有一张，怕他何来？
众　人：在哪里？
寇　准：在这里，他招供的时候，我本双手记录，写了两张，我早知他会有这手。他吃的是没画押那张，他画押那张在这里呢，怕他何来呢？
众　人：（笑）哈哈哈，先生才高志广，世上罕有，真不愧双天官之才。
八　王：好哇，人来，将老贼下在天牢，小心看守，天交五更，大家休息片时，用了早饭，寇先生随本御上殿，与君交旨。
寇　准：遵命正是。
　　　　（诗）假设阴曹一夜工，奸贼再也无话明。
　　　　　　　五更登殿见圣主，好与杨家报冤恨。
（摆朝，众臣站）
众　臣：（诗）五鼓君登殿，文武站朝班。
　　　　　　　侍立金阙下，等候把驾参。
王　袍：（白）本相王袍。
赵　普：本相赵普。
高君保：本爵高君保。
陈秀章：下官陈秀章。
合　　：圣驾临轩，分班伺候。
（天子出）
天　子：（诗）文忠武勇列朝堂，八方纳供四夷降。
　　　　（白）朕，大宋天子赵光义，今设早朝，内臣，传朕旨意，有事出班，无事散朝。
内　臣：殿下文武听着，圣上口旨传下，有事出班，无事散朝。

寇　准：慢散朝纲。

天　子：何人有本？

寇　准：寇准有本。

天　子：随口旨上殿。

寇　准：吾皇万岁万岁万万岁，臣寇准见驾。

天　子：爱卿，有何本章奏来？

寇　准：万岁，为臣奉旨审问潘仁美，已经有了口供。

天　子：怎么招了口供？奏来。

寇　准：万岁容奏。

　　　　（唱）为臣审问潘国丈，连问几堂不招承。
　　　　　　大刑动了两三次，昏过两次无口供。
　　　　　　无奈设了一条计，假设阴曹哄奸雄。
　　　　　　国丈如此全招认，这是招供请看清。

天　子：（白）内臣呈上来。

内　臣：请主御览。

天　子：（白）爱卿归班，待朕看来。

　　　　（唱）太宗当众看一遍，不由心中打条停。
　　　　　　暗夸寇准才学广，想此妙计审问清。
　　　　　　又恨国丈心太鲁，不该认了这罪名。
　　　　　　你要不认这件事，何人敢与你罪名？
　　　　　　你今按押全招认，叫朕怎保你活生？
　　　　　　王法本是国家立，不管王侯与公卿。
　　　　　　王子犯法与民同罪，朕不问罪理不通。
　　　　　　何况杨景又盯案？不问他罪不答应。
　　　　　　如果不问国丈罪，又怕八王动无名。
　　　　　　咳，事已至此讲不了，难免皇亲朕岳翁。
　　　　　　将心一横传口旨。

天　子：（白）金瓜武士何在？

武　士：在。

天　子：将潘仁美绑上金殿。

武　　士：领旨。
潘仁美：万岁，赦臣之罪吧。
天　　子：这个招供可是真的吗？
潘仁美：千真万真，求万岁开恩罢。
天　　子：潘仁美啊潘仁美，你既食君禄，当得忠心报国，不该谋害杨家父子，私自退兵，与北国讲和，有谋反之心，今已招认，并无别说。御林军，将潘仁美一家父子大小，绑赴法场，开刀问斩。
御林军：领旨。
潘　　妃：刀下留人。
　　　　　（唱）潘妃闻听魂吓掉，连说留人上金阙。
　　　　　　　　口吐悲声呼万岁，满眼落泪悲切切。
天　　子：（白）爱妃，你上金殿，大失国体。
潘　　妃：（唱）小妃有事奏吾主，只因国丈我爹爹，
　　　　　　　　万岁爷当看我父在当日：
　　　　　　　　由河东，投大宋，保主金阙。
　　　　　　　　大小战，经过了，成千上万。
　　　　　　　　为主的，锦江山，哪时得歇？
　　　　　　　　困倦时，在马上，就算打盹。
　　　　　　　　渴饮那，刀头血，辛苦难曰。
　　　　　　　　为江山，哪一时，安心放净？
　　　　　　　　为江山，哪一时，把主来抛？
　　　　　　　　哪一宗，哪一件，不为圣主？
　　　　　　　　哪一宗，哪一件，不为皇爷？
　　　　　　　　为江山，父子们，劳心费力。
　　　　　　　　为江山，潘豹他，一命而绝。
　　　　　　　　父子们，为江山，一家老小。
　　　　　　　　为江山，闪幼子，又把妻抛。
　　　　　　　　还没有，全得胜，太平回转。
　　　　　　　　就犯罪，绑午门，就用刀切。
　　　　　　　　纵有过，也应该，将功折罪。

    怎忍把，我全家，俱各命绝？
    自小妃，待圣上，十数余载。
    也当看，小妃我，宽赦我爹。
    可怜他，年已过，六旬以外。
    过半百，须发白，土埋半截。
    纵然当，犯了罪，杀身被斩。
    看前功，放活命，我主仁德。
    潘娘娘只哭得如同酒醉，

天　子：（唱）宋天子心中软，便把话曰。
   （白）罢了哇，爱妃，暂且回宫，朕自有主意。

潘　妃：谢过万岁。

天　子：旨意下，潘仁美虽然犯罪当斩，然他保朕多年，有功于国，朕额外施恩，暂且收监，秋后处置。杨景官复原职。杨令公为国身亡，封天波侯。杨七郎被害身亡，封平北王，将七郎之尸埋葬边关。各位将军各升三级，寇准办事有功，赏黄金彩缎，发库银万两。封了太师府。不许再奏，退朝。

众　：万岁万岁万万岁。

（八王出）

八　王：（唱）扮阴曹审出奸贼口供，料圣上必然按律实行。
   （白）多亏寇准定计，审明潘仁美之事。本御因劳乏过度，身体不爽，并未上朝，料天子必然按律定罪。

（陈林上）

陈　林：启禀千岁，寇先生与郡马求见。

八　王：有请。

陈　林：千岁有请二位进宫。

寇准、杨六郎：来了。（上）千岁千岁千千岁。臣等参见。

八　王：二位免礼，请坐。

寇准、杨六郎：臣谢坐。

八　王：二位今日上朝，天子怎样处置潘仁美？可问何罪？

寇　准：咳，千岁。

（唱）二人未语，咳，先叹气，千岁听臣说分明。
　　　为臣今日见圣主，献上招供放龙案。
　　　天子一见心大怒，立刻绑上老奸雄。
　　　当殿问明无虚假，传旨绑出午门外。
　　　午时三刻人头落，潘家满门命要倾。
　　　不想国母上金殿，苦苦保奏诉前功。
　　　天子心软又传旨，放回仁美秋后施行。
　　　全家打入天牢内，潘府就用号条封。
　　　明明是有放他意，当着文武不好明。
　　　郡马无罪复官职，仇也未报，冤也未明。
　　　白白死了冯御史，白白费了多少功。
　　　白白假设阴曹府，竹篮打水一场空。
　　　故此来把千岁见，不知可有什么章程。

八　王：（唱）八王听罢不言语，低下头去心绪乱。
　　　　　有心再去闹金殿，仁美本来问死刑。
　　　　　本御有心不管吧，郡马大仇报不能。
　　　　　左思右想无主意，叫了一声寇爱卿。
　　　　　你的谋略人难比，还有何计对我明。

寇　准：（唱）要叫为臣想主意，除非是，为臣亲身见正宫。

八　王：（白）爱卿你审潘、杨之事，国母送礼不但不收，反倒献与孤家奏知天子，如今娘娘恨你入骨。你要见他你的命何存？去不得。

寇　准：（唱）除此并无别的计，不然我的计谋穷。
　　　　　愁只愁为臣难进昭阳院，我本外官罪不轻。

八　王：（白）这倒不难，孤与你腰牌可进宫。

寇　准：（唱）如此为臣明日去，现在不对千岁明。

八　王：（白）你是飞蛾投火白送其死，去不得。

寇　准：（唱）不用千岁你惦念。
　　　　（白）千岁放心，管保无事。

八　王：你千万小心。

寇　准：知道，为臣告退。

八　王：你看老西子还要弄险，郡马今日也不用回府，在此住宿，听候老西子回音，看他弄什么诡计。随我来。

杨六郎：来了。

（潘妃出）

潘　妃：（诗）可恨寇准贼奸党，诡计审出父口供。

（白）哀家潘贵妃，可恨寇准这个奸党，假设阴曹，审出我父口供，叫人万分恼怒。天子要斩我全家，多得哀家跪上金殿，苦苦保留，天子心软，将全家下在天牢，说等秋后处置。我看圣上并无杀我父之意，等机会，再用甜言搭救我父不死，也不枉在宫院一回。

郭　槐：启禀娘娘千岁，寇准说有秘事要见千岁。

潘　妃：这个狗官，害我一家险乎命丧他手，哀家正要找他报仇，真是奇逢巧遇。宫人们，看我眼色行事，叫他进来。

郭　槐：领旨，叫你进去。

寇　准：千岁千岁千千岁，臣来参驾。

潘　妃：你是何人？

寇　准：臣是寇准。

潘　妃：老西子，你假设阴曹，审问我父，哀家与你送礼，你竟不看人情，致使我父，险些命丧你手，我正要找你报仇。你今来到，自送其死。宫人们，将这个狗官割了舌头，挖了眼睛，以消我恨。

寇　准：慢着，慢着，娘娘千岁，且息雷霆之怒，暂收虎狼之威，容臣说上三言两语，死也不屈。我有机密大事，特为太师而来。国母不容分说，就将为臣处死，岂不辜负我一片好心？再者，臣死之后，你也救不了太师出狱，等到秋后还是处决。就算圣上能够回心转意，奈何国法难容，也无法可使。娘娘请退下宫人，臣有大事，启奏千岁。

潘　妃：哼，容你多活片刻，郭槐你把住宫门，其余退下，你有什么事，快快说来。

寇　准：千岁，容臣奏来。

（唱）俯伏在地呼千岁，细听微臣说其详。
　　　只因潘杨两家事，不比别者事寻常。
　　　一家是皇亲国丈大元帅，一家是世袭之爵郡马郎。

一个是说他抗旨公报私仇把人害，一个是说不听军令丧自家。
天子真假难分辨，才拿太师转京邦。
这个判官难做得很，也只好一不向潘二不向杨。
两家都有好门路，一个倒比一个强。
一个娘娘亲生父，打点人情礼应当。
一个亲王八千岁，那把金锏谁敢挡？
西台御史缺谋略，私收礼物锏下亡。
为臣被调回京转，此事怎不心内慌。
那天国母礼物到，非是不收坏心肠。
八王便衣去查访，难道说我还学那冯秀冈？
故此才把礼物送给八王主，面见天子做主张。
硬叫我审出这个潘杨事，因此才假设阴堂。
别看太师招了供，圣上未必把他伤。
如今虽然入了狱，一碍国法二奈八王。
此才圣上两难处，左右为难无主张。
为臣看透其中故，故此秘密见娘娘。
趁此机会正好办，必得国母费思量。

潘　妃：哦，

（唱）你有何计能救我父？

寇　准：（唱）要依微臣的拙见，娘娘密旨出一张。
用些金银打点好，买通狱官要妥当。
再赏上下众人役，叫他早早开牢房。
放出太师父与子，早备车轿要妥当。
带着狱官看守者，齐随太师走他乡。
隐藏林下不出世，务农为本潘家庄。
太师年已过花甲，何必戈林度时光。
明哲保身是杰士，娘娘一本奏吾皇。
保举四位贤国舅，出世为官保君王。

潘　妃：（白）天子知道，岂不追问？

寇　准：（唱）天子要是知道了，也不究问扔一旁。

圣上早有放他意，然受国法不合王章。

此是两全其美计，国母娘娘自思量。

潘　妃：（唱）心中欢喜说好好，寇准真是大忠良。

（白）寇准，哀家拿你当坏人，听你之言，似乎有理，等事成之后，自会有报答之日。你且回去，哀家急急打点礼物，定于七月十三日叫太师逃走，全家回转原籍，此事全仗先生周全了。

寇　准：为臣理当效劳。

潘　妃：宫人送他出去。

寇　准：领旨。

宫　人：随我来。

寇　准：来了。

潘　妃：寇准果有大才，事成之后，哀家在天子面前保举他升官，以报今日之恩。郭槐，你多带金银，买通狱官，就说哀家密旨，叫他七月十三日打开牢门，放我父一家逃走，保护车辆。多用金银买通守门军校，叫他们私开城门，事成之后，都叫他们随太师逃走，以备有罪。万事小心。

郭　槐：领旨。

潘　妃：杨景哪，我叫你纵有诸葛志，哀家叫你一场空。

（寇马上）

寇　准：好也呀好也，多亏我三寸之舌，一片花言巧语说得娘娘信服，不但不怪罪于我，反倒叫我升官，你算上了我的当了。不免急急去见八王，说知此事，然后再到杨府，告诉郡马行事便了。

（八王、六郎出）

八　王：（唱）寇准进宫见国母，叫人十分惦心中。

（白）本御赵德芳。

杨六郎：杨景。

八　王：郡马，寇天官去见国母，他用什么计又不说明，叫人好生疑闷。

杨六郎：寇先生足智多谋，必有巧计。

（陈林上）

陈　林：禀爷，寇天官已到。

八　王：快些有请。

陈　林：千岁有请寇大人。

寇　准：来了。（上）千岁、郡马在上，下官参见。

八　王：免礼，先生请坐。

寇　准：谢坐。

八　王：先生进宫见了国母，怎样言语，可有何计与杨家报仇？

寇　准：千岁，必须从中做主，管保无事，此计才能成功。

八　王：不论何事，要与杨家报仇雪恨，哪怕天大之事，都在我的身上。

寇　准：千岁。

　　　　（唱）方才为臣见国母，娘娘一见怒冲天。

　　　　　　吩咐一声宫人等，就要扒皮把眼剜。

　　　　　　被我说上三言两语，国母当时心喜欢。

八　王：（白）你怎么说的呢？

寇　准：（唱）我说是不收礼物乃国典，为官必须无正偏。

　　　　　　潘、杨之事非小可，哪能草草把案完？

　　　　　　以后又如此这般出了一计，放仁美就定七月十三，

　　　　　　逃走必从松林过，必经之路何用言。

　　　　　　命郡马集齐府中男女将，埋伏在松林里边。

　　　　　　单等仁美从此过，突然而出用刀餐。

　　　　　　杀他满门将仇报，一个不留报仇冤。

　　　　　　一阵报了四海恨，父冤弟仇就算完。

八　王：（白）不妥呀，天子岂不问罪？

寇　准：只要千岁敢做主，此事王爷敢担不敢担？

八　王：（唱）不怕不怕全在我，天大乱子孤王担。

杨六郎：（唱）六郎叩头将恩谢。

　　　　（白）千岁为我杨家费尽心血，受臣一拜。

八　王：郡马请起。

杨六郎：是。

寇　准：郡马，王爷既然做主，只管办来，但事成之后不可逃走，自上金殿领罪，天子必然怪罪。那时千岁上殿，以国法相论，那仁美本定死罪，他竟诈狱逃走，罪上加罪，郡马杀他无罪，即使问个不领旨私自发兵行事之罪，

也问不了死罪。再有千岁见机而做，仇也报了，气也消了，岂不是两全其美？

八　王：哈哈哈，寇先生，你真是有神鬼不测之谋，郡马，你就回府，带齐府中人等，按时按日行事便了。

杨六郎：为臣领旨。

八　王：寇先生。

寇　准：千岁。

八　王：你又装神弄鬼，你又放火又救火，左五右六，潘仁美全家都死在你手了。

寇　准：为臣虽然会放火，也得千岁的大力相助才能成功。

八　王：先生请。

寇　准：请。（进内）

（杨洪擂动集将鼓）（升帐，男五人，女九人站）

杨六郎：（唱）父兄之仇不共戴天，今日要报似海深冤。

（白）杨延昭，多亏寇先生设了巧计，又得八王做主。今日聚将一到黑松林截杀潘仁美，以报大仇，此事禀明老母与郡主，叫他们放心。男女众将听真，站立两旁听我分派。

（唱）座上叫声男女将，今日要报咱家仇。

　　　多亏寇准定巧计，又得八王帮助咱。

　　　定就黑松林中等，日期就是七月十三。

　　　老贼必从那里过，早去埋伏莫迟延。

　　　各备枪刀弓和箭，休放他一人转回还。

　　　只要大家齐努力，成功就在这一番。

众　人：（唱）男女众将齐答应，摩拳擦掌咬牙关。

　　　恨不一时杀仁美，好与一家报仇冤。

杨六郎：（唱）六郎座上开言道，各备鞍马等黑天。

　　　暗暗出城悄悄走，混出城去无人拦。

　　　众人都把精神长，下殿准备不消闲。

　　　杨景也去用战饭，

狱　官：（唱）再把狱官言一言。

　　　自从受了娘娘贿，定就今夜二更天。

　　　　　　私开牢门把人放，这一回金银财宝堆成山。
　　　　　　单等找个僻静处，隐蔽为农务庄田。
　　　　　　好地买上几十顷，房子盖上几百间。
　　　　　　取上三房与四妾，个个都要赛天仙。
　　　　　　顿顿成席饮美酒，吃一看二眼观三。
　　　　　　生下了七个儿子八个女，寿数活他一百年。
　　　　　　越思越想更鼓响，忽听起了二更天。
　　　　　　时候到了就下手，内里禁卒早花钱。
　　　　　　不免吩咐卒门放，放出众犯莫消闲。
　　　　　　急急打开牢门锁，
潘仁美：（唱）仁美早知内里原。
　　　　　　并不细问跟着走，父子五人往外窜。
狱　官：（唱）狱官开言把话讲，
　　　　（白）老皇亲既出了牢狱，急急更换便衣，现有看狱刀枪棍棒，你父子拿着防备不测。
潘仁美：好，想得不错，叫那狱卒，随老夫逃走，以免天子问罪。
狱　官：老国丈随我来。
潘仁美：来了。
　　　　（硬唱）仁美父子心喜欢，欣喜今日出牢狱。
　　　　　　　多亏女儿花金银，又亏寇准献巧计。
　　　　　　　悄悄带领一家人，一同狱官看狱的。
　　　　　　　转眼到了城东门，
守城卒：（唱）守城的军卒知其意。
　　　　　　都受娘娘厚礼托，开放城门都出去。
　　　　　　关上城门且不言，
潘仁美：（唱）仁美逃出不忧虑。
　　　　　　二十里外密松林，轿马人夫早预备。
　　　　　　吩咐一声快上车，又叫四子听仔细。
　　　　　　前后保着要小心，满天星斗黑密密。
　　　　　　叫声众人暂歇息，人马停下喘口气。

|（白）车夫将车停住，搭下地铺，歇息片时，再走不迟。

卒： 是。

（潘氏父子五人上）

潘仁美：儿们，咱父子真是困鸟出笼，游鱼漏网，真是两世为人了。

（唱）潘仁美，皱双眉。

回思往事，不由伤悲。

自从投宋主，处处有光辉。

今为皇亲国丈，在朝势力威威。

自从七郎劈潘豹，可恨杨家小奸贼。

与杨家，把仇堆。

心中怀恨，把他命亏。

遂了我的愿，父子把阴归。

不想六郎逃走，留下这个逆贼。

剪草除根没净，险乎叫我命没。

多亏了，我女儿，

正宫国母，金银成堆。

买通众人役，放我出牢围。

这一离京逃走，隐遁好把家回。

等机会好把仇报，定杀六郎这逆贼。

正思想，心发颤。（呐喊）

呀，人喊马嘶，这是何为？

莫非有强盗，拦路劫财贼。

叫声潘龙潘虎，上前去看一回。

潘龙、潘虎：（唱）二人答应齐上马。

潘仁美：（唱）仁美复又把话回。

（白）潘林、潘桂你弟兄二人在后保卫家眷，为父上前独挡贼寇。（上）
众家将，逢山有寇，各抄兵刃，准备砍杀。

（六郎马上）

杨六郎：杨景带领男女埋伏劫杀潘家父子，眼见老贼入了松林歇息，众家将们，不许放走一人。

（龙、虎上）

潘龙、潘虎：哪里来的山贼，敢来劫路？莫非你眼睛都瞎了？岂不知国舅刀快？割你耳朵。

杨六郎：狗子，狗子哇，你还做梦，今日冤家相逢，要想逃走，比登天还难，莫非不认识你郡马爷不成？

潘　龙：听你的口气，好像杨六郎。

杨六郎：认得就好，看枪，来来来。

（杀龙死，虎上）

潘　虎：可坏了，我当是何人，还是六郎前来，眼看大哥掉下马死了，我也给你偿命去就得了。

杨六郎：狗子，看枪。（虎死）两个狗子一死，解了心头之恨。众家将，捉拿潘仁美，不得有误。

（潘林死，众死，桂急上）

潘　桂：哎呀，不好了，原来六郎带兵前来劫杀，如何是好？我不免弃了战马，就地滚出松林，逃命便了。

（仁美与六郎对）

杨六郎：老贼，你今要想逃走，除非肋生双翅。

（唱）枪一指，气满腔。

　　　　大骂老贼，细听其详。

　　　　今日狭路遇，看你何处藏。

　　　　六爷将你拿住，扒开你的胸腔。

　　　　看看你心是啥样，做事怎么似豺狼。

潘仁美：（唱）心害怕，暗自忙。

　　　　口说硬话，大骂六郎。

　　　　竟敢来挡我，自取一命亡。

　　　　老夫刀马你晓，本领比你高强。

　　　　依我劝你快快走，老夫开恩不把你伤。

杨六郎：（唱）微微笑，举钢枪。

　　　　你说硬话，假来装腔。

　　　　六爷今拿你，取你如探囊。

与我一家报仇，叫你另认爹娘。

说罢拧枪分心刺，

潘仁美：（唱）仁美招架心发慌。心乱跳，用刀搪，

大杀一阵，汗透衣裳。

浑身软无力，腹内暗思量。

今天我命难保，妻室儿郎遭殃。

虚晃一刀败阵走，

杨六郎：（唱）六郎追赶喊声扬。

急催马，手拧枪，

今不拿你，誓不姓杨。

老贼想逃走，叫你一命亡。

大叫老贼哪走？除非你上天堂。

追至马头并马尾，照着老贼就是一枪。

杨六郎：（白）老贼看枪。（落马）

潘仁美：罢了我了。

杨六郎：老贼，你心毒意狠，害得我杨家走死逃亡。你射我七弟一百单三支箭，我今刺你二百零六枪，以报害弟之仇。

（唱）双手拧枪不怠慢，照着老贼下绝情。

浑身下上用枪刺，暂时不伤他性命。

先由腿上扎几下，扎瞎老贼双眼睛。

潘仁美：哎呀，哎呀。

杨六郎：（唱）最后一枪分心刺，只见老贼一声不吭。

整整扎了二百单六下，算与七弟报冤恨。

吩咐一声诸家将，把他家眷俱倾生。

一阵杀了人无数，并未走脱人一名。

叫声嫂嫂与妹妹，你们急急回家中。

我上金殿去认罪，后听我的吉共凶。

说罢枪马如飞去，

众　人：（唱）吓坏府中女花容。

众人齐说事不好，只怕难保命倾生。

急速叫皇姑去见八贤王，上殿保本求活生。

不言众人回府去，

潘　桂：（唱）再表潘桂走魂灵。

侥幸逃出得活命，也算祖上有德行。

爹爹哥哥必然死，家眷老少也难生。

剩我一人无投奔，伤心不由放悲声。

只得投奔原籍去，

（白）大料家也完了，我不免慢慢乞食，走回老家吧。

（诗）忙忙似丧家之狗，急急如漏网之鱼。

（完）